Für Christine Feehan und Sherrilyn Kenyon.
Ein herzliches Dankeschön dafür, dass ihr mein Interesse für das paranormale Genre geweckt habt und neue Charaktere in meinem Herzen wachgerufen habt.
Eure Bücher haben mir viele schöne Stunden geschenkt.
Ich hoffe, dass meine *Kinder des Mondes* meine Leser auch nur halb so sehr berühren.

Mit freundlichen Grüßen
Lucy Monroe

Prolog

Vor Tausenden von Jahren erschuf Gott ein Volk, das so streitbar war, dass sogar seine Frauen im Kampf gefürchtet waren. Sie waren ein durch und durch kriegerisches Volk, das es ablehnte, sich irgendwelchen anderen Regeln als seinen eigenen zu unterwerfen. Ihre Feinde sagten, sie kämpften wie Tiere; ihre geschlagenen Gegner sagten nichts mehr, denn sie waren tot.

Sie wurden als primitives, barbarisches Volk betrachtet, weil sie ihre Haut mit blauen Tätowierungen verunstalteten. Diese Zeichnungen, die immer ein Tier darstellten, waren in der Regel schlicht und schmucklos, auch wenn einige Clanmitglieder mehr Tätowierungen trugen, deren künstlerische Feinheit sich mit der der Kelten messen konnte. Diese reicher geschmückten Männer waren die Anführer des Clans – ihre Feinde hatten die Bedeutung dieser blauen Tätowierungen jedoch nie entschlüsseln können.

Einige mutmaßten, dass sie Symbole ihrer kriegerischen Natur waren, womit sie nicht ganz unrecht hatten, weil die Tiere für einen Teil ihrer selbst standen, der von diesem wilden, freiheitsliebenden Volk unter Todesstrafe geheim gehalten wurde. Es war ein Geheimnis, das sie in all den Jahrhunderten ihrer Existenz bewahrt hatten, als die meisten von ihnen quer durch Europa abgewandert waren, um sich im unwirtlichen Norden Schottlands anzusiedeln.

Ihre römischen Feinde nannten sie *Pikten*, und dieser Name wurde auch von anderen Völkern ihres Landes und der Länder weiter südlich übernommen, doch sie selbst bezeichneten sich als Chrechten.

Ihr tierähnliches Verhältnis zu Kampf und Eroberung rührte von einem Teil ihrer Natur her, der ihren rein menschlichen Gegenstücken nicht gefiel. Denn diese kämpferischen Geschöpfe waren Gestaltwandler, und die bläulichen Tätowierungen auf ihrer Haut waren Kennzeichen, die im Verlauf eines Übergangsritus verliehen wurden. Wenn ihre erste Veränderung stattfand, wurden sie mit der Art von Tier gekennzeichnet, in das sie sich verwandeln konnten. Einige hatten die Kontrolle über diese Veränderung, andere nicht, und während die Mehrzahl von ihnen Wölfe waren, gab es auch große Raubkatzen und -vögel unter ihnen.

Keiner der Gestaltwandler pflanzte sich jedoch so schnell oder zahlreich fort wie ihre rein menschlichen Brüder und Schwestern. Obwohl sie eine Furcht erregende Spezies waren und ihre Schläue und Gerissenheit noch verstärkt wurde durch ein Verständnis der Natur, das die meisten Menschen nicht besaßen, waren sie jedoch nicht tollkühn und wurden auch nicht von ihrer tierischen Natur beherrscht.

Ein Krieger konnte hundert Feinde töten, doch falls er starb, ohne Nachwuchs gehabt zu haben, führte sein Tod zu einer unvermeidlichen Verringerung des Clans. Einige der piktischen Clans und solche, die in anderen Teilen der Welt unter anderen Namen bekannt waren, hatten es schon vorgezogen auszusterben, als sich den ihnen unterlegenen, aber weitaus zahlreicheren Menschen um sie herum zu unterwerfen.

Die meisten Gestaltwandler der schottischen Highlands waren zu klug, um lieber dem Ende ihrer Rasse ins Auge zu blicken, als sich mit den Menschen zu vermischen. Sie sahen einen Weg in die Zukunft. Im neunten Jahrhundert nach Christus bestieg Keneth MacAlpin den schottischen Thron. Von chrechtischer Herkunft seitens seiner Mutter, war MacAlpin das Ergebnis einer sogenannten »Mischehe«, und seine menschliche Natur war stärker ausgeprägt. Er war nicht »verwandlungsfähig«, was ihn jedoch nicht daran hinderte, Anspruch auf den piktischen Thron zu erheben, wie er zu jener Zeit genannt wurde. Um sein Königtum zu sichern, verriet er bei einem Abendessen seinen chrechtischen Bruder, ermordete alle übrigen Mitglieder der königlichen Familie – und verursachte damit ein für immer tief verwurzeltes Misstrauen bei den Chrechten rein menschlichen Geschöpfen gegenüber.

Trotz dieses Misstrauens wurde den Chrechten jedoch klar, dass sie im Kampf gegen die ständig wachsende und immer weiter vordringende menschliche Rasse nur noch aussterben oder sich den keltischen Clans anschließen konnten.

Und so schlossen sie sich ihnen an.

Soweit dem Rest der Welt bekannt war – und obwohl zahlreiche Beweise für ihre frühere Existenz vorhanden waren –, gab es das einst als Pikten bekannte Volk nicht mehr.

Da es nicht ihrer Natur entsprach, von anderen als ihren eigenen Leuten regiert zu werden, wurden die keltischen Clans, die die Chrechten aufgenommen hatten, innerhalb von zwei Generationen von *verwandlungsfähigen* Leadern angeführt. Die meisten der rein menschlichen unter ihnen wussten nichts davon; einigen wenigen jedoch wurden die Geheimnisse ihrer Verwandten anvertraut. Diejenigen, die über diese Geheimnisse im Bilde waren, wussten, dass es den sicheren und sofortigen Tod bedeutete, den Schweigecode nicht einzuhalten.

Deshalb wurde dieser Schweigecode so gut wie nie gebrochen.

1. Kapitel

Und so verschleppte der Werwolf das Mädchen in die Wildnis, und niemand hörte je wieder etwas von den beiden.« Joans düstere Stimme verklang, als die dunklen Schatten in der Küche länger wurden und sich über die beiden jungen Frauen legten, die so aufmerksam an ihren Lippen hingen.

Emily Hamilton versuchte, sich vorzustellen, von einem Werwolf in die Wildnis verschleppt zu werden – oder auch nur überhaupt von irgendwem irgendwohin entführt zu werden –, aber es gelang ihr einfach nicht. Mit ihren neunzehn Jahren war sie über das Alter hinaus, in dem die meisten jungen Damen verheiratet oder in einem Kloster untergebracht wurden. Sie würde ihr Leben als Dienstmädchen ihrer Stiefmutter verbringen.

Und nicht einmal ein Werwolf würde Sybils Zorn riskieren, um mich zu entführen, dachte Emily.

»Gibt es denn wirklich Werwölfe in den Highlands, Joan?«, fragte ihre jüngere Stiefschwester Abigail in etwas steifem Gälisch.

Die Haushälterin schüttelte den Kopf, auf dem sie einen so fest sitzenden Schleier trug, dass nicht einmal ein einzelnes graues Haar zu sehen war. »Nein, Mädchen. Aber wenn es einen Ort gäbe, an dem solche Ungeheuer existieren könnten, dann wäre es dieses raue, unwirtliche Land.«

»Ich dachte, du hättest gesagt, die Highlands wären schön«, warf Emily in einem viel natürlicher klingenden Gälisch als Abigails ein.

Was aber auch gar nicht überraschend war. Dass ihre jüngere Schwester überhaupt sprach, war ausschließlich auf ihre eigene Beharrlichkeit zurückzuführen. Als Abigail vor drei Jahren fast am Fieber gestorben wäre, hatte sie ihr Gehör verloren. Und die Krankheit hatte auch jegliche Harmonie in Emilys Familie zerstört.

Taubheit wurde von einigen als ein Zeichen der Verdammnis betrachtet und von den meisten als ein Fluch.

Sybil hatte klargestellt, dass sie es vorgezogen hätte, wenn ihre Tochter gestorben wäre, statt von diesem »Leiden« heimgesucht zu sein. Über Nacht war Abigail von einem Wertposten, mit dem ihre Stiefmutter ihre eigene Stellung in der Welt zu verbessern hoffte, zu einem Problem geworden, um das man besser einen großen Bogen machte. Und so war es Emily überlassen geblieben, ihre jüngere Stiefschwester gesund zu pflegen und sie wieder in den Haushalt einzugliedern.

Aus Angst, dass Abigail von den anderen Burgbewohnern die gleiche Zurückweisung erfahren würde wie von ihrer eigenen Mutter, hatte Emily ihr Bestes getan, um die Behinderung ihrer Schwester zu verbergen. Das junge Mädchen hatte sie in ihren Bemühungen unterstützt und gelernt, von den Lippen abzulesen und so zu sprechen, als könnte sie die Stimmen um sich hören.

Bisher war die Täuschung gut gelungen. Nur wenige Leute innerhalb der Burg wussten, dass die Fünfzehnjährige nicht hören konnte.

»Es ist ein schönes Land, oder zumindest hat meine Mutter das immer gesagt … aber das Leben da ist auch härter. Die Clans sind so wild, dass selbst die Frauen dort wie Männer kämpfen können.«

Das hörte sich nach einem großartigen Ort an, dachte Emily.

Eine Stunde später waren der Rest der Familie und die Dienstboten zu Bett gegangen. Oder zumindest alle bis auf Emilys Vater und ihre Stiefmutter, die noch im großen Saal saßen und sich unterhielten. Emily war gewöhnlich die Letzte der Familie, die schlafen ging, und jetzt brannte sie vor Neugier, was so wichtig sein könnte, dass es ihre Eltern über deren normale Schlafenszeit hinaus beschäftigte.

Sie blieb oben an der Treppe stehen, die in den großen Saal hinunterführte, und hielt sich im Schatten. Lauschen mochte zwar nicht damenhaft sein, aber es bot ihr eine gute Möglichkeit, ihre Neugier zu befriedigen und über die Pläne ihres Vaters und ihrer Stiefmutter informiert zu sein. Zu viele andere waren darauf angewiesen, dass Emily sie vor Sybils Machenschaften und der kalten Gleichgültigkeit ihres Vaters, was ihr Wohl anging, beschützte.

»Aber Reuben, du kannst doch nicht die Absicht haben, Jolenta hinzuschicken!«, rief ihre Stiefmutter erregt.

»Der Befehl des Königs war eindeutig genug. Wir sollen eine Tochter im heiratsfähigen Alter zu diesem Lehnsherrn in den Highlands schicken.«

Emily duckte sich hinter einen Tisch und machte sich so klein wie möglich, was nicht weiter schwierig war, da sie zu ihrem Leidwesen nicht gerade groß war. Auch das war etwas, was ihr Sybil oft zum Vorwurf machte. Ihr fehle die »vornehme Haltung«, die sich für die Tochter eines Barons gezieme, pflegte sie zu sagen. Aber sich hinter einem Tischchen zu verstecken, war ohnehin nichts Vornehmes – und wenn ich noch so groß gewesen wäre, dachte Emily.

»Jolenta ist noch viel zu jung zum Heiraten!«, ereiferte sich Sybil.

»Sie ist vierzehn. Emilys Mutter war ein Jahr jünger, als ich sie zur Frau nahm.«

Emily wusste, dass Sybil jede Erwähnung der ersten Frau ihres Mannes hasste, und so reagierte sie auch dementsprechend giftig. »Und ein Baby kann schon in der Wiege verlobt werden. Viele Mädchen werden verheiratet, wenn sie gerade mal zwölf sind, aber fast ebenso viele sterben im Kindbett. Ein solches Schicksal kannst du unserem zarten kleinen Blümchen doch nicht wünschen?«

Statt einer Antwort gab ihr Vater nur ein unverbindliches Geräusch von sich.

»Da könntest du genauso gut vorschlagen, die kleine Margery statt meiner lieben Jolenta hinzuschicken.«

Emily lächelte in ihrem Versteck. Margery war gerade mal sechs Jahre alt, und selbst die Kirche weigerte sich, Ehen anzuerkennen, die zwischen Partnern unter zwölf geschlossen wurden.

»Wenn Jolenta im heiratsfähigen Alter ist, dann ist Abigail es mit fünfzehn ja wohl auch. Außerdem würde das mit Sicherheit ihre einzige Chance sein, einen Ehemann zu finden«, stellte Sybil herzlos fest.

Bittere Galle stieg in Emilys Kehle auf. Sie hatte schon immer gewusst, wie kalt ihre Stiefmutter war, doch ein solcher Vorschlag war einfach ungeheuerlich, und das musste ihr Vater wissen.

»Das Mädchen ist taub.«

Emily nickte zustimmend und spähte hinter ihrem Tisch hervor, um ihre Eltern sehen zu können. Sie saßen fast direkt unter ihr an der langen Tafel, waren aber zu vertieft in ihr Gespräch, um aufzuschauen und sie zu entdecken.

»Das weiß niemand außer der Familie und einigen Bediensteten, die es nicht wagen würden, unser Geheimnis zu verraten«, meinte Sybil.

Doch Abigail konnte nicht hoffen, eine solche Behinderung

vor einem Ehemann zu verbergen, und genau das sagte ihr Vater auch.

»Bis er diesen Makel überhaupt bemerkt, wird er die Ehe vollzogen haben und kann nichts mehr dagegen tun«, sagte Sybil abschätzig. »Schließlich ist er Schotte. Jeder weiß, dass sie Barbaren sind, insbesondere die Angehörigen der Highland-Clans.«

»Und du machst dir keine Sorgen, was er ihr antun könnte, wenn er es bemerkt?«, fragte Sir Reuben.

Emily musste sich auf die Lippe beißen, um ihre selbstsüchtige Stiefmutter nicht anzuschreien, als Sybil nur die Schultern zuckte.

»Ich habe keine Lust, deswegen einen Krieg mit einem der Highland-Clans zu riskieren.«

»Sei nicht dumm! Dieser schottische Laird wird wohl kaum eine so weite Reise unternehmen, um seinen Ärger an dir auszulassen.«

»Ich bin dumm?«, entgegnete Sir Reuben in gefährlich leisem Ton.

»Nur wenn du dich in dieser Entscheidung von den Ängsten alter Weiber leiten lässt«, versetzte Sybil, was wieder einmal bewies, wie wenig Respekt ihr Herr und Gemahl ihr einflößte.

»Warst du es nicht, die mir empfohlen hatte, unserem Oberherrn auf seine Forderung nach Kriegern nur ein kleines Kontingent Ritter zu schicken?«

»Wir konnten ja wohl kaum unsere Ländereien unzureichend bewacht lassen.«

»Aber seine Verärgerung über meine Knauserigkeit hat zu dieser neuerlichen Forderung geführt.«

»Ich hatte aber recht, oder nicht? Es gab keine Strafaktion deswegen.«

»Eine Tochter zu verlieren, ist keine Strafaktion für dich?«

»Sie müssen irgendwann heiraten, und es ist ja nicht so, als hätten wir nicht einen ganzen Schwarm von ihnen.«

»Von denen du aber nur eine für ganz und gar entbehrlich hältst.«

»Die anderen könnten noch vorteilhafte Verbindungen eingehen.«

»Selbst Emily?«

Ein abfälliges Lachen ihrer Stiefmutter war die einzige Antwort auf diese kleine Spitze ihres Vaters.

»Ich werde dem König die Antwort überbringen lassen, dass meine Tochter innerhalb eines Monats mit ihrer Aussteuer zu Lord Sinclairs Festung reisen wird.«

»Aber nicht Jolenta?«, fragte Sybil mit zitternder Stimme.

Sir Reuben seufzte angewidert. »Nicht Jolenta.«

Er wollte also Abigail nach Schottland schicken. »Nein!«, schrie Emily entsetzt.

Sir Reuben und Sybil schraken beide zusammen und blickten zu ihr auf wie Bussarde, die beim Streit über einen Kadaver gestört worden waren.

Emily lief die Treppe hinunter, so schnell sie konnte. »Ihr dürft Abigail nicht einem so furchtbaren Schicksal überlassen!«

Sybil verzog angewidert den Mund. »Hast du schon wieder gelauscht?«

»Ja. Und ich bin froh, dass ich es getan habe.« Mit wild pochendem Herzen wandte Emily sich ihrem Vater zu. »Du darfst nicht einmal daran denken, Abigail so weit fort zu einem Mann zu schicken, der ihre Behinderung für ein Zeichen Gottes halten könnte, dass sie unrein ist.«

»Vielleicht ist es ja ein solches Zeichen«, warf Sybil ein, doch Emily beachtete sie nicht.

»Bitte, Vater. Bitte tu das nicht!«

»Wie deine Stiefmutter schon sagte, könnte das Abigails einzige Chance auf eine Heirat sein. Würdest du ihr die verweigern wollen?«

»Ja, wenn es bedeutet, sie zu einem barbarischen Schotten zu schicken, der furchtbar wütend sein wird, wenn er merkt, wie du ihn hintergangen hast.« Als Emily sah, wie sich das Gesicht ihres Vaters verhärtete, nahm sie sich zusammen. Sie wollte nicht den Kampf verlieren, bevor er begonnen hatte, weil ihr Verhalten ihren Vater kränkte. Deshalb zwang sie sich, ihren Blick zu senken, so schwer es ihr auch fiel. »Bitte, Vater. Nimm mir meine Einmischung nicht übel, doch ich bin mir sicher, Sybil irrt sich. Ich glaube nicht, dass ein stolzer schottischer Clan-Chef eine solche Täuschung einfach hinnehmen würde und sich damit zufriedengäbe, seine Wut an seiner unglücklichen Gattin auszulassen.«

Die Tatsache, dass *beide* Elternteile das für eine annehmbare Alternative hielten, war mehr, als Emily ertragen konnte.

»Du denkst also, dass der Clan-Chef mir den Krieg erklären würde?«

»Ja.«

»Was weiß sie denn schon?«, höhnte Sybil. »Sie hat doch keine Ahnung von der Welt.«

»Ich habe die Geschichten über diesen wilden Menschenschlag gehört, Vater.«

»Geschichten, die man dummen Kindern erzählt, um ihnen Angst zu machen«, sagte Sybil.

»Dann ist also auch meine Tochter dumm?«, fragte Sir Reuben und bewies damit, dass er die Beleidigung seiner Frau noch nicht vergessen hatte.

Sybil ballte die Fäuste, als sie merkte, dass es ein Fehler gewesen war, so unverblümt zu sprechen, vor allem weil nun beide wussten, dass ihr Gespräch mit angehört worden war. Der Stolz ihres Vaters könnte solch bissige Worte seiner Frau noch verkraften, wenn sie unter sich waren, aber er würde nicht dulden, dass andere – nicht einmal eine bescheidene Tochter – ihn in einem Licht sahen, das ihn schwach erscheinen lassen könnte.

Emily war entschlossen, das zu ihrem Vorteil auszunutzen. »Du bist einer der klügsten Barone des Königs, Vater. Das weiß jeder.«

»Zu klug, um Krieg mit einem barbarischen Volk zu riskieren, nur um eine zu umtriebige Gemahlin zu beschwichtigen?«

Emily wusste es besser, als darauf zu antworten, und blieb still, während Sybil ärgerlich nach Luft schnappte.

»Und wen sollte ich an ihrer Stelle hinschicken?«

»Jolenta?«, fragte Emily.

»Nein!«, rief Sybil und zupfte ihren Mann am Ärmel. »Bedenkt doch bitte, Sir, dass die Verlobte des Erben von Baron de Coucy vor einem knappen Monat am Fieber gestorben ist. Der Baron wird sich schon bald nach einer neuen Braut für seinen Erben umsehen. Seine Mutter hat bereits zum Ausdruck gebracht, dass sie unsere Jolenta ansprechend findet.«

Das jüngere Mädchen hatte die letzten beiden Jahre bei Hof verbracht, eine Ehre, die Emily nie zuteilgeworden war.

»Ich dachte, du seiest der Meinung, sie sei zu jung zum Heiraten?«

»Für eine Hochzeit mit einem barbarischen Schotten, aber doch nicht für die mit dem Sohn eines mächtigen Barons.«

»Und wen sollte ich dann deiner Meinung nach auf Befehl des Königs hinschicken?«

»Abigail …«

»Nein, bitte nicht, Vater …«

»Ich habe keine Lust, über die Verheiratung einer meiner Töchter Krieg zu führen.«

Emily zuckte zusammen bei der Bemerkung ihres Vaters. Zwischen ihren Eltern war Stille eingetreten, und sie fürchtete deren Ausgang, wenn sie jetzt schwieg. Aber sie hatte Angst vor ihren eigenen Überlegungen und dem, was sie für die Schwester, die sie zurücklassen musste, und auch für sie selbst bedeuten würden.

Schließlich holte sie tief Luft und zwang sich dann zu sagen: »Schick mich hin, Vater.«

»*Sie?*«, wandte sich Sybil aufgebracht an ihren Mann. »Glaubst du, der Schotte würde dir nicht den Krieg erklären, wenn du ihm ein so undiszipliniertes Mädchen schickst? Sie würde ihn mit Sicherheit schon in ihrer ersten Woche als seine Frau verärgern.«

»Du hast selbst gesagt, dass diese Leute Barbaren sind. Da würde er eine wahre englische Dame ja wohl kaum zu schätzen wissen.«

Der alte Schmerz durchzuckte Emilys Herz. Ihr Vater hatte keine höhere Meinung von ihr als ihre Stiefmutter. Das war ihr schon seit dem Tod ihrer leiblichen Mutter klar gewesen, als er einem kleinen, am Grabe seiner Mutter weinenden Mädchen vorgeworfen hatte, dass es nicht der Sohn war, den er sich ersehnt hatte. Denn wäre Emily ein Junge, wäre ihre Mutter nicht gestorben, nur weil sie versucht hatte, ihm einen Erben zu gebären.

Emily wusste, dass diese grausamen Worte eine Lüge waren … heute. Doch bis sie Sybils zweite und dritte Schwangerschaft gesehen hatte, nachdem sie ihrem Vater den erwünschten Erben schon geschenkt hatte, hatte Emily sie für bare

Münze genommen. Und sich ihretwegen schrecklich nichtswürdig gefühlt.

Aber sie glaubte schon lange nicht mehr, dass es sie wertlos machte, als Frau zur Welt gekommen zu sein. Sechs Jahre Korrespondenz mit einer mächtigen Äbtissin hatten sie von dieser falschen Vorstellung geheilt. Und das rief sie sich jetzt in Erinnerung, als sie ihren Blick erhob, um ihren Vater anzusehen.

»Glaubst du, dass du in der schottischen Wildnis besser zurechtkommen wirst als Abigail?«, fragte er, als hätte er nur darauf gewartet.

»Ja.«

»Ich denke, da hast du vielleicht sogar recht.« Er wandte sich an seine Frau. »Mein Entschluss ist gefasst, Sybil. Ich werde Emily auf Verlangen meines Oberherrn nach Schottland schicken.«

»Und Abigail?«, hakte Emily mit leiser Stimme nach.

»Sie bleibt hier unter meinem Schutz.«

Der große schwarze Wolf hob witternd den Kopf und spannte seinen mächtigen Körper an, um, falls nötig, augenblicklich aufzuspringen.

Außerhalb seines eigenen Territoriums, selbst in Begleitung seiner Gefährten, lauerten überall Gefahren. Er hatte keinen Angriffstrupp mitgebracht, und der Clan, den auszuspionieren er hergekommen war, hatte ein volles Kontingent von Wolfskriegern. Einige waren sogar so mächtig wie seine eigenen.

Was bedeutete, dass sie auf der Hut sein mussten.

Lautlos schlich er durch den Wald, wohl wissend, dass seine beiden Gefährten dicht hinter ihm waren, auch wenn er sie nicht hören konnte. Die Gegenwart aller drei blieb unbemerkt von Mensch und Tier, und so sollte es auch sein.

Von der Nacht seiner ersten Verwandlung an hatte sein Vater ihn gelehrt, seinen Geruch zu verbergen, und mit den Jahren hatte er die Kunst vervollkommnet. Andere Werwölfe und sogar wilde Tiere konnten im Dunkeln nahe genug herankommen, um ihn zu berühren, und bemerkten trotzdem niemals seine Gegenwart. Als Begleiter hatte er zwei ebenso erfahrene und geschickte Krieger ausgewählt.

Obwohl er oft innehielt, um Witterung aufzunehmen, war es nicht seine hochempfindliche Nase, die das erste Anzeichen wahrnahm, dass sein Bruder Ulf recht gehabt hatte. Es waren seine Ohren, die ein Geräusch vernahmen, das kein menschliches Wesen über eine solche Entfernung hätte hören können. Von der Burg des Clans hinter den Bäumen und über die mit Gras und Heidekraut bestandene Ebene hinweg hörte er das unverkennbare Lachen des Mädchens.

Susannah, die Wölfin, war hier.

Es war ihre sanfte menschliche Stimme, die dort sprach, auch wenn nicht einmal sein scharfes Gehör die einzelnen Worte erfassen konnte. Sie klang nicht so, als wäre sie in Schwierigkeiten, aber das änderte nichts an den Fakten oder wie er darauf reagieren musste.

Ein Clan-Gesetz – ein uraltes Clan-Gesetz, das den meisten Kelten und jedem Chrechte-Krieger bekannt war, der sich ihnen vor zweihundert Jahren angeschlossen hatte, war gebrochen worden. Eine Frau aus Balmoral war ohne Zustimmung des Clan-Oberhaupts zur Paarung verschleppt worden.

Lachlan, Laird der Bewohner von Balmoral und Leitwolf des Kontingents der Chrechten unter ihnen, würde den Affront nicht dulden.

Ulf hatte sich nicht geirrt hinsichtlich dessen, was der Wölfin widerfahren war, die während der letzten Vollmondjagd verschwunden war. Und er hatte auch recht gehabt, als er meinte, die Sinclairs müssten dafür bestraft werden. Kein Highland-Chief würde eine solche Unverfrorenheit seinem Clan und seiner eigenen Person gegenüber dulden. Denn das würde den Schluss zulassen, dass die Sinclairs ihn für zu schwach hielten, um Clan-Gesetze durchzusetzen, und dass seine Krieger ihre Frauen nicht zu schützen wussten.

Er würde sich eher mit England verbünden, als eine solche Einschätzung seines Clans unwidersprochen zu lassen. Die wirkungsvollste Botschaft für die anderen Highland-Clans würde jedoch keine Kriegserklärung, sondern gut geplante Rache sein. Wie er seinem Bruder schon gesagt hatte, als Ulf einen sofortigen Angriff auf die Sinclair'sche Festung vorgeschlagen hatte.

Auf einem erschöpften Pferd und selbst auch in nicht viel besserer Verfassung, betrachtete Emily ihr neues Zuhause mit einer Mischung aus Neugier und Beklommenheit.

Die Reise von den Besitzungen ihres Vaters ins schottische Hochland war lang und strapaziös gewesen. Kurz nachdem sie die Sinclair'schen Ländereien erreicht hatten, war eine Eskorte Krieger eingetroffen, um sie den Rest des Weges zu begleiten.

Emily war enttäuscht und erleichtert zugleich gewesen über die Entdeckung, dass ihr zukünftiger Ehemann nicht bei der Eskorte war. Ein Teil von ihr wollte die erste Begegnung mit ihm hinter sich bringen, ein sogar noch größerer Teil jedoch war froh darüber, sie auf unbestimmte Zeit hinauszuschieben.

Die Sinclair'schen Krieger hatten den englischen Soldaten jeden weiteren Zutritt zu den Ländereien ihres Clans verweigert. Sie hatten Emilys Begleitung übernommen, und sie musste leider feststellen, dass sie keine besonders unterhaltsame Gesellschaft waren. Sie sprachen nur, wenn sie gefragt wurden, und antworteten so einsilbig wie möglich. Ob ihr Zukünftiger wohl auch so wortkarg war?

Vielleicht würde sie sich besser fühlen, wenn die Leute aufhörten, sie so anzustarren. Keiner lächelte, nicht einmal die Kinder. Einige Erwachsene warfen ihr sogar ganz unverhohlen böse Blicke zu. Verwundert wandte Emily sich an den ihr am nächsten reitenden Soldaten. »Einige Clan-Mitglieder wirken richtig feindselig. Warum ist das so?«

»Sie wissen, dass Ihr Engländerin seid.«

Anscheinend musste ihr das als Erklärung genügen, denn schon verstummte er wieder, und nicht einmal ihre Neugier war groß genug, um sie dazu zu bringen, dem Mann noch mehr Fragen zu stellen.

Der Clan wusste also schon, dass sie Engländerin war? Das konnte nur bedeuten, dass sie von den Leuten bereits erwartet wurde.

Doch ihre Kleidung sprach ja auch für sich. Emily trug die dunkelblaue Tunika über dem weißen Unterkleid mit den modisch weiten Ärmeln zwar schon seit drei Tagen, und nach der langen Reise war sie ebenso zerknittert und verstaubt wie sie, doch auch wenn sie noch makellos gewesen wäre, hätte sie nicht die geringste Ähnlichkeit mit der Tracht der Highlander gehabt.

Jeder hier, sogar die Kinder, trugen grün, blau und schwarz karierte Plaids. Eine geschmackvolle Farbkombination, fand Emily. Einem der Männer ihrer Eskorte gegenüber hatte sie sogar eine anerkennende Bemerkung darüber fallen lassen –

wenn auch hauptsächlich, um ihr Erstaunen darüber zu überspielen, dass die Unterschenkel der Männer so nackt waren wie am Tag ihrer Geburt.

Natürlich seien es schöne Farben; sie seien schließlich die der Sinclairs, hatte der Mann gebrummt.

Danach hatte Emily alle Versuche aufgegeben, Konversation zu betreiben.

Nun wandte sie ihre Aufmerksamkeit von der alles andere als freundlichen Bevölkerung der Burg der Sinclairs zu. Das Bauwerk überraschte sie. Emily war nicht sicher, was sie erwartet hatte, aber bestimmt nicht etwas, das ihrer elterlichen Burg so ähnlich war. Der Boden war zu einem Hügel aufgeschüttet worden, der von einem tiefen Burggraben umgeben war. Die Burg selbst, die wie ein einzelner hoher Turm aussah, befand sich oben auf der Hügelkuppe und war von einer Palisade umgeben. Diese Mauer aus dicht nebeneinander in die Erde gerammten Pfählen erstreckte sich bis zum Fuß des Hügels, um auch den Burghof zu umgeben.

Sie hatte sich wirklich nichts so Großartiges in den Highlands vorgestellt. Vielleicht war ihr zukünftiger Gemahl ja doch gar nicht so unkultiviert? Möglicherweise hatte er sogar ein gutes Herz und würde ihr erlauben, Abigail zu sich zu holen. Denn das war ihre inständigste Hoffnung.

Ihre Eskorte führte sie über die Zugbrücke auf die Feste zu.

Eine Gruppe Soldaten auf den Eingangsstufen der Burg erregte Emilys Interesse. Alle hatten die Arme vor der Brust verschränkt und starrten sie mit finsteren Gesichtern an. Ein in ihrer Mitte stehender Soldat, der größer war als alle anderen, runzelte am grimmigsten die Stirn. Emily versuchte, ihn nicht anzusehen, weil die Feindseligkeit, nein, der *Hass*, der von ihm ausging, sehr erschreckend war.

Sie hoffte nur, dass dieser Mann kein enger Berater ihres Zukünftigen war. Suchend ließ sie ihren Blick über die Menge gleiten, um den Herrn dieser Menschen, ihren zukünftigen Ehemann, zu finden. Ihre Eskorte hatte sie schon fast zu den finster dreinblickenden Soldaten geführt, bevor Emily erkannte, dass einer von ihnen der Laird sein musste. Ihre einzige Entschuldigung, es nicht schon früher gemerkt zu haben, war ihr brennender Wunsch, es möge anders sein.

Hoffentlich ist es nicht der wütende Mann in ihrer Mitte!, flehte sie im Stillen, schickte ein Stoßgebet zum Himmel und bekreuzigte sich sicherheitshalber auch noch.

Als ebenjener Soldat vortrat, schickte sie ein letztes verzweifeltes Stoßgebet zum Himmel. Aber sie wusste, dass es umsonst gewesen war, als er, ohne sie zu beachten, ihrer Eskorte ein Zeichen gab, ihm zu folgen.

»Wo soll die Engländerin hin?«, rief der Soldat an ihrer Seite.

Ihr zukünftiger Ehemann zuckte nur die Schultern und ging weiter. Emily konnte sich beim besten Willen keine vernünftige Erklärung für sein unmögliches Benehmen denken. Selbst wenn er ein Barbar war, wie Sybil behauptet hatte.

Ich kann nur froh sein, dass nicht Abigail an meiner Stelle hierher geschickt worden ist, dachte Emily. Gott allein wusste, was für fürchterliche Dinge dieser Mensch ihrer sanften Schwester angetan hätte. Oder vielleicht war es eher der Teufel, der das wusste.

Schnell schüttelte sie den unschönen Gedanken ab, aber das Gefühl drohenden Unheils, das sie überfiel, ließ sich nicht so leicht verdrängen.

2. Kapitel

Emilys Begleiter stiegen von ihren Pferden, und zwei junge Burschen eilten herbei, um die Tiere wegzuführen. Emily beeilte sich, von ihrem eigenen müden Pferd zu steigen, und landete dabei beinahe auf dem Boden. Ihre Beine waren auf dem langen Ritt seit Tagesanbruch eingeschlafen und taten ihr jetzt höllisch weh.

Heiße Tränen brannten hinter ihren Lidern, aber sie blinzelte heftig, um sie zu verdrängen. Und dann streckte sich plötzlich eine Hand nach ihr aus, um sie zu stützen, und erstaunt blickte sie auf. Es war eine der Frauen des Clans, die ihr zu Hilfe kam.

Sie war hübsch mit ihrem lockigen dunklen Haar und den ein wenig schräg stehenden, samtig braunen Augen. Und sie war schwanger. Die Wölbung unter dem Plaid der Frau war nicht zu übersehen, aber falls Emily sich nicht irrte, war sie vielleicht gerade mal im fünften Monat.

Sie machte einen Knicks vor ihr. »Mein Name ist Caitriona, doch ich werde Cait genannt. Wir werden Schwägerinnen sein.« Die Frau sprach langsam und mit ausgeprägtem schottischem Akzent, der Emily wieder einmal daran erinnerte, wie weit im Norden Schottlands sie sich hier befand.

»Du sprichst Englisch?«, fragte Emily verblüfft, während sie den Knicks der Frau ein wenig unbeholfener erwiderte, weil ihre Muskeln ihr noch immer nicht gehorchen wollten.

»Ja.«

»Ich freue mich, dich kennenzulernen, Cait. Ich bin Emily Hamilton, die Tochter von Sir Reuben«, sagte sie auf Gälisch.

»Das hatte ich mir schon gedacht«, erwiderte Cait mit

einem schelmischen Glanz in den Augen. »Und du sprichst ja sogar unsere Sprache!«

»Die Besitzungen meines Vaters liegen an der Grenze.«

»Ach so. Ich wusste nur, dass du Engländerin bist.«

»Könnte es sein, dass du weißt, wo ich jetzt hin soll?«

Inzwischen waren die Soldaten nämlich alle schon verschwunden.

»Du wirst bis zu der Hochzeit bei mir bleiben. Ich bedaure, dass ich dir kein eigenes Zimmer geben kann, aber im Moment sind alle Schlafräume in der Burg belegt.« Cait lächelte entschuldigend, wobei ihr Gesicht sogar noch schöner wurde.

Kein Wunder, dass Emilys Zukünftiger verärgert war, jemanden wie sie heiraten zu müssen, wenn alle Highland-Frauen so schön waren wie diese. Denn Emily machte sich keine Illusionen bezüglich ihres Aussehens. Dafür hatte Sybil schon gesorgt. Emilys mangelnde Größe war nicht das Einzige, was ihre Stiefmutter an ihrem Äußeren auszusetzen hatte.

Laut Sybil war Emilys Haar zu lockig und zu farblos. Ganz im Gegensatz zu dem glänzenden dunklen Haar der Frau, die vor ihr stand, war Emilys eine Art Mittelding zwischen Blond und hellem Braun. Sybil hatte oft bemerkt, dass es sich offenbar nicht entscheiden könne, was es sein wollte.

Sie beklagte unter anderem auch die Tatsache, dass Emilys Augen nahezu violett waren. Wer hatte je von *veilchenfarbenen* Augen gehört? Sybil hatte mehr als ein Mal in Emilys Hörweite gesagt, dass dies ein Zeichen des Himmels sein könnte und sicherlich kein gutes. Doch Emilys größter Makel nach Aussage ihrer Stiefmutter war ihr wohlgerundeter Körper, der zu üppig war, um dem derzeitigen Schönheitsideal hochgewachsener, vornehmer und *untertriebener* Weiblichkeit zu entsprechen.

»Wird es deinen Gemahl nicht stören, wenn ich bei dir bleibe?«, fragte sie, während sie mit steifen Fingern an den Gurten an ihrer Satteltasche herumhantierte.

Cait nahm ihr die Arbeit ab. »Mein Mann ist vor vier Monaten im Krieg gefallen.«

Emily fragte nicht, in welchem Krieg. Nach Ansicht der Engländer und selbst der Schotten, die im Flachland lebten, befanden sich die Highlander andauernd im Krieg oder bereiteten sich auf einen vor. »Das tut mir sehr leid.« Impulsiv nahm sie die Hand der anderen Frau und drückte sie. »Bist du sicher, dass es dir nichts ausmacht, dein Zuhause mit mir zu teilen?«

Eine Frau in Trauer würde vielleicht lieber ungestört sein wollen.

»Nein, ich freue mich über die Gesellschaft. Es ist oft sehr einsam auf der Burg, da ich die einzige Frau bin, die hier lebt.«

Also lebte Cait auf der Burg? Emily war nicht sicher, ob das eine gute oder schlechte Neuigkeit war, da hier ja auch der grimmig dreinschauende Krieger zu Hause war, den sie heiraten sollte. »Gibt es hier denn keine weiblichen Bediensteten?«, fragte Emily erschrocken, als ihr die Bedeutung von Caits Worten aufging.

»Ein paar, aber die leben auf dem Burghof.«

»Keine innerhalb der Burg?«, wollte Emily mit einem Blick auf das große, turmähnliche Gebäude wissen. Aus der Nähe sah es sogar noch eindrucksvoller aus als auf den ersten Blick, auf jeden Fall groß genug, um bequem eine Familie und ihre Bediensteten zu beherbergen. »Wer benutzt denn all die Schlafgemächer?«

»Krieger.«

»Ist das nicht ungewöhnlich?«

Cait seufzte. »Hier nicht.«

»Ich konnte nicht umhin zu bemerken, dass dein Bruder mich weder begrüßt hat noch irgendeine andere Reaktion auf meine Ankunft zeigte.« Außer Feindseligkeit, doch das behielt Emily für sich, weil sie sich nicht schon gleich nach ihrer Ankunft über ihn beklagen wollte. Sie hoffte, dass er vielleicht nur schlechte Laune hatte und sie nicht halb so sehr verabscheute, wie es sein giftiger Blick hatte vermuten lassen.

»Ach, stör dich nicht an Talorc. Er hat sich mit dieser Heirat noch nicht angefreundet, aber er wird schon noch vernünftig werden«, erwiderte Cait ermutigend, als sie in den Turm voranging.

Sie sagte noch etwas anderes, doch Emily hörte ihr schon nicht mehr zu. Der Saal der Burg war riesig und nur schlecht beleuchtet, und vor allem war er voller Soldaten, die das Plaid der Sinclairs trugen. Die Männer beachteten jedoch weder Cait noch Emily, wofür diese ausgesprochen dankbar waren.

Ihre Eskorte hatte sie schon als einschüchternd genug empfunden, aber *en masse* waren die Krieger ihrer neuen Familie geradezu beängstigend.

Unwillkürlich trat sie näher an Cait heran und folgte ihr zum hinteren Teil des großen Saales und eine Treppe hinunter. Ein offener Durchgang zur Rechten gab den Blick auf einen Lagerraum frei, aber Cait führte sie in ein Zimmer, das sich links davon befand. Es war ein kleines Schlafzimmer, das anders als die meisten Räume auf der unteren Ebene des Turms eine Reihe winziger Fenster in Deckennähe hatte, die Licht hereinließen.

Außerdem war es viel sauberer und gemütlicher als die schmucklose große Halle. Emily legte ihre Satteltasche auf das Bett zu einigen Bündeln, in denen sie ihr Gepäck erkannte, das die Männer der Eskorte übernommen hatten, als sie die Soldaten ihres Vaters fortgeschickt hatten.

Auch das Bett war mit einem Sinclair-Plaid bedeckt. Ein weiteres Plaid war über den einzigen Sessel im Raum drapiert, und an einer Wand standen zwei kleine Truhen.

Cait hob den Deckel einer dieser Truhen an. »Hier kannst du deine Sachen unterbringen.«

»Danke.« Emily wollte nichts mehr, als sich auf dem Bett zusammenzurollen und hundert Jahre lang zu schlafen, aber sie nahm sich zusammen und begann, ihr Gepäck wegzuräumen. »Du sagtest, dein Bruder hätte sich noch nicht mit dieser Heirat angefreundet?«

Cait reichte der sichtlich erschöpften Engländerin die auf dem Bett liegenden Bündel an. »Ja.«

»Warum? Weil er jemand anderen heiraten wollte? Oder stört es ihn, dass ich Engländerin bin?«

»Es ist sehr ungewöhnlich für einen Highlander, außerhalb der Clans zu heiraten«, erwiderte Cait diplomatisch.

In Wahrheit war sie jedoch noch immer schockiert darüber, dass ihr Bruder der Forderung des Königs stattgegeben hatte, eine Engländerin zu heiraten. Talorc hatte mehr Anlass als die meisten, sowohl den Engländern als auch den Menschen zu misstrauen. Und da Emily beides war, machte Cait sich große Sorgen, ob diese Verbindung nicht von Anfang an zum Scheitern verurteilt war.

Sie versuchte jedoch, das Positive daran zu sehen und zu glauben, dass ihr Bruder seine Vorurteile überwinden würde. Er wollte einfach nicht begreifen, dass nicht alle Menschen unglaubwürdig waren, nur weil manche zu Verrat imstande waren. Auch einige der Chrechten waren das; es war nicht nur eine menschliche Schwäche. Für Talorc machte das jedoch keinen Unterschied; er zog es vor, alle rein menschlichen Wesen für schwach und prinzipienlos zu halten.

Ebenso wenig konnte man alle Engländer in einen Topf werfen; sie konnten ja schließlich nicht samt und sonders gottlose Usurpatoren sein? Die reizende Frau neben ihr hatte jedenfalls nicht den Geruch von Verrat oder Gier an sich, so wie es bei Caits Stiefmutter der Fall gewesen war.

»Du meinst also, dass die Leute hier, dein Bruder eingeschlossen, genauso entsetzt darüber sind, dass ich Engländerin bin, wie es meine Eltern waren, als sie eine ihrer Töchter fortschicken mussten, um einen Schotten zu heiraten?«

»›Entsetzt‹ ist noch ein mildes Wort für Talorcs Reaktion, als er die Nachricht von Schottlands König erhielt.«

»Ich verstehe.«

»Nimm es nicht persönlich«, riet ihr Cait.

»Wie könnte ich? Der Mann hat ja nicht einmal ein Wort mit mir gesprochen.«

Cait entspannte sich, Erleichterung erfasste sie. »Schön, dass du so vernünftig bist.« Sie seufzte wieder. »Leider kann ich das von meinem Bruder nicht sagen.«

»Hat er euren König verärgert, um so gestraft zu werden?«

»Aber nein«, rief Cait verblüfft. Auf was für Ideen kamen diese Engländer? »König David schätzt meinen Bruder sehr, doch er wird von den Normannen Englands beeinflusst und hat viele ihrer Gebräuche angenommen. Er will Talorc nicht ohne Grund mit einer Engländerin verheiraten. Er hofft, dass du ihn zähmen wirst.«

Diesmal machte Emily große Augen und sah aus, als hätte sie gerade einen ganzen Fisch verschluckt. »Hat dein Bruder das gesagt?«, fragte sie scharf. »Ich hätte nicht gedacht, dass so ein grimmiger Krieger seiner jüngeren Schwester etwas so Privates anvertrauen würde.«

Darauf lachte Cait. »O nein, das weiß ich nur, weil ich die Gespräche der Soldaten belauscht habe.«

Emily schmunzelte und lachte, als Cait vor Verlegenheit errötete.

»Ich weiß, dass es eine beschämende Angewohnheit ist, aber …«

»Wie würdest du sonst etwas in Erfahrung bringen?«, schloss Emily für sie.

Mit dem Gefühl, eine Schwester und Seelenverwandte gefunden zu haben, fragte Cait: »Du findest das also nicht sehr unartig von mir?«

»Ich habe auch schon so manches wichtige Gespräch in der Burg meines Vaters belauscht«, erwiderte Emily schulterzuckend. »Männer lassen Frauen über vieles im Dunkeln, obwohl sie das besser nicht tun sollten … und Eltern sind nicht immer so ehrlich zu ihren Kindern, wie man es sich wünschen würde.«

»Da kann ich dir nur zustimmen. Mein Bruder ist viele Jahre wie ein Vater zu mir gewesen. Er hat mir nicht einmal gesagt, dass er meine Heirat arrangiert hatte, bis ich in den großen Saal gerufen wurde, um meine Ehegelübde abzulegen.«

»War deine Ehe glücklich?«

Cait wünschte, sie könnte das bejahen, weil es so offensichtlich war, dass ihre neue Freundin Trost suchte, doch sie konnte sich nicht dazu überwinden, Emily zu belügen. Nicht einmal, um sie zu beruhigen. »Er war eine gute Partie, um die Macht meines Bruders innerhalb des Clans zu festigen, aber Fergus und ich hatten kaum etwas gemeinsam.«

»Trotzdem muss es jetzt, da du von ihm schwanger bist,

schwer für dich sein, dass er nicht mehr ist.« Dann schlug Emily entsetzt die Hand vor ihren Mund. »Es tut mir so leid, Cait! Ich weiß, dass ich nicht darüber sprechen sollte.«

»Ist es eine englische Angewohnheit, Unwissenheit vorzutäuschen, wenn eine Frau ein Kind erwartet?«, entgegnete Cait, die sich bemühte, nicht über die Vorstellung zu lachen, weil sie Emily nicht kränken wollte.

»Ja, das ist es wohl.«

Cait schüttelte den Kopf. »Das Kind kommt in vier Monaten, und ich kann es kaum erwarten. Mutter zu werden, ist ein großer Segen unter meinen Leuten.«

»Die Äbtissin sagt, dass den Lehren der Kirche zufolge das Gebären eines Kindes eine Wiedergutmachung der Sünden Evas ist.« Emily furchte leicht die Stirn. »Dass es als Beweis für den himmlischen Segen zu einem ehelichen Bund betrachtet wird.«

»Eine *Äbtissin* hat das gesagt?« In Caits Ohren hörte sich das mehr nach der Aussage eines Priesters an.

Emily grinste verschwörerisch und zwinkerte Cait zu. »Na ja, sie hat nicht gesagt, dass sie das auch denkt.«

»Soviel ich weiß, kann eine Äbtissin eine Frau von großer politischer Macht in England sein.«

»Ja.«

»Dann kannst du von Glück sagen, mit einer verwandt zu sein.«

»Oh, nein, das bin ich keineswegs.«

»Dann bist du also in einem Kloster unterrichtet worden?«

»Nein, aber eine sehr gelehrte Äbtissin nahm während einer Reise zu einer ihrer früheren Schülerinnen Quartier in unserer Burg. Sie war eine wunderbare Frau. Sie war nie zu ungeduldig, um meine Fragen zu beantworten, und versuchte sogar, Papa zu überreden, mir den Besuch ihrer Klosterschule zu erlauben. Meine Stiefmutter lehnte das jedoch ab, und später hatte ich Grund, darüber froh zu sein, doch man erlaubte mir wenigstens eine rege Korrespondenz mit der Äbtissin. In erster Linie wohl, weil meine Stiefmutter sie sich nicht zur Feindin machen wollte, aber was auch immer der Grund war, ihre Schreiben werden eins der Dinge sein, die mir hier am meisten fehlen werden.« Emily lächelte, obwohl ihre veilchenfarbenen Augen vor Müdigkeit gerötet waren. »Doch ich werde sicher andere Dinge finden, die mich dafür entschädigen«, schloss sie tapfer.

Cait bewunderte Emilys Optimismus und hoffte nur, dass ihr Vertrauen belohnt werden würde.

Im Laufe der nächsten Tage entdeckte Emily viele Eigentümlichkeiten an ihrem neuen Heim, von denen die auffälligste für sie war, dass ihr zukünftiger Ehemann nach wie vor kein einziges Wort mit ihr gesprochen hatte. Meistens ignorierte er sie, wenn er sich aber doch einmal dazu herabließ, sie zu bemerken, war sein Gesichtsausdruck genauso finster wie bei ihrer allerersten Begegnung vor der Burg.

Auch sie bemühte sich nicht, sich mit ihm bekannt zu machen, weil sie es für klüger hielt, ihre Begegnung auf später zu verschieben, wenn er besserer Laune war. Was jedoch wahrscheinlich erst an dem Tag geschehen würde, an dem sie vor ihren Schöpfer trat, befürchtete sie schon beinahe.

Emily half Cait bei der Führung des Haushalts, wie sie zuvor Sybil unterstützt hatte, nur dass die Arbeit ihr hier weit mehr Spaß machte. Cait und sie hatten viel gemeinsam, und so wurden sie auch sehr schnell gute Freundinnen.

Die beiden Frauen durchquerten eines Abends gerade den

großen Saal, als Talorc seine Schwester rief. »Bring die Frau her, Cait!«

Cait verzog bei dem mürrischen Tonfall ihres Bruders das Gesicht, kehrte aber um, um zu gehorchen.

Die Frau? Emily konnte die Dreistigkeit des Lairds kaum fassen. Wenn er nicht bald anfing, Manieren zu zeigen, würde sie ihm eine Gardinenpredigt halten, die Sybils wie freundliches Geplauder erscheinen lassen würde. Der Ärger, der schon seit ihrer Ankunft in ihr brodelte, kochte hoch.

Im Vorbeigehen flüsterte ihr Cait zu: »Lass dir von ihm keine Angst machen. Er ist nicht so bissig, wie er tut.«

Emily hätte fast gelacht, weil es nur zu offensichtlich war, dass auch Cait ein bisschen Angst vor ihrem Bruder hatte. Aber dann wurde sie nur noch ärgerlicher bei dem Gedanken. Eine Schwangere vertrug keine Aufregungen. Hatte ihr Vater das nicht oft genug gesagt, wenn Sybil ein Kind erwartet hatte? Emily drehte sich zu Talorc um und sah ihn ungehalten an, machte jedoch keine Anstalten, seiner Forderung nachzukommen.

»Ist diese Frau schwachsinnig? Oder warum kommt sie nicht herüber?«, herrschte Talorc seine Schwester an. »Du hast gesagt, sie spräche unsere Sprache.«

Cait warf Emily einen besorgten Blick zu und machte große Augen, als sie Emilys aufsässige Haltung sah. Aber dann verzogen sich ihre Lippen zu einem Lächeln.

Emily gab ihr keine Chance, ihrem Bruder zu antworten. »Warum fragt Ihr *diese Frau* nicht selbst?«, forderte sie Talorc heraus. »Vorausgesetzt natürlich, Ihr könnt Euch dazu überwinden, das Wort an sie zu richten.«

Denn falls er glaubte, sie würde einen Mann heiraten, der nicht mal mit ihr sprach, dann hatte er sich schwer getäuscht.

»Oder vielleicht werde ich es Euch auch einfach sagen. Ich bin weder schwachsinnig noch taub. Ihr braucht Eure Bitten also nicht zu schreien wie ein alter Mann, der nicht mehr richtig hört.«

»Ihr untersteht Euch, mich zu beleidigen?«, fuhr Talorc auf.

»Natürlich beleidigt sie dich nicht«, mischte Cait sich hastig ein.

Emily begann, auf den Clan-Chef zuzugehen. »Nein, ich beleidige Euch nicht.«

Talorc nickte, als besänftigte ihn ihre Erklärung, aber ihre nächsten Worte ließen ihn vor Zorn erröten.

»Würde ich Euch beleidigen wollen, könnte ich mir viel schmählichere Dinge vorstellen, als Euch einen *alten Mann* zu nennen. Es ist eher eine Beleidigung für schwerhörige alte Männer, deren laute Stimmen mit Eurem Geschrei zu vergleichen«, erwiderte sie und nickte zur Bekräftigung.

Daraufhin brüllte Talorc wieder los, diesmal etwas über die derben Zungen englischer Frauen, woraufhin Emily laut herauslachte, weil sie es zu komisch fand, von einem so ungehobelten Flegel wie diesem unzivilisiert genannt zu werden. Auch Cait lächelte, und Emily war sicher, dass ihre neue Freundin ihre Belustigung verstand.

Talorc platzte fast vor Wut. Er packte die unverschämte Engländerin, als sie ihn erreichte, konnte sich aber gerade noch genug beherrschen, um sie nicht zu schütteln. Seine Kraft war zu tödlich, um sie gegen eine Unschuldige einzusetzen, selbst wenn diese eine renitente, kratzbürstige Engländerin war. Sie war hübsch mit ihren veilchenfarbenen Augen und weiblichen Rundungen, doch er verspürte nicht die kleinste körperliche Reaktion, als er sie berührte.

Er zog sie näher, bis ihre Schenkel sich berührten, und …

nichts geschah. Kein Begehren regte sich in seinen Lenden, kein Verlangen, sich mit dieser Frau zu vereinigen. Es war genauso, wie er befürchtet hatte, als der Befehl des Königs ihn erreicht hatte. Talorc war ein Werwolf, und selbst mit einer Werwölfin als Gefährtin war die Chance auf Nachwuchs nur gering – mit einer rein menschlichen Frau war sie jedoch buchstäblich gleich null.

Nur in einer echten Bindung konnten Kinder aus einer Paarung zwischen Wolf und Mensch hervorgehen. Talorc wusste jedoch nicht, woran er erkennen könnte, ob eine Frau seine wahre Gefährtin war. Laut Aussage der Ältesten seines Rudels gab es keine Möglichkeit dazu ... oder zumindest nicht bis nach der Paarung. Doch hatte diese erst einmal stattgefunden, konnte es kein Zurück mehr geben. Die Gesetze seines Rudels schrieben vor, dass der körperliche Akt eine lebenslange Bindung nach sich zog.

Einer Sache war er sich jedoch ganz sicher: Wenn es ihnen bestimmt wäre, wahre Gefährten zu sein, würde die Frau ihn *körperlich* zumindest reizen. Doch er begehrte sie nicht. Er bewunderte zwar ihren Mut, aber abgesehen davon war sie ihm nicht mal sympathisch. Und wie hätte es auch anders sein können? Schließlich war sie Engländerin.

Sein Vater hatte die Torheit einer ehelichen Verbindung mit den hinterlistigen Engländern am eigenen Leib erfahren. Man konnte ihnen nicht vertrauen – niemals. Er würde sich seine Gefährtin nicht von einem *menschlichen* König aussuchen lassen, der viel zu angetan von ihrem Feind im Süden war.

Er stieß Emily weg und sah seine Zurückweisung in der Wut ihrer lavendelfarbenen Augen reflektiert.

Die Frauen seines Clans waren nicht so undiszipliniert, aber Talorc hatte keine Lust, diese englische Wildkatze zu zähmen.

»Hör zu, Frau, ich werde keine Feindin heiraten, nicht mal, um es meinem König recht zu machen.«

»Das höre ich gern«, erwiderte sie. »Ich glaube, ich wäre nämlich lieber mit einem Ziegenbock verheiratet als mit dir!«

Cait nutzte das empörte Gestammel ihres Bruders, um Emily die Treppe hinauf zu ihrem Gemach zu scheuchen. Sie schob sie schnell hinein und schloss die Tür. Dann sah sie Emily mit einer Mischung aus Ungläubigkeit und Erstaunen an. »Bist du verrückt?«

»Nein – und er?«

Cait lächelte. Aus dem Lächeln wurde ein Kichern, und bald schüttelten sich beide so vor Lachen, dass Emily sich aufs Bett fallen ließ und Cait sich an die Wand lehnen musste, um sich zu stützen.

»Ich kann nicht glauben, dass ich lache, obwohl mein Bruder uns nun sicher beide umbringen wird«, sagte Cait, als sie wieder zu Atem kam.

»Jetzt habe ich dich mit meinem vorlauten Mund in Schwierigkeiten gebracht, nicht wahr? Auch wenn ich nicht verstehe, wie Talorc dich nach solch kurzer Bekanntschaft für mein Benehmen verantwortlich machen könnte.«

Cait schüttelte den Kopf. »Er wird nicht wirklich böse auf mich sein, aber ich glaube, es war ihm ernst gemeint, als er sagte, er würde dich nicht heiraten.«

»Das ist ein Segen, soweit ich sehen kann«, erwiderte Emily ein bisschen schroff.

Cait stieß sich von der Wand ab, steckte ein paar lose Fältchen ihres Plaids fest und schüttelte den Kopf. »Aber was wird aus dir, wenn er dich nicht heiratet?«

Emilys Triumphgefühl verblasste. »Keine Ahnung.« In seiner gegenwärtigen Verfassung würde er ihre Schwester

Abigail bestimmt nicht nachkommen lassen, damit sie bei ihnen leben konnte.

»Hast du meinem Bruder wirklich gesagt, du wärst lieber mit einem Ziegenbock verheiratet?«, fragte Cait, während sie die jetzt wieder ordentlichen Falten über ihrem vorstehenden Leib glatt strich.

Emily errötete bei der Erinnerung daran und bereute ihre unbedachten Worte nun. Sie hatte England mit der Absicht verlassen, sich im Haushalt ihres Zukünftigen so unentbehrlich zu machen, dass er ihr gestatten würde, Abigail zu sich zu holen. Jetzt jedoch sah es so aus, als würde er Emily ihres ungebührlichen Verhaltens wegen sogar selbst nach Hause schicken.

Und sie hegte keinen Zweifel, dass Abigail an ihrer Stelle hergeschickt werden würde, sogar wenn Talorc keine neue Braut verlangte. Emilys Magen verkrampfte sich bei dem Gedanken.

Dann seufzte sie vor Verärgerung über sich selbst. Talorcs ungehöriges Benehmen war keine Entschuldigung dafür, dass *sie* derart den Kopf verlor. »Aye, das habe ich gesagt. Ich weiß nicht, was über mich gekommen ist. Sybil predigt mir andauernd, ich müsste damenhafter sein. Dein Bruder denkt wahrscheinlich auch, dass ich es nicht bin, und nichts wird seine Einstellung jetzt noch ändern können.«

Cait lachte wieder und schüttelte den Kopf. »Das ist noch untertrieben. Mein Bruder ist es schon nicht gewöhnt, dass ihm Männer widersprechen – und wenn dies auch noch eine *Frau* wagt, wird ihn das mit Sicherheit für lange Zeit verärgern.« Der Gedanken schien Cait etwas zu ernüchtern.

»Glaubst du, dass er mich wirklich nicht heiraten wird, auch wenn er damit dem Befehl seines Königs zuwiderhandelt?«

»Du brauchst gar nicht so erfreut zu klingen. So schlecht ist Talorc gar nicht«, erwiderte Cait mit leisem Tadel in der Stimme.

»Ja, was solltest du auch anderes sagen? Immerhin bist du seine Schwester. Und ich bin auch nicht erfreut ... nicht wirklich.« Nicht, wenn ihr Verantwortungsgefühl für ihre Schwester verlangte, dass sie diesen griesgrämigen Krieger ehelichte. »Aber denkst du, er hat es wirklich so gemeint, wie er es sagte?«

»Ich weiß nicht. Talorc sagt kaum etwas, was er nicht ernst meint. Ich bin mir nicht mal sicher, ob er das überhaupt schon mal getan hat«, gab Cait zu.

»Glaubst du, er wird mich nach England zurückschicken?«

Ein sorgenvoller Blick erschien in Caits Augen. »Das weiß ich wirklich nicht, Emily, aber ich persönlich will nicht, dass du gehst. Ich habe mich schon so an deine Gesellschaft gewöhnt.«

Die Frage, ob sie heimgeschickt werden würde oder nicht, war auch am nächsten Nachmittag noch nicht beantwortet. Und obwohl Emily die Highlands nur allzu gern verlassen hätte, wusste sie, dass sie Talorc, was immer er auch hinsichtlich ihrer Zukunft entschieden haben mochte, ausreden musste, sie nach England heimzuschicken. Und dass sie sich auf jeden Fall bei ihm entschuldigen musste.

Auch wenn der Gedanke, bei dem Laird zu Kreuze kriechen zu müssen, genauso unerfreulich war wie die Aussicht, seine Frau zu werden.

Aber Abigail würde ein Leben bei dem Sinclair-Clan nicht überstehen. Diese Leute steckten voller Vorurteile, und die Tatsache, dass ihre Schwester nicht nur Engländerin, sondern zudem auch noch behindert war, würde ihr das Leben unter ihnen zur Hölle machen.

Cait war der einzige Mensch innerhalb des Clans, der Emily das Gefühl vermittelte, willkommen zu sein. Alle anderen ignorierten sie oder waren von unverhohlener Feindseligkeit ihr gegenüber. Besonders die Soldaten. Es war fast so, als empfänden sie es als persönlichen Affront, dass sie dazu auserwählt worden war, ihren Laird zu heiraten. Emily kam sich wie eine Aussätzige vor, und ohne Caits Freundschaft wäre sie verzweifelt.

Als die beiden Freundinnen zu dem Bach hinuntergingen, in dem die Frauen des Clans ihre Wäsche wuschen, wurden sie mit bösen Blicken empfangen. Niemand schenkte ihnen auch nur ein winziges Lächeln. Emily tat ihr Bestes, die Wellen der Feindseligkeit, die ihr entgegenschlugen, zu ignorieren, und begann, ihre von der Reise verschmutzten Kleider zu waschen. Aber die Clan-Frauen zogen sich eine nach der anderen vom Bach zurück und ließen in aller Deutlichkeit erkennen, dass sie nicht von ihrer Gegenwart *beschmutzt* werden wollten. Bittere Tränen stiegen Emily in die Augen.

»Verhalten sie sich allen Außenseitern gegenüber so?«, fragte sie Cait, während sie blinzelte, um ihre Tränen zu verdrängen und so zu tun, als kümmerte es sie nicht.

»Nein. Einer unserer Krieger hat sich gerade mit einer Frau aus dem Balmoral-Clan zusammengetan, und die anderen Frauen haben sie sehr freundlich aufgenommen.« Cait seufzte. »Ich befürchte, dass sich die Nachricht von deiner Konfrontation mit meinem Bruder schon unter den anderen herumgesprochen hat. Sie sind ihrem Laird alle sehr treu ergeben.«

»Und ich habe ihn einen Ziegenbock genannt.«

»Nicht wirklich«, sagte Cait mit einem Lächeln.

»Auch du bist deinem Bruder treu ergeben, doch du hasst mich nicht, oder?«, hakte Emily nach, als ihr der Gedanke kam, dass Caits gutes Herz zwar Mitgefühl empfinden mochte, sie Emily aber trotzdem genauso ablehnen könnte wie der Rest des Clans.

»Natürlich nicht! Und die anderen Frauen werden es auch nicht tun, wenn sie dich erst einmal richtig kennengelernt haben.«

»Obwohl er mich seine Feindin genannt hat?«

Cait zuckte mit den Schultern. »Du *bist* ja auch Engländerin.«

»Und folglich der Feind?«

Die andere Frau seufzte traurig. »Ja, aber es ist mehr als das. Vielleicht hätte ich es dir besser gleich sagen sollen. Nur hatte ich gehofft, dass Talorc lernen würde, dies alles vernünftiger zu sehen.«

»Was vernünftiger zu sehen?«

»Dass unser Vater mit einer Engländerin verheiratet gewesen war.«

»Eure Mutter war Engländerin?«

»Nein. Sie ist gestorben, als ich noch sehr klein war. Unser Vater hat wieder geheiratet, als Talorc vierzehn war. Ich war damals fünf. Die Frau war sehr schön, jedoch nicht vertrauenswürdig. Sie waren erst drei Jahre verheiratet, als sie unseren Vater an einen landgierigen englischen Baron verraten hat. Ihr Verrat kostete unseren Vater und viele unserer Clan-Angehörigen das Leben. Talorc hat die Tat nie vergeben oder vergessen.«

»Das kann ich mir vorstellen, aber glaubt er wirklich, ich würde ihn auch verraten? Nur weil ich eine Engländerin bin?«

Cait wandte den Blick ab. »Ja.«

Am nächsten Morgen sprach Emily Talorc an. Sie wusste, dass sie sich bei ihm entschuldigen musste, also konnte sie es auch gleich hinter sich bringen. Außerdem wollte sie, dass er ihr erlaubte, zu dem kleinen See zu gehen, von dem Cait ihr erzählt hatte.

Sie sehnte sich danach, ein Bad zu nehmen, und wollte keine Wiederholung des Vortages erleben. Aber natürlich würde sie Talorc nichts von dem eigentlichen Zweck des Ausfluges erzählen.

»Was wollt Ihr?«, fragte er barsch.

»Ich möchte mich entschuldigen ... dafür, dass ich gesagt habe, ich würde lieber einen Ziegenbock heiraten als Euch.«

»Warum?«

»Weil ich wütend auf Euch war.«

»Ich weiß, warum Ihr mich beleidigt habt. Doch weshalb entschuldigt Ihr Euch dafür?«

»Weil bei einer mit Beleidigungen begonnenen Ehe wenig Hoffnung auf Harmonie besteht.«

»Ich sagte doch schon, dass es keine Ehe geben wird.«

»Aber Euer König ...«

»... wird einen so belanglosen Befehl zu gegebener Zeit wieder vergessen.«

»Ihr glaubt, ein Befehl zu heiraten sei bedeutungslos?«

»Ja.«

»Verstehe. Und was gedenkt ihr dann, mit mir zu tun?«

Er zuckte mit den Schultern, als wäre ihre Zukunft völlig nebensächlich. Was sie für ihn bestimmt auch war. Aber Emily konnte nicht so emotionslos sein. »Ich will nicht, dass Ihr mich nach Hause schickt.«

»Ihr lügt wie alle Engländer.«

»Ich lüge nicht.«

»Ihr wollt doch gar nicht hier leben.«

»Das ist wahr.«

»Also lügt Ihr.«

»Das tue ich nicht.« Sie sah keine andere Möglichkeit, als ihm von Abigail zu erzählen.

»Dann kamt Ihr also in der Hoffnung her, Eure Schwester davor zu bewahren, meine Frau werden zu müssen?«

»Ja.«

»Das ist lobenswert.« Er sagte es nur widerstrebend, doch er schaute sie zumindest nicht mehr ganz so finster an.

»Abigail ist ein sehr sensibles, zerbrechliches Geschöpf. Sie würde die Kälte Eures Clans einer englischen Braut gegenüber nicht verstehen.«

»Aber Ihr schon?«

Absolut nicht, dachte Emily, doch sie wollte nicht die kleine Verständigung gefährden, die sie erreicht hatten, indem sie das eingestand. »Ich will nur nicht, dass meiner Schwester wehgetan wird.«

»Ich werde ihr nicht wehtun.«

»Dann schickt Ihr mich also nicht zurück?«

»Ich habe mich noch nicht entschieden.«

Er erhob sich, als wollte er gehen, und Emily begriff, dass ihr Gespräch beendet war. Schnell brachte sie noch ihre Bitte wegen des Sees vor. Talorc antwortete nicht direkt, wies jedoch einen jungen Soldaten an, sie zu begleiten, womit er einerseits seine stillschweigende Zustimmung zu erkennen gab und andererseits, wie unwichtig Emily seiner Einschätzung nach war, da er keinen erfahrenen Krieger zu ihrer Begleitung abstellte.

Aber er schien zumindest das mit Abigail verstanden zu haben, was immerhin schon etwas war. Als Cait hörte, wohin Emily wollte, bestand die junge Frau darauf, sie zu begleiten.

Nach einem halbstündigen Spaziergang erreichten sie den See. Cait befahl dem jungen Soldaten, mit abgewandtem Gesicht auf der anderen Seite eines Gebüschs zu warten. Als der Junge merkte, dass die beiden Frauen baden wollten, bekam er einen puterroten Kopf und beeilte sich, der Schwester seines Clan-Chefs zu gehorchen.

Wie immer achtete Emily darauf, im flachen Wasser zu bleiben, und lehnte Caits Aufforderung, mit ihr hinauszuschwimmen, innerlich erschaudernd ab. Der Gedanke, sich in tieferes Wasser zu begeben, verursachte ihr Übelkeit wie immer, doch sie war stolz darauf, wie gut sie das verbergen konnte.

Emily und Cait hatten ihr Bad beendet und zogen sich gerade wieder an, als Cait sich urplötzlich versteifte. Dann drehte sie sich zu der Stelle um, an der der Soldat wartete, und kniff die Augen zusammen, um durch das dichte Unterholz zu spähen.

»Was ist?«, fragte Emily. »Er beobachtet uns doch wohl nicht, oder?«

Cait schüttelte den Kopf und legte warnend einen Finger an ihre Lippen. Emily konnte sich nicht vorstellen, was sie so erregte, aber sie kam Caits Aufforderung nach und zog sich so leise wie nur möglich an. Schweigend und mit besorgter Miene tat Cait es ihr nach.

Emily wurde ganz starr vor Anspannung, als sie das kleine Messer, das sie bei den Mahlzeiten benutzte, aus ihrem Gürtel zog. Ihr Blick war auf das nur wenige Schritte vom Seeufer entfernte Unterholz geheftet, wo auch Cait hinschaute, obwohl Emily keine Ahnung hatte, wonach sie Ausschau hielten. Nach einem wilden Tier vielleicht? Aber sie hatte nichts gehört, und ihr Gehör war ausgezeichnet.

Die Antwort erhielt sie eine Sekunde später, als fünf hünenhafte Krieger in dunkelblau, grün und gelb karierten Plaids und mit makaberen blauen Mustern in ihren Gesichtern aus dem Wald heraustraten. Sie ritten die größten Pferde, die Emily je gesehen hatte – und dazu noch ohne Sattel.

3. Kapitel

Emily glaubte, auf alles vorbereitet gewesen zu sein in diesem Hochland, doch *darauf* war sie nicht gefasst. Hätte ihr am Tag zuvor jemand gesagt, es gebe noch Furcht erregendere Krieger als die Sinclairs, hätte sie ihn ausgelacht. Aber jetzt war ihr gar nicht zum Lachen zumute.

Oh nein. Das Einzige, woran sie denken konnte, war zu beten.

Die hünenhaften Männer, deren grimmige Gesichter durch die blaue Kriegsbemalung sogar noch einschüchternder wirkten, ritten auf Cait und sie zu. Das Furchteinflößendste an ihnen war jedoch nicht so sehr die Tatsache, dass sie noch größer als die Sinclair-Krieger waren, sondern vielmehr ihre Haltung – diese Arroganz, als gehörte ihnen die ganze Welt, mit allem, was sich darauf bewegte. Angesichts der Tatsache, dass sie sich auf dem Territorium eines anderen Clans befanden, hieß das schon etwas. Eine solche Arroganz hatte Emily noch nie gesehen, und sie war immerhin von einem von Englands selbstherrlichsten Baronen aufgezogen worden und nun auch noch mit dem mindestens ebenso hochfahrenden Clan-Chef der Sinclairs verlobt.

Caits scharfes Einatmen erinnerte Emily daran, dass sie der Gefahr nicht ganz allein gegenüberstand. Aber ihre Erleichterung schlug im Bruchteil einer Sekunde in Bestürzung um. Emily wollte nicht, dass ihrer Freundin etwas zustieß oder ihr Angst gemacht wurde. Sie wandte sich zu Cait, die kreidebleich geworden war und die Reiter voller Schrecken ansah.

Emily versuchte, ein beruhigendes Lächeln aufzusetzen.

»Hab keine Angst, Cait. Das sind nur Freunde deines Bruders, denke ich.« Bösartig genug, um das zu sein, sahen sie jedenfalls aus.

Aber Cait schüttelte den Kopf, ohne den Blick von den herannahenden Reitern abzuwenden. »Freunde? Nein, Emily. Diese Männer sind Balmoral'sche Soldaten, und sie haben Everett schon getötet«, sagte sie. Sie sprach von dem Jungen, der Emily hatte beschützen sollen, »denn sonst wären sie nicht hier.«

Emily richtete einen zornigen Blick auf den Krieger, der ihr am nächsten war. »Das kann ich nicht glauben. Ihr habt diesen Jungen nicht getötet – weil es sogar hier in den Highlands eine Sünde wäre für einen erwachsenen Mann, ein halbes Kind zu töten.«

Der von ihr angesprochene Krieger, ein rothaariger Teufel mit grünen Augen, zog statt einer Antwort nur die Augenbrauen hoch und betrachtete sie schweigend. Das machte Emily so nervös, dass sie an den Falten ihres Gewandes herumzupfte und sich erneut veranlasst fühlte, ihrem Ärger Ausdruck zu verleihen.

»Wisst Ihr nicht, dass es unhöflich ist, eine Frau zu ignorieren, wenn sie mit euch redet?« Sie hatte die ganze Zeit Gälisch gesprochen, um sicherzugehen, dass diese heidnischen Ungeheuer sie verstanden.

Ein Krieger zu ihrer Linken erhob das Wort. Bis auf seine braunen Augen hätte er der Zwillingsbruder des anderen sein können. »Wir haben den Jungen nicht getötet.«

Emily wandte sich wieder an ihre Freundin. »Siehst du? Das sind anständige Männer, von denen wir sicher nichts zu befürchten haben.« Sie hoffte, dass Gott ihr die Lüge verzeihen würde, doch sie hasste den Ausdruck der Panik in Caits Augen.

Caits ungläubiges Schnauben ging in einen Schrei über, als der grünäugige Krieger sie packte und auf sein Pferd hinaufzog. Er entwaffnete sie so schnell, dass Emily nicht einmal sehen konnte, wie, aber als sie das kleine Messer auf den Boden fallen sah, vergaß sie jegliches Gefühl für Schicklichkeit und stürzte sich wie eine Wildkatze darauf.

Das Messer in der Hand, sprang sie wieder auf und hieb mit der Klinge nach dem ungeschützten Bein des Kriegers.

Sein Pferd bäumte sich jedoch erschrocken auf, sodass der Messerhieb danebenging. Emily sprang vor, um es aufs Neue zu versuchen, wurde aber von hinten von einem Arm vom Umfang eines Kiefernstammes gepackt. Oder zumindest fühlte er sich so an, als er sich um ihre Taille schloss und ihr den Atem nahm, während sie hochgehoben und in völlig unschicklicher Haltung vor einem der Balmoral'schen Soldaten herabgelassen wurde.

Sie war zu sehr außer Atem, um zu schreien, aber sie konnte beißen, und das tat sie, als sie zu dem Mann herumfuhr und ihre Zähne in die eine Schulter grub, die nicht von seinem Plaid bedeckt war.

Er grunzte, und Emily biss noch fester zu und versuchte, ihm das Messer in den Schenkel zu stoßen. Doch plötzlich schloss sich der Arm, der eben noch um ihre Taille gelegen hatte, wie eine eiserne Zwinge um ihre beiden Arme, und der Daumen der freien Hand des Mannes drückte so fest gegen ihr Handgelenk, dass ihr das Messer wie von selbst entglitt.

Das Pferd unter ihnen setzte sich in Bewegung, und der Krieger knurrte an Emilys Ohr: »Hört auf, an mir herumzuknabbern, Frau. Ich dachte, nicht mal die englischen Ungläubigen betrieben Kannibalismus.«

Emily schmeckte Blut und riss ihren Mund von der Schulter des Kriegers los, spuckte aus, um den ekligen Geschmack loszuwerden, und drehte sich wieder zu ihrem Bezwinger um, um ihn wütend anzufunkeln. Doch dabei fiel ihr Blick auf die wild um sich schlagende Cait.

Sie kämpfte verzweifelt, um sich aus dem Griff des Mannes zu befreien. Der Krieger, der sie hielt, gab sich jedoch keine große Mühe, sie zu bändigen, sondern konzentrierte sich nur darauf, sie vor den herabhängenden Ästen der Bäume zu schützen, als sie durch den dichten Wald ritten.

Ohne sich um ihre eigene Situation zu sorgen, schrie Emily ihrer Freundin zu: »Hör auf, dich zu wehren, Cait! Du wirst dem Baby schaden.«

»Wir dürfen nicht zulassen, dass sie uns entführen!«, rief Cait zurück. »Wenn sie es schaffen, würde das Krieg zwischen den Sinclairs und den Balmorals bedeuten.«

Emily verstand nicht, was für Cait daran so ungewöhnlich sein sollte. Soweit sie gehört hatte, führten die Highland-Clans doch ohnehin andauernd Krieg untereinander?

»Wenn Euer Bruder keinen Krieg will, sollte er seinem Krieger nicht gestatten, eine der Frauen meines Clans zu rauben«, sagte der Krieger, der Emily auf seinem Pferd mitnahm.

Cait, die sich noch immer wehrte, wenn auch nicht mehr ganz so wild wie vorher, drehte sich um und funkelte ihn böse an. »Sie befand sich außerhalb Eurer Ländereien. Sie war auf unserem Land auf der Jagd. Ihr selbst seid für ihren Verlust verantwortlich.«

Der Mann, der Cait hielt, sagte etwas zu ihr, das Emily nicht verstehen konnte, aber sein barscher Ton war mehr als deutlich. Cait antwortete mit einem Wort, das Emily nicht kannte, und das Gesicht des Kriegers verhärtete sich vor Ärger. Selbst Emilys Bezwinger versteifte sich beleidigt. Offenbar wusste er, was das Wort bedeutete, auf jeden Fall konnte es nichts Gutes sein.

Offenbar gab es Schlimmeres, als mit einem Ziegenbock verglichen zu werden.

Plötzlich trieben die Männer ihre Pferde zu einer schnelleren Gangart an, sodass es in den nächsten Minuten keine Gelegenheit zum Reden gab. Emily beobachtete Cait besorgt und war froh zu sehen, dass ihre Freundin sich nicht mehr zu befreien versuchte. Sie musste eingesehen haben, dass sie bei einem Sturz von einem galoppierenden Pferd ihr Kind verlieren konnte.

Irgendwann erreichten sie eine Lichtung und hielten ebenso plötzlich an, wie sie vorhin losgaloppiert waren.

Der Mann, der Emily festhielt, glitt mit ihr zusammen von seinem Pferd und drehte sie zu sich herum. Im Stehen war er so groß, dass sie den Kopf zurücklegen musste, um ihm ins Gesicht zu sehen.

Dunkelbraune, gold geränderte Augen, in denen keine Spur von Milde zu erkennen war, starrten auf sie herab. Es waren die Augen eines Wolfes. Doch anstatt sie erschaudern zu lassen, entfachte ihr Blick eine versengende Hitze an Stellen in ihr, die sie nicht einmal benennen konnte. Emily konnte nicht glauben, dass sie etwas so Beschämendes bemerkte, schon gar nicht in ihrer derzeitigen Situation, aber der Mann war einfach zu viel für ihre Sinne, um unberührt von ihm zu bleiben.

»Lasst sie in Ruhe!«, schrie Cait.

Emilys Blick glitt zu ihrer Freundin. Caits rothaariger Bezwinger hatte sie jetzt besser im Griff, indem er ihre Arme rechts und links an ihren Körper presste.

Der hochgewachsene Mann mit den Wolfsaugen drückte Emilys Schultern, um ihre Aufmerksamkeit zu erlangen. »Sagt dem Sinclair, dass wir seine Schwester und ihr Kind behalten werden. Das ist eine angemessene Entschädigung für Susannah.«

Emily starrte ihn entsetzt an. »Das kann nicht Euer Ernst sein. Bitte tut das nicht. Ihr dürft Cait nicht entführen!«

Er würdigte sie keiner Antwort, und sie hatte im Grunde auch nichts anderes erwartet. Warum sollten ihre Bitten ihn rühren? Der Mann war offensichtlich fest entschlossen, dieses scheußliche Verbrechen zu begehen.

Trotzdem öffnete sie den Mund zu weiteren Protesten, doch wieder drückte er ihre Schultern, und diesmal streiften seine Daumen ihr Schlüsselbein. Emily schnappte nach Luft, brachte aber kein Wort mehr über ihre Lippen. Ja, sie konnte nicht einmal mehr denken, solange er sie auf diese ungehörige Art berührte. Sie wollte ihm befehlen, damit aufzuhören, doch irgendetwas an ihm faszinierte sie.

Er hatte ihr nicht wehgetan.

Das war ein Rätsel, aber ein größeres sogar noch war die Frage, warum er so dastand, auf sie herunterblickte und nichts sagte.

Seine Stirn war leicht gefurcht, doch er sah nicht besonders ungehalten aus.

Lächelten die Männer in den Highlands überhaupt jemals? Was für ein törichter Gedanke! Wartete er darauf, dass sie sich bereit erklärte, seine Botin zu sein? Wenn ja, konnte er lange warten.

»Ihr könnt doch nicht ernsthaft vorhaben, Cait auf eine anstrengende Reise zu Pferde mitzunehmen! Euch ist sicher nicht entgangen, dass sie ein Kind erwartet.«

Wieder antwortete er nicht, sondern bedachte sie nur mit einem drohenden Blick, der seine Wirkung nicht verfehlte.

Er war der einschüchterndste Mann, dem Emily je begegnet war, aber auch der attraktivste. Nicht einmal die blaue Farbe auf seinem Gesicht beeinträchtigte die maskuline Schönheit seiner Züge. Schwarzes Haar, das schimmerte wie Obsidian, fiel ihm in langen Strähnen über die breiten Schultern, und sogar die Tätowierung um seinen Oberarm erhöhte seinen Zauber noch. Sie sah aus wie ein blaues Armband, und keiner der anderen Soldaten hatte eine solche Tätowierung.

Nicht, dass Emily bei den Sinclair'schen Kriegern so etwas hätte bemerken können, denn die besaßen immerhin den Anstand, safrangelbe Hemden unter ihren Plaids zu tragen. Nicht so diese Barbaren hier. Die Brust und eine Schulter des vor ihr stehenden Mannes waren nackt, und Emily konnte einen bläulich roten Fleck und ein bisschen Blut an der Stelle sehen, wo sie ihn gebissen hatte.

Sie erschrak, weil sie es bedauerte, das einem anderen Menschen angetan zu haben.

Sein Gesicht war unbewegt, und dennoch hatte sie das Gefühl, als könnte er ihre Gedanken lesen. Sie wusste nicht, wie sie ihn davon abbringen sollte, ihre Freundin mitzunehmen, doch irgendwie *musste* sie ihn daran hindern.

Spontan zog sie ein Taschentuch aus ihrer Tunika und wischte damit vorsichtig das Blut von seiner Brust, während sie fieberhaft überlegte, wie sie Cait beschützen könnte.

»Die Reise könnte dem Baby schaden«, sagte sie.

»Wir vom Clan Balmoral fügen Frauen keinen Schaden zu. Drustan wird sie behalten, aber ihr und dem Kind wird nichts geschehen.«

Emily drückte das Tuch auf die kleine Wunde, die sie ihm zugefügt hatte. »Wäre die Frau des Lairds zu entführen keine größere Genugtuung für Euch?«, fragte sie, als sich ein verzweifelter Plan in ihrem Kopf entwickelte.

Die Augen des Kriegers verengten sich. »Er ist nicht verheiratet.«

»Vor ein paar Tagen wäre das noch so gewesen, aber heute nicht mehr.«

Als sie Cait scharf die Luft einziehen hörte bei ihrer Lüge, warf Emily ihr einen warnenden Blick zu.

»Und wo ist seine Frau?«, fragte der Krieger wider Willen.

Er wusste selbst nicht, warum er zögerte und der Engländerin zuhörte. Sie war hübsch, aber er hatte sich noch nie von einer schönen Frau beeinflussen lassen. Vielleicht war es ihr Mut oder ihre Art, die Wunde zu versorgen, die sie ihm zugefügt hatte. Dieses widersprüchliche Verhalten faszinierte ihn.

Genau wie die ganze Frau. Ihre offenkundige Sorge um Talorcs Schwester verwirrte ihn. Von einem anderen Mitglied des Sinclair-Clans hätte er nicht weniger erwartet, doch diese Frau war keine Sinclair. Sie war Engländerin. Daran konnte kein Zweifel bestehen, ihrer Kleidung nach zu urteilen und so, wie sie Gälisch mit dem Akzent ihrer Feinde aus dem Süden sprach.

Aber ob sie nun Engländerin war oder nicht, es machte ihm jedenfalls Spaß, sie zu beobachten. Sie war so bemüht, ihre Angst vor ihm zu verbergen, doch ihr Zittern verriet sie, und trotz ihrer Nervosität funkelten ihre veilchenfarbenen Augen ihn böse an, und das amüsierte ihn. Sie sah aus, als wäre sie bereit zu kämpfen. Gegen ihn.

Und sie war nicht mal eine Wölfin.

Erstaunlich.

Wo hatten die Sinclairs ein solches Juwel gefunden?

»*Ich* bin seine Frau.«

Die Worte hingen in der Luft und verdarben ihm die Freude an ihrer Gesellschaft. Dieses Juwel gehörte dem Sinclair? Nein, das konnte er nicht glauben.

Er schüttelte den Kopf.

Sie nickte entschieden.

Er wandte sich an die Schwester des Sinclairs. »Euer Bruder hat sich eine englische Gemahlin ausgesucht?«

»Nein.«

Lachlan hob das Kinn der Frau an, damit sie seinen Blick erwidern musste. »Ich mag es nicht, belogen zu werden.«

»Ich … lüge nicht.«

»Dann nennt Ihr also Eure Freundin eine Lügnerin?«, entgegnete er in einem Ton, der ausgewachsene Krieger in die Flucht geschlagen hätte.

»Nein, natürlich nicht. Es ist nur so, dass nicht Talorc mich ausgesucht hat, sondern Euer König das für ihn getan hat.«

»Ihr werdet mich nicht davon überzeugen, dass er eine Engländerin geheiratet hat.« Dazu war Talorcs Hass auf die Engländer zu stark, nachdem er seinen Vater und einen Bruder verloren hatte durch einen landgierigen englischen Baron und die Engländerin, die den Sinclair-Clan verraten hatte.

»Talorc hasst die Engländer noch mehr, als er die MacDonalds hasst«, fasste Drustan Lachlans Gedanken in Worte.

»Ich weiß, dass Talorc die Engländer hasst und es keine glückliche Beziehung ist.« Für Lachlan lag zu viel Aufrichtigkeit in ihrem Ton, um ihre Behauptung weiter anzufechten. »Aber ich bin seine Frau. Euer König und mein König haben es so befohlen, und ich habe eine ansehnliche Mitgift mitgebracht.«

Lachlan glaubte nicht, dass Talorc sich durch Geld beeinflussen ließe, doch natürlich konnte er auch nicht wissen, wie der andere Clan-Chef dachte.

»Warum tragt Ihr dann nicht sein Plaid?«, fragte er, während er schon überlegte, wie sich seine Vergeltung unter diesen glücklichen Umständen noch vergrößern ließe.

»Seine Bereitschaft, mich zu heiraten, ging nicht so weit, einer Engländerin zu erlauben, die Farben seines Clans zu tragen. Er hat sich noch nicht ganz mit dieser Ehe … ausgesöhnt.«

Lachlan hatte keine Mühe, das zu glauben. Und angesichts des viel zu unschuldigen Ausdrucks in den Augen dieser Frau musste er sich fragen, ob ihre letzten Worte nicht vielleicht bedeuteten, dass die Ehe bisher noch nicht einmal vollzogen worden war.

»Wenn Ihr seine Frau seid, würde er den Balmorals nur dafür danken, ihn von Euch befreit zu haben«, höhnte hinter ihnen Ulf.

Ein gekränkter Blick erschien für einen Moment in ihren Augen, bevor sie ihre Lider senkte und die Schultern zuckte. »Es würde seinen Stolz verletzen, selbst wenn er vom Gefühl her nur Erleichterung verspüren würde.«

Seltsamerweise rührten ihre verletzten Gefühle Lachlan, und er drehte sich um und brachte seinen Bruder mit einem scharfen Blick zum Schweigen.

Ulfs Augen weiteten sich, aber er sagte nichts, sondern runzelte nur ärgerlich die Stirn.

Lachlan verstand weder die Wut noch die Enttäuschung, die ihn bei der Entdeckung erfassten, dass diese einzigartige und schöne Frau die Gemahlin seines Feindes war. Aber *was* er verstand, war, dass es in der Tat sehr grausam wäre, sie zurückzulassen und zu riskieren, dass Talorc seine Wut an ihr ausließ, wenn er von der Entführung seiner Schwester hörte.

Lachlan konzentrierte sich auf die Frau, die ihre Fassung zurückerlangt hatte und wieder sprach.

»Was kann ich dafür, dass ich Engländerin bin?«, fügte Emily leise an. Sie konnte sich selbst nicht erklären, warum die harten Worte des Balmoral'schen Soldaten sie so kränkten, denn eigentlich hätte sie nicht kümmern dürfen, was diese Barbaren dachten.

Ihr Bezwinger hörte ihre Worte und lächelte, worauf ihr das Herz fast stehen blieb. Das Lächeln eines Feindes dürfte nicht so wundervoll sein, schon gar nicht in einem Gesicht mit Kriegsbemalung.

Ohne ein weiteres Wort ergriff er sie und schwang sich wieder mit ihr aufs Pferd, wo er sie in die gleiche beschämende Stellung brachte wie schon vorher – mit gespreizten Beinen vor ihm sitzend, ihr Po an seinen harten Schenkeln. Emily zog scharf den Atem ein, versuchte aber ansonsten, ihre Ängste zu verbergen, nachdem ihr Plan aufgegangen war.

Sie wandte sich an ihre Freundin und sagte zu ihr: »Mach dir keine Sorgen um mich, Cait. Mir wird nichts geschehen. Du kannst ja sehen, dass diese Krieger anständige Leute sind.«

Cait, der es anscheinend die Sprache verschlagen hatte, schüttelte nur den Kopf.

Emily versuchte zu lächeln, was ihr aber nicht ganz gelingen wollte. »Auf Wiedersehen, Cait.«

In dem Moment setzten sich die Pferde in Bewegung, doch der Krieger, der sich offenbar Drustan nannte, ließ Cait nicht gehen.

»Ihr habt jetzt mich – Ihr müsst Cait freilassen!«, protestierte Emily.

Ihr Bezwinger antwortete nicht.

Sie kniff ihn ins Bein, aber es war, als versuchte sie, in einen Stein zu kneifen. »Ich sagte, Ihr müsst meine Freundin gehen lassen!«

»Nein.«

»Doch.«

»Schweigt!«

»Ich lasse mir nicht das Wort verbieten. Lasst sie gehen, oder ich werde so laut schreien, dass man mich bis zur Burg hören wird.«

»Ein einziger Ton von Euch, und ich werde Euch knebeln.«

Emily schnappte entsetzt nach Luft.

Er packte sie noch fester – in einer stummen Warnung, die sie nicht ignorierte, weil sie nicht auch noch geknebelt werden wollte.

Ihre Lage war ohne das schon schlimm genug. Ihr Plan war fehlgeschlagen. Statt ihre Freundin freizulassen, hatten die Krieger sie beide entführt. Was für ein Mensch war dieser Highland-Laird, dass die Aussicht, einem anderen Laird die Frau zu stehlen, seinen Racheplänen nicht genügte?

Sie musste einen letzten Versuch unternehmen, ihn umzustimmen, so sinnlos es vielleicht auch war. »Aber wenn Ihr nicht eine von uns zurücklasst, wer wird dann Talorc sagen, dass die Balmorals für die Entführung verantwortlich sind?«, fragte sie verzweifelt.

»Der Junge, der Euch bewachte, hatte Gelegenheit, ein Plaid zu sehen, bevor wir ihn außer Gefecht gesetzt haben«, erwiderte der Krieger in einem Ton, der keinen weiteren Widerspruch erlaubte.

Aber was hatte sie noch zu verlieren? »Ihr habt diesen armen Jungen ohnmächtig dort liegen lassen? Was ist, wenn er von wilden Tieren angefallen wird? Wer soll den Sinclairs dann berichten, was geschehen ist? Auch *ich* hätte von wilden Tieren auf dem Weg zurück zur Burg getötet werden können, wenn ich Euer Bote gewesen wäre. Doch da ich Engländerin bin, hätte Euch das wohl kaum gekümmert, nehme ich mal an.«

Ihr Bezwinger würdigte sie keiner Antwort. Die Pferde wurden allmählich schneller, bis sich der kleine Trupp in einem Tempo von den Sinclair'schen Ländereien entfernte, das Emily ganz schwindlig machte. Sie betete zu Gott, dass dem ungeborenen Kind ihrer Freundin nichts geschehen möge ... und dass der Mann, der sie festhielt, sie nicht fallen ließ.

Mehrere Stunden später, in denen Emily völlig verkrampft und steif, um ihren Bezwinger nur ja nicht zu berühren, in seinen Armen auf dem Pferd gesessen hatte, betete sie um die Kraft, diese Tortur auch nur eine Minute länger durchzuhalten, bevor sie die Kontrolle über sich verlor und in Tränen ausbrach wie ein Kind. Als sie den Schmerz in ihrem Rücken schon nicht mehr auszuhalten glaubte, hob ihr Bezwinger in dem stummen Befehl, die Pferde anzuhalten, seine Hand.

Wieder zog er Emily mit sich vom Pferd, ließ sie dann aber sofort los, als ertrüge er es nicht, sie zu berühren. Auf absurde Weise gekränkt von seiner Reaktion, stöhnte sie vor Schmerz, als sie sich straffte, und dachte, dass die Tränen, die in ihren Augen brannten, nur von diesem Rückenschmerz herrühren konnten. Tatsächlich kostete es sie ihre letzte Kraft, nicht vor Erleichterung und Erschöpfung auf die Knie zu fallen. Mit unsicheren Schritten ging sie zu Cait, um sich nach ihrem Befinden zu erkundigen.

»Ist alles in Ordnung mit dir?«, fragte sie besorgt.

Cait schenkte ihrer Freundin ein müdes Lächeln. Es war offensichtlich, dass Emily Schmerzen hatte und sie zu verbergen versuchte. Sie war schließlich nur ein Mensch, und der Ritt war äußerst strapaziös gewesen ... selbst für Cait. Und sie war eine Werwölfin. »Ja. Drustan hat mich sehr gut festgehalten und dafür gesorgt, dass ich nicht zu sehr durchgeschüttelt wurde.«

Die Rücksichtnahme des Kriegers flößte ihr ganz seltsame Gefühle ein. Sie wusste, dass die Männer vorhatten, sie als Entschädigung für Susannah zu behalten, aber Drustan war nicht grausam zu ihr. Tatsächlich war er sogar vorsichtiger mit ihr umgegangen, als ihr eigener Ehemann es je gewesen war.

Doch wenn er so besorgt um *sie* sein konnte, warum war der

Balmoral-Clan dann bei Susannah so nachlässig gewesen? Eine allein jagende Wölfin, und besonders eine läufige, war Freiwild für einen Werwolf ohne Partnerin, und das müssten sie doch wissen.

»Du dagegen siehst so aus, als wärst du gezwungen gewesen, auf einer Keule balancierend zu reiten«, fügte Cait hinzu.

Emily verzog ihr Gesicht, das ganz spitz und bleich war vor Erschöpfung. »Das kommt der Wahrheit ziemlich nahe. Nach der Anstrengung, vornübergebeugt zu sitzen und das Gleichgewicht zu halten, fühlt sich mein Rücken an, als würde er nie wieder gerade werden.«

»Warum hast du dich nicht an Lachlan angelehnt? Er hätte dein Gewicht doch wohl verkraften können, wenn Drustan meins verkraften konnte.«

Emily starrte sie befremdet an. »Warum ich mich nicht *an ihn angelehnt* habe?«, fragte sie ungläubig.

Cait schüttelt den Kopf. War es Emilys englische Herkunft oder die Tatsache, dass sie rein menschlich war, was sie so prüde machte? Cait wäre nie auf die Idee gekommen, bei einem so anstrengenden Ritt die Schicklichkeit zu wahren, aber sie gehörte ja auch zu den Wölfen, denen von klein an eine praktischere Einstellung zu ihrem Körper vermittelt wurde, als die menschlichen Mitglieder ihres Clans gewöhnlich hatten.

»Woher kennst du den Namen des Mannes, mit dem ich geritten bin?«, fragte Emily. »Hattest du ihn früher schon einmal gesehen?«

»Nein, aber da er offenbar der Anführer ist und so besitzergreifend von Susannah sprach, ist er vermutlich der Laird des Balmoral-Clans – und der heißt Lachlan. Er könnte auch ihr Bruder sein, doch wenn es Drustan ist, der mich behalten soll, glaube ich eher, dass er Susannahs Bruder ist. Gesagt hat er das nicht.« Eigentlich hatte er überhaupt nichts mehr gesagt, seit sie ihm das Schimpfwort an den Kopf geworfen hatte.

»Oh.«

»Soll ich ihn fragen, ob ich recht habe?«

»Nein. Ich bin sicher, dass du recht hast. Es ist eine begründete Vermutung, nur war ich zu sehr mit Fluchtgedanken beschäftigt, um darauf zu kommen. Trotzdem hätte ich mir denken müssen, dass er der Laird ist. Ich meine, das ist doch nur zu offensichtlich, jetzt, da du es sagst.«

Cait musste über die Selbstkritik ihrer Freundin lächeln. »Sei nicht zu hart zu dir.«

»Ach, ich bin ja so *schlau*, Cait, dass ich uns beide in Gefangenschaft gebracht habe! Wäre ich es nicht gewesen, hätte ich Alarm schlagen und die Truppen deines Bruders viel schneller auf deine Spur bringen können.«

Cait bedauerte, dass auch Emily verschleppt worden war, doch so, wie sie und Talorc zueinander standen, glaubte Cait nicht, dass es eine Verbesserung für Emily gewesen wäre, zurückgelassen zu werden. Vor allem, falls ihr selbst nicht die Flucht gelang. Und in ihrem Zustand hatte sie wenig Hoffnung, das zu schaffen.

»Bis du zur Burg zurückgegangen wärst, wären wir schon viel zu weit voraus gewesen. Vergiss nicht, dass wir schon ein gutes Stück geritten waren, bevor der Laird bereit war, dich gehen zu lassen. Außerdem bin ich sicher, dass Everett inzwischen längst Alarm geschlagen hat.«

»Ich hoffe, dass du recht hast und keine wilden Tiere ihn gefressen haben.«

»Er ist kein schutzloser Mensch.« Cait verzog das Gesicht über ihren Versprecher, aber Emily schien nichts aufzufallen.

Sie war zu sehr damit beschäftigt, sich umzusehen. »Warum, glaubst du, haben wir hier angehalten?«

»Um in das Boot zu steigen.«

»Boot?«, fragte Emily und erblasste jäh. »In was für ein Boot?«

»Der Balmoral-Clan lebt in einer Festung auf einer Insel. Und sind wir erst einmal auf diesem Boot, wird es für meinen Bruder sehr viel schwerer sein, uns zu befreien.«

»Es wird keine Befreiung geben, meine Damen«, rief Drustan aus einiger Entfernung schroff.

Emily schnappte überrascht nach Luft, obwohl sie am ganzen Körper zitterte vor Angst über die Aussicht, auf ein Boot gebracht zu werden. »Wie kann er wissen, wovon wir reden?«

»Er hat es gehört.«

Aber Emily schüttelte den Kopf. »Wir sind zu weit entfernt und haben auch nur in gedämpftem Ton gesprochen. Er kann es nur erraten haben.«

Cait machte ein Gesicht, als wollte sie ihr widersprechen. »Emily ...«

»Was?«

Doch Cait schüttelte den Kopf. »Nichts. Sprichst du Lateinisch?«, flüsterte sie in dieser Sprache.

»Ja.«

»Dann hoffe ich, dass sie es nicht können.«

Emily verstand sofort. Falls einer dieser Männer ein besonders gutes Gehör besaß, konnte es nicht schaden, wenn sie und Cait sich in einer fremden Sprache verständigten. Sie würde ihre Freundin ein andermal fragen, wo sie Latein gelernt hatte. In England war das nichts Ungewöhnliches für Frauen ihres Standes, aber sie hatte immer gehört, dass die Highlander fast wie Barbaren lebten. Bisher hatte sich diese Darstellung allerdings als maßlos übertrieben herausgestellt.

»Was sollen wir tun, Cait?«

»Gib einfach weiter vor, von dem Ritt geschwächt zu sein.«

»Das ist kein Problem«, sagte Emily, weil ihre schmerzenden Muskeln gar nicht allzu viel Verstellung nötig machten.

»Wir müssen ein paar Pferde stehlen.«

»Aber sie würden uns verfolgen.«

»Unsere einzige Hoffnung ist, ihnen lange genug voraus zu bleiben, bis wir auf meinen Bruder treffen.«

»Vorausgesetzt, dass er sich auf die Suche nach uns macht.«

»Das tut er, glaub mir. Hast du bemerkt, dass sie die Pferde unbewacht am Ufer trinken lassen?«

Emily blickte zum See hinüber, wo alle fünf Pferde tranken. Die Männer waren damit beschäftigt, das von Cait erwähnte Boot bereitzumachen, aber auch ein anderes, sehr seltsames Gerät, das für die Reittiere bestimmt sein könnte. Es sah aus wie ein Floß, das mit Öffnungen versehen war, um die Pferde daran anzuschirren, sodass sie hinter dem Boot herschwimmen konnten, jedoch über Wasser gehalten wurden. Oder zumindest nahm Emily das an.

»Wir müssen näher an die Pferde heran, und wenn sie schon zwei von ihnen für die Überfahrt angeschirrt haben und mit dem dritten beschäftigt sind, schnappen wir uns die letzten beiden und verschwinden. Wir müssen aber schnell sein.«

Emily nickte und hatte plötzlich eine Eingebung. »Laird?«, rief sie.

Er drehte sich mit nachdenklicher Miene zu ihr um.

»Cait und ich bräuchten ... ein bisschen Ungestörtheit.«

Nur die dunkle Augenbraue, die er hob, ließ darauf schließen, dass er verstanden hatte.

Emily spürte, wie sie vor Verlegenheit errötete. »Um, na ja, Ihr wisst schon, was.«

Lachlan musste ein Lächeln unterdrücken, worüber sogar er sich wunderte. Sollte er den Frauen sagen, dass er Latein verstand? Noch nicht, entschied er.

Da er von ihrem Plan wusste, Pferde zu stehlen, machte es ihm nichts aus, ihnen diesen Moment der Ungestörtheit zu gewähren, aber er musste sich doch fragen, was sie damit zu erreichen hofften.

»Beeilt Euch«, sagte er schroff.

Emily zuckte zusammen, dann nickte sie jedoch und drehte sich schnell um, um hinter den Büschen zu verschwinden. Cait blieb direkt hinter ihr.

Lachlan belauschte sie auch weiter, als sie gingen.

»Er ist furchtbar mürrisch, nicht?«, fragte die Engländerin.

»Er ist der Laird«, erwiderte Cait, als erklärte das alles.

»Und das gibt ihm das Recht, so unhöflich zu sein? Ich weiß nicht, warum mich das überrascht. Dein Bruder ist ja schließlich auch nicht anders.«

Bei der Erwähnung ihres Ehemanns, des Oberhauptes der Sinclairs, furchte Lachlan irritiert die Stirn.

»Temperamentvolle junge Frauen, nicht?«, bemerkte Drustan neben ihm.

»So könnte man es auch nennen«, knurrte Lachlan.

»Cait hat mich ›Pferdearsch‹ genannt.«

»Das habe ich gehört.«

Drustan lachte. »Sie wird sich heute Nacht dafür entschuldigen – und nicht nur das.«

Lachlan nickte. »Aber geh behutsam mit ihr um. Sie ist schwanger.«

»Die Balmorals verletzen Frauen nicht.«

»Das weiß ich.«

»Und sie schlafen auch nicht mit den Ehefrauen anderer Männer.«

Ein warnendes Knurren stieg tief aus Lachlans Kehle auf. »Auch das weiß ich. Aber wenn ihr Mann ihr beigewohnt hat, fresse ich mein Schwert. Sie ist noch viel zu unschuldig und unerfahren.«

»Und das stört dich?«

»Ja«, erwiderte er grimmig.

»Glaubst du, es wäre leichter, die Finger von ihr zu lassen, wenn sie es nicht wäre?«

Darauf hatte Lachlan keine Antwort. Er hätte nie damit gerechnet, einmal eine Engländerin zu begehren, und hätte sich lieber selbst die Kehle herausgerissen, als die Frau eines anderen Mannes zu verführen. Aber er begehrte diese veilchenäugige kleine Hexe – genug, um sein Blut zum Rasen zu bringen und ein fast schmerzhaftes Ziehen in seinen Lenden auszulösen.

»Ich hätte sie in dem Wald zurücklassen sollen.«

»Das kannst du immer noch. Der Sinclair ist vermutlich höchstens ein paar Stunden hinter uns.«

»Oder sogar noch weniger.«

»Dann lass sie doch hier.«

»Das kann ich nicht.«

»Verdammt.«

»Genau das dachte ich auch gerade.«

»Wenn du ihn tötest, machst du sie zur Witwe«, meinte Drustan hilfsbereit.

»Ich bin mir immer noch nicht sicher, dass sie eine verheiratete Frau ist.«

4. Kapitel

Was hast du?«, fragte Emily Cait, als ihre Freundin plötzlich so aussah, als wäre sie den Tränen nahe.

»Ich will nicht, dass er meinen Bruder tötet.«

»Wer?«

»Lachlan ... der Laird der Balmorals.«

»Warum sollte er ihn denn töten?«

»Um dich zu kriegen.«

»Sei nicht albern, Cait!«

Aber die Freundin hörte nicht mehr zu. Sie war wieder so angespannt wie vorhin schon, als konzentrierte sie sich auf etwas, das sich Emilys Wahrnehmung entzog.

»Was ist, Cait?«

Doch ihre Freundin schüttelte nur den Kopf.

»Findest du es nicht komisch, dass sie uns keine Wache hinterhergeschickt haben?«

»Wir kämen nicht weit, und das wissen sie.«

»Aber wenn wir uns verstecken würden ... Vielleicht könnten wir ihre Abfahrt dann verzögern, bis uns dein Bruder eingeholt hat?«

Cait wurde bleich vor Schreck. »Ich will auf keinen Fall, dass das geschieht.«

»Was? Wieso denn nicht?«

»Weil der Clan-Chef der Balmorals Talorc töten könnte. Ich bin nicht mal sicher, dass Drustan nicht auch dazu in der Lage wäre. Ich will meinen Bruder nicht verlieren.«

»Wird es denn nicht sowieso zum Kampf kommen, wenn wir die Pferde stehlen und es schaffen, deinen Bruder zu erreichen?«

»Ich hoffe, dass sie uns nicht verfolgen, wenn wir erst mal von hier weg sind. Dann werden sie wissen, dass ihr Versuch, uns zu entführen, gescheitert ist.«

»Ich kann mir bei Lachlan nicht vorstellen, dass er einen Kampf vermeidet.«

Caits Augen füllten sich mit Tränen. »Ich auch nicht.«

Emily legte einen Arm um sie. »Was sollen wir also tun?«

»Wenn wir nicht fliehen, wird mein Bruder auf die Insel kommen, um uns zu holen. Und dort ist die Möglichkeit, dass er getötet wird, sogar noch größer.«

Obwohl der Tod des unfreundlichen Lairds Emilys eigene Probleme lösen würde, war sie nicht im Mindesten versucht, ihn sich herbeizuwünschen. Zum einen nicht, weil es eine furchtbare Sünde wäre, und zum anderen, weil ihre liebe Freundin darunter leiden würde. »Dann müssen wir fliehen.«

»Ja.«

»Aber du willst nicht, dass wir jetzt gleich weglaufen und uns verstecken?«

»Verstecken würde uns nichts nützen.« Cait biss sich auf die Lippe. »Sie würden uns finden, und wenn wir uns noch so gut verbergen.«

»Du sprichst von diesen Männern, als wären sie Götter. Sie sind auch nur Menschen, Cait.«

»Nein, das sind sie nicht. Sie sind mehr ...« Sie gab einen kummervollen Laut von sich. »Ich frage mich, ob sie uns beim Pläneschmieden nicht belauscht haben oder uns vielleicht sogar in diesem Moment noch hören können ...« Cait schüttelte den Kopf. »Nein, ich glaube, wir sind weit genug entfernt, um außer Hörweite zu sein. *Ich* höre sie jedenfalls nicht mehr. Wir sind ein gutes Stück gelaufen.«

»Wenn wir nicht bald zurückkehren, werden sie sich auf die Suche nach uns machen.«

Ein gequälter Ausdruck huschte über Caits Gesicht. »Das haben sie schon getan. Wir müssen sofort zurück.«

Emily nickte, weil sie ihrer verstörten Freundin nicht widersprechen wollte. Wenn sie sagte, die Männer kämen, musste sie etwas gehört haben. Am See hatte sie sie jedenfalls schon lange vor ihr selbst gehört.

Aber Emilys Bitte um ein bisschen Ungestörtheit war nicht nur eine List gewesen. »Ich brauche trotzdem noch einen Moment für mich«, erklärte sie.

Cait sah zunächst verblüfft aus, und dann lachte sie. »Ich auch. Ich habe festgestellt, dass die Schwangerschaft diesen Aspekt des Lebens manchmal ziemlich lästig macht.«

Emily lächelte und erinnerte sich an andere Frauen auf der Burg ihres Vaters, die sich über das Gleiche beklagt hatten. Cait war schon zu der Lichtung zurückgekehrt, als Emily sich hinter dem Gebüsch erleichtert hatte, und Drustan stand bei ihr.

Er sagte nichts, und Caits Augen waren erfüllt von hilfloser Verzweiflung.

Emily funkelte den Krieger böse an.

Er zuckte ein bisschen zusammen, als wäre er überrascht von ihrer Feindseligkeit, die so jäh und heftig war, dass sie am liebsten losgekeift hätte wie ein Fischweib. Waren denn alle Männer in den Highlands so begriffsstutzig?

»Was Ihr tut, ist falsch.«

»Nein, Mädchen. Vergeltung zu üben, ist Gesetz unter den Clans. Das Recht ist auf unserer Seite.«

Da blitzte Zorn in Caits Augen auf, und sie fuhr ihn an: »Ach, ja? War es denn etwa richtig, Eurer Clan-Angehörigen zu erlauben, bei Vollmond außerhalb des Balmoral'schen Territoriums zu jagen? Sie war schutzlos und dazu noch brün…« Cait unterbrach sich jäh und sah zuerst Emily, dann Drustan an. »Ihr wisst schon, was ich meine. Ihr vom Balmoral-Clan habt es versäumt, sie zu beschützen, und jetzt wollt ihr mich für eure eigene Schwäche bestrafen.«

Drustan warf sich beleidigt in die Brust. »Ich habe es nicht versäumt, meine Schwester zu beschützen. Ich weiß nicht, was für Lügen Euer Clan-Angehöriger erzählt hat, um seine Handlungsweise zu rechtfertigen, aber Susannah war *nicht außerhalb* der Insel auf der Jagd. Euer Mann hat sie von unserem Territorium verschleppt, genauso, wie ich jetzt Euch entführe. Und nicht Ihr seid es, die den Preis dafür bezahlt, sondern Euer Bruder, indem er Euch und das Kind, das in Euch heranwächst, aus seinem Rudel verliert.«

Emily hatte noch nie gehört, dass ein Clan als »Rudel«, bezeichnet wurde, doch dies war nicht der richtige Moment, danach zu fragen. »Susannah ist glücklich verheiratet mit einem Sinclair. Das ist doch wohl das einzig Wichtige«, sagte sie.

»Der Sinclair hätte im Namen seines Clan-Angehörigen um Erlaubnis bitten müssen. Das hat er nicht getan, was ein Bruch der Clan-Gesetze ist, den mein Laird und ich, Susannahs Bruder, nicht hinnehmen können.«

Cait verschränkte ihre Arme über der Brust und funkelte den Balmoral'schen Krieger an. »Streitet es ab, so viel Ihr wollt, doch sie war eine einzelne Wöl... eine Einzelgängerin! Sie war leichte Beute, als Magnus ihr begegnete, aber sie ist in der Tat glücklich verheiratet. Sie liebt Magnus, und unser Clan hat sie mit offenen Armen aufgenommen.«

Emily versuchte, nicht das Gesicht zu verziehen bei der Erinnerung daran, dass ihr keine solche liebevolle Akzeptanz zuteilgeworden war.

»Dem Clan-Gesetz muss Genüge getan werden«, beharrte Drustan stur.

»Selbst wenn es bedeutet, Krieg zu führen?«, fragte Emily.

»Natürlich.« Dieser dumme Mann sah aus, als könnte er nicht einmal verstehen, dass sie die Frage stellen musste.

Sie machten sich auf den Rückweg, wobei Cait sich Mühe gab, Abstand zwischen sich und dem Balmoral'schen Krieger zu bewahren. Emily bedauerte ihre Freundin. Ihre eigene Situation war kritisch, aber die Wahrheit war, dass sie nicht schlechter dran war, als sie es vorher schon gewesen war. Das Leben bei den Balmorals konnte auch nicht schlimmer sein als bei den Sinclairs. Und solange sie eine Gefangene des anderen Clans war, brauchte sie sich nicht darum zu sorgen, dass Talorc sie nach England zurückschicken und Abigail an ihrer Stelle kommen lassen würde, um dem Edikt des Königs zu entsprechen.

Doch Cait war offensichtlich – und zu Recht – bestürzt über ihre Situation. Sie wollte keinen Krieg mit dem Clan der Balmorals, und sie wollte auch nicht mit ihnen leben, soweit Emily sehen konnte.

Sie erreichten das Wasser, und Cait und sie blieben ein paar Schritte von der Stelle stehen, wo die Soldaten die Pferde für die Überfahrt bereit machten. Die Vorrichtung, die sie benutzten, sah komisch aus, aber Emily erinnerte sich, etwas Ähnliches auf einem Gemälde von einem Wikingerüberfall gesehen zu haben. Das Ding sah aus wie ein Floß, an dem die Pferde beim Schwimmen angeschirrt sein würden, um ihnen die Überfahrt zu erleichtern, da es nicht nur ihre Köpfe über Wasser hielt, sondern auch für jeden Pferdeleib eine Öffnung hatte, sodass die Tiere zusammen waren und die Belastung der Überfahrt gemeinsam trugen, was ihre Kräfte schonen würde. Den Pferden schien es jedenfalls nichts auszumachen.

Trotzdem war Emily froh, dass Cait und sie die Flucht

ergreifen wollten, bevor sie auf das Boot gebracht wurden. Die See war nicht gerade ruhig. Wellen schlugen krachend gegen Felsen in einiger Entfernung von der Küste, und Emily hatte kein Verlangen, sich bei so unruhiger See in einem kleinen Boot auf diesem tiefen, dunklen Wasser zu befinden. Um genau zu sein, wollte sie in gar keinem Boot sein.

Sie hatte gelernt, ihre Angst vor dem Wasser zu verbergen, doch sie war in ihr, eine dunkle Kraft, die sie mit der gleichen Sicherheit verschlingen würde wie die unergründlich dunklen Tiefen.

»Esst das.« Drustan hielt Cait ein Hafermehlplätzchen und einen Apfel hin.

Sie schüttelte den Kopf.

»Das Kind braucht Nahrung.«

So ungern Emily es auch tat, musste sie doch dem Krieger beipflichten. »Iss, Cait«, sagte sie. »Er hat recht.«

Cait nahm den kleinen Imbiss und biss in den Apfel.

Schweigend reichte Drustan Emily das Gleiche, und sie nahm das Plätzchen und den Apfel ohne Widerspruch. Wenn sie fliehen wollten, mussten sie bei Kräften bleiben.

Doch kaum hatte sie in das Haferplätzchen gebissen, verstand sie, warum Cait zuerst den Apfel aß. Das brotähnliche Gebäck fühlte sich wie Sägemehl auf ihrer Zunge an, aber sie zwang es hinunter und biss sofort danach in ihren Apfel, um den grässlichen Geschmack aus ihrem Mund zu bekommen.

Als sie ihrer Freundin einen Blick zuwarf und das Gesicht verzog, lachte Cait.

»Was ist so lustig?«, wollte Drustan wissen.

Caits Lächeln verschwand so schnell, wie es gekommen war. »Emily scheint Hafermehlplätzchen nicht zu mögen.«

»Ach, ich war nur ein bisschen überrascht über den Geschmack«, wich Emily aus, um unter Feinden nicht unhöflich zu sein, und ärgerte sich dann über sich selbst, weil es sie kümmerte, ob sie diese Leute kränkte oder nicht.

Sie hatten es mehr als nur verdient, gekränkt zu werden.

»Ich mag sie auch nicht«, versicherte ihr Cait. »Nur Krieger sind abgestumpft genug, um sie annehmbar zu finden.«

»Das überrascht mich nicht«, sagte Emily brüsk.

Doch trotz der Unappetitlichkeit der kleinen Zwischenmahlzeit beendeten sie sie schnell.

»Kommt her, Engländerin.« Das war Lachlan, der in einigen Metern Entfernung bei dem Boot stand, das viel zu klein aussah, um fünf hünenhafte Krieger und zwei Frauen über das Wasser zu befördern. Lachlan stand so nahe am Ufer, dass er nahezu schon im Wasser stand.

Emily hatte keine Lust, der See so nahe zu kommen. »Ich heiße Emily, nicht ›Engländerin‹.«

Der hochgewachsene Krieger zuckte nur die breiten Schultern und wartete.

Emily verschränkte die Arme und bedachte ihn mit einem Blick, der besagte, dass er warten konnte, bis ihr Vater aus England zu Besuch herkäme. Sie dachte nicht einmal daran, so nahe an das Wasser heranzugehen. Aus dem Augenwinkel versuchte sie, die Entfernung zu den Pferden abzuschätzen. Wenn Drustan nicht so nahe bei den Tieren stünde, wäre das Entkommen leichter, aber sie mussten es auf jeden Fall versuchen.

Sie drehte sich um, um Cait ein Zeichen zu geben, doch es war bereits zu spät. Ohne jede Vorwarnung hob Drustan Cait auf und ging mit ihr zum Boot hinüber. Sie schrie und stieß mit ihren Fäusten gegen seine Brust, aber er hielt sie unerbittlich fest.

»Ulf«, sagte der Laird.

Eine Sekunde später fand sich Emily in den Armen eines

anderen Kriegers wieder, der sie wie einen Sack Kartoffeln über seine Schulter warf. Es war der Mann, der gesagt hatte, Talorc würde Lachlan noch dankbar sein, sie verschleppt zu haben, weil sie Engländerin war. Sie versuchte natürlich sofort, sich seinen Armen zu entwinden, aber er packte sie mit einem solch harten Griff um ihre Schenkel, dass sie aufheulte vor Schmerz.

Seine Schulter stieß bei jedem seiner Schritte gegen ihren Magen, sodass sie jetzt zu allem Übel noch Schwierigkeiten mit dem Atmen hatte. Und es gefiel ihr auch nicht, mit dem Kopf nach unten dazuhängen, sein Hinterteil direkt vor ihrer Nase, und deshalb wandte sie das Gesicht zur Seite, um wenigstens den Boden anzusehen. Dieser Mann fühlte sich ganz anders an als Lachlan, und sie wollte nicht, dass er sie hielt. Nicht einmal für kurze Zeit.

Sein Blick war von einer Boshaftigkeit erfüllt gewesen, die sie in Lachlans Augen nicht gesehen hatte.

»Lasst mich runter!«, verlangte sie, als sie genügend Atem sammeln konnte, nur um ihn gleich darauf wieder zu verlieren, als sie merkte, dass der Krieger mit ihr geradewegs ins Wasser hineinmarschierte.

Und dann *ließ* er sie herunter in dem Boot, wo er sie alles andere als vorsichtig auf eine schmale Bank an Caits Seite plumpsen ließ. Das Boot schwankte gefährlich, und Emily verschlug es vor Furcht den Atem. Drustan war vor ihnen, und Ulf bestieg gleich hinter ihnen das Boot. Er setzte sich direkt hinter sie und verstärkte noch ihre Angst mit seiner Feindseligkeit. Sie fühlte sich furchtbar eingeengt, und ihr ganzer Körper kribbelte von dem Bedürfnis, von ihm fortzukommen.

Das Gewässer war hier noch flach, das merkte sie an Ulfs Beinen, die nur bis zu den Knien nass geworden waren. Egal, wie dunkel das Wasser auch aussah, es war nicht tief. Das durfte sie nicht vergessen. Emily kniff Cait unauffällig in die Seite. Es war jetzt oder nie für sie. Und ihre Freundin sprang auch sogleich auf der einen Seite aus dem Boot, während Emily ihre Übelkeit erregende Furcht herunterwürgte, um auf der anderen Seite herausspringen zu können. Ulf packte sie jedoch am Rock ihrer Tunika und ließ sie daran über dem Wasser baumeln.

Ein lautes Platschen und Drustans Schrei verrieten ihr, dass Cait erfolgreicher gewesen war.

»Rette dich, Cait!«, schrie Emily, als sie mühsam ins Boot zurückkrabbelte, um die anderen an ihren Bemühungen zu hindern, ihre Freundin wieder einzufangen.

Sie schaffte es gerade noch, Drustans Knöchel zu ergreifen. So fest sie konnte, klammerte sie sich mit beiden Händen daran fest, aber er riss sein Bein so hart zurück, dass er ihr fast die Schulter ausrenkte. Dann sprang er Cait nach, doch es war der andere rothaarige Soldat, der sie schnappte, als sie das einzige Pferd, das sich noch an Land befand, besteigen wollte.

Cait kämpfte wie eine Wildkatze, biss, kratzte und schrie den Mann an, sie loszulassen.

Aber es war Drustans tödlich ruhiger Befehl, der das bewirkte. Der andere Soldat gab Cait frei, und Drustan übernahm sie. Nachdem er sie fast augenblicklich unter Kontrolle gebracht hatte, fesselte er ihr mit grimmiger Miene mit einem Lederriemen die Hände auf dem Rücken. Ohne ein Wort zu sagen, tat er dann das Gleiche auch mit ihren Füßen.

Cait schluchzte, als er damit fertig war. »Bitte tut das nicht«, bettelte sie unter Tränen. »Bitte, bitte nicht. Ich werde mit Talorc reden … Es wird eine Entschuldigung geben. Bitte!«

Aber Drustan hob sie nur schweigend auf, drückte sie wie

ein kleines Kind an seine Brust und trug sie zu dem Boot zurück.

Cait schaute zu ihm auf. »Ich hasse Euch. Ich werde Euch nie gehören. Nie und nimmer!«

Der Zorn, mit dem er auf sie hinunterblickte, war mehr als nur beängstigend. »Und ob Ihr mir gehören werdet. Hasst mich, wenn Ihr wollt, aber ich behalte Euch genauso, wie Magnus meine Susannah behalten hat.«

»Eher bringe ich Euch um – oder sterbe selbst bei dem Versuch«, schwor Cait, deren Tränen wilder Wut gewichen waren.

Danach sagte sie kein Wort mehr und saß nur kerzengerade auf der schmalen Bank neben Emily. Mit einem Seitenblick bemerkte die, dass Caits finsterer Blick sich geradezu in Drustans Rücken bohrte – aber dieser fürchterliche Mann verdiente es auch nicht anders.

Emily wusste nicht, wie sie ihrer Freundin beistehen sollte, doch ihr wurde ganz übel vor Entsetzen, wenn sie sich die Worte des aufgebrachten Kriegers ins Gedächtnis rief.

Keine fünf Minuten später legten sie schon ab. Die Krieger ruderten mit geübten Bewegungen, die erkennen ließen, dass sie diese Überfahrt schon viele Male hinter sich gebracht hatten.

Emily versuchte, sich nicht vorzustellen, wie tief das Wasser war oder wie wenig stabil sich dieses kleine Boot anfühlte. Tapfer ignorierte sie die aufsprühende Gischt der gegen den Bug krachenden Wellen und hielt ihren Blick auf die Rückseite von Drustans nassem Plaid geheftet. Doch der Anblick des vor Wut ganz starren Soldaten war nicht weniger beunruhigend als das Furcht erregende Wasser.

Schließlich wandte sie sich Cait zu. »Alles in Ordnung?«, fragte sie auf Lateinisch.

Cait schaute sie aus sorgenvollen braunen Augen an. »Das

Kind und ich sind nicht verletzt«, erwiderte sie in derselben Sprache. »Aber gut geht es mir nicht.«

Emily nickte, weil sie vielleicht besser als jede andere Frau verstehen konnte, wie es war, wenn einem die Kontrolle über sein Leben genommen wurde und das Beste, was man für die Menschen, die man liebte, tun konnte, diese trotz allem noch verwundbar machte. »Es tut mir leid, Cait.«

»Danke, aber du weißt, dass es nicht deine Schuld ist.«

»Ich war es, die außerhalb der Burgmauern baden wollte, weil ich schwach war.«

»Wir waren auf Sinclair'schem Land. Dort hätten wir sicher sein müssen.«

»Ach, du hättest gar nicht bei mir sein sollen! Wenn dein Bruder gewusst hätte, dass du mitkamst, hätte er uns mehr Soldaten mitgegeben, um dich zu beschützen ... und sicherlich auch ältere und erfahrenere.«

»Der Junge, den er zu deinem Schutz abgestellt hatte, ist ein hervorragender Krieger. Wir hätten nicht besser geschützt sein können – außer, Talorc hätte dir ein Aufgebot seiner persönlichen Wache mitgegeben, wie die Männer, die er zur Grenze schickte, um dich zur Burg zu eskortieren. Und selbst dann wäre der Ausgang eines Scharmützels mit den Balmoral-Kriegern ungewiss gewesen.«

»Sind sie denn so Furcht erregend?«

»Diese ja.«

»Es ist trotzdem meine Schuld, dass wir außerhalb der Mauern waren.«

»Ich wäre sowieso irgendwann mit dir zu dem See gegangen, Emily. Und dann hätten sie uns geschnappt.«

»Du meinst, sie haben nur auf eine Gelegenheit gewartet?«

»Da bin ich mir ganz sicher.«

Der Wind hatte aufgefrischt, und trotz der Sommersonne fröstelte es Emily. Und die arme Cait war auch noch nass. Emily klopfte ihrer Freundin mitfühlend auf die Schulter. »Dir muss ja schrecklich kalt sein.«

Cait schien überrascht von der Bemerkung zu sein. »Nein, wieso?«

Ihre Freundin zitterte auf jeden Fall nicht wie Emily, die sich das nicht erklären konnte. Schon auf der Burg der Sinclairs hatte sie bemerkt, dass oft bis spät abends kein Feuer im großen Saal entfacht wurde, obwohl es ihres Empfindens nach schon viel früher kalt genug für eins gewesen wäre. Die Highlander waren ein zähes Volk, so viel war sicher.

Doch selbst eine starke Frau wie Cait könnte zerbrechen an der Art von Plänen, die Drustan anscheinend für ihre Freundin hatte.

»Cait …«

»Ja, Emily?«

»Was bedeutet es, jemanden dem Clan-Gesetz entsprechend *festzuhalten?*«

Cait verzog das Gesicht. »Du meinst, so wie Drustan gedroht hat, mich zu behalten?«

Für Emily klang das mehr wie ein Versprechen, aber trotzdem nickte sie.

»Zwischen einem Mann und einer Frau bedeutet das, dass er die Absicht hat, sie zu seiner Gefährtin zu machen.«

»Drustan wird dich heiraten?« Das war es, was Emily befürchtet hatte, doch etwas war ihr immer noch nicht ganz verständlich. »Ist das Kirchengesetz in Schottland denn nicht das Gleiche wie in England? Euer König erkennt Roms Autorität doch an?«

»Die Clans scheren sich nicht großartig um die Diktate ihres Königs.«

Talorc hatte es jedenfalls nicht getan. »Dann musst du der Heirat also nicht zustimmen, damit sie Gültigkeit besitzt?«

»Das nicht, aber wenn ein Mann eine Frau ›behält‹, wie wir es nennen, wird er sich für eine Trauung in aller Stille entscheiden.«

»Du meinst, er wird dich ohne den Segen der Kirche in sein Bett holen?«, fragte Emily entsetzt. Das war ja noch schlimmer, als sie gedacht hatte!

»Ja.«

»Das ist barbarisch.«

Cait zuckte mit den Schultern, doch ihre Augen straften ihre gefasste Haltung Lügen.

»Lachlan hat mir versichert, die Balmorals täten Frauen oder Kindern nichts zuleide.« Und sie hatte ihm auch noch geglaubt! »Aber er hat gelogen.«

»Ja, er hat gelogen.«

»Ich habe *nicht* gelogen«, warf Lachlan auf Lateinisch ein.

Er hatte das Gespräch verstanden!

Cait zuckte zusammen und ließ die Schultern hängen. »Ich hätte es wissen müssen. Mein Bruder sagte, der Laird der Balmorals sei gebildeter als andere Highlander. Talorc betrachtete das als eine Schwäche.«

»Aber du hast etwas anderes festgestellt, nicht wahr?«

Cait würdigte Lachlans spöttische Bemerkung keiner Antwort, und Emily war zu wütend, um überhaupt etwas zu sagen.

Der Mann war ein Ungeheuer!

Drustan bat um eine Übersetzung, und Lachlan wiederholte ihm die Unterhaltung Wort für Wort. Trotz ihres Ärgers errötete Emily, weil es ihr furchtbar peinlich war, in gemischter Gesellschaft bei einem so intimen Gespräch ertappt worden zu sein. Die Verlegenheit hielt jedoch nicht lange an, da ihre Empörung darüber, dass Cait so schlecht behandelt werden konnte, alle anderen Überlegungen, ja, selbst ihre Furcht vor dem Wasser überwog.

Es war nicht richtig.

Wütend sprang sie auf und fuhr herum, um Lachlan anzusehen. In arroganter, gebieterischer Haltung stand er vorn im Boot, während die anderen Soldaten an den Rudern saßen. Seine maskuline Ausstrahlung und männlich schönen Züge waren purer Hohn, weil sie ein schwarzes Herz verbargen, das sie nie bei ihm vermutet hätte.

Der Schmerz, ihn für etwas gehalten zu haben, das er nicht war, vermischte sich mit Emilys Angst um ihre Freundin und machte sich in einer Flut von aufgebrachten Worten Luft. *»Du bist nichts als ein verlogener Wilder, hörst du?«*

»Ich glaube, dich können sie bis nach England hören, Mädchen«, sagte einer der Soldaten. Er war der einzige Blonde unter ihnen, und bisher hatte er kein Wort gesagt.

Emily warf ihm einen giftigen Blick zu, bevor sie sich wieder Lachlan zuwandte. Er schien völlig ungerührt von ihrem Ausbruch zu sein. Und es kümmerte sie auch nicht, ob ihre Worte ihn trafen oder nicht. Sie würde sagen, was sie zu sagen hatte, und damit basta.

»Und Drustan ist ein Dieb. Nein, er ist schlimmer als ein Dieb«, erklärte sie. »Weil er nicht nur stehlen will, was ihm nicht gehört, sondern dabei auch eine unschuldige Frau verletzen wird. Und höchstwahrscheinlich auch ihr ungeborenes Kind. Ihr alle seid ein Haufen Feiglinge, die an einer Frau Vergeltung üben, statt sich ihren Gegnern in einem fairen Kampf zu stellen.«

Einige Männer ließen ihrer Feststellung ein erbostes Grunzen folgen, doch Emily beachtete sie nicht. Sie hatte noch ein letztes Wort zu dem Mann zu sagen, der sie so ungerührt beobachtete.

»Du magst gebildeter sein als die anderen Highland-Lairds, Lachlan, aber in meinen Augen bist du der ignoranteste und herzloseste Mann, dem ich hier oder in England je begegnet bin.«

Dann ließ sie sich so schwungvoll auf die Sitzbank fallen, dass das Boot ins Schwanken kam, was sie wieder daran erinnerte, wo sie war, und ihr fast den Magen umdrehte.

Cait starrte sie an, als hätte sie den Verstand verloren. »Willst du, dass sie dich aus dem Boot hinauswerfen, oder was?«

Noch immer zu empört, um auf Cait zu hören, sagte Emily: »Ha! Bei den niederträchtigen Plänen, die sie für dich hegen, wäre ich kein bisschen überrascht, wenn sie es täten!«

Ulf packte sie an der Schulter, als hätte er genau das vor, und Emily konnte gerade noch einen Aufschrei unterdrücken. Sie wollte den Männern ihre Furcht nicht zeigen, aber ihr Herz raste vor Angst vor dem, was er ihr antun könnte.

»Lass sie los!« Der schneidende Ton von Lachlans Stimme verfehlte seine Wirkung nicht.

Ulf ließ augenblicklich von Emily ab, knurrte jedoch: »Das wäre das Mindeste, was sie verdient, so wie sie unseren Clan verleumdet hat.«

»Nicht den ganzen Clan, nur diese Krieger hier.« Denn im Gegensatz zu einigen der Highlander, denen sie begegnet war, verurteilte Emily nicht eine Volksgruppe aufgrund der Handlungsweise einiger weniger Missratener.

Aber sie schätzte, dass auch diese Einstellung ihnen nicht gefiel, als wutgeladenes Schweigen ihre Äußerung begrüßte. Im selben Moment krachte eine große Welle gegen den Bug und überschüttete sie alle mit weiß schäumender Gischt. Nun musste Emily neben ihrer Wut auch noch mit der Befürchtung fertig werden, dass der Ozean ihr kleines Boot verschlingen würde.

Ihre Nägel gruben sich in ihre Hände, und sie betete, dass Ertrinken kein so furchtbarer Tod sein möge, wie sie stets befürchtet hatte.

Ein äußerst merkwürdiger Ausdruck huschte über Caits Gesicht. »Es war schön für mich, dich gekannt zu haben, Emily.«

So unmittelbar nach ihren beängstigenden Gedanken waren das alles andere als willkommene Worte. Emily zwang sich, tief durchzuatmen, und versuchte, sich zu beruhigen. Aber es gelang ihr nicht. Das Boot schoss mit einer hohen Welle hoch, und der Bug erhob sich aus dem Wasser, bevor er mit einem harten Ruck wieder darauf aufschlug. Emily schnappte entsetzt nach Luft und biss sich dann schnell auf die Lippe, um nicht noch einen verräterischen Laut von sich zu geben.

Eine Bewegung hinter ihr brachte das Boot ins Schwanken, und sie fragte sich, wer so dumm sein könnte, in einem so kritischen Moment darauf herumzutrampeln. Aber sie drehte sich nicht um, um nachzuschauen. Lieber ließ sie sich vom Schicksal überraschen, falls Lachlan es sich anders überlegt haben sollte und doch beschlossen hatte, sie über Bord werfen zu lassen.

Eine schwere Hand legte sich auf ihre Schulter. Lachlan war also selbst gekommen, um es zu tun.

»Ich kann nicht schwimmen!«, platzte Emily heraus und zerbiss sich dann fast die Zunge vor Wut darüber, eine solche Schwäche demonstriert zu haben.

»Das würde ja wohl kaum eine Rolle spielen, wenn ich der Mann wäre, für den du mich hältst, nicht wahr?«

Er hatte recht, und tief im Innersten wusste sie, dass er sie nie über Bord werfen würde – oder machte sie sich damit auch nur wieder etwas vor? Jedenfalls dachte sie nicht einmal daran, sich zu ihm umzudrehen. »Du hast bei der Entführung einer Frau geholfen, mit der Absicht, ihr zu schaden.«

»Ich habe von meinem Recht als Laird Gebrauch gemacht, um für Gerechtigkeit zwischen den Clans zu sorgen.«

»Es ist mir egal, wie du es vor dir rechtfertigst. Was du tust, entscheidet darüber, was für eine Art von Mann du bist.«

Er stieß einen langen, tief empfundenen Seufzer aus. »Wie du über mich oder meinen Clan denkst, ist nicht wichtig, Engländerin.«

»Das habe ich auch nie angenommen.« Aber seine Worte hatten sie verletzt, und es war nicht leicht für sie, sich das nicht anmerken zu lassen. Ihre Meinung *müsste* eine Rolle spielen. Ihr wäre es ja auch nicht gleichgültig, was er dachte.

Sie war zutiefst bestürzt, als ihr bewusst wurde, wie wahr das war. Und dabei dürfte es sie *überhaupt* nicht interessieren, was er dachte.

»Trotzdem hast du deine Ansicht kundgetan.«

Sie zuckte die Schultern – oder versuchte es jedenfalls mit seiner schweren Hand auf ihrer Schulter. »Weil es mir wichtig ist.«

»Verstehe.«

»Das bezweifle ich.«

»Falls du mich wieder beleidigen willst, kann ich dich nur warnen: Lass es sein.« Sein ruhiger Ton war bedrohlicher, als hätte er sie angeschrien.

Emily schloss den Mund, als ihr die Unsinnigkeit ihrer Einwände bewusst wurde.

»Ich will nicht mit deinem Rücken reden«, knurrte er. »Dreh dich zu mir um.«

»Nein.«

Aber er fing schon an, es selbst zu tun.

Emily schrie auf, als er sie einfach von ihrem Sitz hochhob.

»Lass mich nicht fallen! Du solltest dich nicht so viel bewegen. Merkst du nicht, wie rau die See ist? Wir könnten kentern.« Sie nickte bekräftigend zu ihren Worten und wünschte, sie könnte an ein Verständnis appellieren, von dem sie allerdings befürchtete, dass er es nicht besaß.

Der Mann hielt sich für unzerstörbar.

»Das Meer ist fast so glatt wie Glas.«

»Machst du Witze? So muss es sein, aber es ist wirklich nicht zum Lachen.«

»Ich scherze nicht.« Eine verstörende Intensität, die sie nicht zu deuten wusste, erschien in seinen Augen, als er sie an seine Brust drückte. »Dir wird nichts geschehen in meiner Nähe, Engländerin.«

Sie wollte mit einer spöttischen Bemerkung antworten, aber sie konnte es nicht – weil sie ihm glaubte. Möge der Himmel ihr beistehen, doch sie glaubte ihm. Aber was bedeutete das für seine Pläne für Cait?

Emily merkte nicht, dass sie die Frage laut geäußert hatte, bis er sie beantwortete.

»Es ist Drustans Aufgabe, Cait zu überzeugen, dass sie behalten werden will.«

»Und wenn er das nicht kann?«, versetzte Emily, während sie Lachlan prüfend in die Augen sah, um den Grad seiner Aufrichtigkeit zu erkennen.

Ein kleines Lächeln spielte um einen seiner Mundwinkel. »Er kann es. Er ist ein Balmoral.«

»Das macht ihn nicht zu einem Magier«, flüsterte sie und erlag wieder dem Zauber, mit dem dieser Mann sie zu belegen schien, wann immer er ihr seine ganze Aufmerksamkeit zuwandte.

Er setzte sie wieder auf die Bank zu Cait, aber diesmal mit dem Gesicht zu der Ruderbank, auf der er Ulfs Platz eingenommen hatte. Der andere Krieger stand jetzt im Bug des Bootes, von allen abgewandt und steif und starr vor Wut.

Lachlan nahm die Ruder auf und begann in perfekter Übereinstimmung mit den anderen zu rudern. »Er ist Manns genug, um das Begehren seiner Gefährtin zu entfachen ... ihr beizuwohnen, ohne sie oder das Kind, das sie erwartet, zu verletzen.«

Emily konnte nicht glauben, dass Lachlan so etwas zu ihr sagte, und Caits scharfes Einatmen verriet, dass auch sie seine Offenheit nicht schätzte. »Falls er glaubt, ich fügte mich, dann irrt er sich«, erklärte sie in einem Ton, der sich in seiner Grimmigkeit mit dem der Krieger messen konnte.

Drustan stieß ein leises Lachen aus, das geradezu diabolisch in Emilys Ohren klang. »Und ob du dich fügen wirst, Mädchen! Und mit Freuden sogar, sage ich.«

Ein erstickter Laut entrang sich Cait, und sie sprang auf und stürzte vor. Emily drehte sich gerade noch rechtzeitig um, um zu sehen, wie Cait dem Mann, der sie verhöhnte, ihre Zähne in die Schulter grub. Drustan blieb jedoch genauso ungerührt, wie Lachlan es gewesen war, als Emily ihn gebissen hatte.

»Wie ich sehe, hast du dem Sinclair-Mädchen deine heidnischen Gebräuche beigebracht«, bemerkte Lachlan gedehnt und mit einer unerklärlichen Belustigung in seiner Stimme.

»Ich bin keine Heidin!«, fauchte Emily ihn an.

In Sekundenschnelle hatte Drustan Caits Angriff beendet, und dann zog er sie auf seinen Schoß, flüsterte ihr etwas über bessere Dinge zu, die er sie lehren werde, mit ihrem Mund zu tun, und küsste sie.

Es war kein brutaler Kuss, obwohl Cait erneut versuchte, ihn zu beißen. Aber er lachte nur und küsste ihre Mundwinkel, ihre Augen und ihre Schläfe, bevor er zu ihren Lippen zurückkehrte. Emily wandte den Blick ab, weil sie eine solche Szene nicht mit ansehen wollte, aber dann konnte sie doch nicht umhin, noch einen Blick zu riskieren, und sah, dass ihre Freundin aufgehört hatte, sich zu wehren.

Emily befürchtete, dass Drustan ihr doch wehgetan hatte, doch Cait erwiderte seinen Kuss, und statt zu versuchen, sich loszureißen, hatte sie sich ihm zugewandt und schien sich sogar an ihm festzuhalten. Emily konnte den Blick nicht mehr von ihnen abwenden. Sie hatte so etwas noch nie gesehen. Für sie war das die Art von Intimität, die sich aufs Schlafzimmer beschränken sollte, doch keiner der anderen Soldaten schien sich auch nur im Mindesten daran zu stören.

Auch Cait genierte sich ganz und gar nicht. Sie ist wohl zu beschäftigt, um sonst irgendjemanden zu bemerken, dachte Emily und fragte sich, wie es sein mochte, so geküsst zu werden. Würde es ihr gefallen? So etwas geschah mit Sicherheit im Ehebett, aber es war nicht Talorcs Gesicht, das ihr in den Sinn kam, als sie sich das vorzustellen versuchte. Nein, die Züge in ihrer Fantasie waren die eines anderen Highland-Lairds, eines Mannes, der mit blau bemaltem Gesicht zu einem Vergeltungsschlag aufbrach und ein Pferd ritt, das mit einem Drachen verwechselt werden konnte.

5. Kapitel

Nach schier endlosen Minuten löste der Krieger endlich seinen Mund von Caits. Sie rang nach Atem, und ihr Gesichtsausdruck verriet Erstaunen, aber sie sah gar nicht mehr wütend und auch kein bisschen ängstlich aus.

»Du wirst mich wollen, wenn ich dich nehme«, versprach Drustan in einem Ton, der ganz eigenartige Dinge in Emily bewirkte und sie sich solche Worte für sich selbst wünschen ließ. Nur eben nicht von ihm.

Es war sündig, gottlos, irgendeine Art von Highland-Zauber, den sie nicht verstand. Nicht sie war die Heidin hier – die Heiden waren die Balmoral'schen Zauberer, die einer Frau den Verstand benebeln konnten.

Mit einem Zipfel seines Plaids wischte Drustan vorsichtig die blaue Farbe von Caits Gesicht ab, die bei dem Kuss ihre Spuren darauf hinterlassen hatte. »Ich werde dir nicht wehtun. Zweifle nie wieder an mir.«

Cait wandte das Gesicht ab, aber Drustan drückte es sanft an seine Brust und hielt sie so fest umfangen, als wäre sie ein kostbarer Schatz, den er nicht verlieren durfte.

Aus irgendeinem Grund trieb der Anblick Emily die Tränen in die Augen.

»Du wirst dich jetzt entschuldigen«, verlangte Lachlan und beanspruchte ihre Aufmerksamkeit wieder für sich.

»Wofür?«, fragte sie und unternahm einen tapferen Versuch, seinen wolfsähnlichen Blick zu erwidern.

Denn diese Augen waren so unheimlich, dass sie sie mit Sicherheit in ihren Träumen sehen würde.

Ein schier endloses Schweigen breitete sich zwischen ihnen

aus, das nur vom Geräusch der Ruder unterbrochen wurde, die durch das Wasser pflügten, und der Wellen, die sich an ihnen brachen.

»Ich werde gewinnen«, versicherte Lachlan ihr schließlich leise, und dann war sie ebenso zweifelsfrei entlassen, als hätte er sich wirklich von ihr abgewandt.

Unerklärlich verletzt von seiner Zurückweisung, richtete sie den Blick auf das Wasser seitlich ihres Bootes. Es sah nicht beruhigender aus als beim ersten Mal, als sie hingeschaut hatte. Die Insel, auf die sie offensichtlich zuhielten, schien so weit entfernt zu sein wie eh und je, und das Wasser erstreckte sich in einer schier endlosen Fläche dunkler Dünungen um sie herum.

Drustan nahm Cait die Fesseln ab und half ihr zu ihrem Platz bei Emily zurück, bevor er seine Ruder wieder aufnahm.

Ohne den Zorn, der ihr Mut gemacht hatte, begannen Emily nun furchtbare Bilder von dem kenternden Boot oder riesigen Wellen, die sie und Cait über Bord spülten, zu quälen.

»Wirst du die Beleidigungen dieser Engländerin dulden?«, unterbrach Ulfs aufgebrachte Stimme ihren Wachtraum.

»Sie wird sich entschuldigen«, entgegnete Lachlan mit unerschütterlicher Sicherheit.

»Nein, das werde ich sicher nicht«, murmelte Emily, ohne nachzudenken, und war hinterher überrascht, dass sie die Worte überhaupt aus ihrer engen Kehle hatte zwängen können.

Ein Knurren kam tief aus Lachlans Brust, ein Geräusch, das so gar nicht menschlich war, dass es Emily frösteln ließ und das unheilvolle Gefühl, das sie beherrschte, noch verstärkte. Sie warf ihm einen Blick zu und wünschte sofort, es nicht getan zu haben. Seine Augen waren noch weniger menschlich als gewöhnlich durch das Gold, das das Braun seiner Iris jetzt fast vollständig bedeckte. Offenbar war er kolossal verärgert auf sie, anders konnte Emily es sich nicht erklären.

Wäre sie nicht aus dem Alter heraus, an Ungeheuer wie Drachen und Werwölfe zu glauben, würde sie ihn für einen halten. Eine eisige Kälte lief ihr über den Rücken, und sie musste sich auf die Lippe beißen, um nicht vor Furcht zu wimmern.

»Dann gibst du also zu, dass sie recht hat? Dass es schwach und feige von dir ist, an Frauen Rache zu nehmen statt an Männern?«

Lachlan sprang auf und trat dem wütenden Soldaten gegenüber. Eine fast greifbare Anspannung ging von ihm aus, als er gefährlich leise sagte: »Du wagst es, mich herauszufordern, Ulf?«

»Nicht ich bin es, der dich herausfordert. Das war *sie*, und du tust nichts, um sie für diese Dreistigkeit zu strafen.«

Das Boot schwankte, und ein Schrei stieg in Emilys Kehle auf, den sie nur so mühsam unterdrücken konnte, dass ihre Kieferknochen schmerzten. Sie senkte den Kopf und schloss ganz fest die Augen, um die Realität aus ihrem Bewusstsein auszuschließen, aber die Geräusche von Wind und Wellen ließen das nicht zu.

»Vielleicht denkt er ja, es sei Strafe genug, sie zu zwingen, deine Gesellschaft zu ertragen«, warf Cait spöttisch ein.

Ein Handgemenge entstand, und das Boot fiel gefährlich weit zu einer Seite ab und dann zur anderen. Emily verlor sich tiefer und tiefer in der Furcht, die sie beherrschte, und in ihrer Verzweiflung riss sie wieder ihre Augen weit auf und suchte nach dem stärksten Menschen auf dem Boot: Lachlan.

Er stand über ihr und hielt Ulf zurück, als müsste er verhindern, dass der Mann ihr an die Kehle ging.

Ihre Hand fuhr hoch, um sie zu schützen, was im Ernstfall natürlich völlig sinnlos wäre.

Der Blick, mit dem Ulf seinen Anführer ansah, war so voller Wut und Anklage, dass seine Augen förmlich sprühten. »Wenn du dir das gefallen lässt, ist das deine Sache, aber *ich* werde solche Beleidigungen nicht hinnehmen«, fauchte er.

»Du wirst hinnehmen, was ich dir befehle hinzunehmen.« Lachlans Ton war der grimmigste, den sie bisher von ihm gehört hatte.

»Du würdest dem Feind also den Vorzug gegenüber deinem Bruder geben?«

Ulf war Lachlans Bruder? Rein äußerlich mochte eine gewisse Ähnlichkeit bestehen, aber ansonsten waren sie doch völlig unterschiedlich.

»Balmoral'sche Krieger greifen keine Frauen an.«

»Sie hat uns alle schwer beleidigt!«, brüllte Ulf und zeigte mit dem Kopf auf Emily.

»Sie ist Engländerin und kennt unsere Gebräuche nicht. Aber sie wird lernen.«

Ein kleiner Teil von Emily empfand die Erklärung als beleidigend, doch sie war viel zu besorgt über die Gefahr, auf See zu sterben, um sich wirklich aufregen zu können.

Die Sonne war noch nicht ganz untergegangen, als sie die Insel der Balmorals erreichten.

Emilys Atem kam jetzt schnell und flach, und ihre Finger krampften sich wie Krallen um den Rand der Holzplanke, auf der sie und Cait saßen. Ihre sonst so robuste Natur war geschwächt von der Tortur, nicht nur die unruhige See überqueren zu müssen, sondern dazu auch noch Ulf gegenüberzusitzen, der sie mit Blicken maß, als hasste er sie aus tiefstem Herzen.

Lachlan hatte gleich nach ihrem kurzen Handgemenge den Platz mit seinem Bruder getauscht, sodass Emily für den Rest der Fahrt den bösen Blicken des wütenden Soldaten ausgesetzt gewesen war. Sie hatte sich umdrehen wollen, um Ulf nicht sehen zu müssen, aber ihre Furcht vor dem Wasser hatte sie wieder so fest im Griff gehabt, dass sie wie gelähmt gewesen war. Sich auch nur einen Zentimeter zu bewegen, war über ihre Kraft gegangen – und tat es immer noch.

Der Anblick der nahen Küste war so erfreulich, dass ihr die Tränen kamen, doch sie brachte immer noch kein Wort heraus.

Der rothaarige Soldat mit den braunen Augen, der sich Angus nannte, wie Emily inzwischen wusste, sprang aus dem Boot ans Ufer, während Ulf und der blonde Krieger sich um die Pferde kümmerten. Es dauerte mindestens fünfzehn Minuten, das Boot und die Tiere an Land zu bringen. Dann hob Drustan zuerst Cait aus dem Boot und kam zurück, um Emily zu holen.

»Komm«, sagte er und reichte ihr seine Hand.

Aber Emily starrte sie nur an. Er erwartete, dass sie aufstand, das wusste sie, doch in der letzten Stunde oder länger noch war ihre einzige Sicherheit ihr fester Griff um die Bank unter ihr gewesen. Sie versuchte, sich zum Loslassen zu zwingen, aber ihre Finger wollten ihr nicht gehorchen.

»Was ist?«, fragte Lachlan Drustan.

»Die Engländerin ist zu eigensinnig, um aus dem Boot zu steigen.«

Mit gereizter Miene wandte Lachlan sich ihr zu. »Strapazier nicht meine Geduld, Frau!«

»Du hast keine«, murmelte sie.

»Wenn das stimmte, würde ich nicht immer noch auf meine Entschuldigung warten.«

Sie erwiderte nichts auf diese Unverfrorenheit. Wie auch? Emily war viel zu beschäftigt damit, ihre Finger dazu zu bringen, ihr zu gehorchen.

»Komm her«, blaffte er sie mit einem bösen Blick an.

Emily schrak zusammen, und endlich entkrampften sich ihre Finger und lösten sich von dem Brett. Sie sprang auf, froh, dass er sie so angefahren hatte, was sie ihm jedoch selbstverständlich nicht verraten würde.

Drustan hielt ihr immer noch die Hand hin, aber sie ignorierte sie und taumelte in Lachlans Richtung. Er griff in das Boot, umfasste mit beiden Händen ihre Taille und hob sie hoch, als wöge sie so gut wie nichts. Als er sie absetzte, strahlte er einen nervösen Ärger aus, der ihre überreizten Emotionen erschütterte wie eben noch die Wellen das kleine Boot.

Sie wandte sich ab, und ihr Blick fiel auf die Pferde. Sie schienen die Überfahrt gut überstanden zu haben, und Emily wünschte nur, sie könnte das Gleiche auch von sich behaupten. Um zu den Sinclair'schen Besitzungen zurückzugelangen, würde sie den gleichen Weg nehmen müssen, und bei dem Gedanken wurde ihr so übel, dass sie fast darum gebetet hätte, für den Rest ihres Lebens eine Gefangene zu bleiben.

»Wie weit ist es bis zu Eurer Burg?«, fragte sie Lachlan, ohne ihn anzusehen.

Sie seufzte, als keine Antwort kam. »Es tut mir leid, dass ich so lange brauchte, um mich aufzuraffen.«

Als er auch darauf nicht antwortete, blickte sie sich um, um zu sehen, ob Lachlan überhaupt noch hinter ihr stand.

Er war noch da und betrachtete sie mit einem eigenartigen

Ausdruck in seinen gold geränderten Augen. »Du bist zu schade für Talorc, Engländerin.«

Sie schüttelte den Kopf, weil sie nicht wusste, was er meinte.

»Aye, das bist du.«

Cait gab einen ärgerlichen Laut von sich, aber als Emily sie anschaute, sah sie keinen Grund für die Verärgerung ihrer Freundin.

»Mein Zuhause ist dort drüben«, sagte Lachlan, worauf sie sich ihm wieder zuwandte.

Sie folgte der Richtung, in die er zeigte, und zog dann scharf den Atem ein über den Anblick, der sich ihren Augen bot. Auf einer etwa fünfzehn Meter hohen, glatten Felswand erhob sich eine gewaltige steinerne Festung, die eines Königs würdig wäre.

»Was für ein massiver Bau!«, flüsterte Cait mit ehrfurchtsvoller Stimme, als sie zu Emily hinüberkam. »Dort werden die Truppen meines Bruders nie hineingelangen.«

Emily musste ihr recht geben. Wahrscheinlich würde nicht einmal der König von England viel Glück bei einer Belagerung der Balmorals haben.

»Was wir haben, behalten wir«, erklärte Drustan arrogant und legte besitzergreifend eine Hand auf Caits Schulter.

»Bis auf Susannah«, erinnerte sie ihn.

»Was auch immer der Fehler war, der dazu führte, dass sie sich mit Magnus zusammentat – du kannst dir sicher sein, dass das bei dir nicht wieder vorkommen wird.«

»Das möchte ich doch hoffen, da ich nämlich wirklich keine Lust habe, mit dem Schmied meines Bruders zusammen zu sein«, versetzte Cait ironisch.

Drustan lächelte nicht einmal über ihren Scherz. Hätte Emily das nicht für unwahrscheinlich gehalten, hätte sie sogar gesagt, dass er ernsthaft beleidigt wirkte über die Bemerkung. Aber selbst ein viel zu ernster Highlander musste erkennen, dass Caits Worte nur ein Scherz gewesen waren.

Aus keinem für Emily ersichtlichen Grund richtete er nun seinen ärgerlichen Blick von Cait auf sie.

»Wie viele Menschen leben auf der Burg?«, fragte Emily, um das Thema zu wechseln.

»Glaubst du etwa, wir würden Geheimnisse wie dieses unseren Feinden offenbaren?«, fragte Ulf mit schneidender Verachtung.

Emilys Emotionen schwankten am Rande eines Abgrundes, der so tief wie ihre Angst vor Wasser war. »Ich bin kein Feind eures Clans.«

Sie hatte in einem Ton gesprochen, der kaum mehr als ein Wispern war, aber Ulf lachte darauf nur höhnisch. »Das sagst du nach all deinen Beleidigungen gegen unseren Clan? Und ob du unser Feind bist! Du bist nicht nur die Frau des Sinclair, sondern dazu auch noch Engländerin, was dich gleich zwei Mal zu unserer Feindin macht.«

Die Worte trafen sie wie Kübel voller Säure und zerfraßen und zerstörten auch die letzten Reste ihrer emotionalen Belastbarkeit.

Ihr war fast nichts als Hass begegnet, seit sie in den Highlands war. Ulfs Worte verrieten ihr, dass sie in seinem Clan sogar noch unerwünschter sein würde als in dem der Sinclairs, und das war eine Aussicht, die sie nicht ertragen konnte.

Daheim auf der Burg ihres Vaters war sie wenigstens bei den Dienstboten beliebt, wenn auch vielleicht nicht so sehr bei ihrer eigenen Familie. Einige von ihnen, wie ihre alte Amme, liebten sie sogar. Ihre Schwester Abigail auf jeden Fall.

Aber hier war sie von Menschen umgeben, die sie für minderwertig und verachtenswert hielten. Selbst Lachlan hatte erkennen lassen, dass er sie vor allem lästig und ermüdend fand, was mehr schmerzte als alles andere, obwohl sie selbst nicht hätte sagen können, warum. Schließlich hatte sie diesen Mann eben erst kennengelernt, und er war nicht gerade das, was sie als angenehme Gesellschaft bezeichnen würde.

Zu allem Überfluss dachte Cait, es sei Emilys Schuld, dass der Laird der Balmorals vielleicht versuchen würde, ihren Bruder umzubringen. Emily verstand die Denkweise ihrer Freundin nicht, doch im Moment erschien ihr ja ohnehin so gut wie alles rätselhaft. Sie wusste nur, dass sie nicht einen einzigen grundlos bösen Blick in ihre Richtung mehr ertragen konnte.

Einem Impuls folgend, wandte sie sich ab und begann, sich von den anderen zu entfernen. Sie wusste nicht, wohin, aber das spielte auch keine Rolle. Sie konnte nicht zu der Burg mitgehen, zu dieser uneinnehmbaren Festung, in der sie nur noch mehr Zurückweisung und Bosheit erwartete. Emily erschauderte bei der Erinnerung an die massiven Steinmauern und die hoch aufragenden Türme.

Dort oben würde es keine Cait geben, die bereit war, sie als Schwägerin zu unterstützen. Sie würde ihr genommen werden … von Drustan. So war es verfügt worden.

Für einen Moment lenkte die Sorge um Cait Emilys Gedanken von ihrer eigenen Bedrängnis ab. Würden die Frauen des Clans Cait mit der gleichen Ablehnung begegnen wie die Sinclairs ihr, Emily, oder würden sie sie in ihre Gemeinschaft aufnehmen, wie die Sinclairs Susannah aufgenommen hatten? Ihrer Freundin zuliebe hoffte Emily das Letztere, aber *sie* würde sich auf keinen Fall auf diese Burg begeben.

Sie war genug missachtet und brüskiert worden.

Sie würde *nirgendwo* mehr hingehen, wohin andere es ihr

befahlen. Nie wieder. Wenn sie im Wald verschwand, konnte Talorc sie nicht nach Hause schicken, und Abigail wäre in Sicherheit. Ja, das war das Beste für sie alle. So schwer das Leben auf der Burg ihres Vaters war, würde es doch immer noch leichter für Abigail sein, als sich mit den üblen Vorurteilen der Highlander konfrontiert zu sehen – und das schon, *bevor* sie Abigails Behinderung bemerkten.

Emily stolperte über irgendetwas, schaffte es aber gerade noch, nicht hinzufallen. Durch die Feuchtigkeit, die ihr den Blick vernebelte, konnte sie nicht sehen, was es war – doch es sind keine Tränen, sagte sie sich streng. Sie weinte nicht; es war nur die Kälte, die ihr in den Augen brannte und sie tränen ließ!

Hinter ihr waren plötzlich Stimmen, die von Cait und die der Soldaten. Emily begann, noch schneller zu gehen, um ihnen zu entkommen.

Plötzlich legte sich eine Hand auf ihre Schulter. »Bleibt stehen, Lady Sinclair.«

Es war die Stimme des blonden Soldaten. Sie wusste nicht, wie er hieß, und wollte es auch gar nicht wissen. Sie wollte gar nichts mehr von diesem ungastlichen Land wissen. Seine Schönheit verbarg einen furchtbaren Makel.

Emily versuchte weiterzugehen, aber der Soldat verstärkte seinen Griff um ihre Schulter und zwang sie, stehen zu bleiben. »Ihr müsst mit mir kommen.«

»Nein!« Sie riss sich von ihm los und begann zu rennen.

Doch er jagte ihr nach, und sie rannte noch schneller, wobei sie sich immer wieder erbittert über die Augen wischte, um etwas sehen zu können. Ihre Tunika verfing sich an einem Ast, und sie riss sie los, schürzte ihre Röcke dann, so hoch sie konnte, und rannte, so schnell ihre Beine sie trugen. Sie musste *weg von hier.*

Auch diesmal packte der Soldat sie ohne jede Vorwarnung.

Emily dachte nicht nach, bevor sie handelte, sondern folgte allein dem Instinkt, sich vor dem Mann zu schützen. Blitzschnell bückte sie sich nach einem Stück Treibholz auf dem Boden, holte damit aus und ließ es bei dem Soldaten genau auf die Stelle krachen, an der ein Mann am empfindlichsten war, wie ihr Vater seinen Töchtern beigebracht hatte.

Der Soldat schrie auf wie eine verbrühte Katze, griff sich zwischen die Beine und fiel mit schmerzverzerrter Miene auf die Knie.

Emily, die zu verstört war, um Bedauern zu empfinden, begann, wieder zu laufen, weil sie es diesmal bis in den Wald schaffen wollte, bevor ein anderer Soldat versuchte, sie zurückzuhalten. Und falls es Ulf war, der ihr folgte, würde er ihr mit Sicherheit wehtun, auch wenn Lachlan behauptet hatte, die Balmoral'schen Soldaten griffen keine Frauen an.

Ulf hasste sie – genau wie all die anderen Highlander sie hassten. Außer Cait. Emily hoffte nur, dass sie mit Drustan glücklich werden würde.

»Bleib stehen, Emily!«

Das war Lachlans Stimme, aber sie konnte ihm nicht gehorchen – andernfalls würde er sie auf seine Burg bringen, und ihr Herz würde an noch mehr Hass seitens seines Clans zerbrechen.

»Emily!«

Sie holte ihre letzte Kraft aus sich heraus, war jedoch noch immer meterweit vom Rand des Waldes entfernt, als ein schwerer Körper auf ihr landete und sie zu Boden stieß. Sie kämpfte wie eine Wildkatze, konnte das Gewicht aber nicht abschütteln, und egal, wie sehr sie sich bemühte, auf die Beine zu kommen, war sie doch einfach machtlos gegen ihn. Schließlich war sie so erschöpft und kraftlos, dass sie einfach liegen blieb.

Lachlan rollte sich von ihr und drehte sie auf den Rücken, bevor er sich erhob. »Warum bist du weggelaufen?«, fragte er mit vor Wut ganz angespannter Stimme und wie versteinertem Gesichtsausdruck.

Hasste er sie auch? »Bitte lass mich gehen!«

»Wohin, du dummes Frauenzimmer? Du kannst *nirgendwohin* gehen. Das musst du doch begreifen.«

Der salzige Geruch der See, der sie umgab, erinnerte sie, dass sie die Insel nicht verlassen konnte. »Ich will in den Wald ... Lass mich in den Wald gehen.«

»Hast du jetzt vollkommen den Verstand verloren? Da draußen wirst du nichts als wilde Tiere finden.«

»Zumindest werden sie mich nicht hassen. Bitte, Lachlan. Ich kann nicht auf die Burg hinauf. Ich will deinen Leuten nicht begegnen.«

»Du hast keine andere Möglichkeit.«

Emily erhob sich auf die Knie und rutschte von ihm weg.

»Wenn du wieder wegläufst, werde ich dich in einem Turm einsperren, und die Tür wird nur geöffnet, um dir die Mahlzeiten hineinzubringen.«

Emily sprang auf und rannte los. Sie war jedoch noch keine drei Schritte weit gekommen, da packte Lachlan sie schon wieder. Aber natürlich hatte sie auch nichts anderes erwartet.

Mit wutentbrannter Miene drehte er sie zu sich herum. »Ich meine, was ich sage, Mädchen.«

»Ja.« Heiße Tränen, die nicht mehr aufzuhalten waren, flossen über ihr Gesicht. »Sperr mich in den Turm ein, dann brauche ich wenigstens niemanden zu sehen und muss nicht ihren Hass ertragen.«

Es war ein viel besserer Plan als ihre unüberlegte Idee, im Wald Zuflucht zu suchen.

»Hass? Wessen Hass?«

»Den deines Clans. Die Frauen werden genau wie die Sinclair-Frauen sein … oder schlimmer noch. Sie werden glauben, ich beschmutzte die Luft, die sie atmen, weil ich Engländerin bin, und die Soldaten werden mir ständig finstere Blicke zuwerfen. Und sollte ich etwas falsch machen, werden sie mir wehtun. Ich hatte vorher schon damit gerechnet, und nun weiß ich, dass es so kommen wird. Ulf will mir jetzt schon wehtun«, erinnerte sie Lachlan, bevor ihre Stimme endgültig in einem Schluchzen unterging.

Er zog sie beinahe grob an seine Brust und tätschelte ihr unbeholfen den Rücken. »Das lasse ich nicht zu.«

»Doch, das wirst du. Du hasst mich auch. Ich bin dein Feind.« Aber noch während sie diese harten Worte sagte, schmiegte sie sich an die tröstende Wärme seines Körpers.

Irgendwie musste dies alles so etwas wie ein Albtraum sein, und deswegen benahm sie sich auch nicht zu forsch. Denn wer achtete in Träumen schon auf Anstand oder Schicklichkeit?

Lachlan konnte Emilys gebrochene Stimme nicht ertragen, und ihre sanften Rundungen so dicht an sich zu spüren, machte ihn so verrückt, wie sie sich anhörte. Aber er glaubte nicht, dass sie verrückt war. Nur sehr, sehr verletzt. Es stimmte, die Highlander begegneten den Engländern mit einer tief verwurzelten Abneigung, doch die Sinclairs hatten diese offenbar auf eine Ebene erhoben, die über alles hinausging, was Lachlan je erlebt hatte.

»Haben die Sinclair'schen Soldaten dir etwas zuleide getan?«

»Noch nicht, aber ich wusste, dass es irgendwann geschehen würde. Verstehst du das denn nicht?«

»Und Talorc?«

»Er hasst mich am meisten von allen. Er nannte mich seine Feindin, was niemanden kümmerte, doch alle hielten mich für schlecht und böse, weil ich ihm sagte, ich wäre lieber mit einem Ziegenbock verheiratet als mit ihm.«

»War das vor oder nach der Hochzeit?«, fragte Lachlan, in dem sich zum ersten Mal so etwas wie Mitgefühl mit dem Clan-Oberhaupt der Sinclairs regte.

Eine Braut aufgezwungen zu bekommen, wäre beleidigend genug, aber sie vor Zeugen sagen zu hören, sie wäre lieber mit einem Ziegenbock verheiratet, wäre wirklich noch viel schlimmer.

»Vorher.« Emily unterdrückte einen kleinen Schluchzer und schmiegte sich, ohne sich dessen bewusst zu sein, noch fester an seine immer deutlicher werdende Erektion.

Sie war zu unerfahren, um es zu bemerken, Lachlan war sich dessen völlig sicher. Und das Wissen quälte ihn.

»Ich will keine Tränen sehen.«

»Tut mir leid.«

»Hör auf zu weinen.«

»Ich versuche es ja ...«

Und das tat sie auch. Er konnte sehen, dass sie sich Mühe gab, tief durchzuatmen und sich zu beruhigen.

Nicht weit von ihnen konnte er seinen Bruder abfällige Bemerkungen machen hören, und Cait war beunruhigt, dass er Emily so an sich gedrückt hielt. Lachlan runzelte die Stirn. Ihm war klar, dass sein Leben als Clan-Oberhaupt wenig Raum für Privatsphäre ließ, aber im Moment wünschte er die neugierigen Augen und Ohren der anderen Werwölfe weit weg von der verwundbaren Frau, die er umschlungen hielt.

Er hob Emily hoch und drückte sie an seine Brust, und ein seltsames Gefühl durchzuckte ihn, als sie ihm die Arme um den Nacken schlang und ihr Gesicht an seinem Nacken verbarg. *Lust*. Mehr war das nicht. Er begehrte diese Frau und konnte sie nicht haben. Das war alles, was es war. Wenn er sie ein paar Mal im Bett haben könnte, um sich von dem Drang zu befreien, würde er ihn auch verlassen.

Lachlan trug Emily in den Wald hinein, weit weg von den wachsamen Augen und dem ausgezeichneten Gehör seiner Soldaten. Es war nicht klug von ihm, das wusste er. Statt hier im Wald herumzustehen, hätten sie sich auf den Heimweg machen und die Frauen in Sicherheit bringen sollen.

Aber er konnte sich nicht dazu überwinden, zu seinen Männern zurückzukehren, bevor er Emily beruhigt hatte.

Er blieb erst wieder stehen, als er die anderen nicht mehr hören konnte, und zwang sich, Emily vorsichtig wieder herabzulassen.

Sie schaute mit noch immer feuchten Augen zu ihm auf. »Hast du nun doch beschlossen, mich im Wald zu lassen?«

»Verrate mir, warum du weggelaufen bist«, bat er, statt ihre absurde Frage zu beantworten.

»Das sagte ich doch schon. Ich kann nicht noch mehr Hass ertragen.« Sie seufzte und war sichtlich bemüht, die Beherrschung über ihre Emotionen wiederzuerlangen. »Ich blickte zu deiner Burg hinauf und konnte plötzlich nur noch an all die Menschen denken, die dort leben ... und die mich alle ablehnen und hassen werden, weil ich Engländerin bin. Obendrein bin ich auch noch die Frau des Lairds der Sinclairs, und sie werden mich auch dafür hassen, weil er dein Feind ist.«

»Und das glaubst du, weil ...?«

»Weil es stimmt. Ich wünschte, es wäre nicht so, aber ich habe begonnen, mich damit abzufinden. Die Highlander hassen Engländer.«

»Du hast dem Clan-Chef der Sinclairs gesagt, du wärst lieber mit einem Ziegenbock verheiratet. Glaubst du nicht, dass das ebenso viel mit der Feindseligkeit seines Clans zu tun hat wie die Tatsache, dass du Engländerin bist?«

»Das meinte Cait auch, doch es gab schon bei meiner Ankunft niemanden, der mir ein Lächeln schenkte.« Emily holte tief Luft und ließ sie langsam wieder entweichen.

»Wir lächeln keine Fremden an. Ist das ein englischer Brauch?«

Emily dachte kurz darüber nach und blinzelte, um die letzten Tränen aus ihren Augen zu verdrängen. »Ich weiß es nicht, aber ich war schließlich hergekommen, um ihren Laird zu heiraten.«

»Auf Anweisung des Königs.«

»Nun ja, das schon.«

»Das musste den Stolz des Clans verletzen. Ihr Laird ist ihr Oberhaupt, und sie sind ihm treuer ergeben als dem König.«

»Aber in erster Linie schuldet man doch seinem König Treue.«

»In England ist das so und vielleicht sogar im schottischen Flachland, jedoch nicht hier oben, Mädchen.«

»Das ist nicht richtig! Es ist eine Sünde, einen Clan-Chef über den König eures Landes zu stellen.«

»Und wer sagt das?«

»Die Kirche. Ich bin mir sicher, dass die Kirche eine solche Einstellung vertritt.«

»Ach ja?«

»Interessiert dich das denn gar nicht?«

»Nein.«

Sie starrte ihn an, als könnte sie sich so etwas nicht vorstellen. »Hast du denn keine Angst vor einer kirchlichen Bestrafung?«

»Nein.«

Ihre Reaktion war wirklich sehenswert. Emily sah zutiefst schockiert aus. »Aber das ist ja schrecklich!«

»Findest du?«

»Dann hat Cait also recht gehabt. Drustan wird sie nicht mit dem Segen der Kirche heiraten.«

»Das habe ich nicht gesagt.«

»Aber bei einer so respektlosen Einstellung würde kein Priester zu euch auf die Burg kommen.«

»Unser Priester findet unsere Einstellung nicht respektlos.«

»Nein?«

»Nein.«

»*Euer* Priester? Lebt er denn bei eurem Clan?«

»Ja.«

»Hasst du mich auch?«, fragte sie mit unsicherer Stimme.

»Wie kommst du darauf?«

»Weil du dich benommen hast, als hasstest du mich.«

»Wann?«

»Als du mich aus dem Boot gehoben hast.«

»Da hast du mich aufgehalten, und ich war gereizt.«

»Das tut mir leid.«

»Du warst wohl innerlich zu aufgewühlt in dem Moment.«

»Ja.« Sie holte wieder tief Luft und schwieg abwartend.

Aber auch Lachlan wartete, was sie als Nächstes sagen würde.

Schließlich ließ sie den Atem mit einem verdrossenen Seufzer wieder entweichen. »Also, *hasst* du mich nun oder nicht?«

»Nein.«

»Ich hasse dich auch nicht.«

6. Kapitel

Lachlan verstand nicht, warum, aber er hörte diese Worte gern. Trotzdem erwiderte er: »Das ist nicht wichtig.«

»Nein, das ist es wohl tatsächlich nicht. Wahrscheinlich interessiert es dich genauso wenig wie die Tatsache, dass ich es nicht richtig von dir finde, Cait und mich entführt zu haben.«

»Bei meinem Clan bist du besser dran als bei den Sinclairs.«

Emily biss sich auf die Lippe und sah ihn fragend an. »Ich wüsste nicht, wieso.«

»Hier wird dich niemand hassen, Emily.«

»Ulf tut es schon.«

»Ulf ist verärgert über deine scharfe Zunge und deine Beleidigungen.«

»Er ist ein Griesgram.«

Lachlan lachte. »Das hast du gut beobachtet.«

»Das war kein Kompliment.«

»Er würde es aber so auffassen.«

»Ihr Highlander seid ein merkwürdiges Volk.«

»Wenn du wüsstest!«

Sie sah ihn mit einer solchen Unschuld in den Augen an, dass er es sich kaum versagen konnte, sie zu berühren. »Dein Ehemann hat noch nicht das Bett mit dir geteilt, oder?«

Emily schnappte nach Luft und errötete vor Verlegenheit. »Du solltest so etwas nicht fragen!«

»Aber ich habe recht.«

Sie errötete noch heftiger und wandte den Blick ab.

»Sag mir die Wahrheit, Sassenach.«

»Die dürfte dich nicht interessieren.«

»Sag es mir.«

Sie schlang die Arme um sich, als versuchte sie, sich Mut zu machen. »Nein, das hat er nicht«, bekannte sie mit einem gereizten Blick. »Bist du jetzt zufrieden?«

Lachlan hatte sich schon gedacht, dass sie noch unberührt war, es jedoch aus ihrem eigenen Mund zu hören, hatte geradezu verheerende Auswirkungen auf ihn, und er spürte, wie seine Erregung wuchs. »Er hat dich bisher nicht einmal geküsst, nicht wahr?«, fragte er, obwohl er sie damit noch mehr in Verlegenheit brachte und auch seine eigene Qual erhöhte. Aber er musste es einfach wissen.

»Lachlan, bitte ... Hör auf, mir solch persönliche Fragen zu stellen.«

»Ich will es wissen.«

»Aber ich will es dir nicht sagen.«

»Ich könnte dich küssen, um es selbst herauszufinden.«

»Es gehört sich nicht, die Frau eines anderen Mannes zu küssen.«

Er antwortete nicht, sondern wartete nur, ob sie nachgeben und ihm die Wahrheit sagen würde. Sie dagegen beobachtete ihn, als wäre sie gespannt zu sehen, ob er die Frage zurückziehen würde. Aber da konnte sie lange warten!

Langsam trat er auf sie zu.

Emily wich schnell ein paar Schritte zurück. »Nein. Er hat mich nie geküsst. Bist du jetzt zufrieden? Er hasst mich, das sagte ich ja schon, doch die Wahrheit ist ... dass es mir *unangenehm* wäre, wenn er mich berührte.«

Dieses letzte geflüsterte Geständnis zwang Lachlan beinahe in die Knie, weil er wusste, dass *seine* Berührung ihr ganz und gar nicht unangenehm war. Sein Körper schmerzte noch von den Gefühlen, die in ihm erwacht waren, als sie sich trostsuchend an ihn geschmiegt hatte, obwohl sie ihn für ihren Feind gehalten hatte.

In dem entstandenen Schweigen, das er auch nicht brechen wollte, blickten ihre veilchenblauen Augen prüfend in die seinen. »Und wenn deine Leute mich hassen, Lachlan, wirst du mich dann gehen lassen?«

»Sie werden dich nicht hassen.« Dafür würde er schon sorgen. Er wusste, dass die Sinclairs mehr Grund besaßen als die meisten, Hass auf die Engländer zu empfinden, aber ihren Ärger an einer sensiblen Frau wie Emily auszulassen, war nicht in Ordnung.

»Werden die Frauen so nett zu Cait sein, wie es die Sinclair'schen Frauen zu Susannah sind, oder werden sie sie schneiden, weil sie eine Feindin ist?«

»Drustan würde jeden Mann herausfordern, dessen Frau oder Tochter seine Gefährtin ignorierte.«

Offenbar zufrieden mit der Antwort, nickte sie. »Freut mich, das zu hören. Er ist ein starker Krieger. Nur wenige würden wagen, ihn zu reizen.«

»Da hast du recht.«

»Lachlan?«

»Ja, Emily?«

»Bist du verheiratet?«

Er schüttelte den Kopf und fragte sich, warum sie das wohl wissen wollte.

»Oh. Weshalb nicht?«

»Weil ich noch nicht heiraten will.«

»Oh.« Sie verstummte und schien über irgendetwas nachzudenken.

Worüber, konnte Lachlan sich beim besten Willen nicht vorstellen. »Warum fragst du?«

»Aus keinem besonderen Grund.« Sie befeuchtete ihre Lippen, errötete und sah so aus, als hätte sie den Faden verloren.

»Aber du wolltest es wissen?«

»Aus purer Neugierde. Mir *persönlich* ist es egal, ob du verheiratet bist«, betonte sie, »doch ich bin nun mal ein neugieriger Mensch. Sybil sagt immer, meine Neugier wird mich noch in Schwierigkeiten bringen, aber ich kann einfach nichts dagegen tun.«

Frauen waren seltsame Geschöpfe, besonders menschliche, doch diese war noch seltsamer als die meisten anderen. Und sogar noch schwerer zu verstehen, war die Tatsache, dass er das an ihr mochte. Dass er *sie* mochte.

»Wenn ich nicht verheiratet wäre, würdest du mich dann einem deiner Soldaten überlassen, so wie du Drustan Cait gegeben hast?«, fragte sie, und ihr Ausdruck wechselte von Besorgnis zu Verlegenheit.

»Nein. Ich würde dich keinem anderen Mann geben.«

»Cait glaubt, dass du ihren Bruder meinetwegen töten willst.«

»Das wäre eine Überlegung wert.«

Emily wurde schreckensbleich. »Nein, ich will nicht, dass du ihn tötest!«

Das sollte sie aber, oder war sie zu weichherzig, um das zu erkennen? »Du willst doch nicht mit ihm verheiratet sein.«

»Das ist kein Grund, ihn zu töten.«

»Aber du willst ja gar nicht seine Frau sein«, beharrte Lachlan, weil er es sie sagen hören wollte, obwohl er selbst nicht ganz verstand, warum. Ihre Wünsche spielten schließlich keine Rolle in dieser Angelegenheit. Trotzdem wiederholte er noch einmal: »Oder?«

»Möge Gott mir vergeben, aber das will ich wirklich nicht.«

»Dann käme dir sein Tod doch sehr gelegen.«

»Bist du wirklich so kalt?«, fragte sie erschüttert.

»Ich bin nur praktisch.«

»Einen Menschen zu töten, ist nicht praktisch, sondern eine Sünde.«

Er verstand ihren Gesichtspunkt nicht. »Dein Vater ist doch ebenfalls ein Krieger?«

»Ja.«

»Dann hat er auch getötet.«

»Ja, aber nur seine Feinde.«

»Talorc ist mein Feind.«

»Habt ihr schon Krieg geführt, bevor deine Clan-Angehörige seinen Clan-Angehörigen ohne deine Erlaubnis geheiratet hat?«

»Nein.«

»Dann ist er nicht dein Feind.« Ihre Schlussfolgerung schien sie zu erleichtern. »Du hast keinen Grund, ihn zu hassen oder ihn wegen dieser Sache umzubringen. Ich bin sicher, alles ließe sich klären, wenn ihr beide euch begegnetet um miteinander zu reden, meine ich.«

Lachlan ersparte sich eine spöttische Bemerkung, doch was sie sagte, war absurd. Talorc und er würden nicht *reden*, wenn sie sich begegneten, sie würden kämpfen.

»Sieh mich nicht so an.«

»Wie sehe ich dich denn an?«

»Als hättest du vor, ihn umzubringen.«

»Vielleicht tu ich's ja.«

»Das darfst du nicht, Lachlan! Talorc ist Caits Bruder. Sein Tod würde sie schrecklich mitnehmen, verstehst du das denn nicht? Du hast selbst gesagt, sie würde bald zu eurem Clan gehören, ob sie wolle oder nicht. Heißt das nicht, dass du dann für ihr Glück verantwortlich bist? Immerhin bist du das Oberhaupt des Clans.«

Die Ideen dieser Frau waren manchmal wirklich ausgesprochen dumm, und wieso sie das sogar noch reizvoller für ihn machte, konnte er beim besten Willen nicht verstehen. »Cait ist schon ziemlich mitgenommen.«

»Es würde sie noch mehr mitnehmen!«

Lachlan zuckte die Schultern. »Sie würde darüber hinwegkommen.«

»Sie würde dich hassen und Drustan auch. Ihn sogar noch mehr als dich. Du kannst nicht einfach hingehen und ihren Bruder töten.«

Das Gespräch wühlte ihn auf, jedoch anders, als sie es vermutlich wollte. Der Gedanke, Talorc zu töten und Emily als seine Geliebte zu behalten, war viel zu verführerisch für Lachlans inneres Gleichgewicht.

»Er ist aber auch dein Ehemann. Er hat dich verletzt. Allein dafür hätte er den Tod verdient.« Für ihn ergab das durchaus Sinn, doch Emily reagierte sogar noch entsetzter als vorher.

»Du kannst ihn nicht meinetwegen töten!«, rief sie aufgeregt. »Er hat mich nicht verletzt – oder wenn, dann höchstens meine Gefühle. Und ich fange langsam an zu glauben, dass Gefühle euch Highlandern nicht besonders viel bedeuten. Oder zumindest nicht den Kriegern.«

Wieder zuckte Lachlan nur die Schultern. Sie hatte recht, Gefühle *waren* nicht wichtig, aber wenn er beschloss, sich ihretwegen brüskiert zu fühlen, war das sein gutes Recht. Er war Laird und Rudelführer. Er konnte tun, was er wollte.

»Warum solltest du ihn töten wollen? Ich bedeute dir doch nichts – obwohl ich mir andererseits gut vorstellen kann, dass ihr Highlander keinen großen Anreiz braucht, um euch gegenseitig umzubringen.« Sie entfernte sich ein paar Schritte und murmelte etwas vor sich hin, das nicht einmal Lachlans hervorragendes Gehör zu deuten wusste. Schließlich blieb sie stehen und blickte sich aus einiger Entfernung nach ihm um. »Ich bin nicht Lady Sinclair.«

Er hörte ihre Worte, konnte ihnen aber keinen Sinn entnehmen. Sie war nicht Lady Sinclair? Das würde ja bedeuten, dass sie nicht mit Talorc verheiratet war. »Soll das heißen, dass du mich belogen hast?«, fuhr er sie an.

»Nur dieses eine Mal. Ich wollte Cait retten und dachte, du würdest denken, dass ich als seine Frau ein ausreichend großes Opfer wäre für den Clan.«

»Aber du bist *nicht* mit dem Sinclair verheiratet?«

»Nein.« Sie rang nervös die Hände. »Wir sollten heiraten, das ist schon richtig, doch Talorc hasst mich. Ich weiß nicht, was ich tun soll, falls er mich nach England zurückschickt. Ich muss meine Schwester retten.«

Ihre Worte waren ihm schon wieder völlig unverständlich, aber vielleicht würde im Augenblick ja ohnehin nichts einen Sinn für ihn ergeben. Das Einzige, woran er denken konnte, war, dass es seine Ehre nicht beschmutzen würde, Emily zu küssen.

Er konnte sie nicht behalten, eine Frau, die völlig menschlich war, doch er konnte sie küssen und vielleicht sogar noch ein bisschen mehr als das. Der Gedanke entlockte ihm ein Lächeln. »Emily, komm her.«

Ihre veilchenfarbenen Augen flackerten vor Argwohn. »Das halte ich für keine gute Idee.«

Die Worte hatten ihre Lippen kaum verlassen, als Lachlan schon bei ihr war und sie an beiden Armen packte. Emily schnappte schockiert nach Luft, nicht nur seiner Berührung wegen, sondern auch, weil er die Entfernung zwischen ihnen so blitzschnell überbrückt hatte. Wie hatte er das gemacht?

Ihre Augen mussten ihr einen Streich gespielt haben. Sie hatte geglaubt, weiter von ihm entfernt zu sein, als sie es war. Das war alles. Aber sie hatte keine Bewegung bei ihm wahrgenommen – nur einen verschwommenen Fleck zwischen ihnen, und auch das war seltsam. Sie war sicher, dass sie zu ihm hinübergeblickt hatte, doch vielleicht war sie ja für einen Moment abgelenkt gewesen?

Er sah sie an, als wollte er sie mit Haut und Haar verschlingen.

War er wütend über ihre Lüge? Hatte er beschlossen, sie statt Talorc umzubringen? Sie dachte kurz daran zu erwähnen, dass auch das Cait zweifellos sehr mitnehmen würde, aber dieses Argument hatte Lachlan ja nicht einmal in Bezug auf ihren Bruder umstimmen können.

»Dann gehörst du ihm also nicht?«, fragte er mit einer Stimme, die fast wie das Knurren eines großen Raubtiers klang.

Sie schüttelte den Kopf. »Ich bin seine Verlobte.«

»Doch nicht seine Frau?«

»Nein, seine Frau bin ich nicht.«

Lachlan zog sie an sich, bis ihre Körper förmlich miteinander zu verschmelzen schienen. Er war so groß und heiß, dass seine Hitze sie durch ihr Kleid und Unterkleid hindurch versengte. Noch nie in ihrem Leben war sie so umarmt worden. Es war schamlos, ungehörig, aber ihre Kehle war so ausgetrocknet, dass sie nicht einmal protestieren konnte. Selbst das Atmen fiel ihr schwer.

Ihre Brüste pressten sich an seinen Oberkörper, und jeder ihrer schnellen, flachen Atemzüge bewegte sie auf eine Art und Weise, die sie prickeln und ganz seltsam schwer erscheinen ließ.

Lachlans Augen waren schmal und wichen nicht von ihrem Gesicht. Er sah nicht so aus, als würde er von ähnlich seltsamen Gefühlen ihrer Nähe wegen heimgesucht. »Und du hast mir vorhin die Wahrheit gesagt? Er hat dich nie berührt?«

»Ja.« Sie brachte das Wort kaum über die Lippen.

Lachlan sagte nichts mehr, aber er hielt sie mit seinem Blick gefangen, während er langsam den Kopf senkte und sich zu ihr hinunterbeugte.

Erst als er ihr so nahe war, dass sie seinen warmen Atem an ihren Lippen spüren konnte, hielt er inne, und eine ganz eigenartige Mischung aus Furcht und Vorfreude bemächtigte sich ihrer. Würde er sie küssen?

Sie hätte es sich nicht wünschen sollen. Es war schamlos von ihr, aber sie konnte nichts dagegen tun.

Emily hatte den Gedanken kaum zu Ende gebracht, als Lachlans Lippen auch schon von ihrem Mund Besitz ergriffen. Sie waren warm und fest, anders als alles, was sie je gespürt hatte, und sie bog sich ihm entgegen, weil sie einen intensiveren Kontakt als diese flüchtige Berührung wollte.

Ein leises Stöhnen stieg in seiner Kehle auf, als er ihren Mund mit seinem bedeckte und sie in einer augenblicklichen, instinktiven Reaktion ihre Lippen in Übereinstimmung mit seinen bewegte. Es war die erstaunlichste Erfahrung ihres Lebens. Sie hätte nie gedacht, dass ein Kuss ein solch wundervolles, aufregendes Prickeln in ihr bewirken könnte. Sie wollte, dass er nie wieder aufhörte, sie zu küssen.

In diesem magischen Moment gab es nichts, was sie verletzen könnte. Keine Eltern, die ihre eigenen Kinder als entbehrlich betrachteten, keinen zornigen Sinclair-Krieger, der sie heimschicken würde, um ihre Eltern zu zwingen, an ihrer Stelle Abigail zu schicken, keine Balmoral'schen Soldaten, die darauf warteten, sie zu ihrer Burg zu bringen, wo sie eine Gefangene sein würde.

Doch jetzt, in diesem wundervoll intimen Augenblick, war sie keine Gefangene, sondern eine Frau. Sie hatte sich noch nie so frei gefühlt und glaubte auch nicht, dass sie je wieder solche Empfindungen verspüren würde. Und egal, ob es richtig oder falsch war, sie wollte sie so lange wie nur möglich genießen.

Lachlans Körper war so hart, so völlig anders als der ihre: groß und stark, mit einem schwer zu bestimmenden, aber unwiderstehlichen Duft, der ihre Sinne überschwemmte. Ein unverkennbar männlicher Duft, der etwas in ihr ansprach, dem sie keinen Namen geben konnte und das dazu führte, dass sie sich tief in ihrem Innersten ganz leer und hohl fühlte. Es war aber kein unangenehmes Gefühl, wie der Hunger nach etwas zu essen, sondern mehr wie eine völlig andere Art von Hunger, den nur dieser Mann hier stillen konnte. Wärme und ein aufregendes Prickeln vermischten sich mit einer seltsamen Empfindung der Leere zwischen ihren Beinen.

Emily seufzte leise, als ihre Hüften sich aus eigenem Antrieb bewegten, sich an Lachlans harten Schenkeln rieben und den Ansturm wohliger Gefühle verstärkten, die sie so heiß durchfluteten. Sie verstand nicht, was mit ihr geschah; es beängstigte sie ein wenig, aber es faszinierte und verzauberte sie auch. Sie musste ihm noch näher sein; sie wusste nur nicht, wie. Ihre Körper waren einander schon so nahe, dass sie miteinander zu verschmelzen schienen.

Doch das genügte ihr noch nicht.

Ihre Lippen teilten sich, wurden weicher unter seinen, und endlich konnte sie auch seinen Geschmack erkunden. Er war süßer als Honig, was komisch war, weil dieser Mann alles andere als »süß« war, aber Emily hatte nie etwas Köstlicheres gekannt als Lachlans Kuss.

Um seinen Geschmack noch intensiver in sich aufzunehmen, strich sie mit der Zungenspitze über seine Lippen. Er knurrte wie ein hungriger Wolf, und sein ganzer Körper erbebte unter dem Geräusch. Das Beben übertrug sich auf Emily, ließ sie erzittern und nahm ihr alle Kraft aus den Knien, worauf sie sich aber nur noch fester an ihn klammerte, weil sie den Kuss nicht enden lassen wollte.

Sie wünschte sich noch weitaus schamlosere Dinge: Lachlan zu berühren und von ihm berührt zu werden, dass er sie noch fester an sich zog und ihr Gesicht in seine Hände nahm, während er sie küsste.

Sie wollte seine Haut an ihrer spüren, sich seinen Duft und das Gefühl von ihm für immer und ewig im Gedächtnis einprägen. Es kribbelte ihr in den Fingern, die kunstvolle Tätowierung an seinem Oberarm nachzuzeichnen und dann die des Tieres auf seinem Rücken. Sie wollte ihm mit den Fingern durch das seidig glänzende Haar fahren und die krausen dunklen Locken an seiner muskulösen Brust berühren.

Sie wagte jedoch nicht, mehr zu tun, als ihre flache Hand an die nicht von seinem Plaid bedeckte Seite seiner Brust zu legen.

Überall, wo ihre Haut mit seiner in Kontakt kam, durchzuckte sie ein heißes Kribbeln. Es war das seltsamste Gefühl, das sie je verspürt hatte, und verschärfte das Verlangen, das ihr Innerstes versengte. Es war fast so, als *müsste* sie dies alles tun, als wäre sie dazu geboren worden, mit diesem Mann und keinem anderen zusammen zu sein.

Das konnte aber nicht wahr sein. Er war nicht ihr Verlobter. Sie konnte niemals seine Braut werden. Tränen traten ihr in die Augen von dem unerklärlichen Schmerz, der sie bei dem Gedanken erfüllte.

Hör auf damit, schrie ihr Verstand. Sie musste das beenden, bevor sie ihr Herz verlor und sich um ihre Ehre brachte. Anstand und Vernunft verlangten es, doch ihr Herz schrie, dass dies ihre einzige Chance sei, je wahre Leidenschaft zu erfahren. Wenn sie erst einmal mit Talorc verheiratet war, würde sie nichts dergleichen je wieder erleben. Das wusste sie. Nicht mit Talorc. Sie mochte seinen Geruch nicht, und sie würde auch seinen Geschmack nicht mögen.

Und höchstwahrscheinlich würde er sie nicht mal küssen.

Er hasste sie.

Wie konnte sie die Frau eines Mannes werden, der sie hasste?

Aber ihr Verstand bestand darauf, dass es trotzdem falsch war, einen anderen zu küssen.

Als sie sich endlich zwang, darauf zu hören, und versuchte, sich aus Lachlans Armen zu befreien, ließ er nur die Hände zu ihrer Taille hinuntergleiten, um sie ein wenig anzuheben und in noch intimeren Kontakt mit seinem Körper zu bringen. Mit einem rauen Aufstöhnen presste er sie an die heiße Härte zwischen seinen Schenkeln, und eine Welle solch wundervoller Empfindungen durchströmte sie, dass sie an seinen Lippen leise aufschrie.

»Was zum Teufel tust du da?«

Die barsche Stimme drang im selben Augenblick in Emilys Bewusstsein, in dem sich Lachlan jäh versteifte und seine Finger sich fast schmerzhaft hart in ihre Taille krallten.

Widerstrebend löste er seinen Mund von ihrem. »Verschwinde, Ulf.«

»Balmoral'sche Krieger machen nicht mit verheirateten Frauen rum.« Ulf spie die Worte förmlich aus, mit solch unübersehbarer Verachtung, dass Emily über und über errötete.

Beschämt verbarg sie ihren Kopf an Lachlans Nacken.

»Sie ist nicht verheiratet.«

»Sie hat aber gesagt, sie wäre es.«

»Das war gelogen.«

»Und darauf hast du nur ihr Wort?«, versetzte Ulf.

»Ja«, knurrte Lachlan, während er Emily vorsichtig herunterließ, bis sie wieder auf eigenen Füßen stand.

Dann trat er von ihr zurück und wandte sich seinem Bruder zu. So plötzlich seiner Wärme beraubt, rieb Emily sich fröstelnd ihre Arme. Er stand zwischen ihr und Ulf, doch sie hatte nicht das Gefühl, dass er ihr *beistand* – er stand nur *vor* ihr. Er war eine Barriere, aber kein Verbündeter.

Scham durchflutete sie, als sie sich bei dem Wunsch ertappte, er wäre es. Sie war nicht verheiratet, jedoch immerhin verlobt. *Mit einem Mann, der es glattweg abgelehnt hat, dich zu heiraten*, erinnerte sie ihr Verstand. War die Verlobung damit hinfällig? Das durfte nicht sein, da Abigails Zukunft auf dem Spiel stand.

»Warum sollten wir dir jetzt glauben, Engländerin? Du bist so oder so eine Lügnerin«, höhnte Ulf.

»Ich lüge nicht.«

Unvermittelt wandte er seine Aufmerksamkeit wieder seinem Bruder zu. »Trotzdem möchte ich wissen, was du dir dabei gedacht hast, diese Frau zu küssen? Sie ist unser Feind, Herrgott noch mal!«

»Sie ist nicht unser Feind, und du wirst gefälligst aufhören, sie so zu nennen.« Lachlans Ton war so schroff, dass Emily fast nicht glauben konnte, dass dies derselbe Mann war, der sie eben noch so liebevoll geküsst hatte.

Ulf dagegen schien völlig unbeeindruckt von den ärgerlichen Worten seines Bruders zu sein. »Ich denke ja nicht dran! Bloß weil du von diesem Tier in dir beherrscht wirst, werde *ich* bestimmt nicht meine Vernunft für solch niedrige Bedürfnisse wie Sinnenlust aufgeben. Denn was du tust, ist auch für die anderen Soldaten nur zu offensichtlich. Sie sind unten am Strand und schließen Wetten darauf ab, ob du sie schon aufs Kreuz gelegt hast oder nicht.«

Emily zog entsetzt die Luft ein über Ulfs rüde Ausdrucksweise und die Bedeutung seiner Worte. Die anderen wussten, dass Lachlan sie begehrte? Und sie dachten, er hätte sie ... jetzt gerade? Du lieber Himmel, hatten sie denn wirklich nicht gemerkt, dass sie eine gesittete und ehrbare junge Dame war?

Vor ein paar Minuten hatte sie sich allerdings absolut nicht wie eine benommen. Sie hatte die nackte Brust eines Mannes berührt und sogar noch mehr als das tun wollen.

Vielleicht *war* sie ja verdorben.

»Ich werde nicht von meinem Tier beherrscht, sondern profitiere von ihm«, sagte Lachlan scharf.

»Behauptest du.«

Was sollte dieses Gerede über Tiere? Wollte Ulf damit andeuten, dass Sinnenlust ein Tier war? Der Priester auf dem Landgut ihres Vaters hatte solche Gefühle bisweilen so bezeichnet, aber Ulf schien ihr kein religiöser Mensch zu sein, der die Sünden des Fleisches mied. Wollte er Lachlan nur zu verstehen geben, dass ihn nicht die gleiche Sinnenlust beherrschte, oder einfach nur, dass er *bei ihr* so etwas nicht verspürte?

Emily vermutete das Letztere und fühlte sich nicht im Mindesten gekränkt deswegen. Erleichtert höchstens.

Ulfs Hohn richtete sich jetzt voll und ganz auf seinen Bruder. »Dann beweis doch deine Überlegenheit, statt sie zu einer Farce zu machen.«

Lachlan seufzte. »Emily ist noch unschuldig.«

Sie runzelte verwirrt die Stirn. Was war ihr jetzt schon wieder vorgeworfen worden?

»Du hast sie also geküsst, um festzustellen, ob sie noch unschuldig ist oder nicht?«, fragte Ulf mit einem Anflug von Respekt in seiner Stimme. »Um zu testen, ob sie die Wahrheit sagt oder nicht?«

»Ja.«

Emily starrte beide Männer mehrere Sekunden an, bevor ihr endlich die Bedeutung ihrer Unterhaltung aufging. Und als es ihr dämmerte, wünschte sie, die Erde möge sich unter ihr auftun und sie verschlingen. Mit hemmungsloser Leidenschaftlichkeit hatte sie auf einen *Test* reagiert, dem dieser widerliche Laird sie unterzogen hatte, um die Wahrheit ihrer Worte nachzuprüfen! Während sie sich in etwas Schönem – und Bedeutsamem, wie sie geglaubt hatte – verloren hatte, hatte er nur versucht herauszufinden, ob sie die Wahrheit sprach.

Das war demütigend … und tat weh.

Trotzdem war sie überrascht, dass Lachlan zu dem Schluss gekommen war, sie sei noch unberührt, wenn sie bedachte, mit was für einer Schamlosigkeit sie seine Leidenschaft entfesselt hatte.

»Vielleicht weigert sich Talorc ja auch nur, eine englische Ehefrau anzufassen«, sinnierte Ulf.

»Nicht einmal aus Stolz würde sich ein Chrechte-Krieger weigern, seiner Ehefrau beizuliegen. Seine Ehre erfordert, dass er keine andere anrührt.« Lachlan schüttelte den Kopf. »Nein. Sie ist nicht seine Frau, und wir haben nur ihr Wort darauf, dass sie seine Verlobte ist, doch ich bin geneigt, ihr diesen Teil ihrer Geschichte zu glauben.«

»Bist du sicher, dass sie noch unberührt ist?«

»Er hat sie nicht einmal geküsst.«

Ulf musterte Emily mit spöttisch funkelnden Augen. »So unerfahren ist sie?«

»Sie ist noch unberührt«, sagte Lachlan.

»*War* sie«, berichtigte Ulf ihn mit einem Grinsen, das besagte, dass er die Handlungsweise seines Bruders jetzt schon fast heroisch fand.

Und warum auch nicht? Emily fühlte sich zutiefst gedemütigt durch ihre Reaktion auf Lachlans Kuss, was an der Röte in ihrem Gesicht und in ihrem Nacken nur allzu deutlich zu erkennen war. Ulf war zweifelsohne hocherfreut darüber, aber was Lachlan anging, so hätte Emily ihn erwürgen können.

Er hatte versprochen, ihr nicht wehzutun, aber das war eine Lüge gewesen. Er hatte sie mehr verletzt, als sie es sich eingestehen wollte, und nicht nur ihren Stolz. Sie war zutiefst gekränkt, im Innersten getroffen, aber sie würde ihm und seinem abscheulichen Bruder bestimmt nicht die Genugtuung verschaffen, sich das anmerken zu lassen.

Und Lachlan würde sie nie wieder auch nur ein einziges Wort glauben. Ein Mann, der küssen konnte, als wäre es ihm ernst gemeint, obwohl es das nicht war, verdiente kein Vertrauen.

Als sie zu den anderen zurückgingen, gab Emily sich einen Ruck und entschuldigte sich bei dem Krieger, den sie mit dem Treibholz geschlagen hatte. Ihre Worte wurden mit einem Schulterzucken aufgenommen, und dann wandte der Mann sich ab und kehrte ihr den Rücken zu.

Auch gut, dachte sie, entschlossen, sich von seiner abweisenden Haltung nicht vor den Kopf stoßen zu lassen. Es nützte ihr gar nichts, so empfindlich bei diesen Barbaren zu sein. Sie nahm die Gefühle dieser Leute ihr gegenüber viel zu ernst. Hatte sie nicht fast ihr ganzes Leben mit einem Vater und einer Stiefmutter verbracht, die weniger von ihr hielten als von jeder Dienstbotin in ihrem Haus?

Der einzige Mensch auf der Welt, der sie wirklich liebte, war ihre Schwester Abigail. Und Emily war hier oben in den Highlands, um ihrer Schwester ein ähnlich trauriges Schicksal zu ersparen. Um das zu erreichen, würde sie alles durchstehen können.

Sie würde nicht wieder weglaufen – oder höchstens, wenn

sie sich ihres Ziels und ihrer Chancen zu entkommen völlig sicher war. Sie würde alles ertragen und es mit einem Lächeln tun, und wenn auch nur, um alle zu verwirren. Sie würde ihnen schon zeigen, dass sie kein Schwächling war, egal, wie dumm sie sich bisher verhalten hatte.

Cait kam zu ihr gelaufen und ergriff ihre Hände. »Ist alles in Ordnung mit dir?«

Emily drückte ihre Hand. »Es geht mir gut. Ich weiß nicht, warum ich weggelaufen bin. Das war dumm von mir.«

»Weil du die Nerven verloren hast, was nach der langen Bootsfahrt ja auch kein Wunder war. Da ich gefesselt war, konnte ich dir nicht helfen, aber du hattest solche Angst, dass ich sie riechen konnte, Emily. Du hast sie vor den anderen gut verborgen, doch ich saß ja direkt neben dir«, sagte Cait mit offenkundiger Bewunderung. »Ich wusste nicht, dass Men… dass Engländer das können.«

Emily schüttelte den Kopf. »Manchmal sagst du die sonderbarsten Sachen, weißt du? Nur weil ich Engländerin bin, muss ich doch kein Schwächling sein.«

Cait lachte. »So wie du mit dem Soldaten umgesprungen bist, der dich einfangen wollte, dürfte hier inzwischen jedem klar sein, dass du kein Schwächling bist.«

»Mit Lachlan bin ich leider nicht so umgesprungen.«

»Natürlich nicht. Er ist ja auch der Laird. Das wäre er nicht, wenn er nicht stärker als all die anderen wäre«, erwiderte Cait tröstend.

Hatten seine Küsse sie deshalb so aus dem Gleichgewicht gebracht? Und wenn ja, würden Talorcs vielleicht ebenso betörend sein? Was sie sich aber eigentlich nicht vorstellen konnte…

7. Kapitel

Emily war nicht überrascht, als Lachlan einem der anderen Soldaten befahl, sie auf sein Pferd zu nehmen und zur Burg hinaufzubringen. Nachdem er die Antworten auf seine unverschämten Fragen hatte, brauchte er sie ja auch nicht mehr anzufassen. Und sie würde sich deswegen bestimmt keine Gedanken machen.

Der Krieger namens Angus streckte ihr die Hand hin, und sie lächelte ihn an, als sie sie ergriff, um sich hochziehen zu lassen. Er schien so verblüfft zu sein über das Lächeln, dass er mitten in der Bewegung innehielt, bevor er Emily ganz aufs Pferd gezogen hatte, und sie mit verwirrter Miene anstarrte.

Sie wartete einfach nur und dachte, wie einfältig diese Soldaten sein mussten, wenn sich ihr bescheidener kleiner Plan so schnell bewährte.

»Angus!«

Lachlans Befehl riss den Soldaten aus seiner Träumerei, und er hob Emily vor sich aufs Pferd.

Sittsam rückte sie ein Stückchen von ihm ab, drehte sich dann aber noch einmal um und lächelte ihn wieder an. »Herzlichen Dank, dass du mir erlaubst, bei dir mitzureiten.«

»Er erlaubt dir gar nichts. Ich habe es ihm befohlen«, brummte Lachlan.

Emily ignorierte ihn, weil ihre Kampagne, die Soldaten mit Freundlichkeit aus dem Konzept zu bringen, sich nicht auf ihren Anführer erstrecken würde. Sie wollte nie wieder auch nur ein Wort mit diesem Mann wechseln.

Schweigend richtete sie ihren Blick nach vorn. Der Weg

den Steilhang hinauf war nicht so beängstigend wie die Fahrt über das Wasser, doch mehr als einmal dankte Emily Gott dafür, dass sie nicht unter Höhenangst litt. Der in Serpentinen zu dem Kliff hinaufführende Pfad war kaum breit genug für die großen Schlachtpferde, und wo rechts eine glatte Steinwand war, befand sich links ein tiefer Abgrund.

Falls es nicht noch einen anderen Weg zur Burg gab, würde keine noch so große Truppe sie einnehmen können oder es auch nur bis zu ihren Mauern schaffen, ohne von den Balmorals bemerkt zu werden.

Cait hatte recht gehabt. Ihr Bruder würde sie nicht retten können, wenn sie sich erst einmal innerhalb der Burg befanden.

Als sie die Kuppe des Kliffs erreichten, war die Zugbrücke schon heruntergelassen, und so konnten sie bis in den unteren Burghof reiten, bevor sie die Pferde anhielten und absaßen. Männer und Frauen, die alle mit den Balmoral'schen Plaids bekleidet waren, starrten Cait und Emily mit unverhohlener Neugier an. Aber ihre Blicke waren weder abweisend noch finster wie die der Sinclairs, obwohl Emily wusste, dass ihre Kleidung sie eindeutig als Engländerin auswies.

Eine ältere Frau mit freundlichem Gesicht und Augen wie Angus' kam sogar zu ihnen herüber. »Wen hast du denn da bei dir, Sohn?«

»Eine Gefangene des Balmoral. Sie ist die zukünftige Frau des Sinclair.«

»Dann haben wir also zwei Gefangene im Austausch für Susannah?« Ein zufriedenes Lächeln huschte über das Gesicht der Frau.

»So ist es, Mutter.«

Drustan legte besitzergreifend eine Hand auf Caits schon deutlich vorstehenden Bauch. »Wir haben sogar *drei*.«

Emily hätte ihn am liebsten geohrfeigt, als sie sah, wie ihrer Freundin die Tränen in die Augen stiegen.

Aber getreu ihrem Vorsatz, diese Leute zu verwirren, zwang sie sich zu einem Lächeln. »Ich würde dennoch sagen, dass es ein jämmerlicher Mann ist, der durch Frauen und ein Kind Vergeltung übt.«

Sie hatte es in so freundlichem Ton gesagt, dass Drustans Stirnrunzeln etwas verspätet kam. Aber dann war es grimmig genug, um die Werwölfe zur Strecke zu bringen, über die Emilys weit entfernte Haushälterin ihr und Abigail so viel erzählt hatte.

Cait, die plötzlich gar nicht mehr so aussah, als wäre sie den Tränen nahe, schüttelte den Kopf und blickte Emily an, als zweifelte sie an ihrem Verstand.

Und Angus lachte.

»Findest du diesen Seitenhieb gegen deinen Bruder auch noch lustig?«, fragte die ältere Frau tadelnd.

»Unser Laird sagte, dass sie sich als Engländerin erst mit unserer Lebensweise vertraut machen muss, um sie zu verstehen. Und ich bin geneigt, ihm zuzustimmen.«

Seine Mutter schüttelte den Kopf. »Eine Beleidigung ist eine Beleidigung, Angus – auch für eine Engländerin.«

»Schluss mit diesem unsinnigen Gerede«, ertönte Lachlans Stimme direkt hinter Emily. »Der Priester erwartet uns schon in der Burg.«

Und auf diese Weise erfuhr sie, dass Cait und Drustan den Bund der Ehe eingehen würden – und unverzüglich, wie es schien.

»Aber Trauungen müssen morgens vollzogen werden«, wandte Emily entrüstet ein, als sie den Soldaten zu der Burg folgte. Noch immer fest entschlossen, Lachlan zu ignorieren, bedrängte sie stattdessen Drustan. »Und Cait muss Gelegenheit gegeben werden, sich auf ihre Hochzeit vorzubereiten. Was ihr vorhabt, ist selbst für Balmorals barbarisch.«

»Wäre es dir lieber, ich nähme deine Freundin heute Nacht mit in mein Bett, ohne sie zu meiner Ehefrau gemacht zu haben?«, fragte Drustan in so nachsichtigem Ton, dass Emily hätte schreien können.

»Es wäre mir lieber, du würdest warten, bis sie Zeit hatte, sich vorzubereiten«, erwiderte sie steif.

»Und wie lange wäre das?«

»Es braucht Zeit, eine Hochzeit vorzubereiten. Tage, Wochen oft sogar.«

»Im Gegenteil. Alle nötigen Arrangements sind schon getroffen.« Lachlans Stimme kam von ihrer Linken, aber Emily vermied es nach wie vor, ihn anzusehen.

»Drustan, bitte … Überleg dir das noch mal.«

»Mein Laird hat angeordnet, dass die Trauung unverzüglich stattfindet, und das wird sie auch.«

Inzwischen hatten sie die Burg betreten, und die kleine Gruppe begab sich in den großen Saal, wo vor dem mächtigen Kamin tatsächlich schon ein Priester stand. Er trug die richtigen Gewänder und hatte auch ein freundliches Gesicht, und trotzdem brachte sein Anblick Emilys Herz zum Rasen.

Cait sah nicht so aufgeregt aus. Sie wirkte gefasst, was jedoch etwas ganz anderes als ruhig war, und Emily wünschte, sie könnte ihre Freundin irgendwie beschützen.

Sie war sogar bereit, ihren Schwur zu brechen, mit Lachlan nie wieder ein Wort zu wechseln, wenn sie damit vielleicht etwas bewirken konnte. Und deshalb wandte sie sich ihm zu und griff nach seinem Arm. »Bitte tu das nicht«, bat sie. »Nicht heute Abend. Gib Cait Zeit …«

»Wozu, Engländerin? Warten ändert nichts an ihrem Schicksal.«

»Aber sie kannte Drustan bis heute nicht einmal!«

»Wie lange kanntest du Talorc, bevor dein Vater dich hierher schickte?«

»Das kann man nicht vergleichen. Drustans und Caits Heirat wurde nicht vom König angeordnet. Und Talorc hat mich auch nicht gleich nach meiner Ankunft vor den Traualtar gezwungen!«

»Wenn er mit dir ins Bett gewollt hätte, hätte er es getan.«

Emily erschrak über die brutale Offenheit seiner Worte, aber sie konnte jetzt keinen Rückzieher mehr machen. Cait zuliebe musste sie weiterkämpfen. »Trotzdem ...«

»Schluss jetzt«, fiel Lachlan ihr scharf ins Wort. »Wenn du nicht mit deiner Tirade aufhörst, lasse ich dich in den Turm bringen, bevor die Trauung stattfindet.«

Emily öffnete den Mund, schloss ihn aber gleich wieder, als ihr die Unsinnigkeit ihrer Einwände bewusst wurde. Sie war Caits einzige Freundin hier, sie musste bleiben. Mit diesem Gedanken ging sie ohne ein weiteres Wort zu Cait und blieb an ihrer Seite stehen.

Cait sah Emily nicht an, aber sie drückte ihr kurz die Hand, wie um ihr zu verstehen zu geben, dass sie froh war, sie bei sich zu haben. Dann verschränkte Cait ihre Hände und presste ihre Lippen zu einer schmalen Linie zusammen. Drustan nahm seinen Platz auf ihrer anderen Seite ein, und Lachlan stellte sich zu ihm. Angus und die ältere Frau, die sie auf dem Burghof angesprochen hatte, standen auch ganz in der Nähe. Dann legte sich Stille über den großen Saal.

Der Priester begann die Trauung mit den richtigen Worten, aber Emily fand es dennoch irgendwie frevelhaft, das Sakrament der Ehe am Abend statt am Morgen zu erteilen. War die Ehe überhaupt rechtskräftig, wenn die von Rom vorgeschriebene Verfahrensweise nicht genauestens eingehalten wurde?

Um des Seelenheils ihrer Freundin willen betete Emily, dass es so war.

Drustan sprach seine Gelübde mit fester Stimme, als Cait dann jedoch mit den ihren an der Reihe war, blieb sie stumm. Der Priester wiederholte seine Frage, aber Cait tat so, als hätte sie sie nicht gehört.

Emily konnte ihr das nicht verübeln. Tatsächlich war es sogar sehr raffiniert von ihr zu schweigen, denn dem Gesetz der Kirche nach konnte eine Ehe annulliert werden, wenn sie nicht von beiden Teilen aus freiem Willen eingegangen wurde.

Drustan packte Cait stirnrunzelnd an den Schultern und drehte sie zu sich herum. »Du wirst mir gehören, ganz gleich, was du hier tust.«

Sie zuckte die Schultern, ohne ihn auch nur eines Blickes zu würdigen, aber Emily konnte die Spannung sehen, die Cait beherrschte.

Der Priester schaute Lachlan fragend an.

Der Laird sah Drustan an, der daraufhin die Arme vor der Brust verschränkte und damit klar zu erkennen gab, dass er nicht nachgeben würde.

Emily war stolz auf Caits Willensstärke, aber sie beunruhigte sie auch. *Besser mit einem Mann vor den Altar treten, als sich ihm ohne Trauring hinzugeben*, hatte Sybil stets gesagt. Emily gab ihrer Stiefmutter zwar nicht in allem recht, doch in diesem Fall konnte sie ihr nur zustimmen. Und nachdem sie gesehen hatte, wie sich Cait und Drustan auf dem Boot geküsst hatten, war für sie mehr als offenkundig, wo ihre Freundin diese Nacht verbringen würde.

Mit gleichmütiger Miene verschränkte Lachlan seine muskulösen Arme vor der Brust. »Der Priester wird euch seinen Segen geben, wenn ich es befehle.«

Der Geistliche zuckte zusammen, aber er nickte.

Cait tat nichts – und schwieg weiter.

»Ich zöge es vor, wenn sie ihre Gelübde spräche. Ich behalte sie allerdings auch gern ohne die Vorzüge der Ehe hier, bis sie es tut«, sagte Drustan.

»Nein«, flüsterte Emily, aber niemand schenkte ihr Beachtung.

Lachlan betrachtete Cait lange schweigend. »Also gut. Bis du meinem Soldaten gegenüber die Gelübde ablegst und dich freiwillig und für immer an ihn bindest, wird die Engländerin mir das Bett wärmen.«

Alles schien sich plötzlich um Emily zu drehen, und ihr wurde so schwarz vor Augen, dass sie sich kaum noch auf den Beinen halten konnte. »Du hast schon wieder gelogen«, wisperte sie.

Aber Lachlan hatte sie gehört. Und auch alle anderen, ihren Reaktionen nach zu urteilen, doch das war Emily egal. Die Soldaten konnten so finster dreinschauen, wie sie wollten, und der Priester machte sich höchstens lächerlich, wenn er sie so ansah, als hätte sie etwas Gotteslästerliches gesagt. Lachlan von Balmoral war kein Gott, egal, was dieser arrogante Kerl auch denken mochte.

»Ich verliere langsam die Geduld mit deinen Beleidigungen.«

»Und mir ist sie schon lange ausgegangen mit deinen Lügen!«, versetzte sie, aber obwohl ihre Stimme wieder kräftiger geworden war, fühlten sich ihre Knie noch immer ziemlich wacklig an.

»Dann sag mir, wann ich gelogen habe.«

»Du hast gesagt, du würdest niemandem erlauben, mich zu behalten.«

Lachlan besaß die Dreistigkeit, den Kopf zu schütteln.

Emily sah ihn verdrossen an und nickte. »O doch, das hast du.«

»Ich habe gesagt, ich würde dich keinem meiner Soldaten überlassen.«

»Aber ...«

»Aber ich habe nicht versprochen, dich nicht selbst zu behalten.«

»Das kannst du nicht!«, rief Cait entsetzt. »Wenn du das tust, wird Talorc sie als an dich gebunden betrachten und sich weigern, sie zu heiraten.«

»Er hat sich längst geweigert.«

»Aber er wird zur Vernunft kommen.«

Lachlan machte sich nicht einmal die Mühe, die Schultern zu zucken, doch allein schon seine Haltung ließ erkennen, was er von Caits Einwand hielt. Emilys Zukunft interessierte ihn nicht ... für ihn war das einzig Wichtige, seinen eigenen Willen durchzusetzen. Er wollte Rache, und die würde er sich nicht nehmen lassen.

»Emily, ich ...« Cait sah aus, als würde sie jeden Augenblick in Tränen ausbrechen.

Emily beruhigte sie, so gut sie konnte. »Mach dir meinetwegen keine Sorgen. Ich komme schon zurecht«, log sie mit dem letzten Rest ihres Mutes.

Aber Cait schüttelte den Kopf. »Nein. Du wärst ruiniert, für immer an ihn gebunden. Die Balmorals sehen das nicht so, sagte Susannah – doch die Sinclairs schon. Und dein englischer Vater wird es sicher ebenfalls so sehen.«

»Du meinst, wenn Drustan mit dir ins Bett geht, wird er sich trotzdem nicht an dich gebunden fühlen?«, fragte Emily.

»Natürlich ist er an sie gebunden. Was glaubst du denn, wozu der Priester hier ist?«, erklärte Lachlan sichtlich ärgerlich.

»Drustan sagte, er würde sie auf jeden Fall in sein Bett holen!«, gab Emily nicht minder aufgebracht zurück.

»Er will, dass sie ihm das Jawort gibt.«

»Und du! Das Einzige, was *du* willst, ist, deinen Willen durchzusetzen!«

Er zog nur eine dunkle Braue hoch.

Emily wollte noch mehr vorbringen, aber sie wusste einfach nicht mehr, was. Einerseits wollte sie nicht das Druckmittel sein, das ihre Freundin zur Heirat zwingen würde, andererseits jedoch machte sie sich auch Sorgen um Caits guten Ruf. Aber so oder so würde sie nicht den anderen ihre Stimme leihen, um Druck auf ihre Freundin auszuüben.

Und deshalb hielt sie den Mund und wandte sich nur wortlos ab.

»Ich werde meine Gelübde sprechen.«

»Nicht meinetwegen«, sagte Emily entschieden und packte Cait am Arm.

Doch ihre Freundin schüttelte den Kopf. »Mich zu weigern, wäre nichts als eine leere Geste.« Sie seufzte und ließ die Schultern hängen. »Wie ich schon sagte, sieht mein Clan die körperliche Vereinigung zweier Menschen als lebenslange Bindung an. Mein Bruder wird mich auf jeden Fall als verheiratet betrachten, egal, was ich hier sage.«

»Aber du willst Drustan keine Treue versprechen, nicht?«

Endlich verstand sie, warum Cait trotz Drustans Drohung vermeiden wollte, ihre Gelübde abzulegen.

»Nein, doch selbst wenn ich es nicht tue, werde ich noch vor Sonnenaufgang zu dem Clan der Balmorals gehören. Den Gesetzen meines Volkes nach werde ich Drustan angehören.«

Das war nicht richtig, aber so war es nun einmal auf dieser Welt. Emily war nur verblüfft über Caits Behauptung, dass die

Balmorals das nicht so sähen. Doch ohne Hochzeit konnte auch ein Engländer eine von ihm kompromittierte Frau im Stich lassen. Wollte Cait ihr allen Ernstes zu verstehen geben, dass das für einen Sinclair nicht möglich war?

Das war alles sehr verwirrend, aber eins stand fest: Cait behagte es überhaupt nicht, ihre Gelübde abzulegen.

Und Drustan sah auch nicht gerade glücklich aus. Tatsächlich wirkte er sogar regelrecht verärgert, als er Cait an den Schultern packte und sie wieder zu sich herumdrehte. »Meine Frau zu werden, ist keine Strafe.«

»Ich weiß«, flüsterte Cait, was Emily schockierte und Lachlan einen zustimmenden Laut entlockte.

Drustans grüne Augen wurden weicher. »Ich werde für dich sorgen und dich und dein Kind beschützen.«

Bei der Erwähnung ihres Kindes schüttelte Cait den Kopf.

Drustan seufzte und zog sie näher. »Doch, das werde ich. Du wirst lernen müssen, mir zu vertrauen, Mädchen.«

Und dann, bevor Cait widersprechen konnte, küsste er sie. Diesmal sah Emily nicht zu, sondern wandte den Kopf ab, aber sie konnte nicht die zufriedenen kleinen Laute überhören, die ihre Freundin von sich gab.

Nach einer Weile, die Emily endlos lange erschien, sagte Drustan: »Wiederholt noch einmal die Gelübde meiner Frau, Pater.«

Der Priester gehorchte, und Cait gab ihre Antworten mit so verträumter Stimme, dass Emily zum ersten Mal seit Langem wieder lächelte. Cait behagte es nicht, dass ihr die Entscheidung aus der Hand genommen worden war, aber sie war auch nicht dagegen, Drustans Frau zu werden. Nicht wirklich. Und es war ja auch tatsächlich nicht schlimmer als bei ihrer ersten Hochzeit, bei der Talorc sie erst am Tag der Trauung davon unterrichtet hatte, dass er sie einem seiner Soldaten geben würde. Auch das war keine Liebesheirat gewesen, soweit Emily das beurteilen konnte.

Eine Frau hatte es nicht leicht, aber Cait hätte es schlechter treffen können, als einen starken Mann zu heiraten, der keine Gewalt angewendet hatte, um seinen Willen durchzusetzen.

Sie feierten die Hochzeit mit einem Toast auf die Frischvermählten, und danach wies Lachlan seinen Bruder an, Emily zum Ostturm zu begleiten.

»Kann sie nicht bei uns bleiben?«, bat Cait Drustan und wandte sich dann an Lachlan. »Du kannst doch nicht ernsthaft vorhaben, sie in einen Turm zu sperren?«

»Kritisier nicht deinen Laird«, sagte Drustan, bevor Lachlan Gelegenheit bekam zu antworten.

»Er ist nicht *mein* Laird.«

»Seit einer Viertelstunde ist er es.«

»Aber ...«

»Es gibt nur ein Bett in unserem Zimmer.«

»Ich teile es gern mit Emily zum Schlafen.«

»*Ich* werde es mit dir teilen, und schlafen werden wir ganz sicher nicht«, sagte Drustan in einem Ton, der Emily die Schamesröte in die Wangen trieb.

Cait bat ihre Freundin mit den Augen um Verzeihung.

»Schon gut, Cait. Wirklich. Ich gehe gern in den Turm. Du musst dir keine Sorgen um mich machen.«

Die ältere Frau, die sie vorher auf dem Burghof angesprochen hatte, trat vor und legte ihre Hand auf Caits Arm. »Ich bin Moira, Drustans, Angus' und Susannahs Mutter. Willkommen in unserer Familie, Kind.« Dann sah Moira Emily an. »Ihr seid Engländerin?«

»Ja.«

»Und Ihr seid mit dem Sinclair verlobt?«

»Ja.«

»Wie ist das möglich?«

»Auf Anordnung unserer zwei Könige.«

»Aha.« Moira nickte wieder. »Das erklärt so einiges. Aber warum ist unser Laird so versessen darauf, Euch in einen Turm zu sperren? Wart Ihr schwierig?«

»Ein bisschen vielleicht.«

Ulf schnaubte ärgerlich und packte sie am Arm. »Kommt.«

Emily wandte sich zu ihrer Freundin um und zog sie mit ihrem freien Arm noch einmal an sich. »Es wird alles gut, Cait. Ganz bestimmt.«

»Ja.« Dann, als wüsste sie, was Emily am meisten Sorgen bereitete, sagte sie: »Er wird mir nicht wehtun. Er hat es mir versprochen.«

Emily schluckte, um den Kloß in ihrer Kehle loszuwerden, nickte und trat zurück. Dann sah sie Drustan an. »Sei gut zu ihr. Wenn sie deine Frau sein soll, musst du begreifen, dass es deine Pflicht ist, sie vor allem Bösen zu bewahren.«

Statt verärgert zu reagieren, nickte Drustan ernst. »Ich werde meine Pflicht ihr gegenüber niemals vergessen.«

Emily wandte sich an Ulf. »Lass bitte meinen Arm los. Du tust mir weh. Ich werde dir widerspruchslos folgen.«

Er ignorierte jedoch ihre Bitte und begann, sie auf den Haupteingang der großen Halle zu zu ziehen. Doch dann blieb er unversehens stehen und zog seine Hand von ihrem Arm zurück.

Lachlan war plötzlich hinter ihnen aufgetaucht und fauchte seinen Bruder an: »Ich habe dir einen Befehl gegeben, aber der schließt nicht mit ein, sie anzufassen! Tu das nicht noch mal, hörst du?«

Ulf fluchte unterdrückt, doch er rührte Emily nicht wieder an, als er sie zu einem Treppenhaus in der östlichen Ecke des großen Saales führte. In angespanntem Schweigen begannen sie, eine schmale Wendeltreppe hinaufzusteigen. Aus Angst vor Ulfs unbeherrschtem Naturell blieb Emily immer ein paar Schritte hinter ihm, als sie die nicht enden wollende Treppe hinaufstiegen.

Sie kamen an drei Absätzen vorbei, aber Ulf bog auf keinen dieser Gänge ein. Als er endlich stehen blieb, befanden sie sich auf einem schmalen Flur, auf dem nur eine Tür zu sehen war. Ulf stieß sie auf, und Emily trat ein, wobei sie darauf achtete, den Mann nicht zu berühren, als sie sich in das Zimmer zwängte.

Und schon fiel die Tür hinter ihr zu, und das unmissverständliche Geräusch eines Riegels, der vorgeschoben wurde, verriet ihr, dass sie wirklich und wahrhaftig *eingesperrt* war.

Erschaudernd schlang sie die Arme um ihren Oberkörper und blickte sich in ihrer neuen Unterkunft um. Der kreisförmige Raum war klein und karg. In einer Ecke stand ein mit einem Balmoral'schen Plaid bedecktes Bett, aber keine Tücher hingen vor dem einzigen Fenster, um Licht oder Wind herauszuhalten, keine Wandteppiche an den kalten Steinwänden, um deren Eintönigkeit zu unterbrechen, und es gab auch keinen Wärme spendenden Kamin, ja, nicht einmal einen Stuhl zum Sitzen. Das einzige andere Möbelstück außer dem Bett war ein kleiner Tisch mit einem hölzernen Krug, einer Schüssel, einem Becher und einem Handtuch. Emily blickte sich nach einem Nachttopf um, fand aber stattdessen nur ein stilles Örtchen ohne Tür davor.

Das Turmzimmer sah nach dem aus, was es war – ein Ort, an dem Gefangene festgehalten wurden.

Aber es war sauber, und es hätte schlimmer kommen können.

Wie beispielsweise, Lachlans Bett zu wärmen.

Cait stand in ihrem neuen Zuhause und zitterte an allen Gliedern. Sie war verheiratet. Schon wieder. Und gegen ihren Willen.

Nein, das stimmte so nicht.

Ein Teil von ihr wollte sehr wohl die Lebensgefährtin des Werwolfs sein, der an der Zimmertür lehnte und dessen lässige Haltung nicht die enorme Energie verbergen konnte, die durch seinen großen, starken Körper pulste. Cait konnte sich ein Leben ohne ihn schon nicht mehr vorstellen – und das beängstigte sie mehr als nur die Tatsache, dass sie entführt und zu einer Ehe gezwungen worden war, die allein aus dem Vergeltungsdrang des Balmoral'schen Lairds heraus entstanden war.

Sie dürfte nicht so viel empfinden. Nach so kurzer Bekanntschaft dürfte sie eigentlich *gar nichts* für Drustan empfinden.

Bei Sean war das nicht so gewesen, nicht vor der Heirat und auch nicht später. Sie hatte ihn zum Mann genommen, weil ihr Bruder es befohlen hatte, aber sie war nie in ihn verliebt gewesen. Und sie befürchtete sehr stark, dass sie bei Drustan schon auf dem besten Wege dahin war. Er war sehr nett zu ihr gewesen, selbst als sie versucht hatte zu fliehen. Und wenn er sie küsste, überfielen sie Sehnsüchte, von denen sie nicht einmal gewusst hatte, dass es sie gab, nicht mal, als sie läufig geworden war und sich in einer Vollmondnacht mit Sean gepaart hatte.

»Du siehst besorgt aus.« Drustans Stimme sandte einen Schauder über ihren Rücken, obwohl es gar nicht kalt war in dem Zimmer.

Cait atmete tief ein – und verschluckte sich fast, als Drustan sich von der Tür entfernte und auf sie zukam. Schnell zog sie sich in die andere Richtung zurück. »Ich mache mich nur mit meinem neuen Heim vertraut.«

Drustans Quartier lag direkt über den Soldatenunterkünften auf der anderen Seite des Turms, in den Emily gebracht worden war. Und egal, wie sehr Cait ihre Ohren auch anstrengte, konnte sie hier doch nichts von ihrer Freundin hören. Sobald die schwere Tür geschlossen war, drang gar nichts mehr durch sie oder die massiven Steinmauern. Beide boten eine Ungestörtheit, die sie auf der Burg ihres Bruders nie gekannt hatte, und das gefiel ihr sehr.

Der Raum, in dem sie sich befanden, war kein Schlafzimmer, sondern eine Art Wohnraum mit einem Tisch und Stühlen neben einem Kamin, ein Luxus, den Cait in einem anderen Raum als dem großen Saal niemals erwartet hätte. Zwei Bänke und eine große Truhe säumten die gegenüberliegende Wand, in der sich eine Tür befand, die vermutlich in ein Schlafzimmer führte, da Cait sich erinnerte, dass Drustan von einem Bett gesprochen hatte.

Sie ging um den Tisch herum, als ihr frisch gebackener Ehemann sich an sie heranpirschte. »Deine Mutter scheint sehr nett zu sein. Sie hat mich in eurer Familie willkommen geheißen.«

»Wie es sich gehörte.« Drustan sah sie mit großen, hungrigen Augen an, aber es war kein Verlangen nach Essen, was ihn bewegte.

Caits Herzschlag war so laut, dass sie sicher war, er müsse ihn hören können. Wieder trat er näher, und diesmal kam er um den Tisch herum.

Aber Cait zog sich zurück, bis sie die Wand an ihrem Rücken spürte. »Wo schläfst du?«, versuchte sie, ihn abzulenken.

»*Wir* schlafen da drinnen.« Mit einer Kopfbewegung zeigte er auf die Tür, die sie schon bemerkt hatte, und bestätigte damit ihre Vermutung, dass sein Schlafzimmer dahinter lag.

»Ich dachte, wir könnten noch ein bisschen warten.«

»Vor dem Schlafen?« Seine Zähne blitzten, als er lächelte. »Ja, das wird noch ein bisschen warten müssen.«

Ach, du lieber Himmel! Wie konnte er bei diesen wenigen Worten etwas so Verheißungsvolles in seine Stimme legen?

»Was ich meinte, ist, dass ich dich gern besser kennenlernen würde, bevor wir ... zusammenkommen.«

Sein Duft wurde stärker, als er näher kam, was ihr verriet, wie erregt er war. Und ihr Körper reagierte darauf, selbst als ihr Verstand noch nach vernünftigen Begründungen suchte, warum er sie nicht jetzt gleich nehmen sollte.

Sie erschauerte, als er eine Hand nach ihr ausstreckte und mit den Fingerspitzen über ihre Wange strich. »Du hast sehr zarte Haut«, murmelte er mit rauer Stimme.

»Danke«, erwiderte sie steif.

Er lächelte, als amüsierten ihn ihre Worte. »Wie gut kanntest du deinen ersten Mann, bevor ihr euch geliebt habt?«

»Er war ein Mitglied meines Clans. Ich kannte ihn schon seit meiner Kindheit.«

»Wirklich? Oder war dir nur sein Gesicht bekannt, sein Name, Gerüchte, was für eine Art Soldat er war?«

»Ich verstehe nicht, was du meinst.« Aber sie verstand sehr wohl. Was er meinte, war, dass sie ihren ersten Mann an ihrem Hochzeitstag nicht besser gekannt hatte, als sie Drustan kannte. Und er hatte recht.

»Wirklich nicht, Cait?«

Schweigen war ihre beste Verteidigung, und deswegen erwiderte sie nichts.

Drustan berührte sie wieder, diesmal strich er sanft mit seinem Daumen über ihre Lippen. »Hat dich dein erster Mann umworben?«

Sie hätte fast gelacht über die Frage, doch Drustans Berührung ließ ihre Belustigung sehr schnell in drängendes Verlangen übergehen. Sean war nicht einmal mit ihr zusammen auf die Jagd gegangen, bevor ihr Bruder ihre Heirat angeordnet hatte.

Wieder trat sie zurück, stieß sich aber ihre Schulter an der Wand an und wechselte die Richtung, um den Abstand zwischen ihnen zu vergrößern. »Nein. Er hat mich nicht umworben.«

»Hat er bis nach der Hochzeit gewartet, um mit dir zu schlafen?« Drustan klang nur ein bisschen neugierig, als er sich wieder an sie heranpirschte und sie sich zum ersten Mal in ihrem Leben wie eine Beute fühlen ließ.

Als Werwölfin hatte sie gejagt, war jedoch niemals selbst das Opfer gewesen. Sogar als sie das erste Mal läufig geworden war, war sie schon verheiratet gewesen, und es hatte keine »Jagd« gegeben.

Weil es ihr trotz ihrer Bemühungen nicht gelingen wollte, den Tisch wieder zwischen sie zu bringen, schüttelte sie nur stumm den Kopf. In einer Mischung aus atavistischer Angst und Erregung ging ihr Atem so schnell und flach, dass sie nicht einmal mehr sprechen konnte.

Drustan kam mit jeder Sekunde näher und trieb sie mit der Geschicklichkeit eines erfahrenen Raubtiers in die Enge, bis sie mit dem Rücken an der Wand neben der Tür zu dem Schlafzimmer stand.

Ein Entkommen war nicht mehr möglich, als Drustan rechts und links von ihr die Hände an die Wand legte und den Kopf senkte, bis sich ihre Lippen fast berührten. »Eins verspreche ich dir, Cait: Du wirst mich sehr gut kennen, wenn es morgen Tag wird.«

Dann presste er seinen Mund zu einem leidenschaftlichen Kuss auf ihren, der ihren letzten Widerstand dahinschmelzen ließ. Cait umklammerte mit beiden Händen seine Schultern, als er seinen Kuss beendete.

Aus Drustans Augen, die dunkelgrün wie Smaragde geworden waren, blickte sie sein Wolf an. »Du gehörst mir, Caitriona. Du bist meine Gefährtin.«

»Noch nicht«, sagte sie, erstaunt über sich selbst, als auch in ihr die Wölfin erwachte, um den Wolf in Drustan zu einem Paarungsritual herauszufordern, das so alt war wie ihr Volk.

Ungeachtet dessen hatte sie bei Sean nicht den geringsten Drang zu dieser Art von Spiel verspürt. Sie hatten sich gepaart wie Menschen. Es war angenehm gewesen, aber bei ihm hatte sie sich nie so nach dem körperlichen Akt gesehnt wie jetzt bei Drustan. Sie wollte auf intimste Weise mit ihm vereint sein, doch sie konnte nicht einfach nachgeben und es geschehen lassen. Für sie musste er sich zunächst als starker, würdiger Gefährte erweisen, auf die natürlichste und ursprünglichste Art und Weise. Dieses Bedürfnis machte ihr Angst, aber es erregte sie sogar noch mehr.

Der Duft ihrer Erregung vermischte sich mit seinem und offenbarte ihm ganz ohne Worte oder auch nur die winzigste Bewegung von ihr, was sie fühlte.

Das leise Knurren, das sich ihm entrang, war eine eindeutige Bestätigung dafür, dass er sich der Reaktion ihres Körpers auf seinen nur zu gut bewusst war. »Ich will dich haben«, sagte er mit kehliger Stimme. »Und das werde ich.«

»So?« Sie befeuchtete ihre Lippen und nahm ihre Hände von seinen Schultern. »Bist du sicher?«

Seine Augen wurden schmal. »Du willst mich auch.«

Sie legte den Kopf ein wenig schief. »Vielleicht.« Aber vorher musste er ihr beweisen, dass er stark genug war, die Wölfin in ihr zu erobern.

Er rieb sich an ihr, markierte sie mit seinem Duft, doch

solange sie noch ihre Kleider trugen, war es keine vollständige Inbesitznahme. Cait lächelte, als sie sich duckte und unter seinem Arm hindurchzwängte, um sich schnell wieder aus seiner Reichweite zu bringen.

An der Tür hielt sie inne, bereit, zu fliehen und ihn zu zwingen, sie zu jagen, wie ein Wolf seine Gefährtin jagte. »Aber vielleicht auch nicht.«

8. Kapitel

Drustan war zu ihr herumgefahren und starrte sie mit grimmiger Miene an. »Ich kann dich nicht laufen lassen, Cait.«

Ihr ganzer Körper war beherrscht von dem Bedürfnis, gerade das zu tun. »Du musst, Drustan.«

»Nein«, stieß er hervor, als wäre dieses eine Wort unglaublich schwer herauszubekommen. Er wollte die Jagd auch, das war ihm anzusehen, aber er zwang sich, seine Wünsche im Zaum zu halten. »Ich habe versprochen, weder dir noch dem Baby wehzutun. Und ich kann nicht zulassen, dass du es selbst tust.«

Cait wollte ihr Kind nicht gefährden, doch sie *musste* laufen.

Mit zwei geschickten Bewegungen streifte er sein Plaid ab. Plötzlich knisterte die Luft wie vor einem Gewittersturm, und bevor Cait Atem holen konnte, hatte Drustan sich in einen Wolf verwandelt. Mit zwei Sprüngen war er an Cait vorbei und landete vor der Tür, wo er zu ihr herumfuhr und sie zähnefletschend anknurrte.

Sie war ihr Leben lang von Werwölfen und -wölfinnen umgeben gewesen und hatte noch nie Angst in Gegenwart von einem von ihnen verspürt. Aber jetzt lernte sie sie kennen, diese gänzlich ursprüngliche Furcht, die nichts zu tun hatte mit Sorge, dass er ihr etwas antun könnte, sondern eine rein *sexuelle* Furcht, beherrscht zu werden, war – auch wenn ein anderer Teil von ihr genau das wollte.

Während der Schwangerschaft konnte sie sich nicht verwandeln, aber sie empfand es nicht als Nachteil, ihm als Frau und nicht als Werwölfin gegenüberzutreten.

Sie ging einen Schritt auf ihn und die Tür hinter ihm zu. »Du wirst mir nicht wehtun.«

Aber sie hätte sich den Schritt auch sparen können. Er blockierte die Tür so wirkungsvoll wie eine Mauer. Er war außerordentlich groß als Wolf, fast ebenso groß auf allen vieren wie sie selbst im Stehen.

»Wie lange wirst du in Wolfsgestalt bleiben?«, fragte sie mit einem provokanten Lächeln. »Du kannst mich so nicht nehmen.« Und dann wäre sie die Siegerin in diesem Spiel ... Die unausgesprochene Herausforderung hing so schwer in der Atmosphäre zwischen ihnen, dass sie die prickelnde Spannung noch verdichtete.

Er begann sich wieder an sie heranzupirschen. Mit dem leisen Knurren, das in seiner Kehle grollte, seinen zurückgelegten Ohren, dem angriffslustig erhobenen Schwanz und seinen geschmeidigen Bewegungen war er ein äußerst einschüchterndes Tier als Wolf. Wider Willen trat Cait zurück und versuchte, der Bedrohung zu entkommen, die, wie ihr Verstand ihr sagte, keine war. Aber ihr Instinkt verlangte, dass sie den Kontakt mit dem Wolf vermied, der sie mit Augen ansah, in denen sich die Intelligenz und Entschlossenheit eines Mannes widerspiegelten.

Er würde nicht versuchen, sie als Wolf zu nehmen, solange sie nicht in der Lage war, sich ebenfalls in eine Wölfin zu verwandeln, überlegte sie. Sein tierisches Verhalten jedoch schien dem zu widersprechen. Deshalb spielte sie auch weiter Katz und Maus mit ihm, wobei es ihr nicht mehr so sehr darum ging, die Tür zu erreichen, als vielmehr den Abstand zu ihm zu bewahren. Sie merkte nicht einmal, wohin er sie getrieben hatte, bis sie rückwärts einen dunklen Raum betrat.

Das Schlafzimmer.

Ein Vibrieren ging durch die Luft, dann stand er wieder vor

ihr, ein Krieger, der sie um Längen überragte und dessen menschlicher Körper nicht weniger beeindruckend als der des Wolfes war. Vielleicht sogar noch mehr, weil Cait wusste, dass er sie als Mann durch das uralte Paarungsritual zu seiner Gefährtin machen würde. Sein voll erregter Körper hob sich als Silhouette vor dem Nebenzimmer ab, das immer noch von Kerzenlicht erhellt war.

Cait konnte gar nicht anders, als ihren Blick über Drustans nackten Körper gleiten zu lassen – und zog scharf den Atem ein, als sie die Größe seines männlichen Geschlechtsteils sah. Es war größer als Seans – viel größer. Dunkle Adern pulsierten an Drustans aufgerichtetem Glied und erinnerten Cait daran, dass er nicht nur als Mensch, sondern auch als Werwolf zu ihr kam.

Die exquisite Feuchtigkeit zwischen ihren Schenkeln verriet ihr, was die Wölfin in ihr davon hielt, dass er bereit war, sich mit ihr zu paaren.

Und er war sich ihrer Reaktion ganz sicher. Das ließ sein überlegenes Grinsen deutlich erkennen. Er wusste, dass die Wölfin ihn begehrte. »Zieh dich aus, Cait. Nimm mich, so wie ich dich nehmen werde.«

Sie starrte ihn an, während sich ein ihr unerklärliches Gefühl in ihrem Herzen regte. Die Inbesitznahme sollte gegenseitig sein, aber leider war das längst nicht immer so. Werwölfe und Männer gleichermaßen betrachteten ihre Frauen oft mehr als Besitz, denn als wahre, gleichberechtigte Gefährten. Drustans Worte schienen jedoch darauf hinzudeuten, dass er anders dachte und dass er ihren Wert und ihre Kraft erkannte. Fast wie aus eigenem Antrieb begann Cait, ihre Kleider abzustreifen, bis sie genauso nackt und stolz vor Drustan stand wie er vor ihr.

Ihr Leib war gewölbt, aber das brachte sie nicht in Verlegenheit. Werwölfinnen wurden nicht leicht schwanger, und es zu sein, war der offensichtlichste Beweis ihrer Weiblichkeit und nichts, weswegen man sich schämen musste. Die Veränderungen in ihrem Körper machten sie nur noch schöner. Jeder Wolf würde das sagen.

Drustans eindringlicher Blick drückte Übereinstimmung mit diesen Überlegungen aus. »Ich habe noch nie eine schwangere Frau gehabt«, bemerkte er mit rauer Stimme.

Cait griff nach seiner Hand und legte sie an ihren Bauch. Allein schon diese harmlose Berührung durchflutete sie mit Hitze, und das Erschauern, das Drustans mächtigen Körper durchlief, bewies, dass er nicht weniger berührt war als sie selbst. Tränen, für die sie keinen Grund erkennen konnte, stiegen ihr in die Augen. Bei ihm war alles anders. Einfach alles.

Er hob sie auf und trug sie in das Schlafzimmer, wo er sie mit einer behutsamen, aber auch besitzergreifenden Geste niederlegte. »Ich kann dich nicht vor mir weglaufen lassen, doch ich werde dir beweisen, dass ich die Stärke besitze, dein Gefährte zu sein.«

Sie schaute mit großen Augen zu ihm auf, und ihr ganzer Körper zitterte von dem Verlangen, eins mit ihm zu werden. »Wie?«, fragte sie mit einer Stimme, die kaum mehr als ein Flüstern war.

»Du wirst mich bitten, dich zu nehmen, und dadurch werde ich dir die Richtigkeit unserer Paarung zeigen.«

Er wollte sie dazu bringen, ihn zu *bitten?* Eine Wölfin bettelte nicht. Niemals. »Das schaffst du nicht.«

Aber sie verspottete ihn nicht, sondern sie war aufrichtig besorgt. Er hatte sich eine unmögliche Aufgabe gestellt, und sie wollte ihre Paarung nicht gefährden.

»Du zweifelst an meiner Kraft?«

»Ich bin eine Wölfin«, sagte sie, weil sie es besser wusste, als eine direkte Herausforderung auszusprechen.

»Und ich werde dich dazu bringen, mich zu bitten. Glaub es mir.« Er atmete tief ein und lächelte wie ein wikingischer Eroberer. »Der Duft deiner Erregung ist wie ein Aphrodisiakum für mein Blut. Du wirst bitten und betteln und dich danach verzehren, von mir in Besitz genommen zu werden.«

Sean hatte sie nie dazu gebracht, sich nach ihm zu verzehren.

Sie merkte erst, dass sie das laut gesagt hatte, als Drustan lachte. »Er war ja auch kein Balmoral.«

»Er war Wolf genug, um mich zu schwängern«, fauchte sie, weil sie die angedeutete Beleidigung für ihren Clan nicht hinnehmen wollte.

Drustan sah kein bisschen beleidigt aus, sondern seine Mundwinkel verzogen sich wieder zu einem Lächeln, aber zum Lächeln eines Raubtiers, bei dem es Cait heiß und kalt überlief. »Ich werde dich noch wünschen lassen, das Baby sei das meine.«

Dann berührte er sie, strich mit den Fingerspitzen so sanft über ihre Haut, dass ein Zittern sie durchlief und eine Gänsehaut über ihre Arme und Beine kroch. Er benutzte seinen Mund, seine Hände und seinen Körper, um jeden Zentimeter ihrer Haut mit seinem Duft zu markieren, und brachte dabei ihre Erregung auf den Siedepunkt – bis sie sich in sinnlicher Verzückung aufbäumte und einen gequälten Seufzer ausstieß. »Drustan!«

Sein leises Lachen war fast wie eine weitere erotische Liebkosung. »Willst du mich, meine Kleine?«

»Ja!«

»Genug, um mich darum zu bitten?«, fragte er.

Sie biss die Zähne zusammen, um ihm nicht zu sagen, was

er hören wollte, öffnete aber gleich wieder den Mund zu einem entzückten kleinen Aufschrei, als Drustans Finger ihren empfindsamsten Punkt berührten.

»Du bist bereit für mich, ganz heiß und feucht«, flüsterte er rau.

Ein erstickter Laut entrang sich Cait, weil sie gar nicht in der Lage war zu sprechen.

Drustan ließ seine Fingern über die seidige Haut ihrer Schenkelinnenseite gleiten, ehe er in ihre feuchte Hitze eintauchte, wobei er aber darauf achtete, nicht die empfindsame kleine Knospe an ihrer intimsten Stelle zu berühren. Er spielte mit dem üppigen Haar zwischen ihren Schenkeln und ließ seine Finger in sanften, kreisenden Bewegungen in sie hinein- und wieder aus ihr herausgleiten.

Dann nahm er seine Finger zwischen seine Lippen und kostete von ihrer heißen Feuchte. »Köstlich«, murmelte er.

Cait stöhnte nur.

Drustan lachte leise und spreizte ihre Knie, bevor er mit der mühelosen Kraft des Wolfes in ihm ihre Hüften anhob und seinen Mund auf ihre empfindsamste Stelle senkte. Zunächst strich er nur sehr sanft mit seinen Lippen darüber, aber dann presste er den Mund auf ihr weibliches Geschlecht und begann, es auf schockierend intime Weise mit seinen Lippen und seiner Zunge zu liebkosen. Sean hatte das nie getan, und Cait konnte auch nicht glauben, dass es erlaubt war, aber es war ein zu berauschendes Gefühl, um ihren Zweifeln Ausdruck zu verleihen.

Zumal sie befürchtete, dass ohnehin nur flehentliche Laute über ihre Lippen kämen, wenn sie versuchen würde, etwas zu sagen.

Einige endlos lange Minuten liebte er sie mit seinem Mund und seiner Zunge und hörte erst auf, als sie am ganzen Körper zitterte und dem Höhepunkt schon nahe war. Und dann tat er es wieder und wieder, bis sie sich unter ihm wand und diesen letzten Punkt zu erreichen versuchte, der sie in den Abgrund stürzen würde. Doch immer wieder hielt Drustan sie kurz davor zurück, nur um sein erotisches Spiel dann wieder aufzunehmen, bis sie halb außer sich vor sinnlicher Begierde war. »Nein«, flüsterte sie enttäuscht, als er seine Lippen von ihr löste und sich zwischen ihre weit gespreizten Schenkel setzte, aber ihr Protest ging in ein Stöhnen über, als er wieder langsam mit zwei Fingern in sie eindrang.

Dann zog er sie zurück, und selbst im Halbdunkel des Zimmers konnten Caits scharfe Wolfsaugen ihre eigene Feuchtigkeit an ihnen glitzern sehen.

Drustans Miene war sehr ernst und feierlich, als er zuerst sein Glied und dann die Stelle über seinem Herzen mit ihrem intimen Duft markierte. Und da war es aus mit Caits Beherrschung, und mit gebrochener Stimme flehte sie ihn an, sie endlich in Besitz zu nehmen.

Mit einer einzigen kraftvollen Bewegung drang er in sie ein und wurde eins mit ihr. Er war heiß und hart und sie so überaus empfindsam vor Erregung, dass ihre lustvollen Gefühle sich schon fast mit Schmerz vermischten. Vorsichtig, um ihren gewölbten Leib nicht zu belasten, presste Drustan sich an sie, um ihre Körper vollständig mit dem Duft des anderen zu markieren.

»Du gehörst mir«, sagte er dem uralten Gebrauch entsprechend.

»Ich gehöre dir«, erwiderte sie mit vor Gefühl ganz rauer Stimme.

Dann zog er sich fast vollständig aus ihr zurück und wartete schweigend ab, wobei ihm deutlich anzusehen war, wie überaus erregt er war und welche Kraft es ihn kostete, sich im

Zaum zu halten und den Moment der Erfüllung noch hinauszuzögern.

»Du gehörst mir«, sagte sie in einem uralten Dialekt, den die keltischen Mitglieder ihres Clans nicht verstehen würden.

»Und ich gehöre dir«, antwortete er und drang dann wieder ganz tief in sie ein.

Cait schrie auf und presste sich in der überwältigenden Freude ihrer gegenseitigen Inbesitznahme noch enger an ihn. Er begann, sich in einem Rhythmus zu bewegen, der sie mit Wellen unbeschreiblicher Lust durchflutete und auf einen Gipfel von solch überwältigender Süße zutrieb, wie sie sie noch nie erfahren hatte. Drustan ließ seine Hüften an ihr kreisen, um die harte kleine Knospe am Eingang ihrer Weiblichkeit zu stimulieren, und in rauschhafter Verzückung bog sie sich ihm entgegen, bis Blitze hinter ihren geschlossenen Lidern aufzuckten und sie das Gefühl hatte, in tausend Stücke zu zerspringen, bevor ihr schwarz vor Augen wurde.

Als sie zu sich kam, hielt Drustan sie in seinen Armen, und aus dem Nebenzimmer drang kein Licht mehr zu ihnen herüber.

Sie berührte seine Brust, wo er sie mit ihrem Duft gezeichnet hatte. »Jetzt sind wir eins.«

»Ja.« Das Wort klang mehr wie ein Knurren, aber sie verstand ihn.

Und er hatte vorhin recht gehabt. In diesem Moment wünschte sie sich nichts sehnlicher, als dass das Kind, das sie erwartete, das seine wäre. Weil die Tatsache, dass es das nicht war, das Einzige war, was die Macht besitzen könnte, sie zu trennen.

Kein Klopfen kündigte Besucher an, bevor Emily hörte, wie der Riegel vor ihrer Tür zurückgeschoben wurde. Vermutlich war Ulf die Wache, die an diesem Morgen mit der Haushälterin kam. Er war ungezogen genug, sich nicht mit solch kleinen Höflichkeiten aufzuhalten.

Am Abend zuvor war Angus bei der Haushälterin gewesen, und er hatte nicht nur angeklopft, sondern auch geduldig abgewartet, während sie und die Frau sich unterhalten hatten. Die Bedienstete war überhaupt nicht unfreundlich gewesen, was Emilys Stimmung sehr verbessert hatte. Tatsächlich hatte sie sogar so angeregt mit der Haushälterin geplaudert, dass sie kaum etwas gegessen hatte und nun entsprechend hungrig war.

Sie war schon seit Sonnenaufgang auf den Beinen, nachdem sie aus Sorge um Cait in der Nacht zuvor fast keinen Schlaf gefunden hatte. Sie hatte getan, was sie konnte, um sich zu beschäftigen, hatte ihr Bett gemacht und mit dem Wasser aus dem Krug und dem kleinen Handtuch ihr Zimmer gereinigt. Eine Weile hatte sie sogar ihr Haar mit der Bürste bearbeitet, die sie von der Haushälterin bekommen hatte, bis es schimmerte und glänzte.

Und deshalb war sie jetzt mehr als froh über den Besuch, selbst wenn es Ulf war, der mit Marta vor der Tür stand.

Als die schwere Holztür aber aufging, war es nicht Ulfs finstere Miene, die sie erblickte, sondern Lachlans. Er schaute zwar nicht ärgerlich drein – nicht wirklich jedenfalls –, aber er lächelte auch nicht.

Und sie hatte natürlich auch nicht vor, ihn anzulächeln, nicht nach seinen Drohungen vom Vorabend. Sie ließ ihn sogar völlig unbeachtet, als sie die Haushälterin begrüßte. »Vielen Dank für das Essen, Marta. Ich wollte dich übrigens fragen …«

Emily unterbrach sich und warf Lachlan einen Seitenblick zu, nicht sicher, ob sie ihre Bitte nicht besser auf einen Moment verschieben sollte, in dem er nicht bei Marta war. Denn falls er sie in diesem Turmzimmer eingesperrt hatte, um sie zu bestrafen, würde er bestimmt nicht erlauben, dass man ihr etwas zu tun gab, um sich die Langeweile zu vertreiben.

»Ja, Mylady?«, fragte Marta, als Emily nicht weitersprach.

Aber was, wenn Marta ging und bis zum Mittagessen nicht zurückkehrte? Emily ertrug den Gedanken nicht, noch mehr Stunden tatenlos herumzusitzen und an nichts anderes zu denken als an das, was ihrer Freundin zugestoßen sein könnte. Sie biss sich auf die Lippe und lächelte dann zaghaft. »Ich hatte gehofft, du hättest vielleicht irgendetwas für mich zu tun, womit ich mir die Zeit vertreiben kann.«

Marta warf Lachlan einen unsicheren Blick zu, und er schüttelte den Kopf.

»Tut mir leid, Mylady, doch ich habe leider nichts.« Ihr Gesichtsausdruck verriet jedoch Mitgefühl für die junge Frau.

Emily versuchte, ihre Enttäuschung zu verbergen, und nickte Marta zu. »Trotzdem vielen Dank.«

Lachlan schickte die Bedienstete mit einer Handbewegung fort, und sie verließ den Raum. Emily unterdrückte ein Seufzen. Sie hätte gern wieder ein bisschen mit der Frau geplaudert, aber in Lachlans Gegenwart war das wahrscheinlich sowieso nicht möglich. Und so zupfte sie an dem schon gemachten Bett herum und fragte sich, wie lange er dort herumstehen und sie beobachten wollte.

»Dein Haferbrei wird kalt, wenn du nicht isst.«

Kalter Haferbrei war im Moment das geringste ihrer Probleme. Emily zuckte die Schultern und beschäftigte sich damit, ihrem ohnehin schon glänzenden Haar noch ein paar unnötige Bürstenstriche zukommen zu lassen.

»Emily.« Die Warnung, die in Lachlans Stimme lag, war nicht zu überhören, aber Emily zog es vor, sie zu ignorieren, und begann, die Gegenstände auf dem kleinen Tisch zu ordnen.

»Ich mag es nicht, ignoriert zu werden, Engländerin«, sagte er, als glaubte er allen Ernstes, dass sie das noch nicht gemerkt haben könnte.

Wahrscheinlich war er einfach nur zu arrogant, um zu begreifen, dass sie ihn mit Absicht provozierte ... auch wenn ihr Verhalten für ihn wohl kaum mehr als ein bisschen jämmerlicher Trotz war. Da ihre Meinung ihn nicht interessierte, war die Tatsache, dass sie ihn ignorierte, für ihn vermutlich nicht einmal bemerkenswert. Aber er *hat* es bemerkt, sagte sie sich dann mit einem zufriedenen Lächeln.

Ihr gefiel es auch nicht, verschleppt zu werden, doch das hatte ihn nicht davon abgehalten, es zu tun, weshalb sie nicht der Meinung war, ihrem Entführer auch noch Höflichkeit zu schulden.

Sie vernahm keine Bewegung hinter sich, doch plötzlich lag seine große Hand auf ihrer Schulter. Er drehte sie zu sich herum, aber sie weigerte sich, ihn anzusehen, und hielt den Blick von ihm abgewandt.

Lachlan seufzte, und Emily fragte sich, was ihr wichtiger war – ihn noch mehr zu verärgern oder etwas über ihre Freundin zu erfahren. Die Sorge um Cait gewann. »Hast du Cait heute Morgen schon gesehen?«

»Schau mich an, wenn du mit mir sprichst.«

Sie zögerte einen Moment und straffte dann die Schultern. »Nein.«

»Wenn du willst, dass ich deine Frage beantworte, solltest du es tun.«

Da Emily Neuigkeiten von ihrer Freundin wichtiger waren

als ihr Stolz, sah sie ihn an – und wünschte sogleich, sie hätte es gelassen. Lachlan war so unglaublich gut aussehend, und es machte sie wütend, dass ein so schöner Mann ein solch schwarzes Herz haben konnte.

»Nein.«

Sie blinzelte verwirrt, weil sie glaubte, sich verhört zu haben. »Du hast sie nicht gesehen?«

»Nein.«

»Du hast mich also dazu gebracht, dich anzusehen, nur um mir *nichts* zu sagen?«, fuhr sie ihn verärgert an.

»Schrei mich nicht an.«

»Du hast mich hereingelegt.«

Er zuckte die Schultern. »Du hättest mich nicht ignorieren sollen.«

»Ach, und warum nicht?«

»Weil ich dein Laird bin.«

»Ich bin kein Mitglied dieses Clans, sondern deine Gefangene. Ich schulde dir keine Loyalität.«

»Du schuldest mir Respekt.«

»Ich schulde dir gar nichts.«

Statt noch ärgerlicher zu werden, schüttelte er nur mit einem seltsamen Lächeln den Kopf, das ihn noch reizvoller machte, als er es ohnehin schon war. »Meine tapfersten Krieger würden nicht so mit mir reden, und du, eine schwache kleine Frau, lehnst dich ununterbrochen gegen mich auf.«

»Ich habe eben keine Angst vor dir.«

»Nein, die hast du nicht«, stimmte er ihr zu, als wunderte ihn das. »Ich rechne übrigens nicht damit, Cait oder Drustan in den nächsten paar Tagen zu sehen«, setzte er dann ungefragt hinzu.

»Das meinst du doch nicht ernst?«

»Selbstverständlich.«

»Aber das ist ...« Emily unterbrach sich, weil sie nicht wusste, was sie dazu sagen sollte. Sie konnte sich schon vorstellen, dass ein frisch verheiratetes Paar ein bisschen Zeit für sich haben wollte, und das konnte sie auch nicht verurteilen, doch Cait und Drustan hatten schließlich unter allem anderen als normalen Umständen geheiratet.

»Es ist normal«, sagte Lachlan hart.

»Ist es das?«, fragte sie, weil sie Mühe hatte, nicht den Faden zu verlieren, wenn er ihr so nahe war.

»Ja.«

»Ich habe keine Erfahrung in diesen Dingen.« Noch nicht jedenfalls. »Aber ich mache mir Sorgen um sie. Gestern Nacht habe ich fast kein Auge zugetan, weil ich ständig daran denken musste, was er vielleicht gerade mit ihr tat.«

Lachlan starrte sie an, und sie errötete, als sie merkte, wie sich ihre Worte anhörten.

»*Das* meinte ich nicht«, erklärte sie schnell.

»Was denn dann?«, fragte er mit einem mutwilligen Funkeln in seinen dunklen Augen.

»Na, *das* ... Du weißt schon ... Den Vollzug der Ehe«, schloss sie steif.

»Was dachtest du denn, was ihr sonst noch in der Hochzeitsnacht geschehen könnte?«

»Sie könnte sich ihm verweigert haben.«

»Das hat sie sicher nicht getan. Du hast doch gesehen, wie sie auf dem Boot seinen Kuss erwidert hat. Das Mädchen begehrte ihn.«

Emily schlug schockiert eine Hand vor ihren Mund. »Sag so etwas nicht! Das gehört sich nicht.«

Lachlan küsste die Innenfläche ihrer Hand, und sie entriss sie ihm, als hätte er sie verbrannt. Oder, schlimmer noch, gebrandmarkt als hätte sich der Abdruck seiner Lippen auf ihrer Handinnenfläche eingebrannt.

Er lächelte. »Du hast sie beobachtet und weißt, dass ich die Wahrheit sage.«

»Ich habe sie nicht beobachtet«, log sie.

»Doch, das hast du, und es hat dich erregt.«

»Das hat es nicht!«

»O doch, und es zu sehen, hat *mich* ganz heiß gemacht.«

»Heiß?« Emily schüttelte den Kopf, weil sie nicht glauben konnte, dass sie eine solche Unterhaltung führten.

Lachlan nickte. »O ja. Deine Lippen teilten sich, als wünschtest du dir auch, geküsst zu werden.«

»So war das nicht!«

»O doch. Und es hat mir sehr gefallen, Emily.«

»Selbst wenn es so gewesen wäre, hättest du es nicht bemerken dürfen. Das war sehr unhöflich von dir.«

»Du hältst mich für einen Barbaren, nicht wahr?«

»Für einen Barbaren, der Latein beherrscht«, erwiderte sie spöttisch.

»Ich interessiere mich für viele Dinge, Emily.«

»Und *ich* interessiere mich für das Wohlergehen meiner Freundin. Wirst du mir erlauben, sie zu sehen?«

»Das ist nicht nötig. Du kannst mir ruhig glauben, wenn ich dir sage, dass sie gern mit meinem Krieger zusammen ist und du dir keine Sorgen machen musst. Drustan wird ihr nicht wehtun. Er hat mir sein Wort gegeben.«

»So wie du mir deines gegeben hast, dass du mir nicht wehtun wirst?«

»Ja.«

Dann hatte sie allen Grund zur Sorge.

Was sie dachte, musste sich auf ihrem Gesicht verraten haben, denn Lachlan sagte: »Du wirst aufhören zu glauben, dass meine Art der Vergeltung ein furchtbares Schicksal ist, das deiner Freundin widerfahren ist. Cait ist wohlbehalten und wohlauf.«

Emily lachte; sie konnte gar nicht anders. Der Mann war ja verrückt! »Es *ist* ein furchtbares Schicksal.«

»Nicht mehr als das anderer verheirateter Frauen.«

»Sie hatte keine Wahl!«

»Die meisten Frauen können nicht selbst entscheiden, wen sie heiraten.«

»Das hier ist etwas anderes, das musst du doch begreifen!«

»Anders inwiefern?«

»Weil *du* einen Ehemann für sie ausgesucht hast.«

»Na und? Hat sie sich ihren ersten Mann vielleicht selbst aussuchen dürfen?«, fragte er in einem Ton, als hielte er das für äußerst unwahrscheinlich. »Hat man dir denn die Wahl gelassen, ob du nach Schottland gehen und Talorc heiraten wolltest?«

Sie hatte natürlich keine Wahl gehabt. Nicht, da sie ihrer Schwester dieses Schicksal hatte ersparen wollen. »Nein.« Emily seufzte, als sie sich erinnerte, was Cait ihr über ihre erste Ehe erzählt hatte. »Caits Bruder hatte ihren ersten Ehemann für sie ausgewählt.«

»Aha«, sagte Lachlan zufrieden. »Diese Ehe war also von ihrem Bruder arrangiert worden, der zudem ihr Laird war, und jetzt hat ihr neuer Laird ihr ihren zweiten Ehemann ausgesucht. Ich sehe da keinen Unterschied.«

»Und ob da ein Unterschied ist!« Wie konnte er so eigensinnig sein, das nicht zu erkennen? »Sie hat sich nicht dazu entschieden, ein Mitglied dieses Clans zu werden.«

»Hat sie sich dazu entschieden, eine Sinclair zu sein?«

»Sie ist als Sinclair auf die Welt gekommen.«

»Und nun haben wir sie zu einer Balmoral gemacht.«

Womit er sagen wollte, dass weder das eine noch das andere die freie Entscheidung ihrer Freundin gewesen war. So gesehen, konnte Emily seine Argumentation verstehen – aber sie war dennoch fehlerhaft, und sie wusste nur nicht, wie sie ihm das erklären sollte. »Du versuchst, mich zu verwirren.«

»Nein, ich versuche nur, dir die Wahrheit vor Augen zu führen.«

»Welche Wahrheit?«

»Dass ich nichts Falsches getan habe, als ich die Heirat angeordnet habe.«

»Du hast gesagt, meine Meinung spielte für dich keine Rolle.«

»Ich habe es mir anders überlegt. Ich will, dass du aufhörst zu denken, ich sei ein Ungeheuer.«

»Warum?«

Er bedachte sie mit einem ärgerlichen Blick. »Gestern Abend hast du dein Essen nicht angerührt, und heute Morgen hast du deinen Haferbrei stehen lassen.«

»Was hat denn das mit irgendwas zu tun?«

»Du wirst jetzt essen. Ich befehle es dir.«

»Und wenn ich es nicht tue ... womit willst du mir dann drohen, um mich dazu zu bringen, dir zu gehorchen? Dass du mich wie eine Hure in dein Bett mitnehmen wirst?« Emily konnte nicht glauben, dass sie das gefragt hatte, aber er hatte ja auch keine Hemmungen, Themen anzusprechen, die besser unerwähnt geblieben wären.

»Mein Bett zu wärmen würde dich noch nicht zu einer Hure machen«, knurrte er.

»Ach, nein? Wie nennt ihr Highlander denn Frauen, die sich Männern hingeben, mit denen sie nicht verheiratet sind?«

»Entgegenkommend.«

Emily schnappte nach Luft und traute ihren Ohren nicht. »Das hast du gerade nicht gesagt!«

»O doch. Ich bin kein Engländer, der um den heißen Brei herumredet.«

»Was maßt du dir an?«

»Ich maße mir an, was ich will, weil ich der Laird bin.« Und seiner eigenen Aussage nach war das gleichbedeutend damit, ein König zu sein.

Aber *ihr* König war er jedenfalls nicht, so viel stand fest. Mit einem verächtlichen kleinen Laut wandte sie sich von ihm ab.

»Wenn du Cait sehen willst, musst du essen.«

»Ach, dann soll das also die Drohung sein?« Nicht, dass er ihr erst drohen müsste, damit sie aß. Sie wartete eigentlich nur darauf, dass er ging, um ihren Haferbrei zu sich zu nehmen. Aber er hatte recht – er würde kalt und hart sein, wenn sie ihn noch länger stehen ließ.

»Wenn ich dich nicht anders zur Vernunft bringen kann, dann ist die Antwort ja.«

»Ich wusste gar nicht, dass Gefangene vernünftig sein müssen.« Weil sie es aber sowieso vorhatte, setzte Emily sich auf ihr Bett und begann zu essen.

Lachlan trat neben sie und stellte einen Fuß auf das Bettgestell. »Du bist keine Gefangene.«

Sie versuchte, das muskulöse Bein nicht anzusehen, konnte aber nicht verhindern, dass ihr Blick immer wieder wie von selbst dorthin glitt. Engländer bedeckten ihre Beine, doch in Lachlans Fall würde es kaum einen Unterschied machen, wenn er Strumpfhosen und eine lange Tunika trüge. Er war so ungeheuer maskulin, dass er alles Feminine in ihr ansprach, selbst wenn sie wütend genug war, um ihm ihren Porridge an den Kopf zu werfen.

»Also wird die Tür auf der anderen Seite nicht verriegelt, wenn die Dienstboten wieder gehen?«, fragte sie ironisch. »Dann muss ich mir wohl eingebildet haben, dass der Riegel vorgeschoben wurde.«

»Ich hatte dich gewarnt, dass du in einen Turm gesperrt würdest, wenn du vor mir davonliefst. Und das hast du ja getan, wie du dich sehr wohl erinnern wirst.«

»Und du hast deine Drohung ja auch wahr gemacht – nur hast du leider vergessen, mir zu sagen, dass du mich mit Langeweile quälen willst.«

9. Kapitel

Mit erotischen Gedanken im Sinn, die Emily in die Flucht schlagen würden, wenn sie sie erraten könnte, sah Lachlan ihr beim Essen zu. Er wollte ihren schönen Mund auf seinem spüren. Als er am Abend zuvor gedroht hatte, sie in sein Bett zu holen, hatte er gewusst, dass das Cait dazu bringen würde, ihre Gelübde abzulegen. Das hieß aber nicht, dass er sich Emily nicht wirklich in seinem Bett gewünscht hatte.

Es verlangte ihn nicht nach Frauen, und trotzdem war er gestern Nacht sehr unruhig gewesen und hatte fast kein Auge zugetan. Und an all dem war nur diese Engländerin schuld.

»Ich quäle dich nicht.«

Sie war es, die ihn quälte mit dem drängenden Begehren, das sie in ihm weckte, dem Begehren, sie zu berühren und zu besitzen, obwohl er doch wusste, dass er weder das eine noch das andere tun sollte.

Sie beendete ihr Frühstück, bevor sie bemerkte: »Ich habe gesehen, dass du den Kopf geschüttelt hast, als ich Marta nach einer Aufgabe fragte. Sie sollte sagen, sie könnte mir nichts zu tun geben, obwohl wir beide wissen, dass es auf einer Burg von dieser Größe Dutzende von Aufgaben geben muss.«

Deswegen war sie beleidigt? Lachlan fiel es schwer, das zu glauben. »Du bist doch kein Dienstmädchen in meinem Haus.«

»Ich wäre lieber das, als den ganzen Tag herumzusitzen und die Hände in den Schoß zu legen.«

»Sind deine Hände deshalb so zerschunden? Von der Arbeit? Weil du auch im Haushalt deines Vaters nicht untätig sein wolltest?« Er hatte gestern schon bemerkt, wie rau ihre Hände waren, und sich nach den Gründen dafür gefragt.

Emily zuckte zusammen und verbarg ihre Hände in den Falten ihres Rocks. »Sie sind nicht unansehnlich.«

»Das habe ich auch nicht gesagt.«

»Doch, das hast du.«

Er seufzte. »Musst du über jede meiner Bemerkungen mit mir streiten?«

»Das habe ich nicht vor.«

»Dann hör auf damit.«

»Aber du verärgerst mich.«

»Das habe ich schon bemerkt.«

Sie warf ihm einen verdrossenen Blick zu. »Warum hörst *du* dann nicht damit auf?«

»Weil ich der Laird hier bin.«

»Ist das deine Antwort auf alles?« Sie klang so empört, dass er ein Lächeln unterdrücken musste.

»Es ist meine Antwort, wenn es die richtige Antwort ist.«

»Was es deiner Meinung nach wohl immer zu sein scheint«, spottete sie.

Lachlan trat vom Bett zurück. Er hatte sie dazu gebracht, etwas zu essen, und musste sich nun anderen, wichtigeren Aufgaben zuwenden.

Aber Emily sprang auf und griff nach seinem Arm. »Bitte lass mich nicht wieder ohne eine Beschäftigung allein hier oben!«

»Womit sollte ich dich denn deiner Meinung nach beschäftigen?«, fragte er aus reiner Neugierde.

»Bei den Sinclairs habe ich Cait geholfen, die Haushaltsführung zu beaufsichtigen. So war es auch in meinem Elternhaus, wo ich meine Stiefmutter entlastet habe, und viele Aufgaben habe ich sogar selbst erledigt. Ich bin es gewöhnt zu arbeiten.«

»Ich habe eine Haushälterin und Dienstmädchen, die ihr zur Seite stehen.«

Emily machte ein langes Gesicht und nahm die Hand von seinem Arm. »Na schön. Dann werde ich dich mit meinen unwichtigen Problemen nicht länger aufhalten.«

»Sie sind nicht unwichtig«, widersprach er, obwohl er genau das Sekunden vorher noch gedacht hatte. »Ich weiß nur nicht, was für eine Lösung du für sie von mir erwartest. Ich werde dich nicht wie eine Bedienstete behandeln lassen, und um deine Freundin zu sehen, musst du warten, bis sie und Drustan aus ihren Zimmern kommen.«

Was nicht bedeutete, dass Lachlan sich *gar nichts* vorstellen konnte, womit sich Emily die Zeit vertreiben könnte. Das fiele ihm nur allzu leicht. Aber das, woran er dachte, hatte nichts mit Arbeit zu tun, sondern nur damit, sie in sein Schlafzimmer und in sein Bett zu bekommen. Und an einer solchen Lösung würde sie wohl kaum interessiert sein.

»Dann bring mich wenigstens in einem Zimmer unter, das kein Gefängnis ist.«

»Du hast gesagt, es wäre dir lieber, von meinen Leuten ferngehalten zu werden.« Sie war sehr entschieden gewesen in diesem Punkt.

»Gestern war ich vollkommen überreizt und konnte keinen klaren Gedanken fassen, als ich vor dir weggelaufen bin.«

»Warum?«

Sie sah ihn an, als könnte sie nicht glauben, dass er das erst fragen musste. »Ich war entführt worden, und dann musste ich entdecken, dass meine einzige Freundin in den Highlands zu einer Heirat gezwungen werden sollte, um an ihrem Bruder Vergeltung zu üben. Und dann hast du mich in diese Nussschale von Boot gesetzt, um dieses furchtbar tiefe Wasser zu überqueren, während dein Bruder mich fortwährend so finster anschaute, als wäre ich sein ärgster Feind. Als ich endlich wieder festen Boden unter den Füßen hatte, sind meine Nerven mit mir durchgegangen.«

»Du hattest also Angst vor dem Wasser?«, sagte Lachlan und fragte sich, ob sie ihm eine ehrliche Antwort darauf geben würde.

Die Ängste eines Gegners zu kennen, machte ihn verwundbar, und sie wusste nicht, dass er die ihren bereits kannte. Er war schockiert gewesen, als er sie und Cait darüber sprechen gehört hatte. Lachlan hatte Emilys Furcht auf dem Boot nicht gerochen, und das hätte er eigentlich tun müssen, weil Menschen nicht darauf trainiert waren, ihren Duft vor anderen zu verbergen.

»Ja.«

»Warum?«

»Weil ich nicht ertrinken will.«

»Das ist verständlich, erklärt jedoch nicht, warum du besorgt warst, obwohl du dich auf einem seetüchtigen Boot befandest.«

»Das Boot hätte kentern können. Oder eine Welle hätte über den Bug schlagen und mich ins Wasser reißen können.«

»Dann hätte ich dich herausgezogen.«

Sie starrte ihn an, und ein undefinierbarer Ausdruck erschien auf ihrem Gesicht. Schließlich seufzte sie. »Ich erwarte nicht, dass du das verstehst, aber ich mag kein Wasser, und das Meer beängstigt mich erst recht.«

»Warum?«

Sie wandte den Blick ab und setzte eine für sie ganz ungewöhnliche ausdruckslose Miene auf. »Das spielt keine Rolle.«

»Das werde ich selbst beurteilen. Sag es mir.«

»Du bist sogar noch penetranter als mein Vater.«

»Hat er dir die Furcht vor Wasser eingeflößt, aus Angst,

dass du ertrinken könntest?« Das war leider keine ungewöhnliche Vorgehensweise, wenn auch Lachlans Ansicht nach eine sehr dumme. Es war besser, Kindern das Schwimmen beizubringen, als sie Furcht zu lehren.

Emily antwortete nicht und rührte sich auch nicht. Aber ihre Bewegungslosigkeit hatte etwas, das Lachlan störte, weil sie so absolut war, dass Emily fast nicht atmete.

»Emily?«

Da sah sie ihn endlich wieder an, und ihre veilchenfarbenen Augen waren von einer Qual erfüllt, die Lachlan nicht ertragen konnte.

Ohne sich seine nächsten Schritte zu überlegen, setzte er sich zur ihr aufs Bett und zog sie auf seinen Schoß. Ein Maßstab für ihren inneren Aufruhr war, dass sie sich nicht wehrte, sondern sich an ihn schmiegte, wie um sich vor ihren eigenen Gedanken zu verstecken.

Es beschämte ihn, dass sein Körper, obwohl sie doch so verstört und durcheinander war, fast schmerzhaft intensiv auf ihre Nähe reagierte. Er begehrte sie und konnte spüren, wie er immer heißer und härter wurde von dem Verlangen, sie zu nehmen.

Lachlan zwang sich, seinen Gedanken eine andere Richtung zu geben, und wiederholte seine Bitte. »Erzähl es mir.«

Emily schüttelte den Kopf.

»Warum nicht?«

»Weil es lange her ist.«

»Aber es sucht dich heim wie nächtliche Gespenster.«

Sie erschauderte. »Ja.«

»Erzähl es mir, und ich werde deine Gespenster zum Verschwinden bringen.«

Emily fragte sich, wie er sich da so sicher sein konnte. Hielt er das wirklich für so einfach? »Du bist ein Mann, kein Zauberer.«

»Ich bin der Laird«, erwiderte er schlicht.

»Jetzt tust du schon wieder so, als wäre das die Antwort auf alles«, versuchte sie zu scherzen, doch ihr Ton war ernster, als sie wollte.

»Das ist es.« Nichts Zweifelndes, nicht Unsicheres lag in seiner Stimme, nur absolutes Vertrauen in seine eigene Macht.

Hatte er recht? Könnte darüber zu sprechen die Wunde schließen, die schon so lange in ihr blutete? Sie hatte noch nie mit jemandem darüber geredet, nicht einmal mit Abigail, warum sie solch panische Angst vor Wasser hatte.

»Meine Mutter ist gestorben, als sie einen Jungen zur Welt brachte, der auch bei der Geburt schon starb.« Erinnerungen überfluteten Emily, und instinktiv schmiegte sie sich noch fester in Lachlans starke, warme Arme. »Bis dahin hatte mein Vater mich geliebt und mich immer seinen Schatz genannt. Er war lieb zu mir und lächelte sehr oft. Aber er liebte meine Mutter über alle Maßen und litt entsetzlich, als sie starb, und seine Zuneigung zu mir verwandelte sich in Hass. Er gab mir die Schuld daran, dass ich als Mädchen zur Welt gekommen war und Mama sterben musste, weil sie ihm noch einen Sohn und Erben schenken wollte. Er trank literweise Wein in den ersten Monaten nach ihrem Tod.«

Emily konnte sich noch gut an den Geruch des Alkohols in seinem Atem und seinen Kleidern erinnern. Sie war damals noch ein kleines Kind gewesen, das unter dem Tod der Mutter und der Zurückweisung durch den Vater sehr gelitten hatte.

»Eines Abends bin ich zu ihm gegangen, um ihn zu trösten ... Ich wollte, dass er mich wieder in den Arm nahm und mich seinen Schatz nannte, wie er es vor Mamas Tod getan hatte. Aber er wollte meinen Trost nicht und verabscheute meine Berührung. Er fing an, mich anzuschreien, und warf mir vor, nutzlos zu sein. Er sagte, wenn Tiere überflüssigen Nachwuchs bekämen, würden die Jungen ertränkt. Und ich sei so überflüssig und ohne Nutzen, dass man auch mich bei der Geburt hätte ertränken sollen.«

Emilys Kehle wurde eng, und sie musste ein paar Mal Atem holen, um fortfahren zu können.

»Dann sprang er auf und packte mich. Er trug mich wie einen Sack Mehl, sein großer Arm stieß gegen meinen Magen und tat mir furchtbar weh. Ich habe geweint und ihn angefleht, mich loszulassen, aber er hat sich aufgeführt, als hörte er mich nicht. Die ganze Zeit murmelte er etwas über ›einen nutzlosen Welpen ertränken‹ vor sich hin. Er brachte mich nach draußen, und es war schon dunkel, und keine Menschenseele war in der Nähe, als er mich zu dem kleinen Teich hinter der Burg trug. Das Wasser dort war tief und dunkel, Furcht erregend schwarz. Ich fing an zu schreien, doch niemand kam. Und mein Vater ... Er stieß ein gequältes Brüllen aus und warf mich in den Teich.«

Darüber zu reden, brachte das Gefühl des über ihrem Kopf zusammenschlagenden Wassers, der eisigen Kälte und ihrer panischen Angst zurück, als sie gemerkt hatte, dass sie keine Luft bekam. Sie hatte wild gestrampelt in dem Wasser, aber da sie nicht schwimmen konnte, war sie nur einmal wieder aufgetaucht. Sie war sicher gewesen zu sterben, doch dann war die Hand ihres Vaters plötzlich da gewesen, hatte sie gepackt und aus dem Wasser in die kalte Nachtluft hinausgezogen.

Sie hatte gehustet und gespuckt, sich erbrochen und so heftig geschluchzt, dass sie nicht mehr hatte atmen können.

Und da hatte er sie in die Arme genommen und ihr den Rücken gestreichelt. »Es tut mir leid, es tut mir so leid!«, hatte er immer wieder gesagt. Wie ein kleines Kind hatte er sie zur Burg zurückgetragen, sie ganz fest an seine Brust gedrückt und versucht, sie zu beruhigen. Aber sie hatte nur noch von ihm weggewollt.

Als sie die Burg erreicht hatten, war die Haushälterin da gewesen, und mit der Kraft der Verzweiflung hatte sich Emily von ihrem Vater losgerissen und war zu der Frau gelaufen, hatte die Arme um die Beine der Haushälterin geschlungen und nicht mehr aufgehört zu schluchzen.

»Vater befahl ihr, mich heiß zu baden und mir etwas Warmes zu trinken zu geben. Dann ging er. Am nächsten Tag kam er zu mir in mein Zimmer, und ich schrie wie am Spieß, als ich ihn sah. Danach ging er fort. Bei seiner Heimkehr hatte er meine Stiefmutter Sybil und meine beiden Stiefschwestern bei sich.«

Emily hatte die Liebe ihres Vaters gebraucht, es aber noch Jahre danach nicht ertragen, ihm nahe genug zu sein, um von ihm berührt zu werden. Sybil hatte die Entfremdung vollendet, die seine trunkene Wut in Gang gesetzt hatte, und als Emily alt genug gewesen war, um den Schmerz ihres Vaters und seine durch den hohen Alkoholkonsum bedingte Grausamkeit verstehen zu können, war sie ihm schon zu fremd gewesen, als dass sich noch etwas hätte ändern können.

»Soviel ich weiß, hat er seitdem nie wieder einen Tropfen Wein angerührt, nicht einmal, als Sybil mit ihm auf die Geburt ihres ersten Sohnes anstoßen wollte. Auch da trank er nur Wasser.« Sie blickte zu Lachlan auf und fragte sich, was er von ihrer schrecklichen Geschichte halten mochte.

Seine Augen waren erfüllt von unterdrückter Wut und einem Mitgefühl, das sie gegen ihren Willen tief berührte. Schnell glitt sie von seinem Schoß hinab und erhob sich. Er machte keinen Versuch, sie zurückzuhalten, aber sie brauchte noch mehr Abstand zwischen ihnen und ging deshalb zur anderen Seite des Turmzimmers hinüber.

Dort verschränkte sie beschützend ihre Arme vor der Brust. »Jetzt weißt du es.«

»Er war halb wahnsinnig vor Kummer.«

»Ja.«

»Trotzdem gibt es keine Rechtfertigung für sein Handeln. Ich würde jeden meiner Leute umbringen, der so etwas täte.«

Emily erschauderte, weil sie wusste, wie ernst es ihm mit dieser Bemerkung war. »Ich wollte nicht, dass er getötet wurde. Er war mein Vater.«

»Er hat dich nie wieder angefasst?«

»Nein.«

»Aber du bist von seiner Brutalität gezeichnet.«

»So könnte man es nennen. Meine Angst vor dem Wasser ist normalerweise kein Problem. Meistens kann ich sie ganz gut verbergen, und bis zu meiner Entführung war ich auch noch nie gezwungen gewesen, in ein Boot zu steigen.«

Lachlan verzog keine Miene über ihren kleinen Scherz. »Du kannst also immer noch nicht schwimmen?«

Ein heftiger Widerwille überkam sie bei dem Gedanken, den sie nicht mal zu verbergen suchte. *»Nein.«*

»Aber ich kann es.«

»Oh.« Sie wusste nicht, was sie sonst darauf erwidern sollte.

»Auf einer Insel zu leben und nicht schwimmen zu können, wäre ausgesprochen dumm.«

»Wahrscheinlich schon.«

»Ich werde dir das Schwimmen beibringen.«

Entsetzt schüttelte sie den Kopf und sagte zur Bekräftigung noch einmal heftig: »Nein!«

»Es muss sein, Emily, nicht nur deiner eigenen Sicherheit wegen, sondern auch, um deine Gespenster auszutreiben.«

»Es sind keine Gespenster, es ist nur eine Erinnerung.«

»Nenn es, wie du willst, aber ich habe versprochen, es zum Verschwinden zu bringen, und das werde ich auch tun.«

»Indem du mir das Schwimmen beibringst?«, fragte sie ungläubig.

»Ja.«

»Du bist verrückt. Ich will vom Wasser wegbleiben und nicht hinein!«

Er stand so plötzlich vor ihr, dass sie nicht hätte sagen können, wie er dorthin gekommen war. Vielleicht war er ja doch ein Zauberer. »Die meisten Lairds wären nicht sehr angetan davon, verrückt genannt zu werden«, sagte er in ruhigem Ton.

Emily biss sich auf die Unterlippe. Da hatte er vermutlich recht.

Er lächelte ein wenig und strich mit seinem Daumen sanft über die Lippe, auf die sie sich gebissen hatte. »Tu das nicht, sonst blutest du nachher noch.«

Sie fuhr zurück, weil seine Berührung sie mehr verstörte als ihre Erinnerungen. »Tut mir leid.«

»Dass du dir auf die Lippe gebissen hast?«

»Dass ich gesagt habe, du wärst verrückt.«

»Dann bist du also bereit, schwimmen zu lernen?«

Sie schluckte und überlegte fieberhaft. »Glaubst du wirklich, das könnte mir die bösen Erinnerungen nehmen?«

»Wenn ich es dir beibringe, ja.«

Natürlich glaubte er, der Einzige zu sein, der etwas von Bedeutung tun konnte. Immerhin war er der Laird. Emily presste die Lippen zusammen, um ein hysterisches Kichern zu unterdrücken, denn schließlich war überhaupt nichts Komisches an dieser Situation. Aber was, wenn Lachlan recht hatte? Sie hasste ihre Angst vor dem Wasser, doch noch mehr hasste sie ihre Furcht vor ihrem Vater. Sie würde ihn aller Wahrscheinlichkeit nach nie mehr wiedersehen, aber falls doch würde sie ihn vielleicht wieder anfassen können, ohne vor ihm zurückzuschrecken.

Hinzu kam, dass sie, sollte sich je eine Möglichkeit dazu ergeben, nicht von hier würde fliehen können, solange sie ihre Angst vor dem Wasser nicht überwand. Sie hatte die Überfahrt mit dem Boot ertragen, weil ihr keine andere Wahl geblieben war. Man hatte sie dazu gezwungen, in dieses Boot zu steigen, aber sie glaubte nicht, dass sie die Kraft haben würde, sich selbst dazu zu zwingen, um die Heimfahrt anzutreten.

»Die Schwimmstunden werden dir auch über deine Langeweile hinweghelfen«, gab Lachlan mit einem schlauen kleinen Lächeln zu bedenken.

»Und dazu führen, dass ich ertrinke.«

Er schüttelte den Kopf. »Du hast zu wenig Vertrauen zu mir.«

Sie dürfte ihm *gar nicht* vertrauen, und warum sie es tat, war ihr ein Rätsel.

»Ich kann dir nicht vertrauen«, sagte sie, um nicht nur ihn, sondern auch sich selbst daran zu erinnern.

Sie fragte sich allerdings, ob die Worte in seinen Ohren nicht ebenso falsch klangen wie in ihren. Denn wider besseres Wissen konnte sie nicht bestreiten, dass sie ihm tief in ihrem Innersten vertraute, und das zu wissen machte sie sehr wütend auf sich selbst.

»Und ob du das kannst.«

»Du hast das Versprechen gebrochen, das du mir gegeben hast.« Daran hätte sie sich besser erinnern sollen, bevor sie ihm ihre geheimsten Erinnerungen anvertraut hatte.

Was an diesem Mann war es nur, das sie ihre vernünftigsten

Überlegungen in den Wind schlagen ließ? Wie konnte sie sich in seiner Gesellschaft in Sicherheit fühlen, wo er doch bewiesen hatte, dass sie alles andere als sicher bei ihm war?

Er sah tödlich gekränkt aus. »Das habe ich nicht.«

»Doch, das hast du.«

»Wie?«

»Du hattest versprochen, mir nicht wehzutun, aber das hast du – und wie!«, setzte sie bekräftigend hinzu.

»Was zum Teufel soll das heißen? Ich habe dir nichts angetan.« Seine Stimme klang fast wie ein Knurren.

Dieser Mann hatte manchmal wirklich etwas von einem Tier. Das musste eine spezielle Eigenschaft der Highlander sein, weil sie bei den Soldaten ihres Vaters so etwas noch nie gesehen hatte. Und wenn die Männer noch so grimmig waren, beschworen sie doch niemals Bilder von Raubtieren in ihr herauf.

»Wie kannst du behaupten, du hättest mir nichts *angetan*? Du hast mich verschleppt! Bevor ich dir gesagt habe, ich sei Talorcs Ehefrau, wolltest du mich im Wald zurücklassen, wo ich von einem wilden Tier hätte gefressen werden können. Dann hast du mich gezwungen, die See in einem winzigen Boot zu überqueren. Du hast mich geküsst, nur um zu sehen, ob ich gelogen hatte. Dann hast du deinem Bruder gesagt, ich sei darin so unerfahren, dass ich mit Sicherheit noch unberührt sei.« Ihr Zorn wuchs mit jeder weiteren seiner Sünden, die sie aufzählte.

»Die Entführung hat dich davor bewahrt, Talorc heiraten zu müssen. Das war ein Geschenk, und das weißt du selbst am besten.«

»Das ist völlig unerheblich, da du die Absicht hattest, mir zu *schaden*, und dass deine Taten mir in geringem Maß zunutze kamen, macht deine vielen anderen Sünden nicht ungeschehen.«

»Mich wundert, dass dein Vater dich nicht in einem Kloster untergebracht hat. Du sprichst wie eine Äbtissin.«

»Und woher willst *du* wissen, wie eine Äbtissin spricht?«, höhnte sie.

»Die Welt zu kennen, ist nötig, um für die Sicherheit meines Clans zu sorgen, und deshalb erwerbe ich mir diese Kenntnisse.«

»Hmpff.«

Daraufhin zog er die Augenbrauen hoch, und wieder erschien dieser verführerische Glanz in seinen wolfsähnlichen Augen. »Ich hätte nicht zugelassen, dass du von wilden Tieren aufgefressen wurdest, Emily.«

»Und wie hättest du das verhindert? Schließlich hattest du vor, mich ganz allein zur Burg zurückgehen zu lassen.«

»Meine Soldaten hätten dich beschützt.«

»Das ist keine sehr glaubhafte Geschichte. Als du mich von deinem Pferd herunterhobst, um mich als Botin zu Talorc zurückzuschicken, sollten deine Soldaten mit dir weiterreiten.«

»Ich hatte zwei Krieger zurückgelassen, die du nie gesehen hast.«

»Was? Wozu?«

»Um die Sinclairs zu beobachten.«

»Du hast Spione dagelassen?«

»Ja.«

»Und sie hatten Befehl, mich zu beschützen, wenn ich zu der Burg zurückkehrte?«

»Ja.«

»Oh.« Dann war sie ja doch keine entbehrliche Schachfigur gewesen, wie sie angenommen hatte. Sie wusste nicht genau, warum, doch dieses neue Wissen führte dazu, dass sie sich schon sehr viel besser fühlte.

»Aber du hast mich gezwungen, in diesem winzig kleinen Kahn das Wasser zu überqueren.«

»Dieser ›Kahn‹ ist ein sehr seetüchtiges Boot, und von deiner Angst vor Wasser wusste ich ja nichts, als ich beschloss, dich mitzunehmen.«

»Hätte das etwas geändert?«

Er zuckte die breiten Schultern. »Vielleicht hätte ich dich außer Gefecht gesetzt, damit du nicht unnötig leiden musstest.«

»Du glaubst, mich bewusstlos zu schlagen, wäre eine Verbesserung gewesen?«, fragte sie empört.

»Als über eine Stunde wie gelähmt vor Angst zu sein? Auf jeden Fall«, erklärte er.

Sie schüttelte den Kopf, weil ihr absolut keine Erwiderung auf diesen unverschämten Kommentar einfiel.

»Ich habe mein Versprechen an dich gehalten und verlange, dass du das auch zugibst. Und zwar sofort, verstehst du?«, sagte er, als sie beharrlich schwieg.

»Du hast mir wehgetan – mit deinem Kuss.« Weit mehr noch als mit der Entführung aus einem Clan, zu dem sie nicht gehören wollte.

»Das ist nicht wahr. Ich war ... behutsam.« Sein Tonfall legte nahe, was für ein großes Zugeständnis das für ihn gewesen war.

Emily erinnerte sich an nichts Behutsames. Nur an Hitze, Lust und große Scham am Ende. »Du hast mich gedemütigt – und das auch noch vor deinem Bruder.«

»Ich habe dich nicht gedemütigt.«

»Musst du allem widersprechen, was ich sage?«

»Natürlich muss ich das, wenn du dich irrst.«

»Aber du hast mich gedemütigt. Du hast mich dazu gebracht, den Kuss zu mögen – ihn sogar zu erwidern, aber das Einzige, was du dabei im Sinn hattest, war, mich auf die Probe zu stellen.« Konnte er wirklich nicht verstehen, wie furchtbar es für eine Frau war, sich begehrt zu fühlen und erst nachträglich, nachdem sie ihr eigenes unziemliches Verlangen offenbart hatte, festzustellen, dass alles nur eine List gewesen war? »Ich habe mich wie ... wie eine schamlose Person benommen, während es für dich nichts weiter als ein mieser *Test* war«, flüsterte sie mit gesenktem Kopf, weil sie es nicht ertrug, ihm ins Gesicht zu sehen.

»Du bist verärgert, weil du auf meinen Kuss so reagiert hast?«

Waren alle Männer so unwissend, was die Denkweise einer Frau betraf, oder war es nur dieser eine? »Ja.«

»Dann ist es nicht meine Schuld, dass du dich geschämt hast, sondern deine.«

Daraufhin blickte sie wieder auf, weil sie es nicht fassen konnte: Hatte er wirklich etwas so Grausames gesagt?

»Meine Schuld? Ich habe dich nicht dazu verleitet, mich zu küssen.«

»Du hattest mich belogen. Mir blieb keine andere Wahl, als die Wahrheit deiner Behauptungen zu prüfen. Und du hast selbst zugegeben, dass es nicht mein Kuss war, der dich verletzte, sondern deine eigene Reaktion darauf.« Er klang, als wäre er ungeheuer stolz auf seine Logik.

Und Emily war wie vor den Kopf geschlagen, weil er recht hatte. Es war schon richtig, dass er sie verletzt hatte, doch sie konnte jetzt auch verstehen, dass seine männliche Logik ihn zu der Annahme verleitet hatte, es sei die einzig richtige Handlungsweise, sie zu testen. Hätte sie seinen Kuss nicht erwidert, wäre sie nur über sein flegelhaftes Benehmen verärgert gewesen, hätte sich jedoch nicht gedemütigt gefühlt. Es war ihre eigene Schwäche, ihr eigenes schamloses Verhalten, was ihr am meisten geschadet hatte.

Ein Kloß formte sich in ihrem Hals. Warum musste das Leben so qualvoll sein? Wenn sie zurückblickte, konnte sie ein Muster erkennen, das sie bis ins Innerste zugrunde richtete. Es war ihre Reaktion auf den Besuch ihres Vaters an dem Tag gewesen, nachdem er versucht hatte, sie zu ertränken – gerade diese Reaktion hatte ihn fortgetrieben und mit Sybil wiederkehren lassen. Es war ihre Unfähigkeit, sich für ihre Stiefmutter zu erwärmen und die Dame zu sein, die Sybil so gern in ihr gesehen hätte; diese Unfähigkeit hatte es Emily unmöglich gemacht, die Liebe der Stiefmutter zu erringen.

Und bei Talorc hatte sie sich ihre Chancen verdorben, indem sie mit Unbeherrschtheit statt Verständnis auf seine Ungeduld und Unhöflichkeit reagiert hatte. Auch ihre Chance, Cait zu retten, hatte sie verdorben, indem sie mit ihren Lügen dafür gesorgt hatte, dass auch sie entführt wurde. Und schließlich hatte sie die Saat ihrer eigenen Demütigung gelegt, als sie Lachlans Kuss erwidert hatte.

Eine zaghafte Stimme in ihrem Kopf sagte, sie zeichne ein zu schwarzes Bild von sich, aber im Moment konnte sie über ihr Elend nicht hinaussehen. Egal, wohin sie ging und was immer sie auch tat, schien sie Zurückweisung geradezu einzuladen wie eine alte Freundin.

Ein Aufschluchzen entrang sich ihr, bevor sie ihre Faust vor den Mund drücken konnte, um jeden weiteren Laut zu ersticken.

»Emily?« Lachlan klang besorgt.

Wahrscheinlich dachte er, sie stünde kurz vor einem weiteren Ausbruch schlechter Laune, doch so schwach war sie nicht. Unsagbar töricht manchmal, aber nicht heillos schwach.

Sie wischte sich die Tränen ab. »Du hast sicher recht.« Sie hasste es, wie ihre Stimme brach, doch sie konnte es nicht ändern.

Ihre Tränen bedeuteten jedoch nicht, dass sie schon wieder die Kontrolle über sich verlieren würde.

»Weine nicht. Ich verbiete es dir.«

»Ich ...« Sie holte tief Luft, um etwas sagen zu können, ohne ins Stammeln zu geraten. »Ich weine nicht.«

Lachlan antwortete mit einem Wort, das sie nicht kannte. Es klang nicht wie Gälisch, hätte es aber sein können, da Emily die Sprache nicht fließend beherrschte. Besonders nicht, was Flüche oder ähnliche Ausdrücke betraf.

»Dass du meinen Kuss erwidert hast, sollte dich nicht beschämen«, sagte Lachlan.

Fast hätte sie darüber gelacht, aber sie war zu sehr damit beschäftigt, die Tränen zurückzuhalten, die sie ihm nicht zeigen wollte. »Ich hätte dir nicht die Schuld an meiner mangelnden Beherrschung geben sollen. Ich bin nicht besser als eine Dirne«, gab sie zu.

»Dirnen haben weitaus mehr Erfahrung.«

»Soll mich das vielleicht trösten?«, fauchte sie. Sich wie eine Frau von schlechtem Ruf zu benehmen, war schon schlimm genug, aber auch noch gesagt zu bekommen, dass sie nicht sehr gut darin war, war alles andere als schmeichelhaft.

»Möchtest du denn, dass ich dich tröste?«, fragte er und schien fast ein bisschen blass zu werden bei dem Gedanken.

»Warum nicht? Es ist keiner sonst hier, um es zu tun.« Sie hatte fast ihr ganzes Leben niemanden gehabt, der sie tröstete, und obwohl Abigail es versucht hatte, war Emily stets bemüht gewesen, ihre jüngere Schwester nicht mit ihren Sorgen zu belasten.

Das Mädchen hatte genug eigene mit ihren Hörproblemen.

»Ich bin ein Laird, kein Kindermädchen.«

»Darauf wäre ich nie gekommen, wenn du es nicht gesagt hättest.« Emily hatte spöttisch klingen wollen, doch stattdessen endeten ihre Worte in einem Schluchzen, und sie wandte sich schnell ab, um ihre Gefühle wieder unter Kontrolle zu bringen.

Lachlan drehte sie jedoch zu sich herum und zog sie in eine Umarmung, die ihr peinlich hätte sein müssen, es aber seltsamerweise überhaupt nicht war. Sie fühlte sich sogar so natürlich an, dass Emily sich in Erinnerung rufen musste, dass Lachlan ihr Feind war. Ihr Körper passte sich so wunderbar dem seinen an, als wären sie füreinander geschaffen, und seine Arme gaben ihr ein Gefühl der Sicherheit und der Geborgenheit.

Es war Trost, was sie jetzt am meisten brauchte, und darum konnte sie sich nicht abwenden, obwohl ihr Verstand und ihre Vernunft ihr dringend rieten, es zu tun.

Denn bewies sie nicht schon wieder ihre Schwäche?

Seine warme Hand glitt streichelnd über ihren Rücken. »Sag mir, warum du dich so aufregst. Ich verstehe das einfach nicht.«

»Du hast mich geküsst, und es hat mir gefallen«, erwiderte sie seufzend. »Ich dachte, dir gefiele es auch, aber dann merkte ich, dass ich mich irrte und es für dich nichts weiter als ein Test war. Du warst nicht aufgewühlt von unserer Umarmung, doch ich war es. Und das kann nur bedeuten, dass ich im Grunde meines Herzens eine Dirne bin. Denn selbst als du schon zurücktratst, wollte ich noch weiter von dir geküsst werden.«

Lachlan lächelte auf sie herab, seine Augen ganz warm von etwas, das sie nicht zu deuten wusste. »Du bist keine Dirne, Emily.«

»O doch, das weiß ich, aber es ist trotzdem nett von dir, dass du mich trösten willst.« Sie seufzte. »Vielleicht wäre es ja gar nicht so schlecht, mit Talorc verheiratet zu sein.«

Lachlan versteifte sich, und die Hand, die gerade noch ihren Rücken gestreichelt hatte, schloss sich plötzlich schmerzhaft hart um ihre Schulter. »Was zum Teufel redest du da?«

Emily verstand nicht, warum er sich so aufregte. Sie war doch wohl diejenige, die verstimmt sein müsste, weil sie gezwungen war, eine Seite ihrer Natur zu erkennen, von der sie lieber nichts erfahren hätte. »Wenn ich lüstern bin, finde ich vielleicht Trost im Ehebett.«

»Du bist nicht lüstern. Deine Reaktion hatte nur mit mir, aber absolut nichts mit diesem anderen Laird zu tun.« Lachlan sah aus, als wäre er nahe dran, gewalttätig zu werden.

Doch Emily verspürte nicht einmal einen Hauch von Angst in seinen Armen. Trotzdem fand sie, dass sie ihm lange genug gestattet hatte, sie zu halten. Sie musste anfangen, sich wie eine Dame zu benehmen, wenn sie sich selbst für eine halten wollte. Sybils strengen Maßstäben würde sie wohl nie entsprechen, aber Emily hatte ihren eigenen Ehrenkodex und würde ihm nicht länger schaden.

Deshalb entzog sie sich Lachlan und deutete mit einer ausholenden Bewegung zur Tür. »Ich bin sicher, dass du dich um andere, wichtigere Angelegenheiten kümmern musst.«

»Du schickst deinen Laird nicht einfach fort, sondern wartest, bis er dich entlässt«, knurrte er, als müsste er ein Kind in grundlegenden Manieren unterweisen.

Emily verdrehte die Augen. »Da ich nirgendwohin gehen kann, kann ich ja wohl auch nicht entlassen werden.«

»Was bedeutet, dass du wartest, bis ich gehe.«

Sie unterdrückte einen weiteren frustrierten Seufzer. Er hatte sicher recht, doch sie wollte trotzdem, dass er sie jetzt sofort allein ließ. »Ich brauche ein bisschen Zeit für mich.«

»Du wagst es, mir Befehle zu erteilen?«

»Ich will dich nicht kränken, Lachlan. Und ich habe dir

auch nichts befohlen, sondern nur gesagt, was ich denke. Das wird doch wohl erlaubt sein, oder?«

»Ich habe dich nicht danach gefragt.«

»Muss ich immer warten, bis du es tust?«

Sein Kinn sah aus wie aus Stein gemeißelt, und Emily wunderte sich über seinen so deutlich zu erkennenden Ärger.

»Lachlan?«, hakte sie mit sanfter Stimme nach.

»Du brauchst nicht zu warten, bis ich dich nach deiner Meinung frage, um sie auszusprechen – solange wir unter uns sind«, erklärte er in einem Ton, als machte er ein großes Zugeständnis.

»Danke«, erwiderte sie, obwohl sie keineswegs der Meinung war, dass sie seine Erlaubnis brauchte, um ihre Meinung zu sagen. Sie war allerdings klug genug, das für sich zu behalten. Sybil hätte Lachlan sicher zugestimmt. Sie hatte Emily nie ermutigt, ihre Gedanken auszusprechen. »Nun …«

»Nun was?«

»Wirst du jetzt gehen?«, fragte sie, bemüht, nicht zu übereifrig zu erscheinen und ihn aufs Neue zu verärgern.

»Noch nicht.«

»Warum nicht?«

»Weil ich vorher noch etwas tun muss.«

10. Kapitel

»Was?«, fragte Emily.

Sie riss schockiert die Augen auf, als Lachlan seinen Mund auf ihren presste. Wahrscheinlich wäre ihre Verblüffung sogar amüsant gewesen, wäre er nicht so aufgewühlt gewesen von ihren Beteuerungen, dass seine Küsse ihr gefallen hatten. Hatte sie wirklich gedacht, er würde sie danach nicht wieder küssen wollen?

Aber fast im selben Atemzug laut darüber nachzudenken, dass sie auf Talorcs Küsse vielleicht genauso reagieren würde, hatte das Tier in Lachlan hervorgebracht, sodass es mehr war als Verlangen, was sein Blut zum Rasen brachte. Er hätte dem anderen Laird die Kehle herausreißen können, wenn er nur daran dachte, dass Emily ihren Körper und ihre Leidenschaft mit einem anderen Mann teilen könnte.

Emily schnappte verblüfft nach Luft, und Lachlan nutzte den Moment, um den Kuss zu intensivieren und die Süße zu kosten, die ihn in der warmen Höhle ihres Mundes erwartete. Wie konnte sie glauben, dass es keine Freude für ihn war, sie so zu küssen? Er hatte sie gestern testen müssen, um festzustellen, ob sie wirklich so unschuldig war, wie sie behauptete, aber er hatte nie gesagt, dass er die Küsse nicht genossen hatte.

Sie versuchte nicht, ihn abzuwehren, doch sie hielt sich völlig regungslos und steif in seinen Armen, während er sie küsste und seinen wölfischen Sinnen ihren Geschmack und femininen Duft einprägte.

Beunruhigt unterbrach er den Kuss. »Es ist nichts, dessen du dich schämen müsstest, Emily. Ich will, dass du den Kuss erwiderst – ich verzehre mich danach.«

»Weil das ein weiterer Test ist?«, fragte sie mit einem unsicheren Blick in ihren veilchenfarbenen Augen.

»Nein.«

»Warum denn dann?«

»Weil ich es will. Weil ich *dich* will.«

»Oh. Aber ich will nicht wieder schamlos sein.«

»Das wirst du auch nicht sein«, versprach er ihr.

Wieder bedeckte er ihren Mund mit seinem, und ein wildes Triumphgefühl erfasste ihn, als sich Emily ein leiser Seufzer entrang und sie sich an ihn schmiegte.

Er war ein Narr, sie wieder zu küssen und das Tier in ihm genauso aufzureizen wie sein menschliches Verlangen.

Aber diese Frau hatte etwas so Perfektes, so Vollkommenes ... Sie war für seinen Rivalen bestimmt, doch sie roch richtig, fühlte sich richtig an und schmeckte wie Ambrosia. Der Wolf in ihm heulte vor Verlangen, sich ihr zu zeigen und sie zu nehmen. Lachlans Knochen schmerzten von dem Drang, die Verwandlung durchzuführen und ihr seine Macht zu zeigen. Es war verrückt, ein Wahnsinn, dem er nicht erliegen durfte, aber sein Körper zitterte vor Begierde, und ein leises Knurren, das ihr menschliches Ohr nicht hören konnte, grollte tief in seiner Brust.

Wenn er nicht ganz schnell etwas unternahm, würde er sie auf das Bett legen, ihr die Kleider vom Leib reißen und sie lieben, bis beide nicht mehr gehen konnten. Doch sie war nicht nur zu zart für eine solche Behandlung, sondern auch ein Mensch und außerdem noch Engländerin. Wenn er sie nahm, würde sie glauben, dass sie heiraten mussten. Verdammt ... sogar die Sinclair'schen Chrechten betrachteten die Sache so.

Deshalb stieß er sie etwas unsanft von sich weg, griff aber sofort wieder nach ihr, bevor sie fallen konnte. »Wir werden jetzt mit deiner ersten Schwimmstunde beginnen.«

Er hoffte nur, dass das kalte Wasser des Sees ihm etwas von seiner Selbstkontrolle wiedergeben würde.

Emily schwankte in seinem Griff und blinzelte ihn an, ihre veilchenblauen Augen ganz dunkel und verhangen vor Leidenschaft. »Ich bin wirklich eine Dirne, Lachlan.«

»Meine Küsse zu mögen, macht dich nicht zu einer Hure«, erwiderte er mit einem ärgerlichen Blick.

»Wenn ich mit einem anderen verlobt bin, schon.«

»Nein, das tut es nicht«, beharrte er.

»Es gibt so manche in der Kirche, die die Frau als verdorben bezeichnen, als Verführerin. Und ich fühle mich jetzt auch wie eine Verführerin.« Mit halb geöffneten Lippen blickte sie zu ihm auf, ihre Brüste hoben und senkten sich unter ihren schnellen Atemzügen, und ihre harten kleinen Spitzen drängten sich gegen ihr Mieder. »Ich will, dass du mich wieder küsst. Das kann doch nur bedeuten, dass ich verdorben bin.«

»Es bedeutet höchstens, dass ich deine Leidenschaft erweckt habe. Das ist gut zu wissen.« Lachlan legte eine Fingerspitze an den wild pochenden Puls an ihrer Kehle. Ihr Blut raste für ihn und keinen anderen. Das machte sie nicht verdorben, sondern höchstens reizvoller als jede andere Frau, die er gekannt hatte. »Ich fühle mich sehr verlockt von deiner süßen Unschuld, aber das macht dich nicht zu einer Verführerin. *Ich* habe dich geküsst, Emily, nicht umgekehrt.«

»Das ist wahr. Dann bist du also der Verführer?«

»Du bist noch nicht verführt worden.«

»Nein?«

»Liege ich etwa zwischen deinen Schenkeln?«

Sie schnappte schockiert nach Luft. »Nein!«

»Dann bist du auch noch nicht verführt worden.«

»Oh ...« Sie biss sich auf die Lippe.

»Zu einem anderen Mann würdest du dich nicht so leicht hingezogen fühlen.«

»Bist du sicher?«

»Ja.«

»Du bist sehr anmaßend«, erwiderte sie nachdenklich. »Vielleicht ist es nur diese Arroganz, die aus dir spricht.«

Sie hatte ja keine Ahnung, was der Gedanke, sie könnte sich für einen anderen Mann interessieren, bei ihm bewirkte und wie wütend er ihn machte. Aber ihrem Ton und ihrer ganzen Art war anzumerken, dass sie nicht versuchte, ihn eifersüchtig zu machen, sondern nur ernsthaft um ihre Moral besorgt war.

Was vielleicht auch ganz amüsant gewesen wäre, wenn sie nicht so verstört aussähe.

»Hast du je einen der Soldaten deines Vaters küssen wollen?«, fragte er, überzeugt, dass die Antwort nur ein Nein sein konnte, so unschuldig, wie Emily noch war.

»Nein.« Sie lächelte bei der Erinnerung. »Und sie waren längst nicht alle hässlich. Einige waren sogar ganz gut aussehend, aber ich habe nie etwas von dem verspürt, was ich bei dir empfinde.« Dann nahm ihr Gesicht wieder einen sorgenvollen Ausdruck an. »Natürlich habe ich auch nicht viel Zeit mit ihnen verbracht. Das wäre unschicklich gewesen.«

»Du bist mit Angus auf seinem Pferd geritten. Hatte seine Nähe die gleiche Wirkung auf dich wie die meine? Du hast ihn angelächelt«, erinnerte er sie. Es ärgerte ihn noch immer, dieses Lächeln, weil sie seine Männer am Vorabend mit vielen solcher Blicke bedacht hatte, während sie ihn vollkommen übersehen hatte.

»Das Lächeln sollte Angus nur verwirren. Und ich … ich wollte ihm nicht näher sein, wie ich es mir gewünscht hatte, als ich bei dir mitritt.«

Alles, was sie tat, verwirrte Lachlan, aber er hatte natürlich nicht die Absicht, ihr diese jämmerliche Wahrheit zu gestehen. Die Frau war ihm ein Rätsel, allerdings ein äußerst reizvolles. »Bist du sicher, dass du nicht den Wunsch hattest, von Ulf oder einem meiner anderen Soldaten geküsst zu werden?«, neckte er sie, weil er sich der Antwort auf *diese* Frage schon ganz sicher war.

Sie verzog den Mund, und der Abscheu, den der bloße Gedanke in ihr weckte, stand ihr nur allzu deutlich ins Gesicht geschrieben. »Natürlich nicht!«

»Wie kannst du dich dann für eine Frau mit zweifelhaften Moralvorstellungen halten?«

»Es sind nicht meine Moralvorstellungen, die mir Sorgen bereiten, sondern meine ... Instinkte. *Du,* Lachlan«, sagte sie aus vollster Überzeugung. »Ich muss mich von dir fernhalten. Du förderst das Schlimmste in mir zutage.«

Das fand er ganz und gar nicht. »Ich fördere die Frau in dir zutage.«

»Ich müsste eine Dame sein, doch du flößt mir unanständige Gedanken ein. Das ist nicht gut.«

Er zog sie an sich und ließ sie den Beweis seiner Begierde spüren, der das Ergebnis seiner eigenen ›unanständigen‹ Gedanken war. »Nicht gut? Es ist heiß.«

»Heiß?«, fragte sie mit geradezu beschämend schriller Stimme.

»Sehr heiß.« Er rieb sich an ihr und stöhnte auf. »Und wenn du nicht willst, dass ich diese unanständigen Gedanken in die Tat umsetze, sollten wir uns jetzt schleunigst abkühlen.«

»Wie könntest du *meine* unanständigen Gedanken in die Tat umsetzen? Du weißt doch gar nicht, was ich denke.«

»Bist du sicher?«

»Soll das heißen, dass du die gleichen Gedanken wie ich hast?«

Da musste er lächeln. »Du bist zu unschuldig, um die gleichen Gedanken wie ich zu haben.«

»Aber du hast gesagt ...«

»Dass es Zeit ist, dir das Schwimmen beizubringen.«

»Ich lege meine Tunika nicht ab! Das wäre unerhört.« Emily konnte nicht glauben, dass Lachlan ihr so etwas vorgeschlagen hatte.

»Du kannst darin nicht schwimmen lernen.«

»Mein Unterkleid wird so gut wie ruiniert sein, wenn es nass wird.«

»Dann zieh es eben auch aus.« Auch diesen ungeheuerlichen Vorschlag machte er, ohne mit der Wimper zu zucken.

»Das kann ich nicht!«

»Warum nicht?«

»Das fragst du doch wohl nicht im Ernst?«

»Dann erklär mir mal, warum du so dagegen bist, dich auszuziehen.«

»Ich habe nichts dagegen, mich auszuziehen.« Aber das Wort nur auszusprechen, ließ sie schon erröten. »Nicht in der Ungestörtheit meines Zimmers, *wenn ich allein bin*«, betonte sie. »Doch vor dir werde ich es bestimmt nicht tun.«

»Ich gebe zu, dass das auch nicht die abkühlende Wirkung auf mich hätte, die ich wollte, aber nackt schwimmt man am besten.«

Emily wusste, dass die Highlander viele Dinge anders sahen. *Das* jedoch war ungeheuerlich. »Du willst doch wohl nicht sagen, dass Männer und Frauen hier nackt zusammen schwimmen!«

Lachlan zuckte die Schultern. »Wir vom Clan der Balmorals lernen schon als Kinder schwimmen. Das ist der Brauch hier.«

»Ich bin kein Kind.«

»Nein, das bist du wirklich nicht.«

»Du hast gesagt, ohne Kleider könnte man am besten schwimmen.« Sie machte eine Pause, weil es ihr schwerfiel, die Frage zu stellen, die dieser Kommentar verlangte. »Wolltest du damit sagen, dass du die Absicht hast, dich auszuziehen?«

Seine Antwort war ein freches Grinsen, das erkennen ließ, wie sehr er ihr Unbehagen genoss. »Aye.«

»Du bist verrückt, Lachlan. Deine Küsse sind schlimm genug, da kannst du wirklich nicht von mir erwarten, dass ich mich auch noch ausziehe.«

»Ich habe dir doch schon gesagt, dass *verrückt* eine äußerst unhöfliche Bezeichnung für einen Laird ist.«

»Noch viel unhöflicher ist, dass du von mir verlangst, mich auszuziehen.«

»Das habe ich nicht verlangt, sondern nur vorgeschlagen.«

»Also kann ich meine Sachen anbehalten?«

»Nicht, wenn du nicht bis auf den Grund des Sees gezogen werden willst.«

Es überlief sie eisig kalt bei dem Gedanken, und sie konnte spüren, wie sie die Farbe wechselte. »Das mit dem Schwimmen ist keine gute Idee, finde ich. Wir werden einfach akzeptieren müssen, dass ich es nicht kann, und es dabei belassen.«

Er schüttelte den Kopf. »Du nimmst das alles viel zu wichtig. Ich sage ja nicht, dass du dich vor meinen Soldaten ausziehen sollst.«

»Aber vor dir.«

»Ich werde dich so oder so nackt sehen, Emily. Du magst meine Küsse, das hast du selbst gesagt … sie machen dich heiß, und dir nahe genug zu sein, um dich berühren zu können, macht *mich* noch heißer als die Hölle in der Sommerzeit.

Ich werde versuchen, dir deine Unschuld zu bewahren, doch du kannst dich darauf verlassen, dass ich dich nackt sehen und dich streicheln und deine intimsten Geheimnisse erkunden werde.«

Emilys ganzer Körper lief rot an bei seinen Worten, und nicht aus Scham. Lachlan machte sie tatsächlich *heiß*, wie er es nannte, aber das änderte nichts daran, dass sie ihm nicht nachgeben durfte. »Nein.«

»Doch.«

»Ich bin mit Talorc verlobt.«

»Daran solltest du mich besser nicht zu oft erinnern. Es bringt das Tier in mir dazu, dich für mich beanspruchen zu wollen.«

Dachte er wirklich, sein Geschlechtstrieb sei so etwas wie ein separates Tier in ihm? Womöglich war er das ja. Sie selbst verspürte jedenfalls Bedürfnisse, die von keinem ihr bekannten Ort in ihr herkamen. Es war, als gäbe es noch eine andere Emily, wenn sie in Lachlans Nähe war … Eine Frau, die Dinge begehrte, an die eine Dame nicht mal denken sollte.

»Weil er dein Feind ist?«

»Weil du nicht zu ihm gehörst.«

»Bist du dir da so sicher?«

»Wenn du auf ihn genauso reagiert hättest wie auf mich, wäre die Entführung keine willkommene Verzögerung für dich.«

»Ich muss ihn heiraten. Ich habe keine andere Wahl.«

»Du könntest bei den Balmorals bleiben.«

»Du würdest mir Zuflucht gewähren?«

»Ja.«

Aber er sagte nicht, dass er sie für sich selbst behalten würde. So sehr er sie auch begehren mochte, hatte er doch stets darauf geachtet, ihr keinerlei Versprechungen zu machen, was die Zukunft anging. Lachlan suchte keine Frau zum Heiraten, sondern eine, die das Verlangen stillen würde, das in ihm tobte wie ein Tier. Sie müsste gekränkt, beschämt und noch vieles andere sein, was ihre Stiefmutter ihr unterstellen würde, doch das Einzige, was Emily empfand, war Sehnsucht.

Trotzdem seufzte sie und sagte: »Ich kann nicht bleiben.«

»Dann verrate mir, warum nicht.«

Und so erzählte sie ihm von Abigail und ihrer Befürchtung, dass ihre Schwester an ihrer Stelle zu Talorc geschickt werden würde.

Lachlan sagte nichts, aber er war sichtlich nachdenklich geworden. »Du wolltest also deine Schwester zu dir in die Highlands holen.«

»Ja.«

»Talorc wird sie nicht hier haben wollen.«

»Ich hatte gehofft, ihn umstimmen zu können.«

»Indem du sagtest, du wärst lieber mit einem Ziegenbock als ihm verheiratet?«

Emily errötete bei der Erinnerung daran. »Ich habe mich dafür entschuldigt.«

»Tatsächlich?«

»Ja.«

»Und was ist mit meiner Entschuldigung?«

»Du willst dich bei mir entschuldigen?«, scherzte sie.

Sein gereizter Blick besagte, dass er ihre Bemerkung alles andere als lustig fand. »Du wirst mir sagen, dass du deine beleidigenden Worte gegen mich und meinen Clan bedauerst. Ich habe lange genug darauf gewartet, Emily.«

»Und wenn ich es tue, wirst du dann diese verrückte Idee aufgeben, mir das Schwimmen beibringen zu wollen?«

»Nein.«

»Dann wüsste ich nicht, warum ich mich entschuldigen sollte.«

»Weil du im Unrecht warst.«

»Vielleicht ...« Sie schwieg kurz und meinte dann: »Oder vielleicht auch nicht.«

Er schüttelte den Kopf. »Hoffst du, mich so zu verärgern, dass ich deinen Unterricht vergesse?«

Er war viel zu scharfsinnig. Bei ihrer Stiefmutter und ihrem Vater hatte dieser kleine Trick sehr oft gewirkt. »Vielleicht«, gestand sie. »Aber Scherz beiseite, Lachlan. Du kannst doch nicht von mir erwarten, dass ich mich vor dir entkleide. Ganz zu schweigen von der Möglichkeit, dass noch andere vorbeikommen könnten.«

»Ich würde sie kommen hören, bevor sie nahe genug wären, um dich zu sehen.«

Er hatte eine ganz schön übertriebene Vorstellung von seinen Fähigkeiten. »Das glaube ich nicht.«

»Komm her, Engländerin.«

»Warum?« Wollte er sie etwa selbst entkleiden? Sie musste wirklich etwas Frivoles an sich haben, weil der Gedanke mindestens genauso prickelnd wie schockierend für sie war.

»Ich möchte dich küssen.«

»Oh.« Bisher hatten ihr seine Küsse gefallen. Sehr sogar. Mehr, als sie es sollten. »Aber ich finde nicht, dass du mich weiter küssen solltest. Ich bin mit Talorc verlobt.«

Ein Muskel zuckte an Lachlans Kinn. »Das ist das letzte Mal, dass wir das diskutieren. Ich will seinen Namen nicht mehr von dir hören, verstehst du?«

»Aber ...«

»Der Sinclair hat vor Zeugen erklärt, dass er dich nicht heiraten wird«, unterbrach Lachlan sie grob.

»Und?«

»Bis er diese Erklärung widerruft, bist du nicht mit ihm verlobt.«

»Aber unsere Könige ...«

»Ich habe dir doch gesagt, dass wir Highland-Lairds unsere eigenen Gesetze machen. Wir kooperieren mit dem schottischen König, wenn es uns passt. Und nur dann.«

»Du meinst, ihr seid *alle* so?«

»Aye. Selbst die Lairds, die nur Menschen sind, sind immer noch Kelten, die sich nie der unumschränkten Herrschaft anderer unterwerfen werden.«

»Du denkst, du wärst mehr als nur ein Mensch?«, fragte Emily, amüsiert über seine Arroganz und insgeheim sogar erleichtert über seine Interpretation der Lage.

Denn wenn sie nicht zu Talorc gehörte, war auch ihre Ehre nicht gefährdet von den Gefühlen, die Lachlan in ihrem Körper und auch in ihrem Herzen weckte.

»Komm her und lass dich küssen, dann kannst du mir deine Ansicht zu der Sache sagen.«

Die erotische Verheißung in seiner Stimme ließ sie bis ins Innerste erschauern. »Ich glaube, du hast mehr vor, als mich nur zu küssen.«

Er wollte sie nackt sehen. Sie berühren. Und möge der Himmel ihr beistehen, aber sie sehnte sich nach dieser Berührung mehr, als sie sich nach der Anerkennung ihrer eigenen Familie gesehnt hatte.

»Vielleicht ja ... oder vielleicht auch nicht«, zog er sie mit ihren eigenen Worten auf.

»Und vielleicht lasse ich es ja sogar zu«, erwiderte sie mit mehr Mut als Verstand.

Sie fand wahre Freude in seinen Armen, ein schier unbeschreibliches Vergnügen, und hatte sie Balmoral erst einmal verlassen, würde sie beides nie wieder erleben. Und als ihr das so richtig zu Bewusstsein kam, beschloss sie, alles, was Lachlan ihr geben wollte, in vollen Zügen zu genießen.

Er hatte versprochen, ihr nicht ihre Jungfräulichkeit zu nehmen, und sie würde darauf vertrauen, dass er das Versprechen hielt. Sie war nicht so naiv zu glauben, dass Frauen sich außerhalb der Ehe nicht auf diese Art von Zärtlichkeiten einließen, von denen er sprach. Jolenta hatte Emily und Abigail Geschichten über die Vorgänge bei Hof erzählt. Diese Erzählungen hatten Emily schockiert und sie manchmal sogar angewidert, aber ihr wurde gar nicht übel bei der Aussicht, irgendwelche oder sogar all dieser Dinge, von denen Jolenta gesprochen hatte, mit Lachlan zu tun.

Wenn das sie zu einer wollüstigen Person machte, na schön, dann würde sie eben eine sein. Denn tief im Innersten wusste sie, dass sie nur bei diesem einen Mann so sein würde – einem Mann, der allen Ernstes glaubte, mehr als nur ein Mensch zu sein. Und wenn sie ihn ansah, mit seinen Wolfsaugen und der Aura der Macht, die ihn wie eine spürbare Präsenz umgab, war sie fast geneigt, ihm zuzustimmen.

Nachdem sie den Entschluss gefasst hatte, wollte sie nicht darauf warten, dass er handelte, sondern musste selbst den ersten Schritt tun. Und so ging sie zu ihm, legte ihre Hände sanft um sein Gesicht und stellte sich auf die Zehenspitzen, um ihn zu küssen.

Mit einem rauen Aufstöhnen senkte er den Kopf und ergriff Besitz von ihrem Mund. Er küsste sie hungrig, als wollte er sie mit sinnlichen, berauschenden Küssen verschlingen, biss sie leicht in die Lippen und vereinte seine Zunge zu einem aufregenden erotischen Spiel mit ihrer.

Emilys Knie zitterten. Schwankend lehnte sie sich an ihn, überzeugt, dass er sie halten und sie in seinen Armen sicher sein würde. Und dann spürte sie, wie sich seine großen Hände um ihre Taille legten und sie hochhoben.

Mit einem erstickten kleinen Seufzer schlang sie ihre Arme

um seinen Nacken und erwiderte seinen Kuss mit der ganzen Leidenschaft, die sie bis jetzt so angestrengt zu unterdrücken versucht hatte. Lachlan wechselte die Haltung, schlang einen Arm um ihren Rücken und strich durch den Stoff ihrer Tunika und ihres Unterkleides hindurch über die Seite ihrer festen Brust. Seine andere Hand legte sich derweil um ihren wohlgeformten Po und knetete ihn mit einer so aufreizenden Sanftheit, dass ihre intimste Stelle zu pochen begann von dem Verlangen, ihm ganz nahe zu sein, und sie sogar schon eine exquisite Feuchtigkeit zwischen ihren Schenkeln spüren konnte.

Das war es, wie Männer Frauen berührten, mit denen sie zusammen sein wollten. Es war unglaublich intim und trotzdem nicht genug. Emily wollte mehr, aber ihr fehlte die Erfahrung, um zu wissen, was dieses »Mehr« sein könnte. Die Empfindungen, die er in ihr hervorrief, waren so einzigartig, dass ihr ganz schwindlig wurde von all den neuen, wundervollen Eindrücken. Und es war gut, dass er sie so fest in seinen Armen hielt, weil sie sich nicht mehr aufrecht halten, ja, nicht einmal mehr an ihn lehnen könnte.

Ihre Umgebung hörte auf zu existieren, und sie nahm nichts anderes mehr wahr als den Geschmack und das Gefühl seiner Lippen und seiner Hände auf ihrem Körper. Nichts anderes war mehr wichtig. Weder ihre Zukunft noch ihre Vergangenheit, ja nicht einmal die Gegenwart, nur dieser Mann, der sie so zärtlich in den Armen hielt.

Sie wusste nicht, wie es geschah, aber nach einer höchstens sekundenlangen Unterbrechung des Kusses merkte sie, dass sie so nackt war, wie Lachlan es ihr vorausgesagt hatte. Und es erfüllte sie weder mit Verlegenheit noch mit Scham, sich von ihm ansehen und berühren zu lassen, sich ihm so zu zeigen, wie noch kein anderer Mann sie je zuvor gesehen hatte.

Sie gehörte ihm in diesem einzigartigen Moment und weigerte sich, an irgendetwas anderes zu denken.

Die Sommersonne wärmte ihre Haut, aber nicht annähernd so sehr wie die Hitze seines Blicks. Seine gold geränderten braunen Augen versengten sie mit einem elementaren Feuer, während ihr eigener Blick nicht von der Körperstelle zwischen seinen Schenkeln wich, die ihn als Mann auswies. Lachlan hatte sein Plaid abgelegt und stand stolz in seiner ganzen männlich schönen Nacktheit vor ihr. Sein Glied war hart und erigiert, und offenbar schien es ihm nicht das Geringste auszumachen, dass sie deutlich sehen konnte, wie sehr er sie begehrte.

Ach, du liebe Güte. »Ich hätte nie gedacht, dass es so groß sein könnte«, flüsterte sie.

»Es?«, entgegnete Lachlan mit einem erstickten Lachen.

Sie zeigte auf sein Glied. »Das.«

»*Das?*«

»Dein Glied«, erwiderte sie trotzig.

Aber er lächelte nur. Sie mochte sein Lächeln. Es erwärmte sie auf eine Art und Weise, wie es nicht einmal seine Berührung vermochte.

»Hast du viel Zeit damit verbracht, darüber nachzudenken?«, fragte er.

»Nur in den letzten Tagen.«

Seine Augen glühten vor männlicher Befriedigung. »Seit du mir begegnet warst?«

»Mag sein«, antwortete sie ausweichend.

»Ein Mann ist groß, und eine Frau ist klein. Trotzdem passen sie perfekt zusammen.«

Aber wie er selbst gesagt hatte, war dieses »perfekte Zusammenpassen« ein Vergnügen, das sie bei ihm nicht kennenlernen würde. Sie sagte jedoch nichts davon, sondern starrte ihn nur an und versuchte, das Bedürfnis zu unterdrücken, die Hand nach ihm auszustrecken und seine intimste Körperstelle zu berühren. Emily hätte nie erwartet, einmal diesen Wunsch zu verspüren, aber sie konnte sich fast nicht beherrschen, diesem Verlangen nachzugeben.

»Möchtest du es anfassen?«, fragte er, als erriete er, was sie dachte.

»Ja.«

»Dann tu es.«

Sie sah ihn prüfend an, konnte jedoch kein Anzeichen von Spott in seinen Augen sehen. Er meinte es also ernst. Er stellte sich ihr zur Verfügung, und ihre Leidenschaft und Neugierde verlangten, dass sie seiner Aufforderung nachkam.

Emily trat noch näher und strich vorsichtig mit einer Fingerspitze über sein hartes Glied. Als er zuckte, zog sie blitzschnell ihre Hand zurück.

Lachlan lachte. »Schon gut, Emily, du brauchst nicht zu erschrecken.«

»Aber ...«

»Ich mag es, wenn du mich dort berührst.«

Sie schaute ihm in die Augen und sah in ihren Tiefen das gleiche glühende Verlangen, das auch sie von innen heraus zu verschlingen drohte. Emily hätte lachen können vor Freude über die Entdeckung. Sie hatte keine Erfahrung mit Männern, war nicht einmal die Lieblingstochter im Hause ihres Vaters, aber sie konnte den mächtigen Laird der Balmorals so in Versuchung führen, dass sein ganzer Körper vor Verlangen nach ihr zitterte!

Erstaunlich.

Lachlan sah das Bewusstsein ihrer weiblichen Macht in ihrem Blick erwachen und musste dem Bedürfnis widerstehen, sich auf der Stelle mit ihr hinzulegen und sich in der seidigen feuchten Hitze zu verlieren, die ihn zwischen ihren Beinen erwartete. Da war keine Berechnung in ihrem Gesichtsausdruck, nur reines, ungetrübtes Glück. Es gefiel ihr, ihn so zu erregen. Es war eine echte, glaubwürdige Reaktion, die einer Werwölfin würdig wäre, auch wenn Emily nur menschlich war.

Was er übrigens nicht vergessen durfte, egal, wie sehr sie ihn bezauberte. Er würde sie nicht vollständig in Besitz nehmen und seinen Samen in ihr verströmen. Er hatte ihr versprochen, ihre Jungfräulichkeit intakt zu lassen, und dieses Versprechen würde er halten. Genauso wichtig war die Tatsache, dass eine Frau entjungfern die Bereitschaft eines Mannes signalisierte, sich fürs ganze Leben zu binden, und Lachlan hatte keineswegs die Absicht, das zu tun.

So sehr er diese menschliche Frau auch begehrte, würde er doch nie den Weg beschreiten, den sein Vater eingeschlagen hatte, weil er viel zu gefahrvoll war für seine Spezies.

Emily legte ihre Finger um sein Glied, als hätte sie das schon tausend Mal getan, und begann, ihre Hand langsam auf und ab zu bewegen. »Du bist so weich.«

»Weich?«, fragte er mit einem erstickten Lachen. »Das glaube ich nicht.«

»Deine Haut«, berichtigte sie sich mit ernster Miene. »Weißt du, wie sich Seide anfühlt?«

»Nein.«

»Wir haben Wandteppiche aus Seide in unserem großen Saal – auf Sybils Wunsch natürlich. Sie fühlen sich leicht wie Luft an deiner Haut an, so fein und glatt sind sie.«

»Soll das heißen, dass ich nicht substanzieller bin als Luft?«

»O nein. Du bist mehr als substanziell, mein Laird – aber auch sehr zart und glatt über der Härte.« Wieder umfasste sie sein erigiertes Glied und spürte die Hitze, die von ihm ausging, als sie sich diesmal doppelt so lange Zeit ließ, es in seiner ganzen Länge zu liebkosen.

Wenn er nicht etwas tat, riskierte er, die Kontrolle zu verlieren, und sein Stolz ließ nicht zu, dass das geschah, ohne auch sie vorher beglückt zu haben. Das Problem war nur, dass er sich im Augenblick nicht darauf verlassen konnte, ihr nur Vergnügen zu bereiten, ohne sie zu nehmen. Lachlan war noch nie so unbeherrscht gewesen; nicht einmal sein Stolz konnte ihn darüber hinwegtäuschen, dass im Moment nicht sein Verstand seinen Körper regierte.

Lachlan hob Emily auf und küsste sie, um jedem möglichen Protest zuvorzukommen. Sie begann jedoch sofort, seine Küsse mit einer Leidenschaftlichkeit zu erwidern, die ihn schier um den Verstand zu bringen drohte.

Mit dem letzten Rest von Selbstbeherrschung, der ihm geblieben war, zwang er sich, auf den See zuzugehen und nicht eher innezuhalten, bis er bis zur Taille in dem kalten Wasser stand. Doch nicht einmal die jähe Kälte konnte seine Erregung dämpfen, und er zitterte von der Anstrengung, sich zu beherrschen und seinem Verlangen nach Emily nicht einfach nachzugeben. Langsam ging er mit ihr auf tieferes Wasser zu, und erst als es ihm bis zur Brust reichte und Emilys ganzer Körper praktisch unter Wasser war, beendete er den Kuss.

»Bist du bereit für deine erste Schwimmstunde?« Seine Stimme klang stark genug, doch sein Körper war immer noch ganz schwach vor sinnlicher Begierde.

Sie blickte zu ihm auf, als verstünde sie nicht, was er sagte, aber dann riss sie die Augen auf, und ein kleiner Schrei entrang sich ihren Lippen. »Huh! Ich bin im Wasser! Und es ist *kalt!*« Das letzte Wort klang schrill wie ein Heulen.

Lachlan schüttelte den Kopf. »Nicht kalt genug.« Nicht einmal annähernd kalt genug.

11. Kapitel

»Nein?« Emily sah aus, als dächte sie daran, ihn schon wieder verrückt zu nennen.

»Nein.«

»Aber ich friere.«

Lachlan senkte den Blick und sah, dass sie tatsächlich überall eine Gänsehaut hatte. Er hätte nichts lieber getan, als sie mit einer glutvollen Zärtlichkeit nach der anderen zu vertreiben, doch stattdessen sagte er nur: »Wir werden damit beginnen, dass du dich treiben lässt.«

»T-treiben?« Emily fror, aber Lachlan schrieb ihr Stammeln der nervösen Furcht in ihren Augen zu.

»Ich lasse dich nicht untergehen.«

Ein Ausdruck der Entschlossenheit erschien in ihrem Blick. »Ich will mich nicht mehr fürchten.«

»Du wirst deine Angst bezwingen.«

»Das möchte ich, aber ich weiß nicht, ob ich es kann.« Sie klang nicht glücklich darüber, schien sich jedoch damit abgefunden zu haben.

»Natürlich kannst du es.« Dass sie nicht darauf bestand, sie auf der Stelle aus dem Wasser herauszubringen, imponierte Lachlan.

Je länger sie dort standen, desto steifer wurde sie, als sie von einer solch panischen Angst ergriffen wurde, dass sie sogar den Duft ihrer weiblichen Erregung überdeckte. Etwas Ungewohntes regte sich tief in Lachlans Innerstem, als er es geschehen sah. Er hasste es, sie so verschreckt zu sehen, und war fest entschlossen, ihr zu helfen. Selbst sein sexuelles Begehren spielte nur eine untergeordnete Rolle bei dieser Entscheidung.

»Wenn du mich untergehen ließest, hätte ich Angst, in einem dunklen Abgrund zu versinken und von dem Wasser heruntergedrückt zu werden, bis all meine Luft verbraucht ist und ich sterbe. Ich habe das Gefühl, dass dieser See so bodenlos ist, dass ich nie wieder gefunden würde. Versprich mir, mich nicht untergehen zu lassen!«

Lachlan fand es sehr beeindruckend, dass sie den Mut hatte, ihren Ängsten Ausdruck zu verleihen. »Das habe ich dir doch schon versprochen.«

»Dann tu es noch einmal.«

»Ich verspreche dir, dich nicht untergehen zu lassen«, sagte er feierlich.

Ihr dankbares Lächeln war kaum mehr als ein kläglicher Versuch, aber sie bemühte sich zumindest, obwohl ihre Lippen zitterten und sie kreidebleich geworden war. »Danke, Lachlan.«

»Und der See ist auch nicht bodenlos.«

»Ich weiß, doch ...«

»Ich stehe noch, Emily, und das Wasser würde mir erst drei oder vier Meter weiter bis über den Kopf reichen.«

»Dann möchte ich hier schwimmen lernen.«

Er küsste sie sanft auf ihre halb geöffneten Lippen. »Gut, dann versuchen wir es so, meine Schöne.«

Die liebevolle Anrede ließ sie so heiß erröten, dass es Lachlan große Überwindung kostete, sie nicht erneut zu küssen. Sie war so verdammt bezaubernd! Und sie brachte ihn zum Lächeln. Über ein Jahrzehnt war er der Laird des Clans gewesen, nachdem sein Vater im Kampf gefallen war und Lachlan schon kurz nach Ende des Stimmbruchs seine sämtlichen Verpflichtungen übernommen hatte. Von früher Jugend an hatte er Zurückhaltung und Disziplin gelernt – und er hatte auch gelernt, dass Pflichten wichtiger als Vergnügen waren, und die letzten zehn Jahre damit zugebracht, das zu beweisen.

Doch dann kam diese kleine Frau daher und ließ ihn sich nach Freude und Vergnügen sehnen. Sie war gefährlich, aber auch ungemein verführerisch.

Sie schnappte entsetzt nach Luft und umklammerte seine Schultern, als er das erste Mal versuchte, sie loszulassen. Und da merkte Lachlan, dass er in seinem Bestreben, ihr beim Überwinden ihrer Angst zu helfen, schon fast vergessen hatte, dass sie beide nackt waren. Er brauchte eine gute Stunde, bis er Emily so weit hatte, dass sie sich, nur mit seiner Hand unter ihrem Rücken, treiben ließ, aber er war so stolz auf sie, dass er nur grinste, als er eine weitere Stunde später einen Soldaten kommen hörte.

Er blickte auf ihren wunderschönen, seinen Blicken und der Sommersonne ausgesetzten Körper herab, und zum ersten Mal seit Stunden sah er sie so, wie der sich nähernde Soldat sie sehen würde. Ihre Brüste, ihr Bauch und ihre Schenkel schwebten auf dem kristallklaren Wasser, durch das der Rest von ihr fast genauso klar und deutlich zu erkennen war. Lachlan war schon vorher nackt mit Werwolf-Frauen geschwommen und hatte danach sogar Sex mit ihnen gehabt, aber er hatte noch nie einen so großen Besitzanspruch bei sich wahrgenommen wie jetzt bei Emily.

Sie war nicht seine Frau, doch er wollte trotzdem nicht, dass irgendjemand anderer sie so sah. Ihre rosigen kleinen Brustspitzen waren durch das kalte Wasser hart geworden, und die goldbraunen Löckchen zwischen ihren Schenkeln glitzerten vor Feuchtigkeit. Ihre Beine waren gerade weit genug geöffnet, um seine Hand dazwischenzuschieben und ihre empfindsamste Stelle zu berühren, wenn er wollte.

Und vielleicht hätte er das auch getan, wenn seine geschärften Sinne ihm nicht verraten hätten, dass der Soldat bald da sein würde.

Und so seufzte er nur stumm und sagte: »Es kommt jemand.«

Emily hatte sich auf seinen Wunsch hin mit geschlossenen Augen auf dem Wasser treiben lassen, aber jetzt riss sie sie erschrocken auf und versuchte aufzuspringen. Da sie im Wasser war, begann sie jedoch unterzugehen, und Lachlan musste sie an den Schultern packen, um ihren Kopf über Wasser zu halten.

Sie prustete entsetzt und krallte ihre Finger in seine Schultern. »Wer? Wo?«, fragte sie, während sie sich fieberhaft auf der Lichtung umblickte. »Ich sehe niemanden.«

»Er wird in ein paar Sekunden hier sein.«

»Und du kannst ihn wohl hören, was?«, sagte sie spöttisch.

»Ja.«

Sie runzelte die Stirn und schüttelte den Kopf. »Es ist völlig unsinnig, und ich weiß nicht, warum ich dir glaube, aber ich tue es.«

»Ich lüge nicht.«

»Ich brauche meine Kleider.« Als er nicht schnell genug reagierte, versuchte sie, ihn zu schütteln. »Nun mach schon, bevor er hier ist.«

Lachlan war ganz ihrer Meinung, brauchte aber trotzdem noch einen Moment, um seine Muskeln dazu zu bringen, ihm zu gehorchen. Jetzt, da er sich nicht mehr darauf konzentrieren musste, Emily das Schwimmen beizubringen, gewann seine sinnliche Begierde die Oberhand über seine Vernunft. Das Raubtier in ihm wollte ihren verführerischen nackten Körper berühren und ihn kosten …

»Lachlan!«

Der Wolf würde ebenso warten müssen wie seine menschlichen Bedürfnisse. Aber Lachlan nutzte die Schnelligkeit des Tiers in sich, um Emily ans Seeufer zurückzutragen, wo er ihr sein Plaid wie eine Decke überwarf. Der Soldat näherte sich mit schnellen Schritten und würde in ein paar Sekunden aus dem Wäldchen heraustreten. Emily zog an den Ecken des Plaids, bis es sie einigermaßen gut bedeckte. Es war ein Plaid, wie es Männer trugen, und obwohl Lachlan erheblich größer war als sie, schauten ihre nackten Beine trotzdem noch ein gutes Stück darunter hervor.

Lachlan warf ihr ihr Unterkleid und ihre Tunika zu. »Geh da hinüber und zieh dich an.« Er zeigte auf ein dichtes Gestrüpp, das sie selbst vor dem Blick eines Werwolfs verbergen würde, obwohl der Mann, der sich näherte, nur menschlich war.

Lachlan musste nicht in Wolfsgestalt sein, um Ulfs Geruch aus dieser Entfernung wahrzunehmen. Seine Sinne funktionierten auch in seinem menschlichen Körper ganz hervorragend, wenn auch nicht ganz so gut, wie wenn er sich veränderte.

Emily hatte ihre Kleider genommen und war hinter dem Gebüsch verschwunden. »Willst du deinem Soldaten nackt gegenübertreten?«, rief sie.

»Er ist mein Bruder.«

Sein Plaid flog über das Gebüsch und landete ein paar Schritte von seinen Füßen. »Zieh dich an.«

»Eine Gefangene erteilt einem Laird keine Befehle«, sagte er.

»Diese schon.«

Fast hätte er über ihre Dreistigkeit gelacht. Er kannte keine andere Frau wie sie ... weder wölfischer noch menschlicher Natur. Er hatte das Plaid gerade aufgehoben, als Ulf auf die Lichtung hinaustrat.

Er machte ein finsteres Gesicht, aber das war ja nichts Neues bei seinem Bruder, der sogar noch seltener lächelte als er selbst, doch der anklagende Blick seines Bruders irritierte Lachlan. Ulf glaubte, seine Stellung in der Familie gäbe ihm das Recht, seinen Laird zu kritisieren, was Lachlan ihm sogar oft durchgehen ließ. Sein Bruder konnte ja nichts dafür, dass er nicht als Werwolf auf die Welt gekommen war.

Lachlan hatte seinen älteren Bruder immer bedauert seit dem Jahr, in dem Ulfs erste Verwandlung hätte erfolgen müssen und nichts geschehen war. Ihr Vater war enttäuscht gewesen, ihre Mutter dagegen erleichtert, und Ulf hatte erfahren, dass er doch nicht eines Tages die Balmorals regieren würde, wie er seit seiner Kindheit angenommen hatte. Es hatte schon immer Anzeichen dafür gegeben, dass sein Bruder völlig menschlich war, aber ihr Vater hatte vorgezogen, sie zu ignorieren, und darauf beharrt, dass seine Söhne beide Wölfe waren.

Er hatte sich jedoch geirrt. Nur einer von ihnen war mit der Fähigkeit geboren worden, sich zu verwandeln, und das war Lachlan. Nach seinem ersten Vollmond als Werwolf war er dazu ausgebildet worden, eines Tages die Clan-Führung zu übernehmen. Ulf hatte nie dagegen protestiert, aber es hätte ihm auch nichts genützt. Ein bloßer Mensch konnte eine Kampfansage durch einen Werwolf nicht überleben, und Lachlan *hätte* Ulfs Vorherrschaft angefochten, wenn er versucht hätte, sie durchzusetzen. Im Interesse seines Clans.

Sein ganzes Leben war diesem höheren Ziel verschrieben gewesen, und er hatte nicht die Absicht, seine Verpflichtungen jetzt plötzlich zu vergessen.

»Wo ist sie?«, fuhr Ulf ihn statt einer Begrüßung an.

Lachlan konnte hören, wie Emily im Ankleiden innehielt. Sie hielt sogar den Atem an, als wollte sie Lachlans Antwort hören.

Er nickte zu dem Gebüsch hinüber, während er sein Plaid anlegte.

Ulfs Gesichtsausdruck wurde sogar noch finsterer. »Was tut sie da drüben? Du bist nass und warst nackt, als ich kam. Vernaschst du jetzt auch schon das abgelegte Liebchen deines Feindes im Wasser? Ich dachte, so was triebest du nur mit Wölfinnen.«

Lachlan stieß seinen Bruder mit einem harten Schubs zu Boden. »Hüte deine Zunge, Ulf!«

Der ältere Bruder besaß immerhin den Anstand, bestürzt dreinzuschauen, als ihm bewusst wurde, was er gesagt hatte. Emily wusste ebenso wenig wie die meisten anderen Menschen in den Highlands von der Wolfsnatur in einigen der Clan-Mitglieder. Ulf kannte die Strafe für den Verrat der Geheimnisse der Chrechten an solche, die nichts davon erfahren durften.

Es war die Todesstrafe, und die Tatsache, der Bruder des Lairds zu sein, würde ihn nicht davor bewahren.

Lachlan wusste nicht, wie Emily reagieren würde, wenn sie von dem Geheimnis seines Rudels erführe, aber sie war ein Mensch, und deshalb durften sie das nicht riskieren.

Um Ulfs Versprecher und seinen eigenen Tadel zu überspielen, sagte er: »Emily ist niemandes abgelegtes Liebchen, wie ich dir schon sagte.«

Daraufhin murmelte Emily etwas über arrogante Männer, die ihre Nase in Dinge steckten, die sie nichts angingen. Dies verriet Lachlan, dass sie jedes Wort hören konnte, das er mit seinem Bruder wechselte.

Ulf, der sich nun erhob, war jedoch nichts davon anzumerken, dass er ihr leises Gemurmel vernommen hatte. »Und trotzdem gehört sie deinem Feind.«

»Er hat sich geweigert, sie zu heiraten.« Lachlan hatte es gründlich satt, über den Sinclair'schen Laird zu reden.

»Und jetzt willst du sie für dich behalten?«, fragte Ulf verächtlich.

»Nein.« Lachlan verstand die Verachtung seines Bruders nicht.

Emily war menschlich, gut, aber das war Ulf ja schließlich auch. Sie war nicht die abgelegte Geliebte des anderen Lairds, und wenn Lachlan beschloss, sie zu behalten, sah er keinen Grund, warum sein Bruder Einwände dagegen erheben sollte. Es sei denn, er machte sich Sorgen, dass Lachlans Kinder als Wölfe geboren würden.

Ulf wusste selbst am besten, wie hart es war, wenn ein Kind aus einer »Mischehe« zwischen Chrechten und Menschen nicht als Wolf, sondern als Mensch geboren wurde. Ihre Rasse vermehrte sich ohnehin nicht leicht, doch Nachkommen zu zeugen und die besonderen Eigenschaften der Chrechten nicht weiterzugeben, war eine Tragödie.

»Du benimmst dich wie ein Mann, der sich von seinen Trieben statt von seinem Verstand beherrschen lässt.« Ulfs Kritik tat weh, weil sie der Wahrheit so nahe kam.

Lachlan war jedoch zu stolz, so etwas zuzugeben. »Dein ständiges Genörgel geht mir auf die Nerven, Bruder. Du hörst dich wie ein sauertöpfisches altes Frauenzimmer an.«

»Besser als wie ein Mann, der seiner Bestie ausgeliefert ist.«

Lachlan ließ Ulf Kommentare wie diese gewöhnlich durchgehen, doch jetzt reichte es ihm. Er musste seinem Bruder seine Grenzen aufzeigen. »Pass lieber auf, dass ich meine Bestie nicht auf dich loslasse«, sagte er mit schneidender Stimme.

Ulf erschrak, brachte seine Gesichtszüge aber schnell wieder unter Kontrolle. Die Kraft, die er selbst angesichts einer von einem Chrechten ausgesprochenen Drohung zeigte, imponierte Lachlan. Er hatte seinen menschlichen Bruder immer bewundert, und obwohl er bedauerte, dass Ulf nicht verwandlungsfähig war, hatte er nie den Fehler gemacht, den Älteren deswegen für schwach zu halten.

Da er nicht riskieren wollte, dass Emily noch mehr hörte, was seine Geheimnisse verraten könnte, führte er seinen Bruder weg von dem Gebüsch, hinter dem sie sich jetzt nur noch verbarg. Sie war mit dem Ankleiden fertig, doch nicht herausgekommen, und Lachlan wusste nicht, ob aus Verlegenheit oder weil sie seinen Bruder nicht mochte. Vielleicht war es ja auch beides.

Gute zwanzig Meter weiter blieb er stehen. »Und nun sag, warum du hergekommen bist, Bruder.«

Ulf ballte die Fäuste an den Seiten. »Sag du mir zuerst, ob du ernsthaft vorhast, diese Frau zu heiraten.«

»Du solltest es besser wissen, als mich so etwas zu fragen. Ich werde ganz sicher keine menschliche Frau heiraten.«

»Nicht einmal eine Clan-Angehörige?«, beharrte Ulf.

»Nein.«

»Weil du Angst hast, dass die Geheimnisse der Chrechten dann ans Licht kämen?«

»Das auch.« Mischehen brachten stets ein solches Risiko mit sich. Sie waren früher sogar ausdrücklich verboten gewesen, doch das war vor der Zeit gewesen, in der die Chrechten sich den keltischen Clans angeschlossen hatten. Viele bewahrten die alten Traditionen jedoch noch.

Sein Vater hatte es nicht getan.

»Du hast Angst, dass *alle* deine Nachkommen so wie ich sein könnten, statt nur einer, nicht?«, fragte Ulf mit einem bitteren Beiklang in der Stimme.

»Es ist die Verpflichtung aller Chrechten, aber insbesondere die der Führer, dafür zu sorgen, dass unsere Spezies nicht ausstirbt.«

»Ich bin ebenso ein Chrechte-Krieger wie du. Ich habe nur kein Tier in mir, das meine menschliche Logik bezwingt.«

Lachlan war anderer Meinung, aber wie hätte er seinem Bruder, der kein Tier in sich hatte, erklären können, was es bedeutete zu wissen, dass der Wolf ihm Kraft und überlegene Fähigkeiten gab. Statt seine Fähigkeit, logisch zu denken, zu vermindern, bereicherte der Wolf in ihm ihn mit einer animalischen Schläue und Gerissenheit, von der ein bloßer Mensch nur träumen konnte.

»Es besteht kein Grund für diese Diskussion. Ich habe es dir bereits gesagt: Ich habe nicht vor, die Engländerin zu behalten. Aus welchem Grund nicht, spielt hier keine Rolle.«

»Für mich aber vielleicht schon.«

»Auch für dich nicht. Meine Entscheidungen sind nicht von deiner Zustimmung abhängig, und meine Gedanken auch nicht.«

»Du bist so verdammt arrogant.«

»Emily hält das für eine Charaktereigenschaft der Highlander allgemein.«

Der Scherz entlockte Ulf kein Lächeln. »Sie hat eine sehr geringe Meinung von uns allen.«

»Die du ja auch nicht zu widerlegen versucht hast.«

»Warum sollte ich? Mir ist egal, was meine Feindin von mir denkt.«

»Sie ist nicht deine Feindin.«

»Ich verschließe nicht die Augen vor der Wahrheit, weil mein Schwanz mich dazu drängt. Sie ist Engländerin und die zukünftige Frau des Sinclair. Das macht sie zu meiner Feindin.«

»Sie ist eine Gefangene der Balmorals, weswegen sie unter meinem Schutz steht. Vergiss das nicht, wenn du das nächste Mal versucht bist, sie wie eine Feindin zu behandeln«, entgegnete Lachlan warnend.

»Ich war eigentlich hergekommen, um dir mitzuteilen, dass Duncan hier ist, um dir Bericht zu erstatten.« Ulfs gelassenem Ton war zu entnehmen, dass der Spion nicht die Nachricht brachte, dass der Sinclair seine Truppen zusammenzogen hatte und vielleicht schon dabei war, die See zu überqueren, um Balmoral zu belagern.

»Ich werde gleich zur Burg zurückkehren.«

Ulf nickte mit grimmiger Miene und wandte sich zum Gehen.

Lachlan hätte seinem Bruder befehlen können, Emily zur Burg zurückzubegleiten, um selbst schneller dort zu sein, doch er machte sich Sorgen, dass Ulf ihre Gefühle verletzen würde. Wann er angefangen hatte, sich um so belanglose Dinge zu sorgen, wusste er nicht, aber er hatte jedenfalls nicht vor, die empfindsame junge Frau der alles andere als freundlichen Behandlung durch seinen Bruder zu überlassen.

Zu aufgewühlt von ihren Emotionen und Gedanken, um Ruhe zu finden, ging Emily nervös in dem Turmzimmer auf und ab. Sie hatte so viele schockierende Dinge getan und empfunden, dass sie nicht einmal entscheiden konnte, welches das erstaunlichste von allen war.

Sie hatte Lachlan ihre schlimmsten Ängste offenbart und ihm ihr dunkelstes Geheimnis anvertraut. Er hatte sich weder über ihre Ängste lustig gemacht noch ihr zu verstehen gegeben, dass an ihr etwas nicht stimmen konnte, wenn ihr Vater zu so etwas imstande war. Sie hatte immer gedacht, ihr Vater hätte sie nicht so gering schätzen können, wenn sie liebenswerter gewesen wäre, doch falls Lachlan das genauso sah, hatte er jedenfalls nichts davon gesagt.

Es fiel ihr immer noch sehr schwer zu akzeptieren, dass sie ihm so rückhaltlos vertraut hatte.

Aber andererseits rief er ja auch in mehr als einer Hinsicht eine völlig einzigartige Reaktion in ihr hervor. Sie fand seine Küsse oder Berührungen nicht aufdringlich, sondern gefährlich verführerisch, und sie hatte seine Küsse mit einer Leidenschaft erwidert, von der sie nie geglaubt hätte, dass eine Dame dazu fähig sein könnte. Dann hatte sie sich von ihm ausziehen lassen, und als er seine eigenen Kleider abgelegt hatte, da hatte sie ihn – statt die Flucht zu ergreifen, wie jede andere unverheiratete junge Dame es getan hätte – berührt. Auf solch intime Weise, dass sie selbst jetzt noch bei der Erinnerung daran errötete.

Ihr wurde auch ganz heiß, wenn sie daran dachte, wie hart und seidig zugleich er sich angefühlt hatte. Ihre Zärtlichkeiten hatten ihm Vergnügen bereitet, und anstatt sich deswegen zu schämen, war sie auch noch stolz darauf gewesen. Aber er hatte ihre Schamlosigkeit nicht ausgenutzt, um sie zu »vernaschen«, wie Ulf ihm unterstellt hatte, sondern ihre Abgelenktheit nur dazu benutzt, sie in das Wasser zu bekommen.

Sie konnte kaum glauben, dass die Erinnerung, im See gewesen zu sein, real und nicht nur ein Traum war. Sie hatte sich auf dem Wasser treiben lassen. Na ja … mit Lachlans Unterstützung, aber für eine Frau, die sich normalerweise weigerte, in Wasser zu baden, das ihr bis über die Knie reichte, war das schon eine erstaunliche Leistung.

Und er hatte nicht über ihre Nervosität gelacht, obwohl er selbst sich offenbar sehr wohl im Wasser fühlte. Und er hatte sie auch nicht dem Spott seines Bruders ausgesetzt, sondern den Soldaten in die Burg zurückgeschickt, bevor er sie hinter dem Busch hervorgerufen hatte, um mit ihr zusammen zurückzugehen. Seine Rücksichtnahme machte sie genauso glücklich wie zuvor das Gefühl seiner Lippen auf ihren.

Lachlan hatte sie bis nach oben zu dem Turmzimmer begleitet und sie erst dann allein gelassen. Doch er hatte nicht die Tür verriegelt. Emily hatte angestrengt auf das Geräusch gelauscht, aber nichts gehört. Bedeutete das, dass es ihr freistand, das Zimmer zu verlassen, wenn sie wollte?

Trotz ihres Gefühlsausbruchs am Tag zuvor verspürte sie nicht den Wunsch, sich vor seinen Clan-Mitgliedern zu verbergen. So dünnhäutig war sie nun wirklich nicht. Wenn sie Sybil jeden Tag hatte ertragen können, seit sie acht gewesen war, würde sie ja wohl auch ein paar feindselige Schottinnen verkraften können.

Sie hätte Lachlan fragen können, wie ihre Situation aussah, wenn er ein wenig länger geblieben wäre, aber er hatte sich sofort zurückgezogen. Er hatte sie nicht einmal in ihr Zimmer begleitet, sondern ihr nur gesagt, sie würden den Schwimmunterricht gleich morgen wiederholen. Dann war er ohne einen Blick zurück gegangen. Es hatte sie ihre ganze Willenskraft gekostet, nicht die Hand auszustrecken und ihn zu berühren. Sie hatte gewollt, dass er blieb, und vermisste ihn jetzt schon so, als wäre sie es gewöhnt, ihn jede Minute ihres Lebens um sich zu haben – was ein ausgesprochen seltsames Gefühl einem Mann gegenüber war, dem sie am Tag zuvor zum ersten Mal begegnet war.

Emily nahm die Bürste vom Tisch, um ihr feuchtes Haar zu glätten, aber ihr letzter Gedanken ließ sie innehalten.

Obwohl sie Lachlan erst seit zwei Tagen kannte, hatte sie ihm mehr von sich erzählt als irgendeinem anderen Menschen in ihrem Leben. Sie erinnerte sich an ein Gedicht über Liebe auf den ersten Blick, das sie vor einiger Zeit gelesen, aber damals ziemlich albern gefunden hatte. Sie hatte sich so etwas nicht vorstellen können, doch nun konnte sie es plötzlich.

Sie ließ sich auf ihr Bett fallen und begann, ihre feuchten Haare mit der Bürste zu entwirren. Wie konnte sie so dumm sein? Wenn sie jemanden liebte, müsste es Talorc sein. Sie würde ihn heiraten müssen. Ihr blieb gar keine andere Wahl. Wie konnte ihr Herz sie so verraten haben? Oder waren ihre Gefühle nicht mehr als ein instinktives Vertrauen in einen starken Mann und ein mächtiges sinnliches Verlangen, das sie mangelnder Erfahrung wegen nur einfach nicht beherrschen konnte?

Sie konnte nur hoffen, dass es das Letztere war, denn falls sie den Laird tatsächlich liebte, würde ihr mit Sicherheit das Herz gebrochen werden.

Doch ob aus Liebe oder Verlangen, sie hatte sich bei Lachlan nicht wie eine Dame verhalten und konnte es nicht einmal bereuen. Egal, wie schockierend die Ereignisse dieses Morgens gewesen waren, sie würde keines davon ungeschehen machen wollen. Und sie würde auch morgen bereit sein für ihren Schwimmunterricht mit Lachlan. Wenn er sie küsste, würde sie den Kuss erwidern. Wenn er sie berührte, würde sie durch ihn die Freuden der körperlichen Liebe erfahren und nichts davon bereuen.

Sie hatte jeden Augenblick mit ihm genossen – außer, als sie gehört hatte, wie er zu Ulf gesagt hatte, er werde sie nicht behalten. Das hatte wehgetan. Aber das dürfte es nicht, weil seine Haltung schließlich keine große Überraschung für sie war. Er hatte ihr gegenüber ja keinen Hehl daraus gemacht: Lachlan wollte keine Zukunft mit ihr, was aber keine Rolle spielen dürfte, weil von einer Zukunft mit ihm ohnehin keine Rede sein konnte.

Sie würde ihn nicht lieben. Nur eine Närrin liebte einen Mann, wenn aus dieser Liebe nichts als Kummer entstehen konnte, und sie war keine Närrin. Sie würde diese Zeit als Gefangene als Erholung von dem Leben genießen, das zu führen sie verpflichtet war, aber wenn der Moment kam, in ihr Leben zurückzukehren, würde sie nicht zögern, es zu tun.

Highland-Krieger waren nicht die Einzigen, die sich ihrer Pflicht bewusst waren.

Cait lag in Drustans Armen und lauschte dem Pochen seines Herzens und ihren eigenen, ruhiger werdenden Atemzügen. Sie hatte nicht gewusst, dass die körperliche Liebe so aufregend sein konnte, wie sie es bei ihnen war. In ihrer ersten Ehe war sie es jedenfalls nicht gewesen, aber das sagte sie Drustan natürlich nicht. Der Werwolf war auch so schon eingebildet genug.

Und er hatte sie *tatsächlich* dazu gebracht, ihn anzubetteln!

Aber Cait schämte sich deswegen nicht, sondern war nur sehr beeindruckt von Drustans Kraft und Stärke.

Es war eine Hochzeitsnacht voller unglaublicher erotischer Vergnügen gewesen, und als sie an diesem Morgen erwacht waren, hatte er sie erneut geliebt. Sie war im Bett geblieben, als eine Bedienstete ihnen das Frühstück gebracht hatte, und hatte nur ein bisschen protestiert, als er das als Einladung aufgefasst hatte, die Leidenschaft zwischen ihnen noch weiter zu erforschen. Cait war jetzt nicht einmal mehr sicher, warum sie überhaupt Protest erhoben hatte.

Seine warme Hand strich sanft über ihre Hüfte. »Du bist

eine sehr heißblütige Wölfin, Cait. Es wird mir ein Vergnügen sein, dich von nun an jeden Tag in meinem Bett zu haben.«

Cait wusste nicht, woher er die Energie zum Reden nahm. Sie konnte nichts anderes tun, als in stummem Einverständnis seine Schulter zu küssen, an der ihre Wange lag.

Ein zufriedenes Knurren ging durch seine Brust.

Cait überlegte gerade, ob sie versuchen sollte aufzustehen oder nicht, als es an der Tür klopfte. Es war noch zu früh für das Mittagessen, aber spät genug, dass es ihr unangenehm war, um diese Zeit noch faul im Bett liegend erwischt zu werden. Normalerweise stand sie mit der Sonne auf, und die war schon vor Stunden aufgegangen.

»Hast du heute etwas zu tun?«, fragte sie Drustan und versuchte, wenigstens ein kleines bisschen Schuldbewusstsein aufzubringen, falls sie ihn davon abhielt, was ihr jedoch nicht gelang.

Schließlich war es ja seine Idee gewesen, ihr Liebesspiel wieder aufzunehmen, und nicht die ihre.

»Nein. Das ist wahrscheinlich meine Mutter, die wissen möchte, was wir über Susannahs schwierige Situation herausgefunden haben. Sie hat sich gestern Abend sehr im Zaum gehalten, um uns nicht gleich mit tausend Fragen zu bestürmen.«

Das machte Cait wacher, als ein Eimer kaltes Wasser es vermocht hätte, und sie fuhr erschrocken auf. *»Deine Mutter?«*

»Ja.«

Cait sprang auf und begann hastig, ihre Kleider einzusammeln. »Susannah befindet sich nicht in einer schwierigen Situation, sie ist verheiratet und glücklich. Ich kann nicht glauben, dass deine Mutter hier ist, um uns zu besuchen, und wir noch splitternackt sind«, sagte sie aufgeregt und schnupperte an sich.

»Ich rieche nach dir … nach dem Liebesakt. Sie wird wissen, was wir getan haben.«

»Selbst die Mitglieder meines Clans, die uns nicht besuchen, werden es wissen. Wir sind verheiratet, und es ist der Morgen nach der Nacht unserer Paarung, die die Menschen als ›Hochzeitsnacht‹ bezeichnen.«

Cait warf ihm einen gereizten Blick zu. »Dass jedermann das weiß, ist nicht das Gleiche, wie von deiner Mutter *im Bett* ertappt zu werden.«

Drustan stand auf und nahm Cait ihr Plaid, das sie gerade anlegen wollte, aus der Hand. »Von jetzt an wirst du die Balmoral'schen Farben tragen«, sagte er mit sanftem Vorwurf in der Stimme und zeigte auf ein ordentlich gefaltetes Plaid auf der kleinen Truhe neben dem Bett. Dann beugte er sich zu ihr herab und küsste sie. »Nimm dir ruhig Zeit, um dich zu waschen und dich anzukleiden. Ich werde Mum hereinlassen und mit ihr reden, bis du fertig bist.«

Cait schenkte ihm ein dankbares Lächeln, bevor er, sein Plaid über dem Arm, ins Nebenzimmer ging. Sie hoffte nur, dass er es anlegen würde, bevor er seine Mutter hereinließ. Er zog die Tür hinter sich zu, aber da sie nicht so massiv war wie die Eingangstür, konnte Cait kurz darauf schon hören, wie er seine Mutter einließ.

Cait wusch sich gründlich. Es tat gut, sich sauber zu fühlen, doch ein Bad im See wäre ihr lieber gewesen. Ihre Muskeln schmerzten, und sie war wund. Sie fühlte sich gezeichnet von Drustan, innerlich wie äußerlich.

Es war eine ganz neue Empfindung, aber keine unangenehme.

Cait beeilte sich mit ihrer Toilette und hörte nur mit halbem Ohr der Unterhaltung zwischen Moira und Drustan zu. Seine Mutter fragte nach Susannah und wollte wissen, ob er sie gesehen hatte. Das verneinte er, versicherte seiner Mutter jedoch, dass er sie gehört hatte und sie glücklich klang. Cait lief es kalt über den Rücken bei dem Gedanken, dass die Balmoral'schen Soldaten so nahe herangekommen waren, ohne von den Sinclair'schen Werwölfen entdeckt worden zu sein.

Wahrscheinlich gab es auch in ihrem Rudel Wölfe, die sehr geschickt darin waren, ihren Geruch zu verbergen, aber sie hatte nie Gelegenheit gehabt, mehr darüber zu erfahren. Sie selbst konnte es jedenfalls nicht. Ihr Bruder dagegen vielleicht schon. Und wenn ja, würde er dann die Sicherheitsvorkehrungen der Balmoral'schen Festung überwinden können? Und sie von hier fortbringen, falls es ihm gelang?

Eine gänzlich unbekannte Furcht befiel sie.

Als Werwölfin, die ihrer Schwangerschaft wegen nicht verwandlungsfähig war, hatte sie nur wenige Möglichkeiten, sich zu verteidigen. Das Kind durfte auf gar keinen Fall gefährdet werden. Das hatte sie gestern fast vergessen, als sie wie eine Wahnsinnige um ihre Freiheit gekämpft hatte, aber sie würde es ganz gewiss nicht noch einmal vergessen. Ihre Spezies zu vermehren, war nach wie vor eine geheiligte Verpflichtung bei den Chrechten.

Egal, wie schwierig diese Aufgabe auch war.

Cait konnte nur hoffen, dass Drustan sie ebenso gut beschützen würde, wie er sie geliebt hatte ... und dass er ihren Bruder dabei nicht umbringen würde. Denn so unleidlich Talorc auch sein konnte, liebte sie ihn doch. Und er würde nicht ihretwegen, sondern ihres Kindes wegen kommen. Er lebte nach den alten Regeln, was bedeutete, dass er zwar ihren Bund mit Drustan respektieren würde, aber weder den Verlust eines zukünftigen Chrechte-Kriegers noch die Entführung seiner Schwester hinnehmen würde, ohne sich für die Beleidigung zu rächen.

In dieser Hinsicht waren er und Lachlan sich sehr ähnlich.

Aller Wahrscheinlichkeit nach würde er die Auslieferung des Kindes an den Sinclair-Clan verlangen. Sollte Cait beschließen, ihr Baby zu begleiten und fortan als Witwe zu leben, würde er das erlauben, doch sie hatte wenig Hoffnung, dass er den Balmorals gestatten würde, ihr Kind zu behalten. Besonders, wenn sie einen Sohn gebar. Allerdings bestand auch die sehr reale Möglichkeit, dass er den Balmorals wegen ihrer Entführung den Krieg erklären würde, noch bevor das Kind geboren war.

Schweren Herzens und voller Sorge über die möglichen Konsequenzen ihrer Situation zog sie sich an und fuhr schnell noch ein paar Mal mit der Bürste über ihr Haar, bevor sie ins Nebenzimmer ging.

»Susannah ist glücklich mit Magnus«, sagte sie statt einer Begrüßung, in der Hoffnung, dass diese Information etwas ändern könnte, was sie im Grunde ihres Herzens allerdings nicht glaubte. »Sie hat viele Freunde unter den Sinclairs gefunden.«

Drustan und ihre Schwiegermutter sahen sich nach ihr um. Moira saß auf einer Bank und er auf der anderen. Er winkte Cait, sich zu ihnen zu gesellen, und obwohl sie seiner Aufforderung nachkam, fühlte sie sich doch ziemlich seltsam dabei. Sean war nie so besitzergreifend gewesen.

»Du hast sie gesehen?«, fragte Moira mit einem hoffnungsvollen Blick in ihren grünen Augen, die denen ihres Sohnes so ähnlich waren.

»Ja.« Cait ergriff die Hand der alten Frau und drückte sie. »Magnus lebt in einem eigenen Häuschen auf dem Burghof. Er ist der Schmied unseres Clans und versteht etwas von seinem Handwerk. Mein Bruder verlässt sich voll und ganz auf ihn. Du würdest ihn mögen, da bin ich mir ganz sicher.«

»Aber warum hat er meine Tochter geraubt?«

Cait wusste, dass ihre Antwort Drustan verärgern würde, doch sie konnte ihn und Moira nicht belügen. »Magnus hat sie nicht geraubt. Nicht wirklich. Er hat sich als Wolf mit ihr gepaart und dann, wie es Brauch bei unserem Rudel ist, darauf bestanden, mit ihr als seiner Frau zu seinem Clan zurückzukehren. Und das geschah auf Sinclair'schem Besitz.«

Das war der Teil, von dem sie wusste, dass er Drustan nicht gefallen würde. Sie verstand ja selbst nicht, wieso Susannah auf dem Land der Sinclairs gewesen war, doch sie wusste, dass der Schmied ihres Bruders nicht gelogen hatte. »Susannah hat Magnus gesagt, sie besäße die Erlaubnis ihres Lairds, bei Vollmond außerhalb der Insel auf die Jagd zu gehen. Sie sagte, sie wäre noch nicht bereit, einen bleibenden Gefährten zu nehmen.«

»Das war sie nicht. Sie war paarungsbereit geworden und wusste, dass sie, wenn sie bei Vollmond mit dem Rudel lief, von einem der Rüden gedeckt werden würde.«

Cait konnte sich vorstellen, was das Mädchen gedacht hatte. Alle Werwölfe und -wölfinnen wussten, dass bei einem Weibchen, das noch keinen Gefährten hatte, seine tierische Natur die Oberhand gewinnen würde, wenn es zusammen mit den Rüden seines Rudels jagte. Die Rüden ohne Gefährtin würden miteinander um die Wölfin kämpfen, auch wenn sie sie als Frau vielleicht nicht mochten. Der Sieger würde die Wölfin dann umwerben, und am Ende würden sie sich paaren. Das war unvermeidlich. Was die Werwölfin in menschlicher Gestalt dachte, hatte absolut keinen Einfluss auf ihr tierisches Verhalten, und die meisten waren klug genug, das zu erkennen und sich dementsprechend zu verhalten.

Susannah hatte geglaubt, sich ihre Unabhängigkeit zu bewahren, indem sie allein auf die Jagd ging. In den alten Zeiten wäre ihr das nie gestattet worden, egal, was sie selbst entschieden hätte. Nicht alle Werwölfinnen wurden brünstig, aber die meisten schon. Und wenn sie läufig waren, wurde von ihnen erwartet, sich zu paaren und für Nachwuchs zu sorgen, um das Rudel zu vergrößern.

Die meisten Rudel hielten sich noch an diesen Brauch, so wie menschliche Väter verlangten, dass ihre Töchter eine Familie gründeten, wenn sie ins heiratsfähige Alter kamen. Cait war schon bei ihrer ersten Brunst gedeckt worden, doch sie wusste, dass ihr Bruder auch darauf bestanden hätte, dass sie einen Gefährten nahm, wenn sie nicht läufig gewesen wäre.

»Ich dachte, die Wölfe unter den Balmorals sähen die körperliche Paarung nicht als lebenslange Bindung an.« Diese Einstellung hatte anfangs für einige Unstimmigkeiten zwischen Susannah und Magnus gesorgt, und Cait hatte sich gefragt, warum das Mädchen beschlossen hatte, allein zu jagen, wenn es denn so war.

Wäre sie bei ihrem Rudel nicht sicherer gewesen?

Moira seufzte. »Eine Paarung in Wolfsgestalt führt bei einer läufigen Wölfin normalerweise zu einer Schwangerschaft. Das wusste Susannah. Ein Junges miteinander zu bekommen, ist in unserem Clan gleichbedeutend mit einer lebenslangen Bindung, die unter gar keinen Umständen gebrochen werden darf.«

Das klang vernünftig. Die Balmorals waren nicht der einzige Clan mit einem Rudel, das auch außerhalb einer lebenslangen Bindung den Geschlechtsakt praktizierte. Da dieser für so viele Werwölfe der Auslöser war, um die Kontrolle über ihre Verwandlung zu erlangen, nachdem sie mannbar geworden waren, glaubten manche Rudel, dass Sex ohne lebenslange Konsequenzen praktiziert werden sollte. Nach Caits Dafürhalten bedeutete das allerdings, sich zu sehr seiner wölfischen Natur zu überlassen.

Aber sie hatte nicht vor, sich gerade jetzt auf eine Diskussion über Moral mit ihrem frisch gebackenen Ehemann und ihrer Schwiegermutter einzulassen. Doch wehe dem Werwolf, der sich mit einer Tochter von ihr paarte, ohne sich zu einer lebenslangen Bindung zu verpflichten! Sie würde ihm die Kehle herausreißen, und Drustan würde lernen müssen, damit zu leben.

Sie würde nicht zulassen, dass einem Kind von ihr durch solch barbarische Gebräuche wehgetan wurde.

»Warum war Susannah überhaupt dazu ermutigt worden, auf dem Gebiet der Sinclairs zu jagen?«, fragte Cait, da sie das noch immer nicht verstehen konnte.

Es ergab nämlich keinen Sinn, wenn man bedachte, was Susannah zu erreichen gehofft hatte, nämlich ungebunden zu bleiben. Denn ob der Wolf nun ein Sinclair'scher oder ein Balmoral'scher war – wenn er erst einmal die Witterung der läufigen Wölfin aufgenommen hatte, würde sie auf jeden Fall gedeckt werden, und genau das war ja auch geschehen.

»Niemand hatte sie dazu ermutigt«, sagte Drustan schroff.

Cait wandte sich ihrem Mann zu, nicht sicher, was sie von seinem veränderten Gebaren halten sollte, aber auch nicht bereit, sich davon einschüchtern zu lassen. »Deine Schwester hat Magnus erzählt, man habe ihr einen Ort empfohlen, wo sie bei Vollmond jagen sollte. Sie wusste nicht, dass es das Gebiet der Sinclairs war, aber du kannst mir nicht erzählen, dass die männlichen Mitglieder eures Rudels auch nichts davon wussten. Wem hier was gehört, ist etwas, was die Lairds als Allererstes übereinander lernen.«

Eigentlich sollte es ein Geheimnis sein, doch die Rudel spionierten einander aus und wussten viel mehr übereinander, als sie zugaben. Es hatte eine Zeit gegeben, in der alle Chrechten unter einem gemeinsamen König vereint gewesen waren, aber heute war das nicht mehr ihre Art zu leben. Nicht seit MacAlpins Verrat. Dessen ungeachtet führten sie jedoch nicht so viel Krieg miteinander wie mit den rein menschlichen Clans oder denen im Süden. Es gab unausgesprochene Gesetze, nach denen alle lebten, und die Regeln, die sich auf die Paarung mit einer Werwölfin aus einem anderen Rudel bezogen, waren einige der heiligsten. Doch in diesem Fall waren sie nicht aus den Gründen missachtet worden, die Drustan annahm.

Caits Bruder achtete die alten Traditionen sehr. Er hätte Magnus nie erlaubt, Susannah ohne eine formelle Anfrage an den Balmoral'schen Clan-Chef zu behalten. Wäre die Bitte abgelehnt worden, hätte er seinem Schmied allerdings nicht befohlen, Susannah zu ihrem früheren Clan zurückzubringen, da das durch das sogar noch ältere Gesetz geregelt war, dass das, was die Natur zusammengefügt hatte, nicht mehr getrennt werden sollte. Aber all das spielte keine Rolle.

Talorc hatte die formelle Anfrage nicht gestellt, weil Susannahs Anwesenheit auf Sinclair'schem Jagdgebiet für ihn das Ergebnis einer beschämenden Vernachlässigung der Sicherheit der Werwölfin durch ihren Laird und ihre Familie gewesen war. Soldaten, die so geschickt ihren Geruch zu verbergen verstanden wie die Werwölfe der Balmorals, mussten das besser wissen als jeder andere. Sie mussten gewusst haben, dass das Gebiet, wohin sie Susannah schickten, das Jagdgebiet der Sinclair-Wölfe war. Es war unvorstellbar, dass sie davon keine Kenntnis hatten.

»Natürlich ist uns bekannt, wo das Sinclair-Rudel jagt«,

knurrte Drustan, der ihre Gedanken offenbar erraten hatte. »Weder Lachlan noch ich hätten ihr geraten, dort zu jagen, nicht allein und nicht in Begleitung.«

»Aber sie hat gesagt, ihr hättet es getan.«

»Susannah hat nicht gesagt, dass *ich* ihr diesen Rat gegeben habe«, erwiderte Drustan in einem Ton, der Cait dazu herausforderte, dies abzustreiten.

»Ich weiß nicht, wer genau ihr das geraten hat. Ich habe sie nie danach gefragt. Ich hatte nur angenommen, es wäre euer Laird gewesen.«

»Deine Annahme wäre zutreffend gewesen ... *wenn* Susannah mit jemandem darüber gesprochen hätte. Und für so etwas *hätte* sie mich oder Lachlan um Erlaubnis gebeten.« Drustans Augen funkelten vor Ärger. Kaum zu glauben, dass sie so viele leidenschaftliche Stunden miteinander verbracht hatten! Doch Cait hatte ihre Erinnerungen, an die sie sich halten konnte. »Sie ist aber zu keinem von uns gekommen, und *wäre* es so gewesen, hätten wir ihr verdammt noch mal verboten, in einem Gebiet zu jagen, wo sie sich mit ziemlicher Sicherheit gegen ihren eigenen Willen paaren würde.«

Cait legte bittend ihre Hand auf seinen Unterarm. »Sie hat sich nicht gegen ihren Willen gepaart. So geht das nicht, und das weißt du.«

Er schüttelte ihre Hand ab, was sie sehr verletzte. »Sie wollte sich aber noch nicht paaren«, stieß er ärgerlich hervor.

»Doch jetzt ist sie froh, mit Magnus verheiratet zu sein. Sie ist wirklich glücklich, Drustan. Du sagst, du hättest sie gehört ... Dann weißt du, dass sie froh ist, seine Frau zu sein. Sie passen gut zusammen. Er ist sehr liebevoll zu ihr«, versicherte Cait mit einem Anflug von Wehmut, als sie daran dachte, wie zärtlich Magnus mit Susannah umging, während Drustan sie nun buchstäblich anschrie. »Sie lieben sich.«

»Ist sie schwanger?«, wollte Moira wissen.

»Ja. Und sie freuen sich beide auf das Kind.« Cait strich über die Wölbung ihres Bauches, als ihr eigenes Baby ihr einen leichten Tritt versetzte. »Das wird ein freudiges Ereignis für uns alle.«

Moiras Augen füllten sich mit Tränen. »Ich werde mein Enkelkind nie sehen.«

»Talorc wird dir erlauben, es zu besuchen. Das wird er ganz bestimmt. Aber falls es dich beruhigt, kann ich ihn auch selbst darum bitten.«

»Du wirst deinen Bruder nicht sehen.«

Cait versuchte, den scharfen Tonfall ihres Mannes zu ignorieren, was jedoch nicht leicht war. Er war offensichtlich nicht so zufrieden mit ihrer Ehe wie Magnus mit der seinen, die sich aus dem unglücklichen Zufall ergeben hatte, dass Susannah bei dem letzten Vollmond allein auf der Jagd gewesen war.

»Du musst einsehen, dass es sich hier um ein Missverständnis handelt, das geklärt werden muss. Mein Bruder hat das alte Gesetz nicht einfach nur aus einer Laune heraus missachtet. Er und Magnus glaubten, euer Clan hätte seine Pflicht vernachlässigt, Susannah zu beschützen. Nur das ist der Grund, warum weder bei dir noch bei Lachlan in aller Form um ihre Hand angehalten wurde. Ich bin sicher, die Situation kann geregelt werden, wenn ich mit Talorc spreche und es ihm erkläre.«

»Ich lasse dich nicht mal in die Nähe von Sinclair'schem Gebiet!«

Cait hatte gewusst, dass Drustan diese Haltung einnehmen würde, aber es tat trotzdem weh. Er schien einfach nicht zu glauben, dass sie die Wahrheit über Susannah sagte, und sie wusste nicht, wie sie ihn überzeugen sollte. Susannah war offensichtlich nicht als Lügnerin bekannt, und deswegen dachte er wohl, Cait spräche in dieser Angelegenheit die Unwahrheit.

Nach der Nacht und dem Morgen, die sie miteinander verbracht hatten, war es unerlässlich für sie, dass Drustan ihr vertraute. Sie hatte ihm mehr von sich gegeben, als sie es bei Sean je getan hatte, was aber anscheinend nicht genug war, um ihn von ihrer Integrität zu überzeugen. Was für sie atemberaubend gefühlvoll und intensiv gewesen war, war für Drustan nichts als bloße körperliche Lust gewesen und vielleicht sogar nur Pflichterfüllung seinem Clan gegenüber.

Sie war seine Frau, weil sein Laird es so verfügt hatte. Er hatte sie nicht selbst erwählt, und das vergaß sie besser nicht, bevor sie ihr Herz verschenkte und es mit Füßen treten ließ. Sie war nicht mehr als eine Gefangene, die er geheiratet hatte, und keine Gemahlin, die seine Wertschätzung und sein Vertrauen genoss.

»Darf ich dir etwas zu trinken anbieten?«, fragte sie ihre Schwiegermutter. »Einen Becher Wasser oder Wein?« Ihr Blick glitt suchend über die Regale neben dem Tisch, während sie mit Moira sprach.

»Nein, danke, Kind.«

Cait nickte. »Drustan?«

»Wasser.«

Sie schenkte einen Becher für ihn und einen für sich selbst ein. Schweigend reichte sie ihm seinen, bevor sie sich wieder setzte und einen großen Schluck Wasser trank. Ihre Kehle war mit einem Mal sehr trocken und eng. »Ich möchte Emily sehen.«

Drustan runzelte die Stirn. »Sie ist im Turm eingesperrt. Ich weiß nicht, ob Lachlan ihr Besuch erlaubt.«

»Ich glaube nicht, dass unser Laird sie als Gefangene betrachtet«, warf Moira mit besorgter Miene ein, als sie Cait ansah.

»Und warum denkst du das nicht?«, fragte Drustan.

»Weil er heute mit ihr schwimmen war und sie danach persönlich zu ihrem Zimmer zurückgebracht hat.«

»Er war mit ihr *schwimmen?*«, fragte Cait, deren Magen sich verkrampfte aus Angst um ihre Freundin. Emily hatte panische Angst vor Wasser. Hatte der Laird sie quälen wollen?

Für so grausam hatte sie Lachlan nicht gehalten, aber freiwillig wäre Emily niemals schwimmen gegangen. Nach der Bootsfahrt am Tag zuvor war Cait sich dessen völlig sicher. Dann kam ihr ein anderer Gedanke, der sie vor Schreck zusammenfahren ließ. Emily konnte unmöglich *angezogen* ins Wasser gegangen sein …

Cait sprang auf, als ihr die volle Bedeutung dessen klar wurde. »Ich werde jetzt sofort zu Emily gehen!«

Sie lief zur Tür hinaus und war schon halbwegs die Treppe zum großen Saal hinunter – wobei sie sich eine der wenigen Wolfsstärken, die ihr als Schwangere geblieben waren, nämlich ihre Schnelligkeit, zunutze machte –, als sich Drustans große Hand um ihren Ellbogen legte und sie bremste.

»Was soll das?«, herrschte er sie an.

»Das habe ich dir doch schon gesagt. Ich werde jetzt zu meiner Freundin gehen!« Sie zerrte an ihrem Arm, um sich loszureißen, doch Drustan lockerte den Griff nicht.

»Du hast mich weder um Erlaubnis gefragt noch die Höflichkeit besessen, dich von meiner Mutter zu verabschieden oder ihr für ihren Besuch zu danken. Außerdem rennst du mit einer Geschwindigkeit die Treppe hinunter, bei der du stürzen und dich oder das Kind verletzen könntest. Wie kannst du nur so unvernünftig sein?«

»Ich war nicht in Gefahr zu stürzen.« Moira war gleich

hinter ihnen, und Cait drehte sich zu ihr um und wünschte, sie könnte sich von der Anwesenheit ihres Mannes ebenso schnell befreien wie von seinem Anblick. Aber sein eiserner Griff um ihren Arm machte das unmöglich. »Es tut mir leid. Danke für deinen Besuch. Ich würde mich freuen, wenn wir uns ein andermal ein bisschen länger unterhalten könnten.«

Moira nickte. Ihr Gesicht verriet Besorgnis, doch keinen Ärger. »Ich bin sicher, dass wir die Zeit dafür finden werden, Kind.«

Für Caits empfindliche Ohren klangen die Worte mehr nach einer Drohung als nach einer höflichen Redensart, obwohl sie sicher war, dass ihre Schwiegermutter sie nicht so gemeint hatte. Aber sie erinnerten Cait wieder daran, dass es ihr bestimmt war hierzubleiben. Sie hatte geglaubt, ihr Schicksal akzeptiert zu haben, als sie am Abend zuvor ihr Jawort gegeben hatte, doch das war gewesen, bevor ihr klar geworden war, dass ihr Ehemann die Absicht hatte, sie voll und ganz von ihrem Bruder fernzuhalten.

So waren Clans, das wusste sie. Auch Talorc war Außenstehenden gegenüber immer misstrauischer geworden, seit der Sinclair-Clan von seiner englischen Stiefmutter verraten worden war. Cait hätte jedoch nicht gedacht, dass auch die Balmorals so abgeschnitten von der Außenwelt waren. Was eine etwas kurzsichtige Schlussfolgerung von ihr gewesen war, wie sie jetzt erkannte. Immerhin lebten sie auf einer Insel und in einer Festung, die so gut wie uneinnehmbar war.

Obwohl Cait auf einer Treppe stand und ihr der Kopf von ihren Sorgen schwirrte, brachte sie einen halbwegs glaubwürdigen Knicks vor Moira zustande. »Ich freue mich schon auf weitere Besuche.«

Und das war nicht einmal gelogen. Sie freute sich wirklich

darauf, Drustans Mutter besser kennenzulernen, und wusste, dass Moira mehr über Susannahs Leben würde erfahren wollen. Besonders, falls ihr Laird ihr nicht erlaubte, ihre Tochter zu besuchen. Doch das würde warten müssen. Im Moment war es für Cait viel wichtiger nachzusehen, ob Emily wohlauf war. Sie wusste nicht, was sie täte, wenn das Gegenteil der Fall sein sollte, doch sie würde der liebenswerten Engländerin schon irgendwie zur Seite stehen.

Moira nickte und stellte sich auf die Zehenspitzen, um Drustan auf die Wange zu küssen. »Dann werde ich jetzt gehen. Bring Cait zum Mittagessen mit, ja?«

Aus den Augenwinkeln sah Cait, wie Drustan nickte, und nachdem Moira vorsichtig an ihnen vorbeigegangen war, stieg sie die Treppe zum großen Saal hinunter.

Cait wandte sich wieder ihrem Mann zu und setzte eine möglichst abweisende Miene auf, weil sie ihm im Augenblick alles andere als freundlich gesinnt war. »Würdest du mich jetzt bitte loslassen?«, fragte sie kalt. »Ich will zu meiner Freundin Emily.«

»Da wirst du mich erst um Erlaubnis bitten müssen.«

»Darf ich bitte zu Emily gehen?«, stieß sie zwischen zusammengebissenen Zähnen hervor.

»Ich werde Lachlan fragen. Wenn er einverstanden ist, kannst du zu ihr gehen.«

Cait hätte ihn am liebsten angeschrien, aber sie nahm sich zusammen. »Würdest du ihn dann bitte *gleich* fragen?«

»Ich würde lieber in unser Schlafzimmer zurückkehren.«

»Und *mir* wäre es lieber, wenn du deinen Laird suchen und ihn fragen würdest, ob ich Emily sehen darf«, erwiderte Cait unnachgiebig.

»Du forderst mich heraus – auf eigene Gefahr.«

»Ach ja? Was kannst du, Drustan von Balmoral, mir denn

noch mehr antun? Du hast mich meinem Clan entrissen, mich gezwungen, dich zu heiraten, und verfügt, dass ich für den Rest meines Lebens von meiner Familie getrennt sein soll. Ich weiß nicht, wie du mir noch mehr wehtun könntest, außer, du wolltest mich schlagen … Doch wir wissen beide, dass du das nicht tun wirst, solange ich ein Chrechte-Kind erwarte.«

12. Kapitel

Drustans Blick war heiß genug, um Steine zu versengen, aber er erwiderte nichts. Er hob Cait nur auf seine Arme und trug sie die Treppe wieder hinauf, wobei sein Körper ganz starr vor unterdrückter Wut war. Doch obwohl er sie so unnachgiebig festhielt, tat er ihr nicht weh.

Mit dem Fuß stieß er die Tür hinter ihnen zu und setzte Cait dann ab.

Für eine ganze Weile sprach keiner von ihnen, bis er schließlich seufzend sagte: »Du machst dir Sorgen um die Engländerin, und deswegen werde ich Verständnis zeigen.«

»Ach, ja?«

»Ich würde dich ohnehin nicht schlagen, schwanger oder nicht. Das würde ich niemals tun, Cait.«

Sie zuckte nur die Schultern, weil sie das ohnehin schon wusste. Ein Chrechte-Krieger würde sich schämen, die Hand gegen eine Frau zu erheben. Sie hatte aber trotzdem nicht die Absicht, sich für ihre harten Worte zu entschuldigen. Dazu war sie viel zu ärgerlich auf ihn.

Erstaunlicherweise lächelte Drustan. »Du bist sehr eigensinnig, Frau.« Als sie nichts erwiderte, fügte er hinzu: »Wir werden Lachlan beim Mittagessen sehen, und dann frage ich ihn, ob du Emily besuchen darfst.«

Er erwartete doch nicht etwa Dankbarkeit für dieses Zugeständnis? Das konnte er vergessen. Caits Sorge um Emily war so groß, dass ihr schon ganz übel davon war. Sie zu zwingen, noch länger abzuwarten, ob man ihr erlauben würde, ihre Freundin zu besuchen, war grausam, doch sie war eben leider nicht der einzige sture Wolf im Raum. Als ihr klar wurde, dass keine noch so heftigen Proteste ihrerseits Drustan umstimmen würden, versuchte sie es gar nicht mehr.

Stattdessen wandte sie sich ab und sah ihren halb leeren Becher Wasser auf dem Tisch, den sie leerte, bevor sie wieder etwas sagte. »Ich würde mir gern die Befestigungsanlagen und das Innere der Burg ansehen. Habe ich dazu deine Erlaubnis?«

»Ich kann mir etwas Besseres vorstellen, um die Zeit bis zum Mittagessen totzuschlagen«, erwiderte er mit einer Stimme, die voller sinnlicher Verheißung war.

Caits Puls schlug augenblicklich schneller, aber sie schüttelte den Kopf, ohne Drustan auch nur anzusehen. »Danke, doch ich bin nicht in der Stimmung, mich schon wieder mit dir zu paaren. Falls es dir nichts ausmacht, würde ich mir lieber den Rest meines neuen Heims ansehen.«

»Es macht mir aber etwas aus«, erwiderte er gepresst und drehte sie zu sich herum. Sie hatte ihn ärgern wollen, jedoch nicht mit der Wut gerechnet, die seine grünen Augen zum Sprühen brachte und seinen Körper ganz starr vor Kampfbereitschaft werden ließ. »Wir haben uns nicht nur *gepaart*, wie du es nennst.«

»Ach? Und wie würdest du es dann nennen? Da keine Liebe zwischen uns ist, kann man das ja wohl kaum als Liebesakt bezeichnen. Es war keine seelische Vereinigung. Du hast nur meinen Körper in Besitz genommen und mich mit deinem Duft und deinem Samen markiert. Es war nichts weiter als eine Paarung«, wiederholte sie, obwohl sie selbst nicht wusste, warum sie diesen Drang verspürte, ihm so zuzusetzen.

Er ließ die Hände von ihren Schultern fallen, als ertrüge er es nicht mehr, sie zu berühren. »Willst du damit sagen, du hättest etwas Besseres bei deinem ersten Ehemann erlebt? Hast du den Mann geliebt, den dein Bruder für dich ausgewählt hat? Hat er dich dazu gebracht, vor Ekstase aufzuschreien und um mehr zu betteln?«

Was sie in Drustans Augen sah, war mehr als Zorn, und sie wusste instinktiv, dass sie ihn mit ihrer Antwort sehr verletzen könnte. Und eigentlich *müsste* sie ihn verletzen wollen, so wie er sie mit seinem Mangel an Vertrauen verletzt hatte, aber das wollte sie nicht, denn irgendwie beruhigte sie allein schon das Gefühl, dass sie ihm wehtun *konnte*.

Aber ihren Ärger über sein anmaßendes Verhalten milderte es trotzdem nicht. »Nein. Ich habe Sean nicht geliebt und er mich auch nicht, doch er hat mich nicht wie einen Hund behandelt, der parieren muss.«

»Das habe ich nie getan.«

»O doch. Du hast gesagt, ich bräuchte deine Erlaubnis, um meine Freundin zu sehen. Du hast mich in Gegenwart deiner Mutter kritisiert. Sean hat nie behauptet, mich zu lieben, doch *das* hätte er mir nie angetan. Er begegnete meinen Problemen mit Respekt und versuchte, meine Sorgen zu zerstreuen, wenn er konnte.« Oder zumindest die, die sie ihm anvertraut hatte. Sie hatten sich nicht sehr nahegestanden, aber das war unerheblich. »Und er hat auch nicht verlangt, dass ich ihn für jeden meiner Schritte um Erlaubnis bat.«

»Du hast meine Mutter gekränkt.«

»Ich habe *dich* gekränkt. *Sie* verstand meine Sorge, auch wenn ihr Sohn zu grausam dazu ist. Also unterstell nicht deiner Mutter deine Fehler.«

»Ich bin nicht grausam.«

»Du würdest mich zwingen, deine Berührung zu ertragen, während mein Herz und meine Gedanken voller Sorge um meine Freundin sind, anstatt etwas zu unternehmen, um diese Sorge zu verringern. Aber was bedeuten dir meine Gefühle schon? Ich bin nicht mehr als ein Mittel zum Zweck für dich.«

Drustans Ausdruck wurde kälter als der Wintermond. »Ich will dich ganz bestimmt nicht dazu zwingen, meine Berührung zu *ertragen*. Ich werde Lachlan suchen und ihn um Erlaubnis für dich bitten. Das ist ja anscheinend alles, was du von mir willst.«

Und damit stürmte er hinaus, bevor Cait etwas erwidern konnte. Nicht, dass sie gewusst hätte, was sie sagen sollte. Sie wollte nur nach Emily sehen. So schnell wie möglich.

Aber nachdem er gegangen war und sie ein wenig leichter atmete, musste sie sich eingestehen, dass sie auch eine Chance haben wollte, sich mit ihrer sehr bemerkenswerten Reaktion auf Drustan auseinanderzusetzen. Sein mangelndes Vertrauen hatte sie verletzt, doch die Tatsache, dass sie insgeheim liebend gern mit ihm ins Bett zurückgekehrt wäre, machte ihr Angst.

Sie wollte nicht einen Mann lieben, für den die Heirat mit ihr nur ein Vergeltungsakt gewesen war und der sich kein bisschen für ihre Gefühle interessierte.

Emily wollte gerade ihr Turmzimmer verlassen, um herauszufinden, ob ihr das tatsächlich erlaubt war, als es an ihrer Tür klopfte. Sie lief hin, um zu öffnen, und entdeckte zu ihrer Freude Cait. In einem Balmoral'schen Plaid und mit sehr besorgter Miene stand sie allein vor ihrer Tür.

Emily zog sie an der Hand ins Zimmer. »Ist alles in Ordnung mit dir? Du siehst beunruhigt aus. Ist etwas passiert?«

»Nein.«

»Gut.« Emily zog Cait zum Bett und forderte sie auf, sich hinzusetzen. »Lachlan meinte, ich würde dich heute nicht sehen. Ich bin so froh, dass er sich geirrt hat. Er war sicher, dass du und Drustan, frisch verheiratet wie ihr seid, mindestens zwei Tage nicht aus eurem Zimmer kämt. Lachlan glaubt, er wüsste alles, hast du das auch schon bemerkt? Aber Drustan ist wahrscheinlich auch nicht anders. Schließlich sind sie beide Highlander.«

Cait, deren besorgte Miene einem Ausdruck der Verwunderung gewichen war, nickte.

»Doch selbst er kann auf dem Holzweg sein, nicht wahr? Lachlan, meine ich«, stellte Emily zufrieden fest, als sie sich zu Cait setzte. Sie war froh, ihre Freundin zu sehen, und das nicht nur, weil sie das Alleinsein in dem Turm so hasste.

Etwas von der Unruhe kehrte in Caits braune Augen zurück, als sie Emily prüfend ansah. »Ich habe mir Sorgen um dich gemacht.«

»Und ich um dich.« Emily musterte Cait und suchte nach Anzeichen, dass sie Schlimmes durchgemacht hatte, konnte jedoch nichts dergleichen sehen. »Sag mir die Wahrheit. Wie geht es dir? War sie sehr unangenehm?«

»Sie?«, fragte Cait mit einem leisen Lächeln.

»Die Hochzeitsnacht, was sonst?«, antwortete Emily und verdrehte die Augen. Als wüsste ihre Freundin nicht, was sie meinte!

Cait blickte sich um, als suchte sie die Antwort auf die Frage an den glatten Steinmauern des runden Raumes. Dabei blieb ihr Blick an der offenen Tür hängen, und sie sprang auf, um sie zu schließen, bevor sie sich wieder zu ihrer Freundin setzte.

»Nun?«, drängte Emily ungeduldig, als sie immer noch nichts sagte.

»Die letzte Nacht war die erstaunlichste meines Lebens«, gestand Cait schließlich mit einem melancholischen Unterton in der Stimme, der so gar nicht zu ihrer Bemerkung passte.

»Du klingst aber nicht sehr glücklich darüber.« Trotzdem war Emily sehr froh für ihre Freundin.

»Bin ich auch nicht. Für ihn war es nicht das Gleiche wie für mich, dessen bin ich mir ganz sicher.«

»Hat er das gesagt?«, fragte Emily, schockiert, dass selbst ein arroganter Krieger unsensibel genug sein könnte, um etwas derart Herzloses von sich zu geben.

»Nicht direkt, doch er glaubt mir nicht, dass Susannah erzählt hat, sie hätte die Erlaubnis gehabt, auf Sinclair'schem Land zu jagen.«

»Warum sollte eine Frau allein auf die Jagd gehen? Das ist doch sicherlich die Aufgabe der Soldaten?« Alles war so anders hier, und Emily konnte sich beim besten Willen nicht vorstellen, was Susannahs Jagd damit zu tun hatte, dass Drustan von ihren Intimitäten nicht so berührt gewesen war wie Cait.

Mit gequälter Miene biss sich ihre Freundin auf die Lippe. »Es ist nichts Ungewöhnliches, und sie hatte ja auch die Erlaubnis, es zu tun. Und deswegen paar... begegnete sie Magnus, und die beiden heirateten. Nur ist Drustan immer noch überzeugt davon, dass Magnus auf die Insel kam und Susannah raubte.«

»Das ist doch absurd. Wie soll ein einzelner Soldat die See überqueren und eine Frau entführen, ohne entdeckt zu werden? Hätte sich Susannah innerhalb der Burgmauern aufgehalten, wäre sie nicht entführt worden. Dachten sie, sie wäre am Strand spazieren gegangen und dort verschleppt worden?«

»Nein. Ach, Emily, das ist sehr schwer zu erklären.«

»Oh, entschuldige. Ich hätte dich nicht unterbrechen sollen.«

»Nein, nicht deswegen. Es ist nur so, dass du nicht alles weißt.«

»Und du kannst es mir nicht sagen?«, fragte Emily, gekränkt, dass ihre Freundin glaubte, ihr die Geheimnisse ihres Clans nicht anvertrauen zu können.

»Ich wünschte, ich könnte es.«

»Mach dir deswegen keine Sorgen. Erzähl mir einfach nur, so viel du kannst.«

»Nun ja, du weißt, dass meine Entführung ein Vergeltungsschlag war für das, was Susannah widerfahren war. Dem Gesetz des Clans zufolge hätten Magnus oder mein Bruder entweder Lachlan oder Drustan um Erlaubnis bitten müssen, Susannah im Clan der Sinclairs zu behalten.«

»Was aber keiner von beiden getan hat.«

»Nein. Sie waren der Meinung, dass die Balmorals es versäumt hatten, sie zu beschützen, wie es ihre Pflicht gewesen wäre, und sie diese Höflichkeit deswegen nicht verdienten.«

»Verstehe. Die Highlander sind sehr stolze Menschen, nicht?«

»Und die Chrechten sogar noch mehr.«

»Die Chrechten? Ich habe einmal gehört, dass Lachlan sich so nannte. Aber was bedeutet das? Ich kenne das Wort nicht.«

Cait starrte sie an. »Das hat Lachlan gesagt? In deiner Gegenwart?«

»Ja.«

»Ich muss zugeben, dass ich überrascht bin, Emily, aber ich glaube, es könnte nicht schaden, wenn du etwas über unsere Vergangenheit erführest. Bis vor etwa hundert Jahren gab es in den Highlands ein Volk, das sich selbst als die Chrechten bezeichnete, während die Römer uns die Pikten nannten.«

»Uns?«

»Ich bin auch eine Chrechte, Emily.«

»Oh … Ich erinnere mich, von den Pikten gehört zu haben. Sie trugen Tätowierungen, so wie die auf Lachlans Arm und Rücken«, sagte Emily, als ihr etwas dämmerte. »Hat Talorc auch solche Tätowierungen?«

»Ja, aber die um seinen Arm ist anders als die der Balmorals.«

»Hatten die Pikten nicht ihren eigenen König, bis MacAlpin die Clans aus den Highlands und Lowlands unter einem schottischen König vereinte?«

»Ja. Als er sich selbst zum König ernannte und zu einer List griff, um die restlichen Mitglieder der chrechtischen Königsfamilie zu ermorden, war unser Volk am Boden zerstört. Nach vielen Diskussionen und Querelen wurde bei einer Ratsversammlung schließlich der Beschluss gefasst, dass wir uns den keltischen Clans anschließen würden. Und obwohl das über ein Jahrhundert zurückliegt, haben die Chrechten nie MacAlpins Hinterlist vergessen.«

»Verstehe. Und deshalb unterwerfen sich die Chrechten dem heutigen schottischen König nicht uneingeschränkt, obwohl er nichts mit dem damaligen Verrat zu tun hatte.«

»Kein Highlander würde sich voll und ganz einer anderen Regel beugen als der des Clan-Oberhauptes. Außerdem ist der derzeitige König sowieso mehr englischer als schottischer Natur. Er wird Schottland in einen normannischen Außenposten verwandeln, wenn das Volk es zulässt.«

Emily nahm keinen Anstoß an Caits Gefühlen, weil sie sie verstehen konnte. Schottland war nicht England und sollte daher auch keinen König haben, der so sehr bemüht war, die englische Lebensweise nachzuahmen. Auch in England gab es viele Bürger, die ähnlich erbost darüber waren, dass der englische Königshof sich so an die in Frankreich geltenden Traditionen hielt.

»Ich glaube, jetzt verstehe ich das Verhalten deines Bruders besser. Ich kann mir vorstellen, dass er zutiefst gekränkt war, als ihm ein König, dem er nur widerstrebend dient, eine Ehefrau aufzwingen wollte.«

»›Gekränkt‹ ist noch ein viel zu mildes Wort dafür, wie der ganze Clan sich fühlte.«

»Mit Ausnahme von dir.«

Cait lachte ein bisschen. »Oh, ich war natürlich auch beleidigt … bis ich dir begegnete. Du warst mir auf den ersten Blick sympathisch, Emily.«

Emily blinzelte, um die Tränen hinter ihren Lidern zu verdrängen. Es war lächerlich, so rührselig zu werden. »Das freut mich. Ich mochte dich auch gleich.«

Cait drückte ihre Hand. »Selbst wenn du meinen Bruder nicht heiratest, wirst du für mich immer meine Schwester sein.«

Emily wischte schnell die eine Träne ab, die über ihre Wange rollte, als sie die liebevolle Geste erwiderte. »Danke, Cait, das Gleiche gilt für mich.«

»Emily …«

»Ja?«

»Ich war aus einem bestimmten Grund besorgt um dich.«

»Weil Lachlan mich in einen Turm gesperrt hatte? Ich weiß es zu schätzen, dass du dir Sorgen um mich machst, aber das brauchst du nicht, Cait. Mir geht es gut, wie du sehen kannst, und die Tür ist nicht mal mehr verriegelt.«

»Ja, doch ehrlich gesagt war das nicht alles, was mir Sorgen bereitete.« Cait unterbrach sich, als suchte sie nach Worten. »Moira hat mir erzählt, dass Lachlan heute Morgen mit dir schwimmen war.«

Emily lächelte bei der Erinnerung an ihren Triumph über sich selbst. »Ja. Es war wunderbar, Cait. Er bringt mir das

Schwimmen bei, damit ich keine Angst mehr vor dem Wasser haben muss.«

»Er bringt dir das Schwimmen bei?«, wiederholte Cait, als wäre das geradezu unglaublich. »Damit du keine Angst mehr haben musst?«

»O ja. Und er ist ein sehr geduldiger Lehrer. Was kaum zu glauben ist, so wie er sich die meiste Zeit verhält, aber er hat mich nicht ein einziges Mal angeschrien.«

»Ich verstehe … glaube ich.« Cait runzelte die Stirn und seufzte. »Oder vielmehr verstehe ich überhaupt nichts mehr.«

»Wie meinst du das?«

»Seine Geduld und seine Bereitschaft, dir das Schwimmen beizubringen … Das passt so gar nicht zu dem, was ich bisher von ihm dachte.«

»Und was dachtest du?«, fragte Emily, die nicht überrascht war, dass diese Seite Lachlans Cait verwirrte.

Sie verunsicherte es ja auch, dass dieser Mann die Entführung von zwei unschuldigen Frauen anordnen konnte, um seinen Stolz zu besänftigen, und sich dann so liebevoll bemühte, seiner Gefangenen eine lebenslange Angst zu nehmen. Sie hatte einmal etwas über ein Tier gelesen, das seine Farbe mit seiner Umgebung wechselte, und fragte sich, ob Lachlan nicht auch ein bisschen so war.

»Nun, ich glaube jedenfalls nicht, dass Susannah gelogen hat. Sie ist viel zu nett, um eine Lügnerin zu sein«, sagte Cait, als versuchte sie, Emily zu überzeugen. »Und warum hätte sie auch lügen sollen? Es sei denn, sie hatte Angst, dass Magnus sonst nicht gut von ihr denken würde. Ja, das ist möglich, vielleicht sogar wahrscheinlich. Nur war ich schon beinahe überzeugt davon, dass Lachlan der Lügner war.«

»Was? Warum sollte er lügen?«

»Weil er auf Krieg mit unserem Clan aus ist und nicht will,

dass ihm sein Clan vorwirft, ihn begonnen zu haben. Deshalb hat er Susannah allein auf die Jagd geschickt und so getan, als wäre er furchtbar wütend, als die unvermeidliche Paarung stattfand.«

»Ich wüsste nicht, wie er hätte davon ausgehen können, dass eine Frau, die allein auf die Jagd geht, am Ende verheiratet sein würde?«

»Glaub mir, in diesem Fall wäre er sich dessen sogar sicher gewesen.«

»Hm ... Selbst wenn es so wäre, traust du Lachlan schrecklich hinterlistige Gedanken zu, und ich glaube nicht, dass er so ist.«

»Du meinst also nicht, dass er zu solchen Winkelzügen fähig wäre?«

»Na ja, mit Sicherheit kann ich das nicht verneinen, aber ich glaube, er ist zu arrogant, um solche Täuschungsmanöver für nötig zu halten. Wenn er Krieg mit deinem Clan beginnen wollte, würde er ihnen ohne großes Drumherum den Krieg erklären. Ein Mann von seiner Veranlagung käme nie auf die Idee, dass er seine eigenen Leute derart hintergehen müsste. Mein Vater ist ihm sehr ähnlich, auch er ist viel zu arrogant.«

»Wirklich?«, fragte Cait, vorübergehend abgelenkt.

»O ja. Es war seine Arroganz, die mich in diesen Schlamassel brachte. Er gibt gern meiner Stiefmutter die Schuld daran, weil der Vorschlag von ihr kam, doch im Grunde tut er nur, was er will.«

»Und was hat er getan?«

»Der König hatte einen Aufruf nach Soldaten herausgegeben, und mein Vater hat ihm nur das absolute Minimum geschickt, zu dem er nach seiner Lehnsherrn- und Vasallenvereinbarung verpflichtet war. Seine Knauserigkeit verstimmte unseren König, und zur Vergeltung dafür verfügte er, dass Vater eine seiner Töchter nach Norden schicken musste, um deinen Bruder zu heiraten.«

»Euer König dachte, meinen Bruder zu heiraten, sei eine *Strafe?*«, fragte Cait empört.

»Seine Tochter in einer Ehe zu verlieren, von der mein Vater in keinster Weise profitieren konnte, war die Strafe«, erwiderte Emily begütigend. »Ein Highland-Laird wird ja wohl kaum der Verbündete eines englischen Barons werden, selbst wenn er mit der Tochter des Barons verheiratet ist.«

»Oh, ich verstehe.« Cait wirkte schon ein wenig besänftigt. »Du sagtest, *eine* seiner Töchter. Hast du Schwestern?«

»Drei. Zwei sind Stiefschwestern, und Margery, die Kleinste, ist meine Halbschwester. Und ich habe auch zwei Halbbrüder.«

Cait runzelte die Stirn. »Du hast eine Stiefmutter?«

»Ja, und sie kann einem ganz schön auf die Nerven gehen, doch sie würde meinen Vater nie verraten, wie deine und Talorcs Stiefmutter euren Clan verraten hat. Sybil liebt meinen Vater, aber es ist eine sehr eifersüchtige Liebe.«

»Es muss schwer für dich gewesen sein, mit ihr zu leben.«

Emily nickte. »Doch ich liebte meine Brüder und Schwestern. Besonders Abigail. Sie ist der Grund, warum ich nicht nach Hause zurückkehren kann.« Emily erzählte Cait von ihrer Angst um ihre Schwester und erklärte ihr, warum sie bleiben und Talorc heiraten musste, ohne Rücksicht auf ihre eigenen Wünsche.

»Und du willst einen anderen?«, fragte Cait, als Emily ihren Bericht beendet hatte.

Sie spürte, wie sie errötete, obwohl ihre Freundin nichts Beschämendes gesagt hatte.

Cait lächelte. »Du fühlst dich zu Lachlan hingezogen.«

»Woher weißt du das? Ist das denn so offensichtlich? Dabei dürfte ich mich gar nicht für ihn interessieren. Er ist ruppig, verdrießlich und ungeduldig, außer wenn er mir das Schwimmen beibringt. Ich hätte nicht gedacht, dass meine Gefühle für ihn so leicht zu durchschauen wären.« Immerhin hätte sie ihn die meiste Zeit erwürgen können, und trotzdem war Cait nicht entgangen, dass sie sich zu ihm hingezogen fühlte.

Und das stimmte ja auch, aber dennoch hätte es nicht so offensichtlich sein dürfen.

»Man kann in einem Kleid nicht schwimmen lernen«, bemerkte Cait mit einem kleinen Lächeln.

»Oh … nein, das kann man nicht.«

»Falls er dich dazu gebracht hat, es auszuziehen, muss er sehr überzeugend gewesen sein.«

»Das war er.«

Cait schaute wieder sehr beunruhigt drein. »Talorc wird dich nicht heiraten, falls Lachlan schon mit dir … zusammen war.«

»Lachlan hat versprochen, meine Jungfräulichkeit nicht zu gefährden.«

»Ach, du liebe Güte.« Cait fächelte sich Luft zu.

Emily straffte die Schultern. »Ich habe beschlossen, ihm zu erlauben, mir das Schwimmen beizubringen und noch andere Dinge, wenn er will.«

»Engländer und Highlander sind offensichtlich sehr verschieden. Talorc würde mir die Kehle herausreißen, wenn ich so etwas täte.«

Emily schauderte es bei dieser grausigen Vorstellung. »Mein Vater würde mich zweifellos verprügeln, aber er ist nicht hier, und wenn ich so mit Lachlan zusammen bin, bin ich glücklich. Ich möchte ein bisschen Glück erfahren, bevor ich meine Pflicht tun und mich in mein Schicksal fügen muss.«

Ein verständnisvoller Blick erschien in Caits Augen. »Liebst du Lachlan?«

»Ich hoffe nicht.«

Cait lächelte wehmütig. »Ich verstehe. Es würde zu sehr wehtun, nicht?«

»Ja«, flüsterte Emily.

Aber dann dachte sie, dass Cait sie nur zu gut verstand. Wenn ihre Hochzeitsnacht so wundervoll für sie gewesen war, wie sie sagte, aber nicht für Drustan, war die Qual der Liebe schon in ihrem Herzen. Emily konnte nur hoffen, dass der Balmoral'sche Soldat schnell erkennen würde, was für einen Schatz er in Cait hatte.

Ein kurzes Klopfen ertönte an der Tür, und dann öffnete sie sich. Es war Drustan, der mit ausdrucksloser Miene auf der Schwelle stand. »Es wird Zeit, zum Mittagsmahl hinunterzugehen.«

»Soll Emily auch mitkommen?«, fragte Cait.

»Ja.«

Emily lächelte vor Erleichterung. Es stand ihr also frei, ihr Zimmer zu verlassen. Das waren sehr gute Neuigkeiten. Und sie würde auch Lachlan sehen. Der Gedanke ließ ihr Herz gleich schneller schlagen.

Lachlan saß in seinem Burgherrensessel an einer langen Tafel am anderen Ende des großen Saales, als Emily, Drustan und Cait hereinkamen. Alle anderen Plätze an seinem Tisch waren schon belegt, mit Ausnahme von zwei zu seiner Rechten, und die waren zweifellos für Drustan und Cait bestimmt.

Emily blickte sich nach einer Sitzgelegenheit für sich um und sah einen freien Platz an dem Tisch, an dem Angus saß. Der Soldat bemerkte sie, als sie näher kam, und nickte ihr zu.

Sie erwiderte den Gruß, und er stieß den Mann neben sich an und zwang ihn, ein Stück weiterzurutschen, um an seiner Seite Platz für Emily zu schaffen.

Emily dankte ihm mit einem Lächeln, doch bevor sie sich setzen konnte, erschien ein merkwürdiger Ausdruck auf Angus' Gesicht, und alle Farbe wich aus seinen Wangen. Zwei der anderen Soldaten am Tisch blickten zu Lachlan hinüber. Er trug eine finstere Miene zur Schau, was nichts Neues bei ihm war, nur dass er noch nicht so ausgesehen hatte, als Emily mit den anderen in den Saal gekommen war.

Angus sprang von der Bank auf. »Ich glaube, der Laird möchte Euch an seinem Tisch haben, Miss Emily.«

»Ich bin sicher, dass du dich da irrst. Es ist kein Platz für mich an seinem Tisch.«

»Ich glaube, er hat gerade einen der Soldaten angewiesen, sich woandershin zu setzen.«

Sie schüttelte den Kopf. »Das hast du sicher missverstanden.«

»Nein, ich habe selbst gehört, wie er es sagte.«

»Du könntest den Laird gar nicht hören bei diesem Lärm.« Mindestens fünfundsiebzig Soldaten saßen in dem riesigen Saal beim Essen, und das Stimmengewirr war groß genug, um selbst ein lautstarkes Gespräch zu übertönen.

Emily griff nach Angus' Arm, um über die Bank zu steigen und sich zu setzen, ohne hinzufallen.

Der Soldat erstarrte geradezu. »Fasst mich bitte nicht an, Miss Emily. Ich mag meine Kehle, so wie sie ist.«

Emily verstand Angus' Bemerkung über seine Kehle nicht, dennoch zog sie schnell die Hand zurück. War ihr Verhalten als zu forsch betrachtet worden? Keiner der Soldaten ihres Vaters hätte so gedacht, aber sie war hier nicht auf der väterlichen Burg, und diese Männer hatten wenig Ähnlichkeit mit englischen Soldaten.

»Tut mir leid. Ich wollte nicht ...«

»Der Laird möchte, dass Ihr Euch zu ihm setzt«, beharrte Angus in besorgtem Ton.

Sie konnte nicht verstehen, was mit ihm los war, doch sie drehte sich um, damit sie Lachlan wieder sehen konnte. Und siehe da, der Platz zu seiner Linken *war* jetzt leer, und Lachlan winkte sie zu sich heran. Emily starrte ihn an, nicht sicher, wie sie reagieren sollte. Sein Ruf und die allgemeine Aufmerksamkeit, die sie erregte, machten sie verlegen. Aus den Augenwinkeln sah sie, dass ihre Freundin wieder beunruhigt wirkte, aber sie sah nicht Emily an, sondern Lachlan. Was hatte der Laird getan, um Cait so aufzuregen?

»Miss Emily?«, fragte Angus mit angespannter Stimme.

»Ja?«

»Möchtet Ihr, dass ich Euch zum Tisch des Lairds begleite?«

»Das wäre sehr freundlich. Danke, Angus.«

Der Soldat nickte und ging mit solch ruckartigen Bewegungen voran, als wäre er durch und durch nervös. Als sie den erhöhten Tisch erreichten, ließ er Emily nach einem kurzen Abschiedswort bei Lachlan stehen.

Und der sah sie nicht einmal an. Er sprach mit Drustan, und so ging sie um die beiden Männer herum und beugte sich vor, um Cait ins Ohr zu flüstern: »Alles in Ordnung mit dir? Du sahst schon wieder so besorgt aus.«

»Wir sprechen später darüber. Im Turmzimmer. Ich glaube, du solltest dich jetzt besser setzen, Emily.«

Sie befolgte den Rat ihrer Freundin und stellte dann zu ihrer großen Überraschung fest, dass Lachlan sie bediente. Das war wirklich äußerst seltsam. Ihr Vater hätte nie jemand anderem als Sybil diese Ehre erwiesen, nicht einmal einem sehr bedeutenden Gast und schon gar nicht einem weiblichen.

Emily konnte sich beim besten Willen nicht erklären, warum Lachlan so darauf bestanden hatte, dass sie sich zu ihm setzte, wenn er sie dann doch fast während der gesamten Mahlzeit ignorierte. Zu Anfang war sie noch zu schüchtern, um mit jemand anderem zu reden, doch ihr gegenüber saß der Priester, und er war sehr freundlich zu ihr. Auch den Soldaten zu ihrer Linken fand sie sehr umgänglich, und als sie gegessen und ein Glas Wein getrunken hatte, fühlte sie sich schon sehr viel wohler und nahm an der Unterhaltung teil.

Um von den anderen nicht gehört zu werden, beugte sie sich über den Tisch und sagte: »Pater?«

»Ja?«

»Ich würde Euch gern etwas zu der Trauung gestern Abend fragen.«

»Aber gern doch, Kind.«

»Verlangt die Kirche nicht, dass das Sakrament der Ehe am Morgen erteilt werden muss?«

»Das ist die Regel Roms.«

»Ihr habt jedoch die Trauung gestern Abend vorgenommen«, beharrte sie.

»Das war der Wille meines Lairds.«

»Aber ist sie trotzdem gültig?«

Der Priester sah sie an, als hätte sie den Verstand verloren. »Ihr wollt wissen, ob die Zeremonie, die ich gestern abgehalten habe, gültig war?«, fragte er, ohne auch nur seinen Ton zu dämpfen.

Die Gespräche um sie herum verstummten, und plötzlich war Emily der Mittelpunkt des allgemeinen Interesses. Sie konnte die heiße Röte spüren, die ihr in die Wangen stieg, und wünschte inständig, sie hätte sich ihre Frage für ein anderes Mal aufgehoben. Doch es war zu spät, nun konnte sie das Thema auch gleich zu Ende diskutieren.

»Ich bin besorgt um das Ansehen meiner Freundin in den Augen Gottes und der Kirche. Und sicherlich könnt Ihr verstehen, warum. Denn falls ihr Ehesakrament nicht gültig ist, ist ihre Ehe es natürlich auch nicht.« Sie wünschte, Lachlan hätte das bedacht, bevor er dem Priester befohlen hatte, auf solch ungewöhnliche Art und Weise seine Pflicht zu tun.

»Ich versichere Euch, dass die Ehe gültig ist.«

»Und von der Kirche anerkannt?«, beharrte Emily.

»Ja.«

»Oh.« Sie war immer noch nicht überzeugt.

»Die Ehe ist gültig«, erklärte Lachlan. Es war das erste Mal, dass er mit ihr sprach, seit sie sich an seinen Tisch gesetzt hatte.

Sie bedachte ihn mit einem ärgerlichen Blick für seine Arroganz. »Willst du damit sagen, dass du nicht nur über dem König stehst, wenn dir danach ist, sondern auch über dem Papst?«

»Versuchst du etwa, meiner Frau einen Vorwand zu geben, mich zu verlassen?«, meldete sich Drustan in hartem Ton zu Wort, bevor sein Laird auf ihre Respektlosigkeit reagieren konnte.

Emily schüttelte den Kopf. »O nein. Das wäre nicht in ihrem Interesse, nachdem … Ihr wisst schon, was ich meine. Schließlich ist heute schon der Tag *danach*. Ich mache mir nur Sorgen, wie Cait vor der Kirche dasteht, aber wenn der Pater deswegen nicht beunruhigt ist, dann sollte ich es auch nicht sein.«

»Das Ehesakrament ist nicht weniger heilig, wenn es abends statt am Morgen erteilt wird«, warf der Priester hastig ein. »In fast allen Regeln Roms gibt es Ausnahmen für außergewöhnliche Umstände.«

»Wirklich?«

»Besonders hier in den Highlands«, sagte Lachlan spöttisch.

»Warum besonders hier?«

»Weil es der König war, der beschloss, Roms Diktate zu befolgen, und nicht die Lairds.«

»Aber die Lairds müssen den Diktaten ihres Königs Folge leisten.« Selbst wenn sie ihm seine Machtstellung missgönnten.

»Müssen wir das?«

»Was du sagst, ist Hochverrat!«

»Nein, es ist die simple Wahrheit.«

Die anderen um sie herum nickten zustimmend. Selbst Cait, sah Emily und unterdrückte das Bedürfnis, noch weiter nachzuhaken. Die Highlander sahen die Welt eben anders, und *sie* würde das gewiss nicht ändern.

Eines stand jedoch fest: Sie alle waren der Meinung, dass Cait in den Augen der Kirche und des Gesetzes rechtskräftig verheiratet war.

Dem Himmel sei Dank dafür!

13. Kapitel

Nach dem Mittagessen war Emily nicht sicher, ob von ihr erwartet wurde, dass sie in ihren Turm zurückkehrte. Lachlan ging, bevor sie eine Gelegenheit bekam, danach zu fragen, was vielleicht aber auch das Beste war. Da er sie nicht fortgeschickt hatte, konnte sie ihm später, falls das Thema aufkommen sollte, sagen, dass sie sein Schweigen als Erlaubnis verstanden hatte, im großen Saal zu bleiben. Sie hatte ohnehin nicht vor, noch mehr Unruhe zu stiften, sondern wollte sich nur nach einer Beschäftigung umsehen.

Und konnte sie nicht tatsächlich annehmen, dass er ihr die Freiheit lassen wollte, da er sie ihr nicht ausdrücklich verweigert hatte? Er war schließlich ein Mann, der seine Meinung immer offen und unverblümt zum Ausdruck brachte.

»Emily, Drustan hat gemeint, dass wir beide uns ruhig ein bisschen auf dem Burggelände umsehen können«, sagte hinter ihr Cait, und Emily drehte sich zu ihrer Freundin um.

»Oh, das wäre wunderbar, Cait! Einen Teil habe ich auf dem Weg zum See ja schon gesehen, aber da war ich mit meinen Gedanken zu sehr bei anderen Dingen, um all das Neue in mich aufzunehmen.«

Und ihr Mut war nicht so groß, dass sie es gewagt hätte, das Gelände ohne ausdrückliche Erlaubnis zu erforschen. Sie wollte nicht riskieren, schon wieder in dem Turmzimmer eingesperrt zu werden.

Sie sahen sich zunächst den oberen und dann den unteren Burghof an, wo sie ein Gerberhäuschen, eine Schmiede und einen Bereich zum Wäschewaschen fanden, der sogar von ein paar Flieder- und Heidekrautbüschen umstanden war, auf denen die Wäsche getrocknet wurde, damit sie einen angenehmen Duft annahm. Die Stallungen waren groß und beherbergten über ein Dutzend Pferde, die alle so groß waren wie die Tiere, auf denen sie am Tag zuvor hierher geritten waren.

Das Häuschen des Priesters lag gleich hinter der Kapelle, und die beiden Frauen blieben kurz stehen, um mit ihm zu plaudern, als sie ihn vor seiner Haustür in der Sonne sitzen sahen.

»Macht Ihr Euch Sorgen um die Gültigkeit Eurer Ehe?«, fragte Pater Paul Cait.

Sie lächelte und schüttelte den Kopf.

»Das freut mich.« Er klopfte Emily auf die Schulter. »Es ist gut, dass Ihr Euch so aufrichtig um das spirituelle Wohlergehen Eurer Freundin sorgt. Das zu sehen, erfreut mein Herz, mein Kind.«

Emily errötete bei seinem Lob. »Es ist nicht mehr, als Cait für mich tun würde, Pater.«

Sie lehnten die ihnen angebotene Erfrischung dankend ab und setzten ihren Spaziergang fort. Als sie den oberen und unteren Burghof gründlich erforscht hatten, bat Cait Emily, ihr den Weg zum See zu zeigen. Er befand sich nicht innerhalb der Burgmauern, als Cait den Wachen am Tor aber erklärte, Drustans Erlaubnis zu haben, wurden die Frauen auf die Zugbrücke hinausgelassen.

Der See lag nur etwa zehn Minuten Fußweg von der Burg entfernt, und auf dem Weg dorthin sahen sie noch verschiedene andere Bauernkaten und begegneten mehreren weiblichen Clan-Angehörigen, die erfreut schienen, die Bekanntschaft der frisch gebackenen Ehefrau des Oberkommandeurs des Lairds und ihrer englischen Freundin zu machen. Einige hatten Emily schon morgens mit Lachlan vorbeigehen sehen und waren sehr neugierig auf die Frau, mit der er ganz allein unterwegs gewesen war.

»Dieser Clan ist jedenfalls viel freundlicher als die Sinclairs«, bemerkte Emily und wünschte dann, sie hätte ihren Mund gehalten. Ihre liebe Freundin mochte jetzt zwar eine Balmoral sein, aber sie war immerhin als eine Sinclair auf die Welt gekommen.

Cait seufzte traurig. »Unter anderen Umständen hätte der Clan meines Bruders dich auch freundlicher aufgenommen. Das musst du mir glauben.«

»Natürlich«, versicherte Emily ihr schnell. »Ich verstehe vieles besser seit unserer Unterhaltung heute Morgen. Ich wollte dich mit meiner Bemerkung nicht beleidigen.«

»Das hast du auch nicht.«

»Bist du sicher?«

Cait lachte. »Ja. Die Sinclair'schen Frauen haben wirklich alles getan, damit du dir wie eine Außenseiterin vorkommst, und außerdem bin ich auch gar nicht so schnell beleidigt.«

»Dein Bruder schon. Bedenk doch nur, wie empört er darüber war, mit einem Ziegenbock verglichen zu werden«, scherzte Emily.

»Das ist immer noch besser, als ein Pferdearsch genannt zu werden.«

Beide lachten, als sie aus dem Wäldchen auf die Lichtung am See hinaustraten.

»Oh, wie schön es hier ist!«, rief Cait aus.

Emily blickte auf das in der Sonne glitzernde Wasser und konnte fast nicht glauben, dass sie sich so weit hineingewagt hatte, dass es Lachlan bis an die Brust und ihr selbst bis über den Kopf gereicht hatte. Das Geschenk, das er ihr an diesem Morgen gemacht hatte, war ein größeres, als sie je zuvor erhalten hatte. Lachlan konnte ruppig und tyrannisch sein, aber er war auch liebevoll und leidenschaftlich ihr gegenüber. Und interessiert genug an ihr, um ihr zu helfen. Das machte ihn in ihren Augen zu einem Helden, auch wenn er ein sehr anmaßender war.

»Ich habe morgen früh wieder eine Schwimmstunde«, fasste sie ihren nächsten Gedanken in Worte.

»Mit Lachlan?«, fragte Cait in merkwürdigem Ton.

»Mit wem denn sonst?«

»Aber ich bin sicher, dass ihr nicht allein sein werdet. Es werden noch andere Soldaten in der Nähe sein.«

»Falls heute Morgen welche da waren, habe ich sie nicht bemerkt. Lachlan hat ein außergewöhnlich gutes Gehör und bemerkte seinen Bruder schon, bevor er aus dem Wäldchen herausgetreten war.«

»Trotzdem bin ich mir sicher, dass Lachlan Wachen dabeihatte«, beharrte Cait mit einer Eindringlichkeit, die Emily sich nicht erklären konnte.

»Nein, das glaube ich wirklich nicht. Er ist so selbstbewusst, dass er vermutlich nicht mal denkt, Wachen zu brauchen. Besonders nicht auf Balmoral'schem Land.«

Cait gab einen bestürzten Laut von sich, und ihr Blick war auf irgendetwas auf der anderen Seeseite gerichtet.

Emily drehte sich um und sah einen ganz ungewöhnlich großen grauen Wolf. Da er sich auf der anderen Seite des Sees befand, war er zu weit entfernt, um sie anzugreifen, aber die von ihm ausgehende Bedrohung genügte, um ihr einen kalten Schauder über den Rücken zu jagen. Er hatte allerdings nicht das knochige Aussehen eines hungrigen, verzweifelten Tieres. Deshalb nahm sie auch nicht an, dass der Wolf sie anfallen würde. Diese Tiere waren scheue Kreaturen, solange sie nicht hungrig waren oder ihr Territorium verteidigten.

»Ich bin jetzt verheiratet«, sagte Cait gerade. »Die Hochzeit war gestern Abend ... und die Paarung.«

»Das weiß ich«, erwiderte Emily und dachte, was für ein merkwürdiges Thema das doch war, während sie einem wilden Tier gegenüberstanden.

»Das Ganze war ein Missverständnis. Susannah hatte nicht die Erlaubnis des Lairds, allein auf die Jagd zu gehen. Ihr Bruder beharrt darauf, dass sie von der Insel der Balmorals verschleppt wurde.«

»Das sagtest du schon.« Emily berührte den Arm ihrer Freundin. »Alles in Ordnung, Cait?«

»Der Laird der Balmorals erwartet eine Entschuldigung.«

Der Wolf schüttelte den Kopf und fletschte knurrend seine scharfen Zähne. Emily fuhr zurück, obwohl ein ganzer See sie trennte.

»Bitte, ich will keinen Krieg zwischen unseren Clans«, sagte Cait beschwörend.

»Ich auch nicht, aber ich weiß nicht, was ich dagegen tun könnte«, erwiderte Emily.

Der Wolf wandte sich ab und verschwand in dem Wald auf der anderen Seite des Sees.

»Das war knapp!«, murmelte Emily.

»Knapper, als du ahnst.« Tränen rannen über Caits Wangen. »Emily, du darfst morgen nicht zu deiner Schwimmstunde hierherkommen!«

»Aber ich möchte schwimmen lernen.«

»Es ist zu gefährlich.«

»Heute Morgen hätte ich dir noch zugestimmt, Cait, aber du weißt doch, dass Lachlan mir hilft, meine Ängste zu besiegen.«

»Bitte, Emily. *Du darfst nicht hierherkommen.*«

Etwas sehr Beunruhigendes ging mit ihrer Freundin vor. »Dann verrate mir, warum nicht, Cait.«

»Das kann ich nicht. Nicht hier. Glaub mir einfach, dass es zu gefährlich ist. Ich denke, dass Lachlan dich verführen will.«

»Ich weiß, was er will, und ich will das auch. Es tut mir leid, wenn du das nicht verstehst, Cait. Ich möchte dich nicht enttäuschen, und deine Meinung ist für mich sehr wichtig. Du bist meine einzige Freundin hier und mir so lieb wie Abigail, aber ich will mir dieses bisschen Glück in meinem Leben nicht entgehen lassen. Ich brauche es für all die einsamen Jahre, die noch vor mir liegen.«

»Talorc wird dich zurückweisen, falls er glaubt, dass Lachlan dich schon hatte. Auch wenn das nicht stimmen sollte.«

»Talorc hat mich schon zurückgewiesen.«

»Er wird dich wegen ungebührlichen Verhaltens nach England zurückschicken.«

»Wie sollte er denn etwas von meinen Schwimmstunden mit Lachlan erfahren?«

Cait erwiderte nichts, sondern begann, Emily zu dem Weg zurückzuziehen, auf dem sie hergekommen waren. Sie weigerte sich, irgendwelche Fragen zu beantworten oder auch nur ihre Schritte zu verlangsamen, bis sie das Turmzimmer erreichten und die Tür hinter sich zuziehen konnten.

»Du bewegst dich erstaunlich schnell für eine Schwangere«, bemerkte Emily, die selbst ganz außer Atem war von dem Tempo, in dem sie die Wendeltreppe hinaufgelaufen waren.

»Werwölfinnen können das.«

»Wer... was?«

»Es gibt etwas, was ich dir sagen muss, Emily.« Mit einem Ausdruck der Verzweiflung wandte Cait sich ihrer Freundin zu. »Damit du verstehst und mir helfen kannst, einen Krieg und den Tod meines Bruders oder Lachlans zu verhindern.«

»Was?«

»Erinnerst du dich an das, was ich dir über die Chrechten erzählt habe?«, fragte Cait.

»Ja, natürlich. Das war doch erst heute Morgen. Ich bin Engländerin, aber nicht vergesslich.«

Ihr Scherz verfehlte seine Wirkung, da Caits Erregung sich höchstens noch zu steigern schien. »Und du bist auch menschlich und ich nicht. Jedenfalls nicht ganz.«

Aus Sorge um ihre Freundin zog Emily sie am Arm zum Bett und zwang sie, sich zu setzen. »Du bist durcheinander, Cait. Es war eine ereignisreiche Zeit für dich, und du bist schwanger. Lass mich dir ein Glas Wasser holen, damit du wieder einen klaren Kopf bekommst.«

»Mein Kopf ist klar genug. Glaub mir, was ich dir sage, Emily. *Du musst mir glauben*«, bat Cait mit einem Ausdruck der Verzweiflung in den Augen. »Setz dich hin und hör mir zu. *Bitte*.«

Da Emily die Bitte ihrer Freundin nicht missachten konnte, setzte sie sich zu ihr.

»Die Chrechten sind Gestaltwandler.«

»Gestaltwandler?«, wiederholte Emily mit unsicherer Stimme.

»Sie haben mehr als eine Gestalt, eine tierische und eine menschliche.«

O nein. Die gestrige Nacht war wohl doch eine Tortur für Cait gewesen und hatte sie zerbrochen, nur war Emily zu blind gewesen, um das erkennen. Sie starrte die Freundin an und wusste nicht, was sie sagen sollte, um ihr zu helfen. Falls das überhaupt noch möglich war …

»Hast du schon mal Geschichten über Werwölfe gehört?«, wollte Cait nun von ihr wissen.

»Ja«, flüsterte Emily, der es das Herz zerriss, ihre Freundin so zu sehen, und wären Lachlan oder Drustan in diesem Moment da gewesen, wäre sie mit ihrem Messer auf sie losgegangen. Denn sie waren es, die Cait das angetan hatten. Sollte sie der Teufel holen!

»Das ist es, was die Chrechten sind, eine Spezies von Werwölfen und -wölfinnen. Dieser graue Wolf, den wir auf der anderen Seite des Sees gesehen haben, war mein Bruder Talorc.« Ohne sich Emilys besorgter Blicke bewusst zu sein, fuhr Cait in beschwörendem Tonfall mit ihrer fantastischen Geschichte fort. Und obwohl Emily wusste, dass alles nur Hirngespinste waren, brachte Cait sie mit einem solchen Ernst vor, dass Emily versucht war, ihr zu glauben. »Manche Wölfe können die Verwandlung nicht steuern, bis sie einen Gefährten haben, aber Talorc konnte es schon seit dem ersten Vollmond, den er in Wolfsgestalt erlebte. Und ich auch, denn unsere Mutter war eine weiße Wölfin, die uns diese Fähigkeit vererbt hat.«

»Weiße Wölfe können ihre Verwandlung steuern?«, fragte Emily, um überhaupt etwas zu sagen, während sie fieberhaft überlegte, wie sie auf Caits Erzählung reagieren sollte.

»Ja.«

»Verstehe.«

Cait ballte die Fäuste, ihr Gesicht verzog sich vor Verzweiflung. »Du glaubst mir nicht, nicht wahr?«

Emily kamen die Tränen, als sie den Kopf schüttelte. »Wie könnte ich, Cait? Du sprichst von Kindermärchen, die nichts mit der Realität zu tun haben. Bitte überleg doch mal, Cait! Was du sagst, ist schlicht unmöglich.«

Cait schüttelte den Kopf. »Ist es nicht. Bitte weine nicht, Emily. Ich habe Beweise.«

»Beweise?«

»Ja. Ich kann mich jetzt nicht vor dir verwandeln, weil ich

schwanger bin, aber ich möchte, dass du über ein paar Dinge nachdenkst.«

»Na schön.«

»Erinnerst du dich, dass ich gestern im Wald Dinge gehört habe, die du nicht wahrnehmen konntest, und dass Lachlan seinen Bruder heute Morgen kommen hörte, während du ihn erst bemerkt hast, als er schon zu sehen war?«

»Ja.«

»Das ist eine der Besonderheiten des Werwolfs.«

»Was? Ein überlegenes Gehör?« Nein, das konnte nicht sein ... Aber in beiden Fällen *hatten* die anderen Geräusche wahrgenommen, die Emily entgangen waren, und sie wusste, dass sie ein sehr gutes Gehör besaß.

Oder versuchte sie vielleicht nur, das Unglaubliche zu glauben, weil die Alternative, dass ihre Freundin den Verstand verloren hatte, zu unerträglich war, um sie zu akzeptieren?

»Und das ist noch nicht alles«, fuhr Cait fort. »Wir sind auch stärker und schneller als rein menschliche Wesen.«

Ganz unversehens sprang Cait auf, Emily sah eine blitzschnelle, verschwommene Bewegung, und dann stand ihre Freundin auf der anderen Seite des Raumes.

»Siehst du?«, sagte Cait.

Emily schüttelte den Kopf. Das konnte nicht wahr sein – aber hatte ihr nicht auch Lachlan diesen Streich gespielt? Und nach seinem eigenen und Caits Bekunden war er ein Chrechte. Es war zu viel für ihr Auffassungsvermögen. Vielleicht war sie diejenige, die den Verstand verlor.

Cait wiederholte ihren Trick und stand vor dem Eingang zu dem Abtritt, ohne dass Emily mitbekommen hatte, wie sie dorthin gekommen war. Sie hatte nur ein kurzes Aufblitzen von Farben gesehen und rieb sich jetzt verwirrt die Augen.

Cait lachte, doch es klang kein wirklicher Humor in dem

Geräusch. »Du bildest dir nichts ein. Wir bewegen uns wirklich so schnell. Ich sollte das im Moment eigentlich lassen. Es verärgert Drustan, weil er denkt, ich könnte das Kind verletzen, falls ich falle.«

»Könntest du?«, fragte Emily überflüssigerweise, weil ihr Verstand nicht anerkennen wollte, was ihre Augen gesehen hatten.

»Na ja, wahrscheinlich schon, wenn ich hinfiele – aber ich habe es nicht vor.« Cait kam zu Emily zurück, setzte sich wieder und nahm ihren Arm in einen fast schmerzhaft harten Griff. *»Du musst mir glauben*. Dieser Wolf, den wir gesehen haben, *war* Talorc. Hast du nicht bemerkt, wie er den Kopf geschüttelt hat, als ich ihm sagte, Lachlan wolle eine Entschuldigung? Das gefiel ihm nicht. Aber er hat auch alles gehört, was wir beide miteinander geredet haben. Er hat mitbekommen, dass Lachlan morgen früh wieder mit dir schwimmen gehen will. Allein. Deshalb darfst du nicht zum See gehen, Emily. Talorc wird Lachlan herausfordern, und einer der beiden wird den Kampf nicht überleben.«

»Wie kann Talorc auf der Insel sein, ohne dass Lachlan davon weiß?«

»Er ist in Wolfsgestalt herübergeschwommen, und er versteht es sehr gut, seinen Geruch zu überdecken. Er ist viel besser darin, als ich je gedacht hätte, und viel, viel besser, als ich selbst es bin.«

»Das ist unmöglich«, murmelte Emily wieder, obwohl ein Teil von ihr anfing zu glauben. So unwahrscheinlich dies auch alles schien, hatte sie doch sehr viele unerklärliche Dinge gesehen und gehört, seit sie in den Highlands war, und diese seltsamen Behauptungen, die Cait aufstellte, würden einiges davon erklären.

»Ich weiß, dass es dir so erscheinen muss, aber es ist alles wahr, was ich dir sage, Emily. Chrechten gibt es schon so lange wie jede andere menschliche Rasse, doch wir haben uns immer im Verborgenen gehalten.«

»Warum? Und wie konnte MacAlpin die Pikten ... Chrechten, wollte ich sagen, überwältigen, wenn sie stärker als normale Menschen sind?«

»Kraft ist nicht alles, Emily. MacAlpin war ein Chrechte, aber kein Gestaltwandler. Das kommt vor, wenn ein Mensch sich mit einem Gestaltwandler zusammentut. Seine Mutter war eine Werwölfin, sein Vater jedoch ein Schotte. MacAlpin besaß die tierische List, aber nicht all die anderen Eigenschaften der Chrechten. Er hatte auch Werwölfe auf seiner Seite, oder zumindest jene, die bereit waren, ihre Leute der Macht wegen zu verraten, die MacAlpin damals darstellte. Jahrhundertelang war Krieg das einzige Leben, das wir kannten, doch es forderte seinen Tribut in unseren Reihen. MacAlpins Verrat verringerte noch mehr die Anzahl der verbliebenen Chrechten, und als wir uns den keltischen Clans anschlossen, geschah das zum Schutz der Zukunft unseres Volkes. Es war unsere einzige Hoffnung.«

»Aber du sagst, nicht alle Clans hätten Werwölfe unter sich?«

»Nein. Nicht einmal annähernd alle. Unsere Anzahl ist gestiegen, doch weniger als einer von zehn Clan-Angehörigen ist ein Chrechte. *Wenn* jedoch in einem Clan ein Rudel existiert, kannst du sicher sein, dass der Laird ein Chrechte ist. Wir lassen uns nicht von anderen regieren.«

»Das klingt alles so ... unwirklich.« Aber gerade das Fantastische von Caits Geschichte machte sie gleichzeitig glaubhafter.

»Du musst mir glauben.« Ohne Rücksicht auf den Stolz der Chrechten, von dem Cait vorhin gesprochen hatte, ließ sie sich vor Emily auf die Knie nieder, was für ihre Freundin ebenso überzeugend war wie alles andere, was Cait gesagt hatte. »Ich flehe dich an, Emily. Du musst Lachlan morgen von dem See fernhalten.«

»Das kann ich nicht«, flüsterte Emily und begann, sich wie die schlechteste Freundin der Welt zu fühlen. »Ich habe es heute versucht, und er hat keinen Einwand gelten lassen. Er ist unglaublich arrogant und versteht seinen Willen durchzusetzen.«

»Aber du musst es schaffen.« Cait hieb mit der Faust auf den mit Stroh bedeckten Boden. »Ich weiß, dass du das kannst. Er will dich haben, Emily. Er hat Anspruch auf dich erhoben. Das muss doch etwas zu bedeuten haben. Er wird auf dich hören. Er muss es einfach!«, sagte sie verzweifelt.

»Komm, setz dich wieder auf das Bett. Dich so aufzuregen, kann nicht gut sein für das Baby«, meinte Emily und zog Cait auf die Beine. »Du musst versuchen, deine Fassung wiederzuerlangen.«

»Ich weiß ja, dass du recht hast, aber ich habe solche Angst, Emily! Ich liebe meinen Bruder. Ich will keinen Krieg zwischen meinem neuen Clan und meiner früheren Familie.«

»Ich auch nicht.« Emily biss sich auf die Lippe und versuchte nachzudenken, was jedoch nicht leicht war, wenn so viele neue Ideen in ihrem Kopf um Aufmerksamkeit rangen. »Du hast gesagt, Lachlan hätte Anspruch auf mich erhoben. Was meintest du damit?«

»Er hat es beim Mittagsmahl getan. Er hat geknurrt. Das konntest du natürlich nicht hören, weil die Tonhöhe nur für die Werwölfe des Rudels bestimmt war. Besonders für Angus, weil du ihn angefasst hattest. Und dann bestand Lachlan darauf, dass du dich neben ihn setztest. Du kannst doch nicht glauben, dass das normal ist für eine Gefangene und einen Laird?«

»Ich dachte, das sei nur eine weitere Eigentümlichkeit der Highlander«, gab Emily zu. Sie hatte viele Dinge als typische Highlander-Merkmale abgetan, die in Wahrheit jedoch sehr gut in Zusammenhang mit der fantastischen Geschichte stehen könnten, die ihre Freundin ihr erzählt hatte.

Cait schüttelte den Kopf.

»Ich verstehe diese ›Inanspruchnahme‹ nicht. Er hat mich während des ganzen Essens ignoriert.«

»Er ist sicher nicht darüber erfreut, dass er dich begehrt, aber er hat klargestellt, dass kein anderer Wolf dich haben kann.«

»Weil ich mit Talorc verlobt bin?«

»Das würde keine Rolle spielen, wenn er vorhätte, dich zu behalten.«

»Aber das hat er nicht.«

»Nein, ich glaube nicht, dass er das will.«

Emily wusste, dass er es nicht wollte. »Er hat mir versprochen, mich keinem anderen Soldaten zu überlassen. Vielleicht war dieses Knurren, von dem du sprachst, seine Art, die anderen das wissen zu lassen.«

Cait schüttelte den Kopf. »Er bräuchte es nur zu verfügen, und keiner seiner Männer würde es wagen, sich ihm zu widersetzen. Ein Clan-Chef bleibt Oberhaupt, weil er stärker als alle anderen ist und sie das wissen.«

»Das verstehe ich nicht.«

»Ich verstehe es auch nicht ganz«, sagte Cait, die zum ersten Mal wieder ruhiger klang, seit sie den Wolf am See gesehen hatte. »Die Balmoral'schen Wölfe handeln in vielem anders, als ich es gewöhnt bin. Der Geschlechtsverkehr zum Beispiel zieht keine lebenslange Bindung nach sich, außer, wenn eine Schwangerschaft daraus entsteht.«

»Könnte ich denn von ihm schwanger werden?«

»Wenn ihr Seelenverwandte seid, dann ja.«

»Wie soll ich das verstehen?«

»Wenn ein Gestaltwandler und eine menschliche Frau miteinander verkehren, können sie, wenn sie wahre Seelenverwandte sind, in ihrem Kopf die Stimme des anderen hören, und aus dieser Vereinigung entstehen dann Kinder.«

Sie konnten Stimmen in ihren Köpfen hören? Emily hatte von Magiern gehört, die so etwas von sich behaupteten, aber Sybil hatte sie immer als Scharlatane abgetan. Emily dagegen erschien die Fähigkeit, die Stimme eines anderen in ihrem Kopf zu hören, nicht unglaublicher als die Vorstellung, dass Menschen sich in Wölfe verwandeln konnten. »Und was ist mit den Werwölfen?«

»Wenn ein Werwolf und eine Werwölfin sich paaren, wenn sie läufig ist, wird sie fast immer schwanger. Tatsächlich habe ich noch nie von einem Fall gehört, in dem das nicht so war. Das Problem ist, dass Werwölfinnen nicht sehr oft brünstig werden und wir vom Wesen her sehr unabhängig sind. Bevor die Chrechten sich den Clans anschlossen, hat es viele Wölfinnen gegeben, die sich ihr Leben lang nicht paarten.«

Das war interessant. Kein Wunder, dass es für die Chrechten so schwer gewesen war zu überleben. »Aber Werwölfe müssen nicht mit einer Seelenverwandten zusammen sein, um Nachkommen zu zeugen?«

»Nein, doch sie können es, und wenn es so ist, können sie auch in geistige Verbindung miteinander treten. Eine solche Seelenverwandtschaft hat aber auch noch etwas anderes zur Folge.«

»Und was ist das?«

»Wenn die Chrechten ihre Seelenverwandte gefunden haben, sind sie bis zum Tod dieser Gefährtin außerstande, mit einer anderen zu verkehren.«

»Außerstande?«

»Na ja, du weißt schon …« Cait biss sich auf die Lippe und fuhr dann beinahe flüsternd fort: »Die Männer können nur mit ihrer wahren Seelengefährtin eine Erektion erlangen, und auch der Körper einer Werwölfin lässt sich von keinem anderen penetrieren.«

»Und wie ist das bei dem menschlichen Partner in einer wahren Seelenverwandtschaft?«

»Menschen sind Menschen. Sie können sich auch auf geistiger Ebene verständigen, doch was das andere angeht, glaube ich nicht, dass sie so eingeschränkt sind. Ich kann dir das allerdings nicht mit Sicherheit sagen, weil ich meine Mutter nie danach gefragt habe, wenn sie über die Bindung zwischen wahren Seelenverwandten sprach.«

»Ich kann das alles nicht glauben.« Doch im selben Moment wurde Emily klar, dass das nicht ganz die Wahrheit war, denn Caits Behauptungen kamen ihr von Minute zu Minute einleuchtender vor.

»Die geistige Kommunikation ist komisch«, fuhr Cait fort, als wäre dies das einzige Element der Unterhaltung, das auch nur ein bisschen ›komisch‹ war. »Ich habe sie selbst noch nie erlebt. Und meine Eltern waren auch keine Seelenverwandten. Ich habe von Familienmitgliedern gehört, die einander hören konnten, aber ich kann weder Talorc hören noch er mich. Ich konnte nicht mal seinen Geruch am See wahrnehmen, bis er ihn für einen Moment lang zu erkennen gab. Er hat mir übrigens eine Nachricht übermittelt.«

»Dass er hier ist, um dich zu retten?«

»Nicht mich. Er respektiert die Paarungsgesetze zu sehr, um Drustans Anspruch auf mich anzufechten, doch er könnte das Gebiet für einen Krieg erkunden, auch wenn seine Handlungsweise nicht darauf hinzudeuten scheint. Ich glaube, er will mein Kind. Einen weiteren Chrechte-Krieger für seinen Clan.«

»Das ist barbarisch! Er kann dir doch dein Kind nicht wegnehmen.«

»Nicht, bis es geboren ist.«

»Selbst dann nicht.«

»Ich weiß nicht, was dann geschehen wird. Ich ertrüge es nicht, das Baby zu verlieren. Ich liebe es schon, aber er könnte des Kindes wegen einen Krieg anzetteln, selbst wenn er es nicht wegen unserer Entführung tut.«

»Und wenn es ein Mädchen ist? Wird er dann vielleicht nicht so sehr darauf bestehen, dass sie an die Sinclairs übergeben wird?«

»Nein, denn Frauen schätzt man für ihre Fähigkeit, mehr Chrechte-Krieger hervorzubringen, und Männer für die Fähigkeit zu kämpfen.«

»Bei den Menschen ist das auch nicht anders.« Du liebe Güte, war sie etwa schon bereit, Cait diese fantastische Geschichte abzunehmen?

Ihre Freundin wirkte so ernst, so überzeugt von allem, was sie sagte, und falls tatsächlich nichts davon wahr sein sollte, gelang es ihr jedenfalls auf bewundernswerte Art und Weise, besonnen und aufrichtig zu wirken.

»In gewisser Weise, ja«, stimmte Cait ihr traurig zu.

»Was sollen wir denn jetzt tun?«

»Ich weiß es nicht. Aber ich will nicht, dass einer der beiden Lairds getötet wird.«

»Denkst du, Talorc war schon heute Morgen an dem See?« Der Gedanke, der Sinclair'sche Laird könnte sie und Lachlan nackt gesehen haben, erfüllte Emily mit Abscheu und Beschämung.

»Das wäre möglich. Vielleicht wollte er nur abwarten, um

Lachlan zum Kampf herauszufordern, bis er wusste, wo ich war und was mir zugestoßen war.«

»Und jetzt weiß er es.«

»Ja.«

»Bist du sicher, dass er morgen früh zum See kommen wird?«

»Nein, aber ich halte es für sehr wahrscheinlich. Wenn er den Balmoral töten könnte, würde der Clan es sich zweimal überlegen, mein Baby zu behalten.«

»Das ist grausam.«

»So ist das Leben hier.«

Emily erschauderte. »Warum muss es denn so hart sein?«

Cait seufzte nur statt einer Antwort.

Emily biss sich auf die Lippe und überlegte fieberhaft. »Vielleicht könnte ich Lachlan davon abhalten, zum See zu gehen, indem ich ... mich ihm anbiete.«

Cait schüttelte den Kopf. »O nein, das kannst du nicht tun. Ich weiß, dass ich dir geraten habe, sein Verlangen nach dir zu nutzen, doch das wäre nicht fair dir gegenüber. Es war falsch von mir, es vorzuschlagen.«

»Du verstehst nicht, Cait. Es macht mich froh, von ihm begehrt zu werden. Ich habe mein ganzes Leben im Schatten der neuen Familie meines Vaters verbracht. Wenn ich mit Lachlan zusammen bin, fühle ich mich, als wäre ich in der Sonne. Es wird nicht anhalten, das weiß ich selbst. Das kann es nicht, aus vielen Gründen, doch ich möchte so viel wie möglich von dieser neu entdeckten Leidenschaft erfahren. Findest du es schlimm von mir, dass ich so empfinde?«

»Nein, ich finde, du bist sehr tapfer, aber Lachlan *könnte* dich heiraten, wenn er wollte.«

»Du hast selbst gesagt, dass bei einer solchen Verbindung das Risiko besteht, dass ich keine Kinder haben kann. Kein

Mann würde so etwas freiwillig in Kauf nehmen, aber ganz besonders nicht ein Laird.«

Cait nickte traurig. »Ich glaube, du hast recht. Viele Chrechten lehnen aus ebendiesem Grund – und auch wegen der Möglichkeit, menschliche Nachkommen zu bekommen statt Gestaltwandlern – Verbindungen mit Menschen ab.«

»Du meinst, das kann passieren?«

»Ja. Lachlans Mutter muss menschlich gewesen sein, weil Ulf es ist.«

»Er ist kein Chrechte?«

»Ich bin mir jedenfalls sicher, dass er keinen Wolf in sich trägt.«

»Aber woher willst du wissen, dass es ihre Mutter war, die menschlich war?«

»Weil ihr Vater Laird war und er das nicht gewesen wäre, wenn er nur ein Mensch gewesen wäre.«

»Also haben überhaupt keine Clans mit Chrechten menschliche Anführer?«

»Keine, von denen ich wüsste. Möglich wäre es natürlich, aber ich kann es mir nicht vorstellen.«

Emily wusste nicht, was sie denken sollte. »Wirst du morgen zu dem See gehen und versuchen, mit Talorc zu reden?«

»Nein. Ich kann mir nicht sicher sein, warum er hier ist. Vielleicht schaut er nur nach mir, doch ich habe Angst, er könnte mich mitnehmen, bis er einen formellen Antrag um meine Hand erhält oder das Kind geboren ist, und dass die Balmorals ihm dann den Krieg erklären würden. Vielleicht will Talorc ihnen ja auch den Krieg erklären. Vielleicht wird er das Paarungsgesetz in diesem Fall nicht respektieren. Ich weiß es einfach nicht.« Cait klang mit jeder Möglichkeit, die sie aufzählte, besorgter. »Ich dürfte Drustan eigentlich nicht verschweigen, dass Talorc hier ist, aber ich kann meinen Bruder nicht verraten – und schon gar nicht, solange ich mir seiner Beweggründe nicht sicher bin.«

Emily verstand Caits Dilemma und fühlte mit ihr. »Wenn ich Lachlan morgen vom See fernhalten kann, brauchst du dir keine Sorgen mehr zu machen. Deine kleine Täuschung wird niemandem hier schaden.«

»Meinst du?«

»Ja.«

»Heißt das, dass du mir jetzt endlich Glauben schenkst?«

»Ich bin mir nicht sicher«, gab Emily ehrlich zu. »Aber was du gesagt hast, lässt sich nicht so einfach abtun, und ich bin überzeugt davon, dass du das alles glaubst. Womit ich selbst im Grunde auch schon fast so weit bin.« Sie seufzte. »Ich weiß, du hast Angst, und ich werde tun, was nötig ist, um diese Angst in Schach zu halten.«

Caits Augen füllten sich mit Tränen. »Danke, Emily.«

»Und ich werde auch tun, was ich kann, um Lachlan morgen von dem See fernzuhalten.«

Cait nickte. »Da ist noch etwas, was ich dir sagen muss.«

»Und was?«

»Bitte lass niemanden wissen, dass du über die wahre Natur der Chrechten Bescheid weißt.«

»Warum nicht?«

»Nur wenige innerhalb des Clans wissen davon, und diese wenigen bewahren das Geheimnis mit ihrem Leben. Wenn sie es preisgeben, ist die Strafe dafür der Tod.«

Emily spürte, wie alle Farbe aus ihren Wangen wich. »Ich verstehe«, sagte sie leise.

»Als dein Verlobter hatte Talorc das Recht, es dir zu erzählen, aber ich nicht.«

»Du meinst, du könntest getötet werden, weil du es mir gesagt hast?«

Cait nahm ihre Hand und drückte sie beruhigend. »Ich glaube nicht, dass es dazu kommen würde, da du mit meinem Bruder verlobt bist.«

»Aber sicher bist du dir nicht. Du hast dein Leben riskiert, um es mir zu erzählen.«

»Ich wusste nicht, was ich sonst tun sollte.«

»Ich werde dich nicht verraten, Cait.«

Ihre Freundin schenkte ihr ein zaghaftes Lächeln. »Das weiß ich, Emily.«

Cait ging kurz darauf, als ein Dienstmädchen kam, um ihr auszurichten, dass ihr Ehemann sie in ihren Gemächern sehen wollte.

14. Kapitel

Emilys Gedanken schwirrten durch ihren Kopf wie ein aufgebrachter Bienenschwarm, dem jemand seinen Honig hatte stehlen wollen.

Es waren so viele Gedanken, dass sie keinen einzigen zu Ende denken konnte. Bilder und Worte vermischten sich zu einer undurchschaubaren Masse, die entmutigender als ihr erstes Lateinbuch war. Sie wünschte, die Äbtissin wäre bei ihr, um ihr bei der Entschlüsselung ihrer derzeitigen Situation zu helfen, so wie sie ihr geholfen hatte, die Sprache der Kirche zu verstehen.

Die steinernen Mauern ihres Turmzimmers schienen sich ihr immer mehr zu nähern und sie zu umzingeln, bis Emily es nicht mehr ertrug und aufsprang. Sie musste raus aus der Burg, um ein bisschen frische Luft zu schnappen. Und tatsächlich begannen sich ihre Gedanken zu beruhigen, als sie gezwungen war, sich auf ihre Schritte zu konzentrieren, um auf der steilen Wendeltreppe nicht zu stürzen.

Das erste richtige Bild, das sie im Kopf behalten konnte, war ausgerechnet das der Werwölfe, von denen ihr die Haushälterin ihres Vaters abends am Kamin so oft erzählt hatte. Die Schottin hatte die Ungeheuer stets so anschaulich und detailgenau beschrieben, dass Emily des Nachts manchmal sogar von ihnen geträumt hatte. Und sie erinnerte sich, sich als kleines Mädchen oft gewünscht zu haben, sie könnte so mächtig sein wie diese Fabelwesen, um nie wieder Angst haben zu müssen.

Nicht vor Wasser, nicht vor ihrem Papa. Nicht vor Sybils Tadel und nicht vor dem Tod, der ihre geliebte Mama geholt hatte – vor rein gar nichts mehr.

Aber nie, nicht einmal in ihren wildesten Fantasien hätte sie sich träumen lassen, einmal jemandem zu begegnen, der behauptete, eine solche Kreatur zu sein. Wie Cait, die sich selbst als *Werwölfin* bezeichnete und gesagt hatte, auch Lachlan sei ein solcher Wolf. Die Härchen an Emilys Nacken sträubten sich bei dem Gedanken, und ihre Arme und Beine überzogen sich mit einer Gänsehaut.

Sie verspürte solch exquisite Empfindungen bei seinen Küssen und verzehrte sich nach seinen Berührungen, doch falls Cait die Wahrheit sagte, dann sehnte Emily sich nach den Zärtlichkeiten eines Tiers! War sie deshalb abartig? Aber Lachlan war kein Tier – nicht durch und durch. Er war ein Mensch, der die Gestalt eines Wolfes annehmen konnte. Das war doch nicht dasselbe, *oder?* Auch Cait verhielt sich nicht wie ein Tier; ihr Benehmen war das einer ganz normalen Frau, und Emily war überzeugt, dass ihre Freundin nicht verdorben war, aber sie schien auf jeden Fall sehr glücklich in ihrem Ehebett zu sein. Doch sie hatte ja natürlich auch ihre animalische Seite …

In einem erneuten Anfall von Verwirrung erreichte Emily den Fuß der Treppe und war froh zu entdecken, dass die Tür nach draußen nicht verschlossen war. Sie war schwer, und als sie sie heute hatte öffnen wollen, hatte Cait sie sanft zur Seite geschoben, um sie selbst aufzudrücken. In dem Moment hatte Emily angenommen, dass es einen Trick gab, den sie nicht kannte, doch nun musste sie sich fragen, ob es nicht die Kraft der Werwölfin in Cait gewesen war, die ihr das Öffnen der Tür so leicht gemacht hatte.

Mit diesem verstörenden Gedanken nickte Emily einer Gruppe von Soldaten zu, die die Eingangsstufen hinaufkamen, musterte sie eingehend und versuchte zu erraten, welche von ihnen wohl Werwölfe und welche menschlich waren.

Aber sie konnte keine erkennbaren Unterschiede sehen. Ließ sich das überhaupt feststellen? Woran hatte Cait gemerkt, dass Ulf ein Mensch war? Die Soldaten warfen ihr im Vorbeigehen ein paar merkwürdige Blicke zu, und Emily errötete, als ihr bewusst wurde, dass sie den Eindruck haben mussten, von ihr angestarrt zu werden.

Sybil hätte einen Anfall bekommen, wenn Emily sich bei den Soldaten ihres Vaters so etwas erlaubt hätte.

Sie wandte den Blick von den Männern ab, ertappte sich aber kurz darauf schon wieder dabei, dass sie alle, denen sie begegnete, mit mehr als üblichem Interesse musterte. Cait hatte gesagt, nur wenige Mitglieder des Clans seien Gestaltwandler, doch Emily sah nichts, was ihr einen Hinweis darauf geben könnte, wer es war und wer nicht. Bedeutete das, dass *alle* menschlich waren? Selbst wenn das die logischste Erklärung war, war Emily noch längst nicht überzeugt, dass es so war.

Lachlan hatte so viele Dinge gesagt, die darauf schließen ließen, dass er sich für mehr als menschlich hielt, und falls er ein Werwolf war, war das verständlich. Er war von Natur aus arrogant, das ja, trotzdem schienen seine Haltung und sein Verhalten darauf hinzudeuten, dass es mehr war als nur der Dünkel des mächtigen Oberhauptes eines Clans. Hatte er nicht mehr als einmal von dem Tier in sich gesprochen? Außerdem besaß er ein erstaunliches Gehör, von seinem Geruchssinn ganz zu schweigen.

Emily blieb stehen und unterhielt sich mit ein paar Kindern, die in der Nähe der Küche spielten. Aber egal, wie sehr sie sich bemühte, konnte sie doch keine Unterschiede zwischen ihnen sehen. Sie interessierten sich allerdings alle sehr für England und waren entzückt, dass Emily mit ihnen Gälisch sprach.

»Gibt es in England Ungeheuer, die unartige Kinder fressen?«, fragte ein kleines Mädchen.

Emily lachte. »Ich denke, einige Eltern erzählen ihren Kindern das, doch ich habe noch nie eins gesehen.«

»Warst du böse als Kind?«, wollte ein kleiner Junge wissen.

»Normalerweise nicht.«

»Nun, dann konntest du sie ja auch nicht sehen, nicht?«, entgegnete er mit unwiderlegbarer kindlicher Logik.

»Der Sohn unserer Köchin war jedenfalls sehr, sehr böse. Er ist immer aus dunklen Ecken herausgesprungen, um die Leute zu erschrecken, besonders Kinder, die kleiner waren als er. Und er ist nicht von einem Ungeheuer aufgefressen worden.«

»Vielleicht hat die Köchin dem Ungeheuer ja etwas anderes zu essen gemacht.«

Emily lachte. »Gibt es hier in den Highlands Ungeheuer?«

Das kleine Mädchen zog die Nase kraus. »Ich glaube, es gibt riesige Schlangen in den Lochs, doch Mum sagt, das stimmte nicht. Sie sagt, ich müsste keine Angst haben, dort zu baden; denn ich könnte nicht aufgefressen werden.«

Emily bückte sich und streichelte der Kleinen die Wange. »Ich denke, deine Mum hat recht.«

»Aber wir haben ganz viele wilde Tiere hier, die genauso gruselig wie Ungeheuer sind«, prahlte einer der Jungen.

»Aye. Unsere Wölfe sind viel größer als anderswo, und die Wildschweine mit ihren großen Hauern können sogar einen Krieger töten.«

Emily tat so, als erschauderte sie heftig. »Dann werde ich unbedingt vermeiden müssen, ihnen zu begegnen.«

Die Kinder lachten, und einer der Jungen meinte: »Du brauchst dir keine Sorgen zu machen, denn unsere Soldaten beschützen unseren Clan, und niemand kann einen Balmoral'schen Krieger schlagen.«

»Und du wirst eines Tages einer sein, nicht wahr?«, entgegnete sie mit einem Lächeln.

Der Junge nickte selbstbewusst. »Und ich werde keine Schlange meine kleine Schwester fressen lassen.«

Das Mädchen, das diese Furcht geäußert hatte, sah ihn mit geradezu ehrfürchtiger Bewunderung an, und Emily konnte ein Lächeln nicht verbergen. »Das wirst du ganz gewiss nicht tun.«

»Trotzdem bin ich sicher, dass es Ungeheuer in England gibt. Sie haben ja auch keine Chrechten, um sie zu vernichten.«

»Chrechten?«, wiederholte Emily mit angehaltenem Atem.

»Unsere furchtlosesten Krieger.«

»Mein Dad ist ein guter Krieger, und er ist kein Chrechte«, sagte ein anderer Junge empört.

Es sah ganz so aus, als würde ein Streit ausbrechen, und deshalb griff Emily schnell ein. »Ich bin sicher, eure Väter sind beide tapfere Krieger.«

Der Sohn des Chrechten nickte, doch der Ausdruck in seinen Augen schien zu besagen, dass er etwas wusste, wovon die anderen keine Ahnung hatten. Vielleicht bildete sie es sich nur ein, aber Emily hatte den Eindruck, dass er eine Arroganz ausstrahlte, die nicht viel anders war als Lachlans.

Ihr schwirrte der Kopf, als die Kinder ihr Spiel wieder aufnahmen. Ihre Gewissheit, dass ein Wesen nicht zu sehen sein musste, um zu existieren, erinnerte sie daran, dass viele Dinge im Leben in gutem Glauben akzeptiert werden mussten. Sie hatte den König nie persönlich gesehen – und doch existierte er. Schließlich hatten ihr Vater und andere ihn gesehen und ihr von ihm erzählt. Auch Gott hatte sie nie gesehen und zweifelte trotzdem nicht an seiner Existenz. Sie bekreuzigte sich schnell.

Nein, sie wusste, dass ihr Schöpfer existierte. Sie wusste, dass ihre Mutter im Himmel wartete, um eines Tages wieder mit ihr vereint zu sein. Cait hatte Emily versichert, Werwölfe wären etwas sehr Reales, und sie konnte das entweder für bare Münze nehmen oder weiter daran zweifeln, bis sie unwiderlegbare Beweise hatte. Einige Hinweise hatte sie ja schon, wenn sie das seltsame Verhalten der Highlander auf eine ganz bestimmte Weise deuten wollte.

Aber war ihr Vertrauen in ihre Freundin groß genug, um sich von ihr von etwas derart *Unwahrscheinlichem* überzeugen zu lassen?

Nicht sicher, wie sie dazu stand, ging Emily in die Küche und bot ihre Hilfe an, nur um gleich wieder hinauskomplimentiert zu werden – wenn auch erst, nachdem sie die Bekanntschaft der anderen Frauen gemacht hatte, die in der Küche halfen. Sie waren nicht übertrieben freundlich, aber auch nicht feindselig und schienen erfreut zu sein, dass sie sich die Mühe machte, sich nach ihren Namen zu erkundigen und sich anerkennend zu dem Mittagessen äußerte.

Als Emily auf den Hof hinaustrat, sah sie in einiger Entfernung den Priester, der sie aber nicht bemerkte. Sie hätte ihn gern gefragt, ob es Werwölfe in diesem Clan gab. Bestimmt wusste er das, doch sie konnte nicht riskieren, Cait ihrer Enthüllungen wegen in Gefahr zu bringen. Emily wurde ganz übel bei dem Gedanken, wie hart die Schottin bestraft werden könnte, falls herauskam, dass sie ihr die Geheimnisse des Clans verraten hatte.

Die bloße Vorstellung, ihrer Freundin könnte etwas Schlimmes widerfahren, war für Emily unerträglich, und sie konnte jetzt sehr gut verstehen, dass Cait sich so um ihren Bruder sorgte. Er war vielleicht kein liebenswürdiger Mensch, aber im Grunde wahrscheinlich auch nicht anmaßender als Lachlan.

Talorc weckte zwar nicht die erstaunlichen erotischen Empfindungen in Emily, die sie bei dem Balmoral'schen Laird verspürte. Aber Cait liebte Talorc und musste außer sich vor Sorge sein über sein Schicksal.

Doch ungeachtet ihrer Zweifel, was die Werwölfe im Clan anging, musste Emily ihr Versprechen halten und alles tun, um Lachlan davon abzuhalten, am nächsten Morgen zu dem See zu gehen.

Mit diesem festen Vorsatz im Kopf trat sie zu ein paar Kindern und half ihnen, Wasser aus dem Brunnen im unteren Burghof zu holen, bevor sie zur Burg zurückging, um sich umzukleiden und zum Abendessen zurechtzumachen.

Cait saß auf einer der Bänke in ihren Gemächern und bürstete ihr Haar, während sie auf Drustans Rückkehr wartete.

Als er sie vorhin hatte rufen lassen, hatte sie gedacht, er verlangte nach ihr, um wieder mit ihr ins Bett zu gehen. Und da sie nun wusste, dass Emily verhältnismäßig sicher und wohlbehalten war, war sie auch gar nicht abgeneigt gewesen. Sie sehnte sich nach Drustans Berührungen und der Intimität der vergangenen Nacht, besonders, da sie nun wusste, dass Talorc in der Nähe war und mit Sicherheit nichts Gutes plante.

Nur hatte sie bei der Rückkehr in ihre Gemächer dort einen kalten, unversöhnlichen Ehemann und die Haushälterin angetroffen, die sie schon erwartet hatten. Nachdem Drustan Cait dann darüber informiert hatte, dass zu ihren neuen Pflichten auch die Aufsicht über die Haushaltsführung gehörte, da der Laird keine Gemahlin hatte, hatte er sie mit der Haushälterin bekannt gemacht und war gegangen.

Marta hatte Cait zu einer Besichtigungsrunde durch die Burg mitgenommen, die sie von den Turmzimmern bis zu den

Kellerräumen führte. Die Feste war doppelt so groß wie die ihres Bruders, was Cait ein bisschen irritierend fand. Nicht nur über zwei Dutzend Soldaten hatten ihre Quartiere in den Baracken unter Caits und Drustans Zimmern, sondern auch die Haushälterin lebte mit ihrem Mann und ihren beiden Kindern in eigenen Räumen neben dem großen Saal. Im ersten Stock darüber befanden sich die privaten Gemächer des Lairds, zu denen auch ein Salon gehörte, der allerdings nicht mehr benutzt wurde, seit Lachlans Mutter verstorben war, wie die redselige Marta zu berichten wusste.

Ihre Worte hatten in Cait ein Bild von sich und Emily und ihren Kindern in diesem Salon heraufbeschworen, das ihr so real erschienen war, dass sie hatte blinzeln müssen, um es zu verdrängen, bevor sie sich wieder auf Martas Worte hatte konzentrieren können. Aber das Bild hatte sie immer wieder heimgesucht, bis sie nicht mehr umhin konnte, sich zu fragen, ob Gott Emily nicht als Braut für ihren Bruder, sondern für den Laird der Balmorals hierher gebracht hatte.

Es war sicherlich nur Wunschdenken, doch sie hatte sogar noch davon geträumt, als sie sich hingelegt hatte, um sich ein bisschen auszuruhen, nachdem die Haushälterin wieder gegangen war. Cait hatte in der Nacht zuvor nur wenig Schlaf bekommen und brauchte ihrer Schwangerschaft wegen ohnehin mehr Ruhe als gewöhnlich. Beunruhigt und fasziniert zugleich von ihren Träumen, war sie nach einer Weile wieder aufgewacht.

Aber Drustan war noch immer nicht zurück.

Wie sie von Emily wusste, erwartete Lachlan ihn für ein paar Tage nicht zu sehen, was bedeutete, dass ihr Mann zumindest für die erste Zeit nach der Hochzeit von seinen Pflichten entbunden worden war. Nach ihrer mangelnden Bereitschaft, bei ihm zu bleiben, hatte er jetzt jedoch anscheinend beschlossen, dass diese Beurlaubung überflüssig war. Warum ihr deswegen die Tränen kamen, war Cait unbegreiflich, und sie tat ihr Bestes, um an etwas anderes zu denken.

Sie hatte weiß Gott genügend andere Sorgen! Nicht die geringste davon war die Tatsache, dass sie einem menschlichen Wesen die Geheimnisse des Clans verraten hatte, ohne ihren Laird um Erlaubnis gefragt zu haben. Sollte sie es Lachlan erzählen? Talorc würde sie es ohne Zögern eingestehen, obwohl sie wusste, wie er sie dafür anbrüllen würde. Aber ihrem Bruder vertraute sie, während sie zu ihrem neuen Laird erst noch Vertrauen entwickeln musste.

Doch könnte sie es nicht Drustan sagen? Nein, denn er würde mit Sicherheit sofort damit zu Lachlan gehen. Aber müsste sie ihren Mann nicht zumindest über die Anwesenheit ihres Bruders informieren? Ihr Herz verkrampfte sich bei dem Gedanken. Die Loyalität zu ihrem neuen Clan erforderte, dass sie mit Drustan sprach, doch sie brachte es nicht über sich. Wenn sie etwas über Talorcs Anwesenheit auf der Insel verlauten ließ, würden die Krieger des Rudels sich unverzüglich auf die Suche nach ihm machen – und wenn sie ihn auf Balmoral'schem Territorium fanden, würden sie ihn töten.

Und selbst wenn sie Drustan gestand, was sie Emily erzählt hatte, würde sie ihn über ihre Beweggründe belügen müssen. War es schlimmer zu lügen, als Informationen zurückzuhalten? Cait wollte weder das eine noch das andere bei Drustan tun, und trotzdem hatte sie das Gefühl, gar keine andere Wahl zu haben.

Sie war so vertieft in ihre chaotischen Gedanken, dass sie nichts von Drustans Gegenwart bemerkte, bis ihr Blick wieder klar genug war, um ihn direkt vor sich stehen zu sehen.

Und da fuhr sie erschrocken zusammen und erhob den Blick zu ihm. »Oh. Du bist wieder da.«

Er legte ihr die Hände auf die Schultern und strich mit den Daumen über ihr Schlüsselbein, während sich seine rötlich braunen Augenbrauen besorgt zusammenzogen und seine grünen Augen bis auf den Grund ihrer Seele zu blicken schienen. »Ist alles in Ordnung mit dir?«

»Mir geht es gut«, erwiderte sie schnell, weil sie Angst hatte, er könnte vielleicht irgendwie ihre Gedanken lesen. »Wie kommst du darauf, dass es nicht so sein könnte?«

»Du hast mich nicht hereinkommen gehört.«

»Woher weißt du das?«

Sein Mund verzog sich zu einem spöttischen kleinen Lächeln, aber er antwortete nicht. Natürlich war es offensichtlich, dass sie ihn nicht hatte kommen hören. Schließlich war sie zusammengezuckt wie eine verbrühte Katze, als sie ihn endlich bemerkt hatte. Kein Wunder, dass er fragte, ob mit ihr etwas nicht in Ordnung war. Er hatte ihre Gedanken nicht gelesen – das könnte er auch gar nicht. Selbst wenn sie wahre Seelenverwandte wären, schloss die geistige Kommunikation nicht die Fähigkeit mit ein, die Gedanken einer anderen Person zu lesen, sondern höchstens, sie zu hören, wenn sie einem selbst galten.

Und sie und Drustan waren so oder so keine Seelenverwandte. Sie war nur eine x-beliebige Frau, die er aus reiner Vergeltungssucht geheiratet hatte.

»Ich ...« Sie verstummte wieder, als sie eine blutige Schnittwunde an seiner Brust bemerkte, einen blauen Fleck an seinem Arm und Schmutzflecken auf seiner Kleidung und dem Rest von ihm. Erschrocken sprang sie auf und schüttelte seine Hände ab, die noch immer auf ihren Schultern lagen. »Was ist passiert? Hat es einen Kampf gegeben?«

Hatten sie Talorc gefunden? Caits Kehle wurde eng, als panische Angst ihr den Magen zusammenkrampfte.

Drustans Gesicht spiegelte Verwirrung wider, als könnte er ihre Reaktion auf solch geringfügige Verletzungen nicht verstehen. »Ich habe mit den Soldaten trainiert.«

»Oh.« Erleichterung durchflutete sie, rasch gefolgt von Sorge. »Ich werde ein feuchtes Tuch holen und deine Wunden säubern.«

»Wunden! Das da ist nur ein kleiner Schnitt, aber du kannst den Rest von mir waschen, falls dir danach ist.« Der sinnliche Unterton in seiner Stimme brachte sie ganz durcheinander.

Doch seine Scherze und die Besorgnis um sie waren eine große Verbesserung gegenüber seiner vorherigen Kälte.

Sie ging um ihn herum zu dem Krug mit frischem Wasser auf der anderen Seite des Raumes. In ihrer Eile, das Waschtuch zu befeuchten, verschüttete sie Wasser auf dem Tisch, als sie es in die große Schüssel goss. »Ich würde dich gern waschen … wenn du möchtest.«

»Wirklich? Weil es dir weniger unangenehm ist, mich zu berühren, als meine Berührung zu ertragen?«

Sie zog scharf die Luft ein und fuhr zu ihm herum. Sein Gesicht war unbewegt, aber seine Augen glühten von etwas, das tief in ihrem Innersten etwas zum Schmelzen brachte.

Sie suchte seinen Blick und erwiderte ihn ruhig. »Ich wollte heute Morgen nicht andeuten, dass ich mich nicht gern von dir berühren lasse.«

»Du hast gar nichts angedeutet, sondern es ganz unverblümt gesagt.« Er verschränkte die Arme vor der Brust und lehnte sich in entspannter Haltung mit dem Rücken an die Wand.

»Aber so habe ich das nicht gemeint.«

Er zog spöttisch eine Augenbraue hoch. »Wie könntest du es denn sonst gemeint haben?«

Sie ging durch das Zimmer zu ihm hinüber und wischte ihm

einen Schmutzfleck von der Wange. Ihr Körper reagierte sofort auf seine Nähe, doch sie hielt nicht inne in ihrem Tun. »Ich war besorgt um meine Freundin und verletzt, weil meine Sorge dich nicht kümmerte und weil du mehr daran interessiert warst, dein Vergnügen bei mir zu suchen, als mir zu helfen, meine Ängste zu zerstreuen.«

»Du glaubst, es sei meine Aufgabe, deine Ängste zu zerstreuen?«

»Wenn du kannst, ja.« Sie biss sich auf die Lippe, als sie die Schnittwunde an seiner Brust abtupfte. Sie war jedoch nicht tief, und das Blut war schon getrocknet.

»War Sean so rücksichtsvoll gegenüber deinen Gefühlen?«

»Ich habe ihm nur selten meine Ängste anvertraut. Das kam so gut wie nie vor.«

»Soll das heißen, dass dieser mustergültige Ehemann und du euch nicht so nahegestanden habt, wie du mir heute Morgen zu verstehen gabst?«

»Ja.«

»Dann wart ihr also keine Seelenverwandten?«

Cait hatte seine Brustwunde gereinigt und begann nun, den Schmutz an seinen Armen abzuwischen. »Nein.«

»Komisch. Heute Morgen hatte ich den Eindruck, dass er ein Ideal war, dem man nicht gerecht werden kann.«

»Du bist ein Balmoral'scher Wolf. Du glaubst so etwas von keinem Mann.«

»Nein?«

Sie antwortete mit einem Lachen, das gepresst und heiser klang von den Gefühlen, die sie durchfluteten, als sie ihn mit weit weniger unschuldigen Gedanken berührte, als sie hätte haben sollen. »Nein, das tust du nicht. Du bist sogar noch arroganter als mein Bruder.«

Er ließ seine Arme sinken und legte sie um ihre Taille. »Ist das ein Vorwurf?«

Sie befeuchtete ihre Lippen, und ihre Hände verharrten für einen Moment in der Bewegung. »Nein.«

»Es war nicht meine Absicht, dich vor meiner Mutter in Verlegenheit zu bringen.«

»Ich weiß, dass unsere Ehe aufgrund von ungewöhnlichen Umständen zustande kam, aber es ist trotz allem eine Ehe, und es ist mir wichtig, dass deine Mutter mich mag.«

»Keine Angst, sie ist schon ganz entzückt von dir.«

Cait war nicht sicher, ob das stimmte, doch es war nett von ihm, dass er es sagte. »Danke.«

»Du warst also gekränkt, als ich heute Morgen mit dir ins Bett zurück wollte?«

»Ja.«

»Ich habe deine Sorgen nicht ignoriert, Cait. Ich hatte dir ja schon versichert, dass Lachlan der Engländerin nicht wehtun würde.«

Und er hatte von ihr erwartet, ihm das ohne ein weiteres Wort zu dem Thema abzunehmen. Cait seufzte. »Ich brauchte aber mehr. Ich musste sie sehen, um mich mit eigenen Augen davon zu überzeugen.«

»Und als du Emily gesehen hast, ging es ihr da gut?«

»Ja. Sehr gut. Lachlan bringt ihr tatsächlich das Schwimmen bei.«

»Deine Befürchtungen waren also völlig grundlos. Du hättest mir vertrauen sollen.«

»Wie hätte ich das wissen können?«

»Ich bin dein Ehemann.«

»Was heißt das schon? Ich bedeute dir doch nichts ... nicht ich persönlich. Ich bin nur ein Mittel zum Zweck, mehr nicht. Dein Laird wollte Vergeltung für eine vermeintliche Beleidigung, und mich hier festzuhalten, schien ihm der rechte Weg dafür zu sein.« Cait versuchte, sich von Drustan loszureißen, aber er schloss seine Hände nur noch fester um ihre Taille.

»Ich bin derjenige, der dich festhält, und ich habe das gleiche Recht wie Lachlan, mich an den Sinclairs zu rächen.«

»Was dich zu meinem Gefangenenwärter, aber nicht zu meinem Ehemann macht, und ich bin nichts anderes als *dein* und Lachlans Rachewerkzeug.«

»Ich bin dein Ehemann«, wiederholte Drustan scharf.

Cait seufzte. Er hatte ja recht. Was immer daraus werden mochte, er war der Mann, an den sie ihr Leben lang gebunden sein würde. »Ja, du bist mein Ehemann. Durch das Gesetz der Kirche«, konnte sie sich nicht verkneifen hinzuzufügen.

»Durch deine eigene Zustimmung und deine Gelübde gestern Nacht.«

Sie weigerte sich, diesen Seitenhieb zur Kenntnis zu nehmen. »Aber ich bin *nicht* jemand, für den du etwas empfindest?«

»Willst du denn, dass ich etwas für dich empfinde?«

»Welche Frau würde sich das nicht wünschen? Ich bin immerhin deine Ehefrau, und wir haben noch viele gemeinsame Jahre vor uns.«

»Du sagst, du hättest deine Sorgen Sean nie anvertraut, aber hat er dich geliebt?«

Das konnte Cait beim besten Willen nicht beantworten. Wenn ja, hatte er es ihr nie gesagt. »Er war rücksichtsvoll mir gegenüber.«

»Und ich bin es nicht?«

»Du hast meine Sorgen um Emily außer Acht gelassen, als wären sie vollkommen belanglos.«

»Sie waren grundlos, das habe ich dir gesagt. Und obwohl ich das wusste, habe ich mich bereit erklärt, beim Mittagessen mit Lachlan zu sprechen, obwohl ich eigentlich vorhatte, unsere Zimmer erst frühestens morgen wieder zu verlassen. Du kannst mir also wirklich nicht vorwerfen, ich hätte deine Sorgen außer Acht gelassen.«

»Aber …«

»Du hast keine Geduld.«

»Ich hatte Angst um Emily, kannst du das denn nicht verstehen?«

»Würdest du mir vertrauen, müsstest du auch keine Angst haben.«

»Wie kann ich dir vertrauen?«

»Ich bin dein Ehemann«, wiederholte er, als müsste das allein schon ausreichen, um ihre Ängste zu beschwichtigen.

»Aufgrund einer Vergeltungsaktion.«

»Ist es wichtig, warum wir geheiratet haben? Du bist jetzt meine Gattin, nicht irgendein Frauenzimmer, das mir das Bett wärmt, wenn es mir gerade passt. Du wirst meine Kinder gebären und bis zum Ende unserer Tage meine Gefährtin sein.«

»Ich möchte dir ja vertrauen«, gab sie leise zu. Es wäre so viel leichter, wenn sie sicher sein könnte, dass ihre Gefühle und Wünsche eine Rolle für ihn spielten und er immer in ihrem Interesse handeln würde.

»Dann tu es.«

»So einfach ist das nicht.«

»Das ist es, wenn du es wirklich willst.«

»Und wenn du am Ende meinen Bruder tötest?«

»Dazu müsste er uns schon den Krieg erklären oder versuchen, dich mir wegzunehmen.«

Was alles andere als beruhigend war, da beides mehr als nur wahrscheinlich war. »Und mein Baby?«

Drustan nahm eine seiner Hände von ihrer Taille und legte

sie in einer besitzergreifenden Geste auf ihren Bauch. »Was ist mit deinem Baby?«

»Talorc wird es für die Sinclairs wollen.«

Drustan verzog angewidert das Gesicht. »Es ist unrecht, eine Mutter von ihrem Kind zu trennen.«

»Das würde ihn nicht kümmern.« Cait liebte ihren Bruder, doch Talorc konnte manchmal furchtbar unnachgiebig sein. »Da Sean ein Chrechte war, wird auch das Kind ein Chrechte sein.«

»Ich werde nicht zulassen, dass Talorc es bekommt.«

Cait war ebenso erschrocken wie beruhigt über dieses Versprechen. »Ich will keinen Krieg.«

»Das ist die Lebensweise unseres Volkes.«

»Und wir sind deswegen fast ausgestorben. Krieg ist nicht der richtige Weg, Drustan.«

»Soll ich eine Beleidigung etwa einfach so vergessen? Wäre es dir lieber, wenn ich das Baby deinem Bruder übergäbe? Wirst du erst zufrieden sein, wenn die Balmorals von den Sinclairs zertreten und zertrampelt wurden?«

»Nein!«

Was zum Teufel willst du dann, verdammt noch mal?

Cait hörte die Worte, die laut genug waren, um einen Baum zu fällen, aber Drustans Lippen hatten sich nicht bewegt.

Hast du dich gerade auf geistiger Ebene mit mir verständigt?, fragte sie, indem sie ihre Gedanken auf ihn richtete.

Seine grünen Augen weiteten sich. *Nicht absichtlich. Was hast du gehört?*

»Ich habe dich brüllen gehört: *Was zum Teufel willst du dann, verdammt noch mal?*«, sagte sie laut. »Aber ich habe es nur in meinem Kopf gehört.«

Mit einer fast ehrfürchtigen Handbewegung berührte Drustan ihr Gesicht. »Wir sind Seelenverwandte.«

Cait, die das nicht glauben konnte, schüttelte den Kopf. Sie konnten nicht Seelenverwandte sein. Nicht nach einer einzigen Nacht ... nicht, wo ihre Ehe nur das Ergebnis seiner Rachegelüste gegen ihren früheren Clan war. Ein Gefühl der Kälte überkam sie, und sie fröstelte und fühlte sich ganz merkwürdig benommen. Dann wurde es dunkel um sie herum, und Drustans Gesicht verschwamm vor ihren Augen.

Als sie wieder zu sich kam, lag sie auf dem Bett, und Drustan beugte sich über sie.

Er lächelte, aber seine Augen waren ganz schmal vor Sorge. »Ich glaube, ich habe noch nie von einer Werwölfin gehört, die in Ohnmacht fiel bei der Erkenntnis, dass ihr Ehemann ihr geheiligter Gefährte war.«

Caits Herz verkrampfte sich bei dieser uralten Bezeichnung. »Aber ... ist das nicht unmöglich?« Es musste unmöglich sein.

»Warum? Weil du eine Sinclair bist und ich ein Balmoral? Wir sind beide Chrechten.«

Sie hatte immer angenommen, um eine wahre Seelenverwandte zu sein, müsste eine Frau ihren Gefährten lieben. War das so? Ihre Gefühle im Hinblick auf Drustan verwirrten sie. Und er? Empfand er mehr für sie als nur Begehren? Er hatte gesagt, er wolle ihr Vertrauen. War das nur männliches Gerede oder der Ausdruck eines tieferen Bedürfnisses, das er noch nicht in Worte gefasst hatte? Oder war Seelenverwandtschaft etwas so Grundlegendes, wie brünstig zu werden? Etwas sehr Körperliches, wovon sie immer geglaubt hatte, dass es mehr war als nur körperlich.

»Ich weiß es nicht«, bekannte sie schließlich.

»Du warst nicht seelenverwandt mit Sean.« Er klang, als wäre er sehr erfreut darüber.

»Nein, natürlich nicht, das hatte ich dir doch schon gesagt.

Aber wenn ich es gewesen *wäre*, wie könnte ich dann auch *deine* wahre Seelenverwandte sein?«

Drustan strich ihr sanft das Haar aus dem Gesicht. »Ich habe von Chrechten gehört, die mit mehr als einem wahren Gefährten in ihrem Leben gesegnet waren.«

»Ist es ein Segen? Für dich?«

»Ja. Egal, aus welchem Grund wir zusammenkamen, ich möchte, dass unsere Ehe eine starke ist. Ich möchte, dass du glücklich bist, Cait.«

»Wirklich?« Hatte Sean das auch gewollt? Sie hatte immer den Eindruck gehabt, dass ihrem ersten Mann die Zufriedenheit ihres Bruders wichtiger gewesen war als ihre.

»Ja.«

»Oh. Das ist schön«, murmelte sie.

Drustan lächelte. »Du bist noch ein bisschen durcheinander von deiner Ohnmacht, nicht? Das muss etwas mit deiner Schwangerschaft zu tun haben.«

»Möglich.«

»Und was ist mit mir?«, fragte er.

»Was ist mit dir?«

»Möchtest du auch, dass ich glücklich bin?«

Ob er glücklich war, dürfte sie eigentlich nicht kümmern. Sie hatte ihn weder aus freiem Willen noch aus Pflichtgefühl geheiratet, sondern weil sie dazu gezwungen worden war. Deshalb fand sie es ja so eigenartig, dass er sie in ihrer Ehe glücklich sehen wollte. Ihre Gefühle kümmerten ihn also offensichtlich schon, und wenn auch vielleicht nur ein bisschen, doch sie wusste einfach nicht, warum.

Es sei denn, es wäre seine Pflicht als Ehemann, die ihn dazu veranlasste, so fürsorglich zu sein.

Doch ungeachtet dessen, warum er so empfand, wie er empfand, war es auch ihr nicht gleichgültig, ob er mit ihr als

Gefährtin zufrieden war. Ganz und gar nicht. »Ja, ich möchte, dass du glücklich bist.«

»Dann werden wir es sein.«

»Ich werde nicht glücklich sein, falls du meinen Bruder tötest«, warnte sie.

Sein grimmiger Blick war scharf genug, um sie zusammenfahren zu lassen. »Versuch nicht, unsere Ehe zu benutzen, um mich zu manipulieren. Ich werde tun, was ich tun muss als Krieger.«

»Dann hast du mich also belogen?«, fragte sie und versuchte vergeblich, sich seinen Armen zu entziehen. »Du willst nur, dass ich glücklich bin, wenn das bedeutet, dass du tun kannst, was du willst?«

»Ein Krieger kann sich nicht immer den Luxus erlauben zu tun, was er will. Er tut, was er tun *muss*.«

»Aber wenn du mit Talorc reden würdest, statt ihn zu bekämpfen, würdest du feststellen, dass kein Grund für einen Krieg zwischen unseren Clans besteht.«

»Er würde dir da wohl kaum zustimmen.«

»Das Baby ist noch nicht geboren. So Gott will, werden wir vorher zu einer Einigung gelangen, die mir nicht das Herz zerreißen wird – aber das ist nicht das nächstliegende Problem.«

Drustan seufzte und rollte sich auf den Rücken. »Lachlan hätte Susannah nie erlaubt, allein zu jagen, und meine Schwester würde nicht lügen. Niemals.«

Cait vermisste die Wärme seines Körpers, doch die Tragweite seiner Worte war sogar noch viel ernüchternder. »Willst du damit sagen, dass *ich* lüge?« *Denn das tue ich nicht!*, schrie sie ihm in Gedanken zu.

Er drehte sich wieder auf die Seite und zog sie an sich. »Ich möchte jetzt nicht darüber reden.«

Sie wich seinen Lippen aus, obwohl sie nichts mehr ersehnte, als von ihm geküsst zu werden. Aber das Gespräch war zu wichtig, um es körperlicher Bedürfnisse wegen zu beenden. »Weil du nicht zugeben willst, dass du dich irrst, doch denk einmal nach. Was ist, wenn Susannah die Insel verlassen hatte, weil sie das für ihre beste Chance hielt, den Vollmond ungepaart zu überstehen? Dann paart sie sich schließlich doch mit Magnus, und weil sie nicht will, dass er sie für illoyal oder ungehorsam hält ...«

»Belügt sie ihn? Meine Schwester ist keine so schwache Frau.«

»Bitte, Drustan, zieh die Möglichkeit einfach nur mal in Betracht!«

Er schüttelte den Kopf und küsste sie, aber Cait zwang sich, nicht zu reagieren. Es war schwer, schwerer als alles, was sie je getan hatte, doch sie konnte sich nicht einem Mann hingeben, der sie für eine Lügnerin hielt.

»Was ist?«, fragte er und hob den Kopf.

»Du denkst, ich sei eine Lügnerin.«

Er holte so tief Luft, dass sein Brustkorb anschwoll und Cait seine harten Muskeln an ihrer Seite spüren konnte.

»Ich halte dich nicht für eine Lügnerin.«

»Doch, das tust du. Denn entweder lügt Susannah, oder ich sage die Unwahrheit.« Oder Lachlan, doch was das anging, hielt sie Emilys Sichtweise für sehr vernünftig. Dieser Mann war zu arrogant, um zu glauben, er müsste zu einer Lüge greifen.

»Ich habe Susannah ihr ganzes Leben lang gekannt. Sie lügt nicht.«

»Und mich kennst du erst zwei Tage und eine Nacht, aber ich lüge auch nicht.« Ihr war, als zerrisse es ihr das Herz, und sie wusste nicht, warum. Sie müsste gekränkt, jedoch nicht verletzt sein über sein mangelndes Vertrauen. Was war nur los mit ihr?

»Vielleicht hat Magnus meine Schwester überredet, diese Geschichte zu erzählen.«

»Wozu? Er ist nicht so schüchtern, dass er gezögert hätte, um ihre Hand anzuhalten, und da die Möglichkeit besteht, dass sie schwanger ist, wäre ihm die Bitte vermutlich auch gewährt worden – egal, wie sie zusammengekommen waren.«

»Aber falls er sie geraubt hat, hätte Lachlan den Sinclairs vielleicht trotzdem den Krieg erklärt.«

»Genau. Und Susannah dazu zu bringen, unseren Leuten diese Lüge zu erzählen, hätte das nicht verhindert. Nein, Magnus hatte keinen Grund, so etwas von ihr zu verlangen.«

»Du willst also, dass ich meine Schwester als Lügnerin bezeichne?«

»Nein. Ich will, dass du mit ihr redest und dass du mit Talorc sprichst. Bitte, Drustan.«

»Und was schlägst du vor, wie ich das anstellen soll?«

»Du könntest in aller Offenheit zu Verhandlungen zur Sinclair-Feste gehen.«

»Und ich nehme an, du erwartest, dass ich dich dann mitnehme?«

»Talorc wäre vielleicht eher bereit, auf mich zu hören als auf dich, doch ... Lass es, wenn du das nicht für das Beste hältst.« Sie hatte ihr Leben lang mit reizbaren Soldaten gelebt und wusste, wann sie auf etwas beharren oder besser nachgeben sollte.

»Und wenn ich es nicht tue, gedenkst du dich mir zu verweigern?«

»Nein.«

»Dann beweis es mir.«

Und das tat sie, ließ all ihre Sorgen fallen und überließ sich ganz und gar der Lust, die sie in seinen Armen fand. Emily glaubte, nicht zu verstehen, warum sie Lachlan … Freiheiten gestattete, aber Cait wusste nur zu gut, warum. *Sie* brauchte die Intimität des Zusammenseins mit ihrem Ehemann, sie *musste* sich mit ihm verbunden fühlen, selbst wenn es nur eine Illusion war.

Aber inwieweit nur Illusion … wenn sie doch geheiligte Gefährten waren?

15. Kapitel

Wieder bestand Lachlan beim Abendessen darauf, dass Emily an seiner Seite saß. Da Cait und Drustan nicht erschienen waren, saß Ulf auf der anderen Seite des Lairds und beanspruchte dessen ganze Aufmerksamkeit nur für sich. Emily konnte sich nicht sicher sein, ob der Soldat sie ganz bewusst von dem Gespräch ausschloss, aber sie hatte diesen Verdacht. Ulf konnte sie wirklich nicht ausstehen.

Und er mochte zwar Lachlans Bruder sein, doch sie konnte ihn auch nicht leiden.

Sie stocherte in ihrem Essen herum und beobachtete die Krieger in der Halle. Angus war ein Chrechte und Lachlan ebenfalls, aber sie hatte keine Ahnung, was die anderen waren. Es war einfacher, Angus zu beobachten und auf Unterschiede in seinem Verhalten zu achten, als den Laird neben sich genauer in Augenschein zu nehmen. Dennoch versuchte Emily, es so diskret wie möglich zu tun.

»Warum starrst du meinen Soldaten so an, Engländerin?«

So viel zu ihrer vermeintlichen Diskretion. »Tue ich das?«

»Vielleicht würde sie seine Gesellschaft vorziehen«, sagte Ulf an Lachlans anderer Seite.

Emily warf ihm einen bösen Blick zu. Der Mann war ein Unruhestifter, und das wusste sie nicht erst seit heute.

Lachlan senkte seinen Blick auf sie. »Ist das wahr? Würdest du lieber an seinem Tisch sitzen?« Er klang nicht einmal sonderlich beunruhigt über die Möglichkeit, sie schien ihn höchstens zu erstaunen.

»Wäre es schlimm, wenn ich es wollte?« Lachlan hatte beim Mittagessen jedenfalls keine Hemmungen gehabt, darauf zu bestehen, dass sie Angus' Tisch verließ, um sich zu ihm zu setzen.

»Nein.«

Genau wie sie gedacht hatte. »Warum fragst du dann?«

»Ich wollte es nur wissen.«

Ulf gab ein abfälliges Geräusch von sich.

Emily beugte sich um Lachlan herum, um seinen Bruder zornig anzufunkeln. »Musst du immer so ungezogen sein?«

Ulf sprang auf, und der Blick, den er ihr und dann seinem Bruder zuwarf, ließ Emily lächeln. »Jetzt soll ich wohl auch diese Beleidigung noch tolerieren?«

»Wenn du sie als zutreffend empfindest, solltest du vielleicht dein Benehmen ändern, um nicht dafür zur Rechenschaft gezogen zu werden«, versetzte Emily, bevor Lachlan auch nur den Mund aufmachen konnte.

»Sind alle englischen Frauen so scharfzüngig?«, fragte Lachlan, während sein Bruder vor Entrüstung schnaubte.

Emily errötete über die Beschuldigung, die seinen Worten innewohnte. »Nein. Meine Stiefmutter wäre entsetzt über meine unverblümte Redeweise.« Aber was sie am meisten störte, war, dass Lachlan offenbar genauso dachte. Wie lange würde es noch dauern, bis er sie als ebensolches Ärgernis betrachten würde, wie sie es für Sybil gewesen war? Oder tat er das vielleicht schon? Sie seufzte und erwiderte Ulfs hasserfüllten Blick. »Ich bedaure, dass meine Worte dich beleidigt haben.«

Ulf nahm ihre Entschuldigung nicht an, aber er setzte sich zumindest wieder hin und widmete sich genussvoll seinem Essen.

Emily hingegen war so verärgert über die Auseinandersetzung, dass sie es aufgab weiterzuessen. Nachdenklich ließ sie ihren Blick durch den großen Saal schweifen und auf dem einen oder anderen Soldaten verweilen. Der einzige Mensch, den sie nicht ansah, war der Mann an ihrer Seite. Sie wollte in seinem Ausdruck nicht den gleichen Widerwillen sehen, der Sybils so oft geprägt hatte, wenn sie mit ihr, Emily, gesprochen hatte. Und genauso schmerzlich wäre es festzustellen, dass Lachlan ihr überhaupt keine Beachtung schenkte.

Indem sie ihn nicht ansah, konnte sie sowohl das eine als auch das andere vermeiden.

»Wenn ich es nicht besser wüsste, würde ich denken, du spionierst meine Männer aus, um dem Sinclair zu berichten«, bemerkte Lachlan mit einem Anflug von Belustigung in seiner Stimme.

Emily konnte kein Lächeln auf ihr Gesicht zaubern, als sie sich zwang, seinen Blick zu erwidern. »Ich bin eine Gefangene, keine Spionin.«

»Aber du würdest es doch bestimmt sehr reizvoll finden, Talorc deine Entdeckungen zu berichten.«

Emily, die daran dachte, wie leicht es wäre, zu dem See zurückzukehren und mit dem Wolf zu sprechen, verschluckte sich an dem Wein, den sie gerade trank.

Lachlans Augen verengten sich, als der Mann links von Emily ihr auf den Rücken klopfte. Sie hustete und musste ein paar Mal tief durchatmen, bevor sie dem Soldaten danken konnte.

Als sie sich wieder Lachlan zuwandte, betrachtete er sie nachdenklich. »Du bist noch unschuldig. Ich bin mir sicher, dass ihr noch kein Paar seid. Du kannst nicht seine Spionin sein.«

»Müssen wir dieses Gespräch hier führen?«

»Du bist ganz schön schüchtern, bedenkt man, wie freimütig du andererseits bist.«

»Ich mag zwar nicht so damenhaft sein, wie meine Stiefmutter es gern hätte, aber ich weiß sehr wohl, was sich geziemt und was nicht. Und ich will meine persönlichen Angelegenheiten nicht vor deinen Soldaten diskutieren.«

»Was beschäftigt dich eigentlich so an meinen Männern?«, wollte er wissen.

Da sie ihm ja nicht gut sagen konnte, dass sie herausfinden wollte, ob einige von ihnen wirklich Werwölfe waren, erwiderte sie nur schulterzuckend: »Ich interessiere mich eben für die Leute hier.«

»Du warst heute lange auf dem Burghof.«

Sie war nicht überrascht, dass er wusste, wie sie ihren Tag verbracht hatte. Er war die Art von Mann, der alles im Auge behalten würde, was mit seinem Besitz zu tun hatte, aber ganz besonders eine englische Gefangene. »Es war ein Vergnügen, so viele deiner Clan-Angehörigen kennenzulernen. Du hattest recht. Niemand außer Ulf behandelt mich wie eine Feindin.«

»Er ist sehr fürsorglich gegenüber seinem Clan.«

»Und ich habe dich beleidigt.«

»Ja.«

»Oh.« Sie konnte sich nicht dafür entschuldigen, weil sie es immer noch für falsch hielt, dass die Männer Rache genommen hatten, indem sie zwei unschuldige Frauen entführt hatten. Sie und Ulf waren einfach nicht dafür geschaffen, Freunde zu sein, aber wenigstens der Rest des Clans war nett zu ihr.

»Angus trägt mir meine Worte nicht nach.«

Lachlan runzelte die Stirn. »Du hast eine hohe Meinung von diesem Soldaten.«

Emily zuckte die Schultern. »Er war nett zu mir.«

»Und du denkst, dass Ulf und ich es nicht gewesen sind.«

»So war das nicht gemeint. Im Gegenteil. Dein Angebot,

mir das Schwimmen beizubringen, war sehr liebenswürdig von dir.«

»Ich bin kein liebenswürdiger Mann, Engländerin.«

Sie war anderer Meinung, wusste jedoch, dass er beleidigt sein würde, falls sie ihm jetzt widersprach. Was für ein schwieriger Mann! Zuerst war er eingeschnappt, weil sie Angus als nett bezeichnete und ihn nicht, und dann ärgerte es ihn, dass sie ihn für liebenswürdig hielt. »Ich weiß deine Großzügigkeit trotzdem sehr zu schätzen.«

»Hast du keine Angst gehabt, als du mit Cait zum See gegangen bist?«

Das war keine Episode ihres Tages, über die sie reden wollte. »Nein, aber es ist ja auch nicht die Nähe von Wasser, die mir Angst macht. Ich gehe nur nie sehr tief hinein – abgesehen von diesem Morgen.«

»Warum seid ihr zu dem See gegangen? Ich hatte euch beiden nicht erlaubt, euch außerhalb der Burgmauern zu begeben.«

»Wir hatten deine Erlaubnis, uns den Besitz anzusehen, und der erstreckt sich weit über die Burgmauern hinaus. Und Cait wollte den See sehen.«

Er warf ihr einen merkwürdigen Blick zu. »Es ist riskant für euch, unbegleitet dorthin zu gehen.«

»Wir waren zu zweit.«

»Aber ihr hattet keine Wache zu eurem Schutz dabei.«

»Wir brauchten keine. Der See liegt in der Nähe vieler Bauernkaten.«

»So wie ihr keine Wache brauchtet, als ihr außerhalb der Sinclair'schen Burgmauern spazieren gingt?«

»Da hatten wir einen Beschützer dabei, doch deine Krieger haben ihn niedergeschlagen.«

»Ich wäre nicht so leicht zu überwältigen.«

Das bezweifelte sie nicht. »Aber da wir ohnehin bereits entführt worden sind, was könnte uns da noch passieren?«, gab sie zu bedenken.

»Es gibt wilde Tiere da draußen, und schwanger hat Cait keine Möglichkeit, sich zu verteidigen.«

»Wilde Tiere?«, fragte Emily und hoffte, dass ihr nicht anzumerken war, dass sie dabei an Talorc dachte.

»Wildschweine ... und Wölfe.« Sah er sie bei diesem letzten Wort noch schärfer an? Oder bildete sie sich das nur ein?

»Oh.«

»Ich will nicht, dass du ohne mich noch einmal zu dem See gehst.«

»Gut.«

Sichtlich erstaunt, zog er die Augenbrauen zusammen. »Ich hatte Widerspruch erwartet.«

»Ach, ja?«

»Ja.«

»Vielleicht bin ich ja gar nicht so schwierig, wie du glaubst.«

»Oder vielleicht bist du ja auch nur so fügsam, weil du eingesehen hast, dass ich recht habe.«

Oder weil sie nicht widersprechen und verraten wollte, was sie gesehen hatte.

»Hast du wilde Tiere gesehen, als du heute an dem See warst?«, fragte er mit einem prüfenden Blick in ihre Augen.

»Nur, wenn du einen Laird als wildes Tier betrachtest«, wich sie aus, um nicht zu lügen, und hoffte, dass er annehmen würde, sie bezöge sich auf ihn.

»Manchmal ist es genau das, was ein Laird ist.«

Nach Caits Enthüllungen trafen Lachlans Worte Emily wie ein Fausthieb in den Magen. Sie würde sich nur verrückt machen, wenn sie hinter jeder seiner Äußerungen eine tiefere

Bedeutung vermutete, aber die Eindringlichkeit seines Tons bei diesen letzten Worten konnte sie nicht ignorieren.

Ulf beanspruchte wieder Lachlans Aufmerksamkeit, und Emily entschuldigte sich bald darauf, um zu ihrem Turm zurückzukehren. Nach dem anstrengenden Tag, der hinter ihr lag, wollte sie früh schlafen gehen. Doch nachdem sie ihr Haar gebürstet und sich gewaschen hatte, merkte sie, dass sie ganz seltsam aufgekratzt und munter war. Es war, als knisterte die Luft von magischer Energie, die es ihr unmöglich machte, sich zur Ruhe zu begeben.

Nachdem sie sich wieder angekleidet hatte, beschloss sie, zum großen Saal hinunterzugehen. Es war eine kalte Nacht, und vielleicht war unten im Kamin ein Feuer angezündet worden. In die Flammen zu starren, machte sie stets schläfrig. Oder das Hinauf- und Hinabsteigen der langen Wendeltreppe würde sie vielleicht genug ermüden, um sich endlich hinlegen zu können.

Als sie den großen Saal erreichte, war er bis auf Ulf und Lachlan leer. Sie stritten und bemerkten sie nicht. Emily wollte sie nicht stören, aber ihr stand auch nicht der Sinn danach, gleich wieder die Treppe hinaufzusteigen.

Wenn sie sich in den Schatten hielt, würden sie vielleicht bald gehen, und sie konnte sich an das Feuer setzen, das inzwischen in dem mächtigen Kamin am anderen Ende der Halle brannte. Sehnsüchtig blickte sie zu den anheimelnden Flammen hinüber, als die Kälte der Mauer, an der sie lehnte, ihr bis in die Knochen drang.

Fröstelnd bewegte sie sich an der Wand entlang auf den Kamin zu und hoffte, ihn unbemerkt zu erreichen. Sie hielt sich immer im Schatten und war so leise wie nur möglich – aber bei der Lautstärke, mit der sich die Männer stritten, war ohnehin nicht anzunehmen, dass sie sie bemerkten.

»Du glaubst doch nicht etwa, dass der Sinclair keinen Gegenschlag plant?«, fragte Ulf gerade höhnisch.

Emily überlegte, dass sie an Lachlans Stelle sehr verärgert darüber wäre, wie sein Bruder ihn ständig mit Fragen bedrängte – und das auf eine so herausfordernde Art und Weise, dass es sich schon fast wie ein Verhör anhörte.

»Du denkst also nicht, dass er die Entführung seiner Schwester für eine angemessene Restitution hält?«, entgegnete Lachlan milde.

»Nein. Er plant einen Krieg. Ich bin mir dessen völlig sicher.«

»Aber unsere Spione haben keine Anzeichen dafür gesehen.«

»Er ist raffiniert.«

»Glaubst du nicht, dass ich genauso raffiniert sein kann?«

»Nicht, wenn du so leicht zu täuschen bist.«

»Und wenn ich gar nicht so leicht zu täuschen *war?*«

Ulf gab wieder dieses ärgerliche schnaubende Geräusch von sich, und Emily verharrte auf dem Weg zum Feuer, um ihm einen vernichtenden Blick zuzuwerfen – den er natürlich nicht bemerkte. Er wusste ja nicht einmal, dass sie im Saal war.

»Ich sag dir, greif an, bevor wir angegriffen werden.«

Die Worte bestürzten Emily so sehr, dass sie gerade noch einen protestierenden Aufschrei unterdrücken konnte. Kümmerte es diesen Mann denn wirklich nicht, wie viele Balmorals oder Sinclairs wegen dieser Sache sterben könnten?

Lachlan blickte an Ulf vorbei, und Emily kam es so vor, als schaute er sie direkt an. Aber das konnte gar nicht sein, weil sie in einer dunklen Ecke hinter einem der steinernen Bögen stand, die die Decke des großen Saales stützten.

»Ich habe mich für eine andere Form der Wiedergutmachung als Krieg entschieden«, sagte Lachlan.

»Das genügt nicht! Wir sollten Susannah zurückholen und den Schmied töten.«

Emily schlug entsetzt die Hand vor den Mund.

Lachlan runzelte die Stirn. »Wie blutgierig du bist, Ulf!«

»Ich bin der Sohn meines Vaters, aber kannst du das Gleiche auch von dir behaupten?«

Statt wütend zu werden, wie Emily erwartet hätte, wirkte Lachlan höchstens ungeduldig und gereizt. »Was soll ich denn deiner Meinung nach tun? Die Sinclair'sche Burg belagern?«

»Eine kleine Gruppe Krieger über die Mauern führen, Rache üben und verschwinden.«

»Ich habe diesen Vorschlag schon beim ersten Mal abgelehnt, als du damit ankamst.«

»Weil du es vorziehst, Blutvergießen zu vermeiden?«, fauchte Ulf.

»Weil es eine dumme Form der Rache wäre und mir mein eigener Plan besser gefällt.« Diesmal war Lachlans Stimme eisig, und Emily dachte, dass er jetzt wohl endlich die Geduld verlor.

Vorsichtig schlich sie weiter auf den Kamin zu, merkte dann jedoch, dass sie nicht so nahe herankommen konnte, wie sie wollte, ohne sich zu zeigen. Ein bisschen von seiner Wärme erreichte sie aber sogar dort, wo sie stand.

»Du wagst es, mich dumm zu nennen?«, knurrte Ulf.

»Es war dein Plan, den ich als dumm bezeichnet habe, doch ich wüsste jetzt gern von dir, ob du es wagen würdest, mich herauszufordern?«

Ulfs Lippen wurden schmal, aber er beantwortete die Frage seines Bruders nicht.

Die Luft im Saal knisterte nun förmlich vor Gewalt.

Emily zog sich schnell wieder in ihre Ecke zurück und hoffte, dass Ulf nicht *so* dumm sein würde. Sie stimmte Lachlan zu; der Vorschlag seines Bruders war ebenso unvernünftig wie abscheulich. Nichts als Leid würde für beide Clans daraus entstehen. Emily war froh, dass Lachlan sich für seinen Weg entschieden hatte.

Nachdem sie die Alternative kannte, konnte sie endlich verstehen, dass der Plan, Cait als Mittel zur Vergeltung zu benutzen, nichts damit zu tun hatte, seinen Ärger an einer unschuldigen Frau auszulassen. Es war vielmehr Lachlans Lösung eines Problems, das sonst zu Blutvergießen und sehr viel Leid geführt hätte.

Cait und sie waren beide besser bei den Balmorals aufgehoben, musste Emily jetzt zugeben. Ihre Freundin war entweder kurz davor, sich in ihren Ehemann zu verlieben, oder sie war es schon, und Emily wurde ganz schlecht bei dem Gedanken, sich von Talorc so berühren zu lassen wie von Lachlan. Und nach allem, was Cait erzählt hatte, war Susannah mit Magnus offenbar sehr glücklich. Sie wäre untröstlich, wenn er von ihrem früheren Clan getötet werden würde.

Mit der Wahl, die Lachlan getroffen hatte, hatte er sich für das Leben entschieden und hatte es geschützt. Emily wusste nicht, ob ihr eigener Vater genauso klug gewesen wäre. Ulf war es ganz sicher nicht.

In den letzten Sekunden hatten weder er noch Lachlan sich gerührt, und Emily hielt den Atem an in Erwartung dessen, was als Nächstes kommen würde.

Lachlan hatte die Hände in die Hüften gestemmt und schien seinen Bruder um Längen zu überragen, obwohl sie ungefähr die gleiche Größe hatten. »Entblöße die Kehle oder hol dein Schwert!«

»Wölfe entblößen ihre Kehle. Ich bin ein Mensch, Lachlan.«

Emily biss sich auf die Lippe.

»Du bist ein Chrechte, und du bist mein Bruder.«

Mit einer ruckartigen Bewegung legte Ulf den Kopf zur Seite und entblößte seine Kehle.

Lachlan sagte etwas, das Emily nicht verstand. Es hörte sich nicht wie Gälisch für sie an. Ulf erwiderte etwas ebenso Unverständliches, drehte sich auf dem Absatz um und verließ den großen Saal.

Leise ließ Emily den angehaltenen Atem aus und merkte, dass sie am ganzen Körper zitterte.

Lachlan blickte zu ihrem Versteck hinüber. »Komm her, Engländerin.«

Und in dem Moment wusste sie, dass Cait in allem die Wahrheit gesagt hatte. Ulf hatte nicht gewusst, dass sie da war, dessen war sie sich ganz sicher, aber Lachlan hatte es gleich bemerkt, auch wenn er sich ahnungslos gestellt hatte. Er hatte sie eben also tatsächlich angesehen. Aber am überzeugendsten von allem war, dass er von Ulf verlangt hatte, seine Kehle zu entblößen. Das war keine menschliche Gepflogenheit, doch Ulfs Bereitschaft, darauf einzugehen, hatte ausgereicht, um Lachlan zu besänftigen.

Emily dachte, dass ihr Vater von einem Soldaten verlangt hätte, vor ihm auf die Knie zu fallen. Und selbst dann hätte er ihn wahrscheinlich noch für seine Unterwürfigkeit geschlagen.

Wohl wissend, dass sie keine Chance hatte, sich zu verstecken, trat Emily in den Schein der Kerzen, die den großen Saal erhellten. »Warum hast du nicht etwas gesagt?«

»Die Situation war angespannt genug. Du bringst das Schlimmste in meinem Bruder hervor. Ich wollte nicht, dass er mich aus verletztem Stolz zum Kampf herausforderte.«

»Es ist wirklich nicht meine Absicht, das Schlimmste in Ulf hervorzubringen.«

»Ich verübele es dir nicht.«

»Nein? Obwohl ich doch so eine scharfe Zunge habe?«

»Ich mag deine scharfe Zunge, aber Ulf ist nicht so tolerant.«

»Oh.« Sie befeuchtete ihre Lippen. »Dann kann ich also ganz offen mit dir reden, und du wirst nicht beleidigt sein?«

»Solltest du mich beleidigen, werde ich mich revanchieren, aber nicht so, wie mein Bruder es gern täte.«

Aus irgendeinem Grund weckte dieses Versprechen eher den Wunsch in ihr, ihn zu beleidigen, als die Furcht davor.

Und er lächelte, als wäre ihm das durchaus bewusst.

Emily schluckte. »Du willst deinen Bruder nicht töten, nicht?«

»Findest du das so erstaunlich? Haben die Engländer etwa keine Hemmungen, ihre Familienangehörigen zu töten?« Er verschränkte seine Arme vor der Brust, doch obwohl er sich nach außen hin ganz locker gab, ging eine Spannung von ihm aus, die seine gelassene Haltung und ruhige Miene nicht verbergen konnten.

»Ich dachte, dich interessierte nicht, wen du verletzt, solange du nur deinen Willen durchsetzt.«

»Dachtest du?«

Sie befeuchtete sich nervös die Lippen. »Na ja, da hatte ich mich geirrt.«

Er warf ihr einen fragenden Blick zu.

»Bezüglich der Vergeltungsaktion ... du hättest viel Schlimmeres tun können, als Cait zu entführen und sie mit deinem Oberkommandierenden zu verheiraten.«

»Meinst du?«

Wie magisch angezogen von seinem schon fast schmerzhaft intensiven Blick, trat sie näher, bis sie sich beinahe berührten. »Ja. Und ich denke auch, wenn du Talorcs Stolz hättest verletzen wollen und den Gefühlen anderer gegenüber so gleichgültig wärst, wie ich es dir vorgeworfen hatte, hättest du mich benutzt und danach fallen lassen. Aber das hast du nicht getan.«

Genau genommen war es sogar so, dass er ihr in keinster Weise Schaden zugefügt hatte.

»Nur ein schwacher Mann würde sich an einer Frau vergreifen.«

»Ich glaube nicht, dass Ulf dir zustimmen würde, aber deswegen warst du so sicher, dass Drustan Cait nicht wehtun würde, nicht?«

»Drustan ist nicht schwach.«

»Und du bist es auch nicht.«

»Ulf denkt, ich sei es.«

»Er ist hitzköpfig und blutrünstig. Ihn scheint wirklich nicht zu kümmern, wer verletzt wird oder stirbt, solange seinem Stolz Genüge getan wird. Ich glaube nicht, dass er ein guter Anführer wäre. Euer Clan würde sich andauernd im Krieg befinden.«

»Das denke ich auch.«

»Es ist gut, dass du der Erstgeborene bist.« Der Wunsch, ihn zu berühren, verstärkte sich mit jedem ihrer Atemzüge.

»Das bin ich nicht. Ulf ist zwei Jahre vor mir auf die Welt gekommen.«

»Aber du bist der Laird.«

»Er hat meine Führerschaft nicht angefochten, als ich nach dem Tod meines Vaters dessen Platz einnahm.«

»Weil er wusste, dass er gegen dich nicht gewinnen konnte.«

»Ja. Wäre er wirklich dumm, wäre ihm das egal gewesen, und er hätte mich trotzdem herausgefordert.«

»Du bewunderst ihn.«

»In vielen Dingen.«

»Es verletzt dich, dass er deine Entscheidungen kritisiert.«

»Ein Krieger ist nicht so leicht zu verletzen.«

Außerstande, den Wunsch noch länger zu unterdrücken, streckte sie die Hand aus und legte sie über Lachlans Herz an seine Brust. »Ich glaube schon, dass auch ein Krieger verwundbar ist. Er zeigt es nur nicht.«

Die leichte Berührung brachte ihren Puls zum Rasen, und die empfindsame Stelle zwischen ihren Beinen pulsierte von dem Verlangen, Lachlan noch viel näher zu sein. Sie konnte schon eine exquisite Feuchtigkeit zwischen ihren Schenkeln spüren und presste die Beine zusammen, um das aufregende Kribbeln dort zu lindern.

Lachlans Nasenflügel bebten, und sie hätte schwören können, dass er wusste, wie ihr Körper auf seine Nähe reagierte. »Ich bin nicht so schwach.«

»Das war mein Vater auch nicht, aber als er meine Mutter verlor, verlor er auch einen Teil von sich. Denn Krieger *haben* Gefühle, auch wenn sie keine haben wollen.«

»Dein Vater hat sich dir gegenüber wie ein Schuft benommen.«

»Er hat mir nie wieder wehgetan nach diesem einen Mal am Teich.«

»Körperlich vielleicht nicht, aber er hat dein empfindsames junges Herz verletzt.«

»Wie kannst du das wissen?«, flüsterte sie.

»Er hat dich in die Highlands geschickt, als zukünftige Ehefrau eines Lairds, von dem er gar nichts wusste. Er war bereit, dich gehen zu lassen, um seinen eigenen Fehler wiedergutzumachen. Er hat dich nicht so geschätzt, wie ein Vater seine Tochter schätzen sollte.«

»Ich habe dir doch schon gesagt, dass ich ihn selbst darum gebeten hatte, mich hierher zu schicken.«

»Weil du Angst hattest, dass sie sonst deine taube Schwester schicken würden.«

»Ja.«

»Er hat dich also gezwungen zu handeln.«

»Das war Sybil.«

»Du hattest dich in mehr geirrt als nur in meinem Charakter, weißt du.«

»Worin hatte ich mich denn noch geirrt?«, fragte Emily lächelnd. Selbst seine Arroganz begann sie zu bezaubern.

»Abigail wäre hier nicht unglücklich gewesen.«

»Ich glaube, du hast recht. Mit der Zeit hätte wahrscheinlich sogar Talorc sie sympathisch gefunden. Sie ist ein reizendes junges Mädchen.«

»Dann müsst ihr beide viel gemeinsam haben.«

Emily wusste nicht, was sie darauf erwidern sollte, und blickte einen Moment nur schweigend in Lachlans faszinierende, gold geränderte Augen.

Sie erschauerte, als er mit einer Fingerspitze über ihre Lippen strich.

»Du bist Cait eine gute Freundin.«

»Ich mag sie sehr.«

»Sie mag dich auch. Sehr sogar. Sie hat Drustan schwer gekränkt, als sie gleich nach ihrer Hochzeitsnacht von ihm verlangte, ihr zu gestatten, nach dir zu sehen.«

»Er dachte wohl, sie hätte ihm glauben sollen, dass mir nichts geschehen war?«, erriet Emily, weil sie diese Highland-Krieger langsam zu verstehen begann.

»Ja.«

»Ihr seid beide sehr arrogant.«

»Aber nicht grausam?«, entgegnete er.

»Nein. Ich halte euch nicht für grausam.«

»Und Angus?«

»Angus?«, fragte sie verwirrt. »Ihn habe ich nie als grausam eingeschätzt.«

Lachlan schien nicht erfreut über die Feststellung zu sein. »Du scheinst ja eine richtige Vorliebe für seine Gesellschaft zu entwickeln.«

»Bestimmt nicht mehr als für deine. Das könnte ich gar nicht.«

»Das könntest du nicht?«

»Nein. Es wäre unmöglich für mich, eine Vorliebe für seine Gesellschaft zu entwickeln, weil ich deine der aller anderen vorziehe.« Vielleicht hätte sie ihm das nicht sagen sollen, aber ein Teil von ihr wollte ihn wissen lassen, wie wichtig er ihr geworden war.

Etwas veränderte sich in seinem Blick. Wenn Emily es nicht besser wüsste, hätte sie es für Erleichterung gehalten. »Das ist gut zu wissen«, sagte er.

»Ist es das?«

»Ja, doch das sollte es nicht sein.«

Sie fragte nicht, warum, weil sie es sich schon vorstellen konnte und gar nicht daran denken wollte, wie unmöglich eine gemeinsame Zukunft für sie wäre. »Du magst mich für eine wollüstige Person halten, aber das bin ich nicht. Ich empfinde für keinen anderen Mann das, was ich für dich empfinde.«

»Und was ist mit Talorc?«

»Ich werde ihn bitten, mich nicht heimzuschicken, doch heiraten kann ich ihn nicht mehr. Und ich glaube nicht, dass ihm das gegen den Strich gehen wird.« Als Werwolf würde er sogar noch weniger Interesse daran haben, Emily zu heiraten, als Lachlan, mit dem sie zumindest eine beiderseitige Leidenschaft verband.

»Weil ich dich berührt habe?«

»Ja«, flüsterte sie, ohne hinzuzufügen, dass sie keinem anderen Mann so nahe sein wollte. Sie hatte ihm schon genug verraten.

»Hast du Angst, dass er dich als von mir beschmutzt betrachten könnte?«

»Nein.«

»Du willst also nicht so von ihm berührt werden wie von mir?«

Lachlan verstand sie viel zu gut, aber Emily weigerte sich, seine Frage zu beantworten.

»Ich habe gerade erst *begonnen*, dich zu berühren, Emily. Es gibt noch so viel mehr lustvolle Erfahrungen, die wir teilen können, ohne die Barriere deiner Tugend zu zerstören. Noch viel intimere Dinge, als du dir vorstellen kannst.«

Manchmal war er schrecklich derb, aber seltsamerweise kränkte sie das nicht, sondern brachte sie höchstens ein bisschen in Verlegenheit. »Ich war nackt mit dir im See«, erinnerte sie ihn. Wie viel intimer konnte es noch werden?

»Um schwimmen zu lernen.« Ohne die kleinste Vorwarnung hob er sie auf seine Arme. »Und jetzt wird es Zeit, dass ich dich etwas anderes lehre.«

Er trug sie zu einem Sessel am Kamin und setzte sich mit ihr.

»Hier?«, fragte sie, schockiert, dass er sie nicht irgendwohin gebracht hatte, wo sie ungestörter waren.

Der große Saal war leer, doch wer wusste schon, ob das so blieb?

»Wenn ich dich in dein Zimmer zurückbringe, werde ich dich nehmen – und zum Teufel mit den Konsequenzen«, sagte er mit belegter Stimme. Sie verriet eine Gefühlstiefe, die seine lässige Haltung und Unterhaltung nicht hatten erkennen lassen.

»Und das kannst du nicht tun.«

»Nein.«

Emily wusste selbst, dass es so war. Sie verstand sogar, warum. Dennoch tat es weh. Schrecklich weh. Denn ob er nun ein Werwolf war oder nicht, sie liebte diesen stolzen, aber liebevollen und fürsorglichen Mann. Es spielte keine Rolle, ob das einen Sinn ergab; das Gefühl war da, und im Grunde ihres Herzens wusste sie, dass es von nun an immer da sein würde. Er besaß ihr Herz, doch das Einzige, was er von ihr wollte, war ihr Körper.

Und auch den würde sie ihm geben, freiwillig und bedingungslos, um der vielen, langen, einsamen Jahre willen, die vor ihr lagen. Dann würde sie zumindest die Erinnerung daran haben.

Sie legte ihre Hände rechts und links an sein Gesicht, küsste ihn und flüsterte an seinen Lippen: »Hilf mir zu vergessen.«

»Was vergessen?«

»Alles.«

Und das tat er.

Von dem Moment an, als sein Mund ihren berührte, hörte Emily auf, an irgendetwas anderes als an ihn zu denken. Sie saß auf seinem Schoß, aber bewusst berührten sie einander nur mit den Lippen. Sein Mund glitt mit heißer Begierde unwiderstehlich über ihren, doch er hätte auch einfach nur still dasitzen und seinen Mund auf ihren pressen können, und sie wäre dennoch in der Leidenschaft versunken, die er in ihr erweckte.

Allein ihn zu berühren, weckte in ihr ein heißes Sehnen nach allem, was dieser Mann ihr geben würde.

16. Kapitel

Emily legte ihre heißen Lippen auf Lachlans, ahmte die Bewegungen seines Mundes nach und atmete tief seinen männlichen Duft ein. Dieser Mann mochte zum Teil ein Wolf sein, aber er war auch durch und durch männlich und alles, was sie sich bei einem Mann nur wünschen könnte. Ihre erst kürzlich entdeckte Liebe entfaltete sich und bemächtigte sich ihres Herzens, bis es wie ein brennender, zugleich jedoch auch wundervoller Schmerz in ihrer Brust war.

Bereitwillig öffnete sie ihre Lippen, um Lachlans Zunge Einlass zu gewähren, doch er zog seinen Kopf zurück und fluchte. »Wir müssen damit aufhören.«

»Warum?«, fragte Emily mit einer Stimme, die sie kaum als ihre eigene erkannte. Sie wollte nicht aufhören. Sie hatten doch gerade erst begonnen …

»Ich dachte, ich könnte dich küssen, dich berühren, aber dazu habe ich mich im Moment nicht gut genug unter Kontrolle.«

»Das verstehe ich nicht.«

»Die Auseinandersetzung mit meinem Bruder hat Emotionen in mir hinterlassen, die ich verbrennen muss, doch wenn ich sie so verbrenne, wie ich will, breche ich das Versprechen, das ich dir gegeben habe.«

»Das ist mir egal, Lachlan«, gab sie mit fast schon flehentlicher Stimme zu.

Er erschauderte. »Aber mir nicht«, erwiderte er schroff.

Emily setzte sich auf und rückte von ihm ab, so weit das möglich war, solange sie noch immer auf seinen harten Schenkeln saß. Da war auch noch eine andere Härte, deren Bewegung sie unter seinem Plaid bemerkte und die ihr verriet, dass er nicht übertrieb: Seine Selbstbeherrschung war offenbar im Moment wirklich nicht die beste. Aber das änderte nichts daran, dass seine Zurückweisung sie schmerzte.

»Weil du dich mir dann verpflichtet fühlen würdest und das nicht willst?«, fragte sie bedrückt.

»Ja. Du bist noch Jungfrau.«

»Und wenn ich bereit wäre, dir meine Jungfräulichkeit zu *schenken?*«

»Dann würdest du sie mir schenken, weil ich Gefühle in dir geweckt habe, an die du nicht gewöhnt bist, und weil Vollmond ist und ich zu nahe an meiner … weil ich dir zu nahe bin. Ich hätte heute gar nicht damit anfangen sollen, doch du schaffst es, mich den Kopf verlieren zu lassen.«

»Dann denkst du also, dass wir beide außer Kontrolle sind?«

»Ja.«

»Ich habe aber keine überschüssigen Emotionen, von denen ich mich befreien muss.« Es sei denn, sie sprächen über Liebe, und das war nicht der Fall. »Wenn ich mich dir anbiete, dann weiß ich, was ich tue.«

»Nein, das weißt du nicht. Es gibt Dinge, die du nicht verstehst. Dinge, die diesen Abend betreffen und die du gar nicht wissen kannst.«

»Und dieser Dinge wegen glaubst du, ich wüsste nicht, was ich tue?«

»Ja.«

»Warum ist das überhaupt so wichtig?«

»Ich kann dir nur so viel sagen: Ich werde mein Versprechen an dich nicht brechen. Ich werde dem Tier in mir nicht nachgeben.«

Nach ihrem Gespräch mit Cait verstand sie nun, dass er das

Wort »Tier« nicht als Umschreibung für körperliche Lust benutzte. Er sprach von dem Wolf in ihm, dessen war sie sich ganz sicher, doch sie verstand nicht, was die Tatsache, dass er ein Werwolf war, damit zu tun haben sollte, dass sie sich ihm anbot. Aber das war auch nicht so wichtig. Nicht wirklich.

Sie würde ihn jedenfalls ganz bestimmt nicht bitten. Sie brauchte seine Argumentation nicht zu verstehen, um zu wissen, dass er ihr Angebot angenommen hätte, wenn er sie auch nur halb so sehr begehren würde wie sie ihn. Es mochte wehtun, sich die Wahrheit eingestehen zu müssen, doch es war offensichtlich, dass die leidenschaftlichen Gefühle zwischen ihnen zwar beiderseitig sein mochten, aber nicht auf beiden Seiten gleich stark waren. Doch die Frage war ja auch, wie viel von ihrem eigenen Verlangen an die Liebe gebunden war, die sie für ihn empfand. Es gefiel Lachlan, sie zu berühren und zu küssen, aber er liebte sie nicht.

Emily blinzelte, um ihre Tränen zu verdrängen, und unterdrückte ihre Qual, während sie mit dem Zeigefinger das blaue Muster um seinen Oberarm nachstrich. Es war sein Chrechte-Erkennungszeichen oder zumindest eins von ihnen. Das andere war auf seinem Rücken. Sie erkannte jetzt, dass die rudimentäre Zeichnung zwischen seinen Schulterblättern wahrscheinlich einen Wolf darstellen sollte, aber das um seinen Oberarm tätowierte Band war anders. Keiner der anderen Krieger hatte so etwas.

»Weist dich das als Clan-Chef aus?«, fragte sie, um sich von ihren Gedanken an die Liebe abzulenken.

Ein merkwürdiges Erschauern durchlief ihn, und er schob ihre Hand sanft weg. »Ja.«

»Es ist schön«, sagte sie, während die blauen Muster vor ihren feucht gewordenen Augen verschwammen. Er erlaubte ihr nicht einmal eine solch harmlose Berührung!

»So Gott will, wird mein Sohn eines Tages das gleiche Zeichen tragen.«

Emily blinzelte heftig. »Dein Sohn?«

»Ich muss Söhne haben.«

»Und Töchter?«

»Ich würde mich auch über Töchter freuen.«

Nur nicht von ihr ... Denn selbst wenn das möglich wäre, so unwahrscheinlich es auch war, bliebe immer noch das Risiko, dass ihre Kinder als Menschen und nicht als Gestaltwandler geboren würden. »Warum bist du dann noch nicht verheiratet?«

»Ich war kaum über den Stimmbruch hinaus, als ich die Führung des Clans übernehmen musste. Viele bedrängten mich damals zu heiraten, aber ich wollte es nicht. Ich war zu wild und musste noch viel lernen, um ein guter Clan-Führer zu werden. Jetzt ist es eine Frage der Zeit, die richtige Frau zu finden. Meine Position beansprucht praktisch jede wache Stunde meines Lebens.«

»Doch nicht gerade jetzt. Und auch nicht heute Morgen, als du mir Schwimmunterricht gegeben hast.«

»Du bringst mich dazu, meine Pflichten zu vergessen.«

Nachdem es ihr gelungen war, ihre Tränen zu verdrängen, konnte sie wieder ruhig seinen Blick erwidern. »Ist das etwas Gutes oder Schlechtes?«

Lange blickte er nachdenklich auf sie herab. Der goldene Rand um seine dunkle Iris verdeckte fast das Braun, und Emily dachte, dass seine Augen sie mehr denn je an die eines Wolfs erinnerten.

Er hauchte einen Kuss auf ihre Lippen, bevor er den Kopf wieder zurückzog. »Etwas Kostbares.«

Irrte sie sich? Bedeutete sie ihm vielleicht doch etwas, auch wenn es keine gemeinsame Zukunft für sie geben konnte?

»Was ich bei dir empfinde, ist auch für mich etwas sehr Kostbares.«

Lachlan erhob sich so abrupt, dass sie von seinem Schoß hinunterrutschte. »Es ist nur Lust.«

Sie taumelte zurück, als hätte er sie geschlagen. »Für dich vielleicht.«

»Verlieb dich nicht in mich, Engländerin.«

Das war die Höhe. Es war schon schlimm genug, dass er glaubte, über alles andere bestimmen zu können, doch er konnte ihr nicht auch noch vorschreiben, was sie zu empfinden hatte! »Wenn ich dich lieben will, dann tue ich es. Und wenn mir das Herz deswegen bricht, ist das meine Sache.«

Sie war so wütend, dass sie hinauseilen wollte, aber im letzten Moment erinnerte sie sich an das Versprechen, das sie Cait gegeben hatte. Und obwohl sie nur wenig Hoffnung hatte, dass ihre Verführungspläne gelingen würden, fragte sie: »Wirst du morgen früh in den Turm hinaufkommen und mich zum Schwimmunterricht abholen?«

»Vielleicht solltest du besser Cait bitten, dir das Schwimmen beizubringen. Du hast recht. Ich habe meine Pflichten schon viel zu sehr vernachlässigt, um Zeit mit dir verbringen zu können.«

Das hatte sie nicht gesagt, doch es schien das zu sein, was Lachlan glaubte. *Etwas Kostbares?* Wohl eher nicht. Fast hätte sie mit einem sehr undamenhaften Schnauben reagiert, aber sie konnte sich gerade noch beherrschen. Das einzig Wichtige war, Lachlan von dem See fernzuhalten, und nicht, ihre Angst vor Wasser zu überwinden.

»Wie du meinst«, erwiderte sie und wandte sich zum Gehen.

»Verdammt, Emily!«

Ohne ihn zu beachten, ging sie weiter.

Im Schatten zwischen einem der Bögen und der Wand legte sich jedoch seine schwere Hand auf ihre Schulter und ließ sie innehalten. Einige Sekunden schwiegen sie beide.

Schließlich fragte Emily: »Wolltest du noch irgendetwas, Lachlan?«

Er drehte sie zu sich herum, und in der Dunkelheit außerhalb des von Kerzen erhellten Bereichs war sein Gesicht wie eine ausdruckslose Maske. »Du hast nicht um Erlaubnis gebeten, gehen zu dürfen.«

»Das glaube ich nicht!«, fauchte sie und stemmte die geballten Fäuste in die Hüften – was Sybil immer sehr missbilligt hatte, wie sie sich jetzt wieder erinnerte. »Ich bin keines deiner Clanmitglieder, sondern nur eine Gefangene. Ich bin dir keine Höflichkeit schuldig – weder diese noch irgendeine andere.«

»Zuerst sagst du, du liebst mich, und dann erklärst du, ich verdiente nicht deinen Respekt. Was ist es denn nun, Engländerin?«, entgegnete er in einem spöttischen Ton, der sie noch mehr erzürnte.

»Ich habe nicht gesagt, dass ich dich liebe, sondern nur, dass ich dich lieben *würde*, wenn ich es wollte. Du kannst nicht alles bestimmen, Laird. Eine Frau müsste schon sehr töricht sein, um sich in einen Mann zu verlieben, der jeden Moment, den er mit ihr verbringt, für Zeitverschwendung hält.«

»Das habe ich nicht gesagt.«

»O doch, das hast du.«

Er seufzte und gab sich auf die vielleicht einzige Art geschlagen, die er zu kennen schien – indem er schwieg. Nach einer ausgedehnten Pause erklärte er: »Ich wollte dich nicht verletzen.«

»Ich habe nicht gesagt, dass du mich verletzt hast, und es ist schrecklich eingebildet von dir anzunehmen, du hättest es getan.«

»Es ist keine Einbildung, wenn ich sehe, wie deine Unterlippe zittert, wenn du versuchst, die Tränen zurückzuhalten, oder dass du es kaum erwarten kannst, aus meiner Nähe zu verschwinden, weil ich dir ein paar unangenehme Wahrheiten gesagt habe.«

»Deine Wahrheiten, wie du sie nennst, sind nichts, was ich nicht bereits wusste. Mach dir also deswegen keine Sorgen, und wenn meine Unterlippe gezittert hat, dann wahrscheinlich nur, weil ich dich wieder küssen wollte. Wie dumm von mir, nicht wahr? *Lust* kennt anscheinend keine Grenzen, nicht einmal für eine intelligente Frau.«

»Oder einen intelligenten Mann«, murmelte er. »Und da wir es beide wollen, *sollte* ich dich vielleicht auch wieder küssen.«

»Glaubst du denn, du könntest die Zeit dazu erübrigen?«, entgegnete sie spitz.

Seine Antwort darauf war ein Kuss, der so voll sinnlicher Begierde war, dass Emily sich vor Schock versteifte. Drängend presste er seinen Mund auf ihren, schob seine Zungenspitze zwischen ihre Lippen und begann lustvoll aufstöhnend mit der Zunge ein erotisches Spiel in ihrem Mund. Er war bisher immer sanft und rücksichtsvoll gewesen, aber jetzt war alles Spielerische aus seinen Liebkosungen verschwunden. Seine Hände waren überall, berührten sie mit geradezu unglaublicher Intimität über ihren Kleidern, und statt zu protestieren, stöhnte Emily verlangend und streckte sich seinen suchenden Händen entgegen.

Das war es, was sie wollte, wonach sie sich verzehrte.

Als Lachlan sie hochhob und mit dem Rücken gegen die kalte Steinmauer drückte, fror sie nicht einmal. Eine fiebrige

Erregung durchströmte sie, die ihr schier die Haut versengte. Lachlan presste seinen großen, harten Körper an ihre weiblichste Stelle, ließ seine Hüften an ihr kreisen und sie das ganze Ausmaß seiner männlichen Begierde spüren. Jede seiner Bewegungen sandte neue heiße Schauer durch Emilys Körper, bis sie nicht mehr hätte sagen können, was größer war, die berauschende Lust oder ihre Sehnsucht nach Erlösung.

Und dann zog er ihr ihre Röcke hoch und entblößte ihre Schenkel, und mit einer instinktiven Sinnlichkeit, die sie nicht einmal infrage stellte, legte sie ihre Beine um seine Taille. Wellen der Erregung überfluteten sie, als sie ihre empfindsamste Stelle an der pulsierende Härte unter seinem Plaid rieb und er sich ihr entgegendrängte, bis sie glaubte, es vor Lust keine Sekunde länger aushalten zu können.

Doch so plötzlich, wie er begonnen hatte, unterbrach er ihr Liebesspiel und löste seinen Mund von ihrem.

»Lachlan?«, fragte sie, und es war ihr völlig gleich, wie bittend ihre Stimme klang.

»Wir sind nicht mehr allein«, flüsterte er ihr ins Ohr, bevor er langsam ihre Beine von seiner Taille löste und sie herunterließ.

Schwankend stand sie vor ihm und brauchte einige Sekunden, bevor seine Worte einen Sinn für sie ergaben. Aber irgendwann wurden auch ihr die anderen Geräusche im Saal außer ihrem eigenen schweren Atmen und lautem Herzklopfen bewusst. Sie konnte die Männer nicht sehen, doch eine Gruppe von Soldaten hatte sich vor dem Kamin versammelt. Ihren Bemerkungen nach zu urteilen, schienen sie zu erwarten, dass Lachlan sich ihnen dort anschloss.

Emily blinzelte, um die heißen Tränen der Enttäuschung, die ihr in die Augen stiegen, zu verdrängen.

Lachlan sagte etwas, das sie nicht verstand, zog sie in die

Arme und küsste sie wieder. Dabei ließ er seine Hand an ihr hinuntergleiten, zog ihren Rock hinauf und berührte sie an ihrer intimsten Stelle, ein Mal ... zwei Mal – und in einer gewaltigen Flut brachen sich Emilys Gefühle Bahn. Hilflos gefangen in ihrer Ekstase, wand sie sich unter seiner Hand, und er hörte nicht auf, sie zu küssen, bis sie kraftlos an ihn sank, weil ihre Beine zu schwach geworden waren, um sie zu tragen.

Da hob er sie auf die Arme, als wäre sie wirklich etwas sehr, sehr Kostbares, und sagte nichts, als er sie die Wendeltreppe hinauf zu ihrem Zimmer trug. Erst vor ihrer Tür ließ er sie wieder herab und half ihr, sich an die Wand zu lehnen, weil sie noch immer weiche Knie hatte.

»Ich will nicht, dass du dieses Zimmer heute Nacht verlässt.«

»Wirst du mich wieder einschließen?«, fragte sie mit solch undeutlicher Stimme, als hätte sie zu viel Wein getrunken.

»Muss ich das?«

»Nein.«

»Dann versprich mir, dass du es unter gar keinen Umständen verlassen wirst.«

»Versprochen.« Damit wandte Emily sich ab, ging mit unsicheren Schritten in ihr Zimmer und zog die Tür hinter sich zu.

Drinnen legte sie nur schnell ihr Kleid und ihre Tunika ab, bevor sie erschöpft unter die Decken schlüpfte. Im Licht des Vollmondes, das durch die Fenster oben an der Wand hereinfiel, war das Zimmer fast ebenso hell wie bei Tageslicht. Wechselten Werwölfe nicht bei Vollmond die Gestalt?

Emily war noch ganz benommen von der unglaublich sinnlichen Erfahrung, die Lachlan ihr hatte zuteilwerden lassen, aber immer wieder neue Fragen stürmten auf sie ein, bis sie wacher war, als sie es sein wollte.

Hatte er deshalb gesagt, er hätte sich nicht so gut unter Kontrolle, wie er müsste? Weil seine animalische Seite es ihm bei Vollmond schwerer machte, seine Triebe zu beherrschen? Wahrscheinlich schon. War ihr Werwolf vielleicht sogar in ebendiesem Moment schon in Wolfsform unterwegs – »auf der Jagd«, wie Cait es nannte? Und würde er zu dem See hinuntergehen?

In dem Fall wäre Talorc doch sicher klug genug gewesen, die Insel zu verlassen. Oder konnten Werwölfe unterscheiden, ob ein anderer Wolf ein Werwolf und nicht nur ein wildes Tier war? Sie, Emily, hatte jedenfalls keine Unterschiede zwischen Menschen und Werwölfen in ihrer menschlichen Gestalt ausmachen können.

Sie drehte sich auf die Seite, und ihr Körper prickelte und pulsierte immer noch von unvergessenen Wonnen. Was hatte Lachlan mit ihr gemacht? Er hatte ihren empfindsamsten Punkt berührt, und nun, da sie nicht mehr trunken war von der Lust, die er ihr bereitet hatte, beschämte sie die Erinnerung an ihre Reaktion. Sie war richtig *laut* gewesen, und obwohl er nicht aufgehört hatte, sie zu küssen, war ihr Stöhnen nicht zu überhören gewesen.

Besonders für die scharfen Ohren von Werwölfen, und irgendwie hatte sie das Gefühl gehabt, dass die Soldaten, die im großen Saal auf Lachlan gewartet hatten, genau das waren. Waren sie dort zusammengekommen, um mit Lachlan auf die Jagd zu gehen? Es gab so viele Dinge, die Emily wissen wollte, so viele Fragen, die sie Cait noch stellen musste. Aber egal, aus welchem Grund die Männer in dem großen Saal gewesen waren, sie *waren* da gewesen, und obwohl ihr das bewusst gewesen war, hatte sie Lachlan nicht von seinen intimen Zärtlichkeiten abgehalten – weil sie sie zu sehr gebraucht hatte.

Er dagegen hatte nicht das gleiche Glück bei ihr gefunden. Oder doch? Im Grunde konnte sie das gar nicht wissen, aber er war jedenfalls nicht so schwach geworden wie sie. Und die harte Wölbung unter seinem Plaid war noch immer da gewesen, als er sie die Treppe hinaufgetragen hatte.

Wieder und wieder ließ sie sich all diese Gedanken durch den Kopf gehen, bis sie schließlich so müde war, dass sie die Augen nicht mehr offen halten konnte. Als sie endlich in den Schlaf hinüberschlummerte, hörte sie das einsame Heulen eines Wolfes, und irgendwo tief in ihrem Innersten spürte sie, dass es Lachlan in Tiergestalt unter dem kalten Licht des Mondes war.

Von seiner Position in der Nähe des Sees konnte Lachlan den Burgturm sehen. Und in dem Turm war *sie*. Seine Gefährtin.

Er schüttelte seinen großen Wolfskopf. Der Mensch in ihm wollte nicht wahrhaben, dass sie das sein konnte, aber sein Wolf verlangte nach ihr. Er wollte zu ihr gehen und sie mit den Augen eines Wolfes und nicht nur mit denen eines Menschen sehen. Er wollte sie beschnuppern, sein Fell an ihr reiben und sie mit seinem Geruch markieren.

Noch nie in seinem Leben war seine Willenskraft auf eine härtere Probe gestellt worden als in dieser Nacht. Emily vor ihrer Zimmertür allein zu lassen, hatte seine ganze Kraft erfordert. Aber wäre er mit ihr in die Kammer gegangen, hätte er mit ihr geschlafen. Immer wieder. Sein Drang, sich zu verwandeln, wäre durch sexuelle Erfüllung ersetzt worden.

Doch er hatte sich diese Erfüllung nicht erlaubt.

Er und der Rest seines Rudels hatten heute Nacht gejagt, einen Teil der Beute gefressen und den Rest, Traditionen gemäß, die so alt waren wie Ehegelübde und andere menschliche Bindungen, mit anderen Wölfen geteilt. Aber das Rudel hatte sich längst zerstreut. Zwei der Wölfinnen hatten ihn dazu animieren wollen, mit ihnen zu laufen, doch er hatte sie nur angeknurrt und nach ihnen geschnappt, bis sie mit eingezogenen Schwänzen abgezogen waren. Und jetzt war er allein.

Er wäre mit Drustan gelaufen, wenn der andere Werwolf nicht schon wieder auf der Burg wäre, in seinen Gemächern bei seiner Gefährtin. Er war nur zur Jagd herausgekommen. Einen Teil der Beute hatte er für Cait mitgenommen, damit sie sie für sich zubereitete und aß. Bis das Kind geboren war, würde sie sich nicht verwandeln können, doch Drustan schien es nicht gestört zu haben, so früh zur Burg zurückzukehren. Er wusste, dass seine Gefährtin ihn daheim erwartete. *Verdammt*, dachte Lachlan und fragte sich, warum er selbst so lange gezögert hatte, eine Verbindung einzugehen.

Denn wäre er verheiratet, dann wäre er jetzt nicht hin und her gerissen zwischen dem, was er wollte, und dem, was er für das Beste für das Rudel hielt.

Ein Bild von Emilys makellosem weißem Körper erschien vor seinem inneren Auge, um ihn zu verhöhnen. Sie wäre die perfekte Gefährtin, wenn sie eine Werwölfin wäre. Sie war mutig, liebevoll und überaus loyal. Aber sie war auch menschlich, und er würde keine Paarung zwischen Mensch und Wolf riskieren. Sein Rudel verdiente mehr als das.

Lachlan erhob den Kopf zum Mond und stieß ein klagendes Heulen aus, das nicht die Verzweiflung verdrängen konnte, die ihn bei der Erkenntnis überfiel, dass er keine andere Wahl hatte, als Emily gehen zu lassen. Ein einziges Mal wenigstens wollte er sie mit den Augen des Wolfes ansehen …

Er konnte sie nicht mit seinem Duft markieren, wie er es gern täte, doch er konnte sie wenigstens betrachten.

Und so lief er zur Burg zurück und nahm erst kurz vor der Zugbrücke wieder seine menschliche Gestalt an. Als er Emilys Zimmer erreichte, öffnete er die Tür so leise wie nur möglich.

Sie lag auf der Seite, mit dem Gesicht zu ihm. Ihre langen, goldbraunen Locken umgaben sie wie ein schimmernder Schleier, und das Balmoral'sche Plaid bedeckte sie.

Ohne nachzudenken, verwandelte sich Lachlan und schaute sie durch die Augen des Wolfes an. Sie sah noch genauso aus und trotzdem anders. Da seine Sicht in Wolfsgestalt viel besser war, konnte er jede einzelne Wimper sehen, die unter ihren geschlossenen Augenlidern ihre Wangenknochen streifte. Auch ihr Duft war anders, femininer und irgendwie realer. Er konnte noch den Duft von Flieder an ihr wahrnehmen, der ihn daran erinnerte, dass sie den Frauen unten im Hof geholfen hatte, die auf den Fliederbüschen getrocknete Wäsche einzusammeln.

Und er konnte auch den Duft wahrnehmen, der ganz allein der ihre war. Er war anders als der einer Werwölfin, unaufdringlicher und nicht so intensiv, aber auch nicht weniger verführerisch für die Sinne des Wolfes in ihm. Kein weibliches Wesen, ob menschlicher oder wölfischer Natur, hatte für ihn je so angenehm gerochen. Auf leisen Pfoten trat er näher, als sein hervorragender Geruchssinn einen weiteren Duft ausmachte. Sie war noch erregt gewesen, als sie sich schlafen gelegt hatte ...

Er hatte sie zum Höhepunkt gebracht, aber das hatte nicht genügt. Sie brauchte die Erfüllung durch das Einswerden mit ihm genauso sehr wie er, doch er bezweifelte, dass sie das wusste. Sie war zu unerfahren. Selbst nach heute Nacht war sie noch nahezu unberührt. Das Tier in ihm knurrte vor Verlangen, sie als die seine zu markieren und diese Unschuld ganz allein für sich zu beanspruchen.

Er konnte der Versuchung nicht widerstehen, ihr einen kleinen Kuss zu geben, indem er ihr ganz sanft über die Wange leckte. Sie zog ihre Nase kraus, und er bleckte die Zähne in einem wölfischen Grinsen, das jedoch genauso schnell wieder verblasste, wie es erschienen war. Bald würden die Dinge mit dem Sinclair geregelt werden müssen, und Emily würde zu der anderen Burg zurückkehren.

Lachlan wollte sie nicht gehen lassen, doch je länger sie bei ihm blieb, desto größer wurde das Risiko, dass er seine Pflicht gegenüber seinem Clan vergessen würde. Er hatte ihr Asyl angeboten, war aber froh, dass sie es abgelehnt hatte. Denn wenn sie bliebe, würde er sie behalten. Das war unvermeidlich, und es wäre nicht fair seinem Rudel oder seinem Clan gegenüber. Das Bedürfnis, unauflösbar eins mit ihr zu werden und sie mit seinem Samen zu befruchten (selbst wenn er nicht aufgehen sollte), stieg mit jedem Augenblick, den er in ihrer Nähe war.

Sogar jetzt war er versucht, mit den Zähnen die Decke von ihr wegzuziehen und ihren Körper mit seinem zu bedecken, sie zu wärmen und zu beschnuppern und, wenn sie erwachte, die Gestalt zu wechseln, um sich mit ihr vereinigen zu können. Er würde ihr all seine Geheimnisse anvertrauen und sie die Gebräuche der Chrechten lehren. Das Verlangen war so stark, dass sein Wolfskörper zitterte von der Anstrengung, die es erforderte, seine Gedanken nicht in die Tat umzusetzen.

Während er sich darauf vorbereitete zu gehen, leckte er ihre Hand, und sie stöhnte leise im Schlaf und flüsterte dann seinen Namen.

Sie träumte also offenbar von ihm. Waren es erotische

Träume, oder träumte sie von dem Morgen am See oder anderen Dingen, die auf keinen Fall geschehen durften?

Er musste jetzt gehen, oder er würde noch immer hier sein, wenn sie morgen früh erwachte. Langsam drehte er sich um und tappte zur Tür.

»Lachlan?«, fragte Emily verschlafen, als er die Zimmertür erreichte.

Er blieb stehen und drehte sich zu ihr um.

Emily sah nicht so aus, als machte es ihr Angst, einen großen Wolf in ihrem Zimmer vorzufinden. Sie blinzelte verschlafen, aber er entdeckte keine Furcht in ihren schönen, veilchenfarbenen Augen. Vielleicht nahm sie ja auch an, nur zu träumen.

Sie setzte sich auf, und die Decken, die bis zu ihrer Taille hinabrutschten, offenbarten die vollkommenen Rundungen ihrer Brüste und deren rosig angehauchte Spitzen. Augenblicklich überschwemmte ihn wieder ein solch jähes, überwältigendes Verlangen, dass er schier darin zu ertrinken glaubte.

Emilys Augen leuchteten auf vor Staunen und von einer Freude, die er nicht verstand. »Du bist es, nicht wahr? Ich träume nicht. Du bist ein Wolf, und du bist hier bei mir!«

Lachlan rührte sich nicht; er wagte kaum zu atmen.

»Darf ich dich anfassen?«

Sein Verstand registrierte ihre Worte, doch im ersten Moment konnte er ihnen keinen Sinn entnehmen. Sie wollte ihn *anfassen?* In seiner Wolfsgestalt? Sie war ein Mensch, kein Werwolf. Er erinnerte sich, wie seine Mutter ihre Augen vor der tierischen Natur seines Vaters verschlossen hatte. Sie hatte ihn weder berührt noch mit ihm gesprochen, wenn er ein Wolf gewesen war, sondern immer so getan, als wäre er nichts anderes als ein Mann.

Und wie erleichtert sie gewesen war, als sich herausgestellt hatte, dass Ulf nicht verwandlungsfähig war! Sie war im Jahr darauf an einem Fieber gestorben, nachdem sie die Hoffnung geäußert hatte, dass keiner ihrer Söhne die Natur eines Wolfes in sich haben möge. Lachlans Verwandlung war jedoch schon früh erfolgt, gleich beim ersten Vollmond nach dem Tod seiner Mutter. Und seitdem war alles anders.

Aber seine Erinnerungen sagten ihm, dass menschliche Frauen das Tier in ihren Werwolf-Gefährten nicht willkommen hießen.

»Bitte«, wisperte Emily und mit ausgestreckter Hand.

Es verlangte ihn so sehr danach, ihre Finger in seinem Fell zu spüren, dass er gar nicht anders konnte, als mit einem leisen, sehnsüchtigen Jaulen zu ihr zurückzukehren, von dem er sicher war, dass sie es nicht verstand. Hatte sein Vater das Gleiche empfunden? Wie schwer musste es für ihn gewesen sein, seine beiden Wesen so getrennt zu halten!

Emily lächelte und berührte Lachlans Kopf. »Wie schön du bist!«, sagte sie und ließ ihre Finger durch das Fell an seinem Nacken und an seinem Rücken gleiten. »Und was für weiches Fell du hast. Oh, Lachlan, was für ein prachtvolles Geschöpf du bist!«

Ein Rumpeln ging durch seine Brust, ein Brummen, das jedoch nichts Bedrohliches an sich hatte, sondern nur ein Ausdruck purer Wonne war. Er hatte sich noch nie so gut gefühlt – so voller Glück und Freude, dass seine Gefährtin ihn nicht nur so akzeptierte, wie er war, sondern ihn sogar bewunderte. *Aber sie war nicht seine Gefährtin*, das durfte er nicht vergessen.

Das Brummen verstummte, doch das wohlige Empfinden blieb.

Mit seiner langen Zunge strich er durch die Mulde zwischen ihren Brüsten und wollte sie überall belecken, um sie mit den geschärften Sinnen seines Wolfes zu kosten und sie sich für immer in seiner Erinnerung einzuprägen.

Sie schnappte nach Luft, und ihre Hände verharrten in ihrer Bewegung.

Er legte seinen Kopf auf ihren Schoß, um sie nicht erneut mit einer seiner tierischen Liebkosungen anzuwidern. Durch die Decken konnte er ihren weiblichen Duft wahrnehmen, der das drängende Verlangen in ihm weckte, sich zu verwandeln und mit ihr intim zu werden.

»Ist es normal, dass es sich so anfühlt?«, wollte sie mit leiser, unsicherer Stimme wissen.

Er hob den Kopf und sah ihr fragend in die Augen, weil er als Wolf natürlich nicht sprechen konnte.

»Es war wie Zauberei ... Ich weiß nicht, wie ich es erklären soll. Wie Hitze, aber ohne heiß zu sein, so als kitzelte etwas auf meiner Haut. Ähnlich wie das Sprudeln von Quellwasser im Mund. Ach, ich kann es einfach nicht richtig beschreiben, doch als du mich geleckt hast, spürte ich mehr als deine Zunge auf meiner Haut.«

Er wusste nicht, wovon sie sprach, aber eins verstand er: Sie hatte sich vor seiner Berührung nicht geekelt.

Dankbar rieb er seinen großen Kopf an ihr.

»Ist es in Ordnung, dass ich es mochte?«

Er hob den Kopf und nickte ein, zwei Mal, um sicher sein zu können, dass sie seine Zustimmung verstand.

Diesmal entrang sich ihr ein Stöhnen, das es ihm sogar noch schwerer machte, den Kopf erneut auf ihren Schoß zu legen, aber er konnte sich nicht erlauben zu tun, was er so gern täte. Und dass sie ein Lecken akzeptierte, hieß noch lange nicht, dass sie noch mehr solch tierischer Liebkosungen tolerieren könnte. Schließlich war sie menschlich.

Die ruhige Akzeptanz, mit der sie ihn hinter den Ohren kraulte, war ein unglaubliches Geschenk für Lachlan. Welche menschliche Frau würde nicht schreien vor Angst, wenn ihr ein Wolf so nahe wäre? Nicht jedoch Emily. Sie mochte den Wolf in ihm. Hatte Talorc sie in die Geheimnisse der Chrechten eingeweiht? Aber wahrscheinlicher war, dass Cait es getan hatte. Er würde Drustan fragen, denn Emily war viel zu aufgeschlossen für ein menschliches Wesen, das nichts von seiner Spezies wusste. Und erst recht für eine Frau. Das war Lachlan völlig unverständlich.

»Wenn ich mich hinlege …« Sie unterbrach sich und wirkte plötzlich sehr verunsichert.

Was hatte sie sagen wollen? Dass er gehen sollte?

»Würdest du dich dann zu mir legen und deinen Zauber wenigstens eine Nacht lang mit mir teilen? Bitte, Lachlan. Nur dieses eine Mal?«

Sein Kopf fuhr hoch, weil er fast nicht glauben konnte, worum sie ihn gebeten hatte. Es war das, was sich der Wolf in ihm ersehnte, weitaus mehr sogar noch als die Paarung, erkannte er jetzt: ihr ganz nahe sein zu dürfen, und wenn auch nur für diese eine Nacht.

Sie schenkte ihm ein bittersüßes Lächeln. »Du bist erstaunlich, Lachlan, und ich werde nie wieder so etwas erleben wie mit dir gerade. Ich weiß, dass meine Zeit bei deinem Clan begrenzt ist und ich dich nach dieser Nacht wahrscheinlich nie wieder so sehen werde. Würdest du also bei mir bleiben, bis ich eingeschlafen bin, damit ich am Morgen glauben werde, es sei ein Traum gewesen, und mich nicht nach etwas sehnen werde, das ich niemals haben kann?«

Selbst wenn er in menschlicher Gestalt gewesen wäre, hätte er jetzt nichts erwidern können. Sie sagte, sie fände ihn erstaunlich, aber *sie* war es, die absolut unglaublich war.

Er nickte langsam.

Sie lächelte, und ihre Augen wurden ganz feucht von dem Ansturm der Gefühle. »Danke, Lachlan.«

Emily legte sich wieder hin und zog das Plaid hinauf, um sich zuzudecken. Dann rutschte sie an die Wand zurück und machte seinem großen Wolfskörper so viel Platz wie möglich auf dem schmalen Bett. Lachlan sprang hinauf und ließ sich, den Kopf auf seinen großen Vorderpfoten, an ihrer Seite nieder.

Sie schlang einen Arm um seinen Nacken und drückte ihr Gesicht in sein weiches Fell. Lachlan hatte noch nie eine solche Zufriedenheit gekannt, trotz der ungestillten Lust, die sein Blut so heiß und schnell durch seine Adern rinnen ließ.

»Du riechst gar nicht wie ein Hund«, murmelte sie ein paar Minuten später schläfrig. »Ich dachte, ein Wolf würde riechen wie ein Hund, aber du duftest wie du. Und das ist ein Duft, den ich nie vergessen werde.«

Wenige Momente später schlummerte sie ein.

Lachlan versuchte nicht einmal, Schlaf zu finden, sondern lag still neben ihr, lauschte ihren Atemzügen und atmete ihren angenehmen Duft ein. Ihr Arm war immer noch um ihn geschlungen, als wollte sie ihn sogar im Schlaf noch festhalten. Die Versuchung zu bleiben war so stark, dass er ihr beinahe nachgab, aber als die Sonne aufging, kroch er vorsichtig vom Bett hinunter. Leise, um sie nicht zu wecken, schlich er zur Tür, weil er wusste, dass sie nur ein einziges Wort zu sagen brauchte, damit er blieb. Und dann würde er ihr wahrscheinlich alles geben, was sie wollte.

Ein paar Minuten später hatte er wieder seine menschliche Gestalt angenommen und lief, so schnell er konnte, zu seinem Zimmer, um von niemandem gesehen zu werden. Das Bett, das seit über zehn Jahren das seine war, fühlte sich zum ersten

Mal nicht einladend an, als er sich auf die Felle fallen ließ, die es bedeckten.

Doch so müde er auch war, er schlief nicht ein. Allein schon seiner fast schmerzhaften Erektion wegen konnte er es nicht. An Emilys süßes, unschuldiges Gesicht zu denken, war auch keine Hilfe, und als er endlich doch einschlief, träumte er von ihr. In dem Traum war sie von ihm schwanger und schwamm lächelnd und ohne jede Furcht in den Augen in dem See.

Mit einem wehen Gefühl im Herzen erwachte er ein paar Stunden später aus dem Traum.

Er verdrängte dieses Gefühl jedoch zusammen mit dem Wunsch, zu Emily zu gehen und sie zu sehen. Heute hatte er viel zu tun, musste das Kampftraining seiner Soldaten beaufsichtigen, sich Berichte anhören und vor allem auch mit Drustan reden. Kurz vor dem Essen am vergangenen Abend hatte eine der Werwölfinnen von einem fremden grauen Werwolf berichtet, den sie am Tag zuvor am See bemerkt hatte. Lachlan war sicher, dass es Talorc oder einer seiner gut ausgebildeten Elitegarden gewesen war.

Lachlan hatte nichts gewittert, als er mit Emily zu dem See gegangen war. Entweder war der Wolf nicht dort gewesen, oder aber er konnte seinen Geruch sehr gut verbergen. Falls es Talorc war, spionierte er – doch wozu? Um zu sehen, wie es seiner Schwester ging, oder um zu versuchen, sie zurückzuholen? Wenn er mit Cait hätte reden wollen, hätte er sich sehen lassen, als sie und Emily zum See gegangen waren – außer, er hatte vermeiden wollen, dass Emily etwas von seiner Gegenwart erfuhr.

Oder? Als Lachlan sie am Abend zuvor gefragt hatte, ob sie ein wildes Tier gesehen hatte, hatte sie erwidert, nur falls er einen Laird als solches ansehe. Auch Talorc war ein Laird, und

Emily war sich seiner und Lachlans Wolfsnatur bewusst. War sie seiner Frage also nur mit einer raffinierten Gegenfrage aus dem Weg gegangen, oder hatte sie wirklich nichts gesehen, wie er angenommen hatte?

Er musste mit Drustan reden, und dann würde er Emily aufsuchen und die Wahrheit ans Licht bringen.

17. Kapitel

Emily knetete einen dicken Klumpen Teig, während sie dem Klatsch der Küchenhilfen lauschte. Sie war früh erwacht und allein in ihrem Bett gewesen, aber an dem Plaid, mit dem sie zugedeckt gewesen war, hatte sie noch Lachlans Duft wahrnehmen können. Doch selbst ohne das hätte sie sich nicht einreden können, dass alles nur ein Traum gewesen war. So unwirklich die Ereignisse der Nacht gewesen waren, war ihre Erinnerung an ihn doch ebenso real wie die an ihre eigene Familie.

Und sie hatte das unausweichliche Gefühl, dass er jetzt ebenso sehr ein Teil von ihr war, wie diese anderen Erinnerungen es waren.

Sie konnte den Clan der Balmorals verlassen, doch Lachlan würde sie nie ganz hinter sich zurücklassen. Er würde bis in alle Ewigkeit in ihrem Herzen leben. Wie viel unkomplizierter wäre ihr Leben gewesen, wenn sie bei Talorc das Gleiche empfunden hätte statt der sicheren Gewissheit, dass sie nicht zu ihm gehörte!

Was für ein Durcheinander!

Warum war Lachlan zu ihr gekommen, und dann auch noch als Wolf? Diese Frage hatte sie sich schon den ganzen Morgen gestellt, wieder und wieder, und noch immer keine vernünftige Antwort darauf gefunden. Außer, dass es vielleicht sein Wolfsinstinkt gewesen war, der ihn der Vorfälle kurz vor ihrem Zubettgehen wegen zu ihr geführt hatte. Aber selbst wenn es so gewesen wäre, bewiese sein Verhalten ein Ausmaß an Vertrauen, das dieser Mann ihr unmöglich entgegenbringen konnte.

Aber er *war* als Wolf zu ihr gekommen, hatte sich von ihr

berühren und streicheln lassen und sie geküsst, wie ein Wolf küsste. Dann war er neben ihr liegen geblieben, bis sie eingeschlafen war. Wahrscheinlich sogar noch länger.

Emily verstand noch immer nicht, was sie empfunden hatte, als er mit seiner etwas rauen Zunge über ihre Haut gestrichen war, doch es war ein sehr ... ungewöhnliches Gefühl gewesen. Eine Erfahrung, die so einzigartig gewesen war wie die Explosion von Gefühlen, die er kurz vorher in ihr herbeigeführt hatte, und dennoch auch ganz anders. Es war nichts Erotisches gewesen – oder jedenfalls nicht nur. Es hatte sich gut angefühlt, aber auch irgendwie ... bizarr.

Als verbände sich ein Teil seiner Lebenskraft mit ihrer.

Und trotzdem war er, wie er schon gesagt hatte, heute Morgen nicht gekommen, um sie zu einer Schwimmstunde abzuholen. Als wären die Geschehnisse der Nacht für ihn bedeutungslos gewesen. Doch vielleicht hatte er sich ihr ja auch nicht so verbunden gefühlt wie sie sich ihm.

»Ich denke, der Teig ist fertig«, sagte eine der älteren Frauen zu Emily.

Sie erschrak und senkte ihren Blick auf die weiße Masse, die mittlerweile mehr als nur gut durchgeknetet war. Emily brachte sie in Form und legte sie beiseite, bevor sie sich einen weiteren Klumpen Teig vornahm und ihn mit viel mehr Kraft, als nötig wäre, zu bearbeiten begann.

Sie verstand Lachlan nicht, nicht einmal ein kleines bisschen. Zuerst behauptete er, sie bedeutete ihm nichts, und ließ sogar durchblicken, dass sie ein Ärgernis war, und dann küsste und berührte er sie, als wäre er ihr Geliebter. Als er sie die Treppe hinaufgetragen hatte, nachdem er ihr unvorstellbar lustvolle Momente geschenkt hatte, war er so behutsam mit ihr umgegangen, als bedeutete sie ihm etwas – was er jedoch bestritten hatte.

Und dann … *dann* war er in Wolfgestalt zu ihr gekommen! Das war das Unvorstellbarste von allem. Wieder schlug sie mit der geballten Faust auf den Teig ein, obwohl der Klumpen jetzt eigentlich nur noch ein paar Mal ausgerollt und wieder zusammengelegt werden musste.

»Ich hatte Marta doch verboten, dir Hausarbeiten zuzuweisen.«

Emily verzog das Gesicht und murmelte etwas über selbstherrliche Burgherren, bevor sie ihren Blick zu Lachlan erhob. Er beobachtete sie mit einer Miene, die alles andere als erfreut war, und seine hochgewachsene Gestalt ließ die Küche plötzlich viel zu klein für sie alle erscheinen.

»Das hat sie auch nicht getan.«

Statt eine Erklärung zu verlangen, zog Lachlan nur seine dunklen Augenbrauen hoch.

»Da Cait die Aufsicht über Haushaltsangelegenheiten übertragen worden war, hat sie mich angewiesen, den Frauen beim Brotbacken zu helfen.«

»Sie hat dich *angewiesen?*«, fragte Lachlan mit gefährlich leiser Stimme.

»Das war nur fair, da ich *sie* angewiesen hatte, sich ein wenig hinzulegen, nachdem wir den Inhalt der Vorratskammern überprüft hatten.«

»Warum hast du ihre Aufgaben mit ihr erledigt?«

»Weil *sie* gern mit mir zusammen ist und *sie* mich nicht als Ärgernis empfindet.«

»Bis du ihr gesagt hast, sie solle sich ein wenig ausruhen«, erwiderte er mit ernster Miene.

»Auch dann war ich kein Ärgernis für sie, sondern höchstens lästig, und sie hat nicht etwa erwidert, ich solle beim Brotbacken helfen, um sich zu revanchieren. Sie weiß, dass ich nicht gern die Hände in den Schoß lege.«

»Und sie wahrscheinlich auch nicht, denke ich.«

»Sie brauchte ein bisschen Ruhe.«

Lachlans Augenbrauen schossen in die Höhe bei ihrem scharfen Ton. »Habe ich vielleicht das Gegenteil behauptet?«

»Nein«, räumte sie widerstrebend ein. »Eine Schwangere braucht ohnehin mehr Ruhe, aber sie gähnte fast bei jedem Atemzug, und deshalb dachte ich, dass sie gestern Nacht wohl nicht viel Schlaf bekommen hat.«

Sie war sich dessen sogar völlig sicher.

Emily hatte Cait mit Fragen überhäuft, bis sie das Vollmondritual und alles, was damit verbunden war, verstand. Sie hatte erfahren, dass Cait zwar nicht mit den anderen Wölfen auf die Jagd gegangen war, aber lange aufgeblieben war, um mit Drustan nach dessen Rückkehr noch zu essen. Sie war errötet, als sie das erzählt hatte. Offenbar war ein spätes Essen nicht alles, was sie mit ihrem Ehemann geteilt hatte.

Emily hatte Cait nichts davon erzählt, dass Lachlan in ihr Zimmer gekommen war. Es war ihr zu privat erschienen, um es jemand anderem anzuvertrauen, nicht einmal einer Freundin, die ihr nahestand wie eine Schwester.

»Sie kann sich glücklich schätzen, dass du dich so gut um sie kümmerst.«

»Ich bin auch sehr froh über ihre Freundschaft.«

Den verstohlenen Blicken nach zu urteilen, die die anderen Frauen ihr und Lachlan immer wieder zuwarfen, schien ihre Unterhaltung mit dem Laird höchst interessant für sie zu sein.

Lachlan, dem das auch nicht zu entgehen schien, sagte nach einem vielsagenden Blick auf die Frauen zu Emily: »Ich möchte mir dir reden.«

Sie faltete den Teig ein paar Mal und drückte ihn dann fest zusammen. »Ich bin fast fertig mit dem Kneten.«

»Das kann warten.«

»Nein, das kann es nicht.«

Zwei der Frauen am Tisch zogen scharf den Atem ein, und eine vergaß sogar jede Diskretion und starrte Emily aus großen Augen an. Emily gab vor, es nicht zu bemerken, und setzte ihre Arbeit ruhig fort.

»Du wagst es, meine Bitte abzulehnen?«, fragte Lachlan mit erboster Stimme.

Emily verzog das Gesicht. »Du hast gesagt, dir gefiele meine freimütige Art.«

»Ich habe nicht gesagt, dass ich Ungehorsam mag.«

Sie war kein Kind, das widerspruchslos gehorchte, auch wenn sie wusste, dass viele Männer das von Frauen erwarteten. Und so arrogant Lachlan auch war, glaubte sie doch nicht, dass er so kurzsichtig war. Aber das konnte sie auch später noch mit ihm erörtern. »Ich war nicht *ungehorsam*, sondern habe dir nur gesagt, wie es ist«, entgegnete sie spitz. »Wenn ich den Teig jetzt nicht fertig knete, wird er nicht richtig aufgehen. Die anderen Frauen sind alle mit ihren eigenen Aufgaben beschäftigt. Soll ich meine etwa unerledigt lassen, weil du nicht die Geduld aufbringen kannst, ein paar Minuten abzuwarten?«

»Du hast das Zeug zur Furie, weißt du das? Du erinnerst mich an meine Großmutter.«

»Väterlicher- oder mütterlicherseits?«

»Väterlicherseits.«

Dann erinnerte sie ihn also an eine Werwölfin. *Interessant.* »Hast du sie eine Furie genannt?«

»Für wie dumm hältst du mich?«

Sie schüttelte den Kopf. »Für alles andere als dumm.«

»Gut, denn unser Gespräch wird einfacher sein, wenn du nicht den Fehler machst, mich für dumm zu halten.«

»Das klingt beunruhigend.«

»Ich wüsste nicht, wieso – es sei denn, du hättest Geheimnisse, die du vor mir verbergen willst?«

Wusste er von Talorc? Hatte Cait Drustan doch von ihm erzählt? Sie hatte nichts davon erwähnt, doch Emily hatte ihr mit all ihren Fragen über die Chrechten ja auch kaum die Möglichkeit dazu gegeben. Danach waren sie mit anderen zusammen gewesen, vor denen sie solch sensible Themen nicht hatten besprechen können.

»Jeder hat seine Geheimnisse, Laird.«

»Kann sein. Aber *deine* will ich wissen, Engländerin.«

»Und wirst mir auch deine offenbaren?«, versetzte sie und sah ihn zum ersten Mal, seit er in die Küche gekommen war, ganz offen an.

»Das habe ich bereits getan«, erwiderte er leise und mit einem sehr eindringlichen Blick.

Sie schluckte, als ein seltsames Flattern tief in ihrem Inneren erwachte. Lachlan würde also nicht so tun, als wäre die Nacht zuvor ein Traum gewesen. Er würde nicht bestreiten, dass er zu ihr gekommen war. Vielleicht würde er ihr sogar erklären, warum. Der Tag war plötzlich sehr viel heller.

Sie drückte den Teig wieder zu einem Klumpen zusammen und bedeckte ihn mit einem Tuch. »Das war's. Und das Warten war doch gar nicht so schlimm, Laird?«

»Nein.«

Erfreut, dass seine Laune sich gebessert zu haben schien, wusch sie sich schnell die Hände, bevor sie sich wieder zu ihm umdrehte. »Sollen wir dann gehen?«

Er antwortete nicht, sondern wandte sich nur ab und trat zur Tür. Sie folgte ihm, als er sie in den großen Saal führte, wo er jedoch nicht wie erwartet haltmachte, sondern über eine hölzerne Treppe zu einer Galerie hinaufstieg, die so ähnlich war wie die in Emilys elterlicher Burg. Dahinter befand sich der Salon, aber auch dort blieb Lachlan nicht stehen, sondern führte Emily in ein Schlafzimmer, das von einem mächtigen, mit Fellen und einem Plaid bedeckten Bett beherrscht wurde.

»Warum sind wir … hier?«, fragte sie mit unsicherer Stimme.

Lachlan schloss die Tür mit einem so nachhaltigen Schlag, dass das ganze Zimmer davon zu erbeben schien, obwohl Emily natürlich wusste, dass sie sich das nur einbildete. »Um ungestört zu sein.«

»Werwölfe können hören, was Menschen verborgen bleibt«, murmelte sie.

»Ja, doch es wundert mich, dass du das weißt.«

Da sie Caits Vertrauen nicht enttäuschen konnte, erwiderte sie nur ruhig seinen Blick und sagte nichts.

»Nein, eigentlich wundert es mich nicht. Du kannst es nur auf die eine oder andere Art erfahren haben: Entweder hat Talorc es dir erzählt, oder es war Cait. Und ich glaube nicht, dass es der Laird war. Es muss seine Schwester gewesen sein. Sie setzt sehr viel Vertrauen in dich, soweit ich weiß.«

»Wir sind wie Schwestern«, flüsterte Emily und schickte ein stummes Stoßgebet zum Himmel, dass er Cait nicht dafür bestrafen möge, dass sie es ihr erzählt hatte. »Talorc hätte es mir sagen müssen.«

»Er hat sich geweigert, dich zu heiraten. Für ihn bestand kein Grund dazu.«

»Aber es war richtig von Cait, es mir zu erzählen.«

»Weil ihr wie Schwestern seid?«

»Ja.«

»Sie hat ihr Leben und das ihres Rudels in deine Hände gelegt.«

»Ich würde sie nie verraten – weder sie noch dich.«

»Das weiß ich, aber mich wundert trotzdem, dass sie es dir anvertraut hat. Ich würde es keinem anderen Krieger sagen, nicht einmal einem, den ich als Freund bezeichnen würde.«

»Aber du würdest es deinem Bruder anvertrauen.«

»Ja.«

»Siehst du?«

»Was ich sehe, ist, dass du und Cait euch glücklich schätzen könnt, einander zu haben.«

»Ja, das finde ich auch.« Und es freute sie ebenso sehr, dass er so viel von ihrer Freundin hielt. Sie befeuchtete ihre Lippen. »Ich dachte, du würdest so tun, als wärst du gestern nicht zu mir gekommen.«

»Und ich dachte, *du* wolltest dir selbst einreden, es wäre nur ein Traum gewesen.«

»Das hat nicht funktioniert. Du hast deinen Duft in meinem Bett zurückgelassen ... und in meinen Träumen bist du die ganze Nacht bei mir gewesen.« Das hatte sie eigentlich nicht zugeben wollen, aber sie bereute nicht, es ausgesprochen zu haben. Denn wie armselig wären ihre Gefühle, wenn sie sich ihrer schämen und nicht zu ihnen stehen würde!

Lachlan seufzte, und seine Augen spiegelten Emotionen wider, die sie nicht enträtseln konnte. »Ich kann dich nicht behalten, Emily.«

»Weil ich menschlich bin.«

»Ich habe Pflichten meinem Clan und meinem Rudel gegenüber.«

»Dein Vater hat eine menschliche Frau geheiratet.«

»Und ein menschliches Kind gehabt.«

»Ulf.«

»Ja. Wir erkennen unsere eigene Spezies.«

Emily runzelte die Stirn. »Ich kann den Unterschied nicht feststellen.«

»Weil du nicht zu uns gehörst.«

Die Worte hatten eine ernüchternde Wirkung auf sie. »Nein, ich bin keine von euch.«

»Verdammt, Emily! Ich will dich nicht verletzen, aber so ist es nun einmal.« Lachlan sah plötzlich verärgert aus, doch sie konnte beim besten Willen nicht verstehen, warum.

Sie hatte schließlich nichts von ihm verlangt.

»Ich weiß. Glaub mir, das weiß ich, Lachlan.« Um sich nicht selbst der Feigheit beschuldigen zu müssen, setzte sie hinzu: »Und trotzdem will ich dich.«

Ein in seiner emotionalen Intensität schon fast beängstigender Ausdruck erschien auf seinem Gesicht. »Ich will dich auch, aber ich kann keine intimen Beziehungen mit dir haben.«

»Warum? Cait hat gesagt, eure Paarungsregeln seien anders als die ihres Clans.«

»Ihr Clan ist jetzt der unsere.«

»Ach, du weißt schon, was ich meine. Wenn du mit mir intim wirst, müssen wir nicht zwangsläufig verheiratet sein, wie wir es bei den Sinclairs wären.«

»Und der Sinclair würde dich dann auch niemals heiraten.«

»Willst du denn, dass er es tut?«, fragte sie, nicht sicher, wie sie reagieren würde, falls er das bejahte.

»Nein!« Lachlan knurrte tief in seiner Brust, und es war kein menschlicher Laut, der da aus seiner Kehle kam.

Emily erschauderte, nahm ihm seine heftige Reaktion aber nicht übel, da sie immerhin ein Beweis dafür war, dass sie ihm nicht völlig gleichgültig war. »Ich kann mich ihm nicht hingeben. Und er will mich sowieso nicht.«

Außerdem glaubte der andere Laird vermutlich ohnehin schon, dass sie mit Lachlan geschlafen hatte. Schließlich war sie splitterfasernackt mit ihm im See gewesen und inzwischen überzeugt davon, dass Talorc sie gesehen hatte.

»Du bist noch Jungfrau, Emily.«

»Und du nicht.« Wahrscheinlich dachte er, sie hätte nicht die nötige Erfahrung, um ihm das gleiche sinnliche Vergnügen zu bereiten wie er ihr.

Sie konnte ihm darin nicht mal widersprechen, aber sie war auf jeden Fall bereit, es zu versuchen. Mehr als nur bereit. Doch sie war nicht so verzweifelt, dass sie ihm das sagen würde. Sie musste sich wenigstens einen Anschein von Stolz und Selbstachtung bewahren.

Lachlan lachte. »Nein, ich bin keine Jungfrau mehr. Der körperliche Akt ist unentbehrlich, um die Kontrolle über die Verwandlung zu erlangen. Wie du schon ganz richtig sagtest, sind unsere Gebräuche nicht die gleichen wie die der Sinclairs. Bei uns sind intime Beziehungen ohne feste Bindung erlaubt, wenn sie der Förderung der Interessen unseres Rudels dienen.«

»Warum willst du dann nicht mit mir intim werden?«

»Du bist keine Werwölfin, Emily.«

»Soll das heißen, dass Balmoral'sche Werwölfe nie Geschlechtsverkehr mit menschlichen Frauen haben, ohne mit ihnen verheiratet zu sein?«

»Nein, aber es besteht das Risiko, dass wir eine echte Bindung eingehen würden.«

»Und du willst nicht an mich gebunden sein.«

Lachlan seufzte, doch dann veränderte sich sein Gesichtsausdruck zu einem grimmigen. »Nein.«

Emily wandte sich ab, nicht weniger tief verletzt von diesem einen kleinen Wort wie von der Zurückweisung ihres

Vaters, der sie als »nutzloses weibliches Ding«, bezeichnet hatte, das die Schuld am Tode seiner Mutter trug. Da ihr Vater einen Sohn gewollt hatte, war sie von Geburt an eine Enttäuschung für ihn gewesen – und auch für Lachlan war sie offenbar nicht gut genug.

Sie war nicht als Werwölfin zur Welt gekommen und besaß deshalb keinen dauerhaften Wert für ihn.

»Nicht nur eins unserer Kinder, sondern *alle* könnten menschlich sein. Verstehst du das denn nicht? Wann immer ein Chrechte und ein Mensch sich paaren, riskieren sie, die Wolfsnatur nicht zu vererben.«

»Ist das denn so wichtig?«, fragte sie, obwohl sie die Antwort kannte.

So wie sie auch gewusst hatte, dass sie für ihren Vater, Sybil oder sogar ihre anderen Geschwister nie genug gewesen war. Abigail war die Einzige, die Emily für das geliebt hatte, was sie war.

»Wie kannst du das bezweifeln?«, versetzte Lachlan scharf. »Wir sind eine ganz besondere Rasse, und unsere Spezies untergehen zu lassen, nur weil wir nicht gewissenhaft genug sind, um unsere vollständige Natur weiterzugeben, wäre grundverkehrt.«

Emily hätte weinen können, aber sie beherrschte sich. Tränen würden ihr nicht helfen. Lachlan sagte ihr ja nichts Überraschendes, nur etwas für sie sehr Schmerzliches, und dieser Schmerz würde sehr, sehr lange nicht vergehen, falls überhaupt jemals. Denn sehnte sie sich in einem kleinen Winkel ihres Herzens nicht immer noch nach der Liebe ihres Vaters?

Auch die würde sie nie erlangen können, aber das bedeutete nicht, dass sie auch in allem anderen aufgeben musste. War eine kleine Kostprobe von Glück nicht besser als gar nichts? »Du hast gesagt, es gäbe ... erotische Freuden, die du mir zeigen könntest, ohne mir meine Jungfräulichkeit zu nehmen.«

»Ja«, erwiderte er mit erstickter Stimme.

Emily wandte sich ihm wieder zu, ohne ihn jedoch anzusehen. »Das will ich. Und ich möchte von dir lernen, dir die gleiche Art von Lust zu bereiten, die du mir gestern Nacht geschenkt hast.«

»Emily!« Das Wort kam wie ein Aufschrei aus Lachlans Kehle.

»Was?« Jetzt schaute sie ihm doch in die Augen und suchte in ihnen nach etwas, von dem sie selbst nicht wusste, was es war. Liebe oder auch nur bedingungslose Akzeptanz würde sie dort gewiss nicht finden, aber vielleicht Leidenschaft. »Willst du nicht mal das von mir?«

Hitze flackerte in seinen dunklen Augen auf. »Ja, verdammt! Natürlich will ich das.«

Also war zumindest die Leidenschaft da. Emily war froh darüber, weil sie in ihr Zuflucht vor dem Kummer suchen wollte, der ihr das Herz zerriss. Sie hatte sich noch nie etwas vorgemacht, doch genau das wollte sie sich jetzt erlauben. Zum ersten Mal in ihrem Leben würde sie sich selbst belügen und so tun, als wären Lachlans leidenschaftliche Gefühle für sie Liebe.

Er würde es nie erfahren, und schaden konnte es ihm auch nicht, aber sie wollte wenigstens dieses eine Mal das Gefühl haben, geliebt zu werden. Dann konnte sie für den Rest ihrer Tage von diesen Erinnerungen zehren, so wie sie sich während ihres Erwachsenwerdens an die Erinnerung geklammert hatte, wie liebevoll ihr Vater vor dem Tod ihrer Mutter stets zu ihr gewesen war.

Jede seiner Berührung würde von Liebe und einer Leidenschaft motiviert sein, die ihrer um nichts nachstand, jeder seiner Laute ein Beweis dafür, dass er sie als seine *Geliebte* anerkannte, jede Reaktion, die er ihr entlockte, die einer Frau, die sich geliebt wusste. Emily wiederholte sich all das wie eine Litanei in ihrem Kopf, während sie darauf wartete, dass er sie küsste.

Doch er streckte nur die Hand aus und fuhr ihr so leicht, dass sie es kaum spüren konnte, mit den Fingern durch das Haar. »Es ist so weich, so wunderschön, dass der Wolf in mir gestern Nacht seine Schnauze darin verbergen wollte.«

Emily schluckte und barg die *liebevollen* Worte in ihrem Herzen wie einen Schatz, den niemand, nicht einmal Lachlan, ihr je wieder entreißen konnte. »Er kann es *jetzt* tun, wenn er will.«

»Du hättest nichts dagegen?«

Sie schüttelte den Kopf, und dann beobachtete sie fasziniert, wie er langsam sein Plaid ablegte und sich mit atemberaubender Sinnlichkeit vor ihr enthüllte. In seiner ganzen nackten Schönheit blieb er vor ihr stehen. Sein Glied war hart und von solch beeindruckender Größe, dass Emily jetzt froh war, dass sie nicht wirklich miteinander eins werden würden.

Denn egal, was er auch dachte, sie war sicher, dass sie nicht zusammenpassen würden.

»Gefällt dir, was du siehst?«, fragte er.

Sie nickte stumm.

»Aber du möchtest immer noch den Wolf sehen?« Eine ihr unerklärliche Furcht vor Zurückweisung stand in seinen gold geränderten Augen.

»Ja.«

Und dann – so schnell, dass sie keine Ahnung hatte, wie es geschehen war – wurde aus dem Mann der Wolf.

Noch nie hatte Emily etwas so Fantastisches gesehen, nicht einmal in ihren kühnsten Träumen. Eine solche Fähigkeit nicht an seine Kinder zu vererben, wäre eine Tragödie. Sie erinnerte sich an ihr Staunen, als sie das erste Mal eine Sternschnuppe gesehen hatte, doch das hier war sogar noch wunderbarer. Wie unglaublich, dass in dieser Welt ein Volk existierte, das zu einer solchen Leistung fähig war!

Emily fühlte sich sehr privilegiert, dieses Wunder mit angesehen zu haben. Lachlan hatte ihr ein weiteres einzigartiges Geschenk gemacht, das sie nie vergessen würde.

Als Mann war er alles, was sich eine Frau nur wünschen konnte; als Wolf war er ein unvergleichlich schönes Tier. Sein Fell war glänzend schwarz. Sie hatte es vergangene Nacht schon so empfunden, aber bei Mondlicht sahen Farben oft nicht ganz so aus, wie sie tatsächlich waren. Und er war auch groß, fast so groß wie sie, doch auf allen vieren. Seine Augen waren braun wie immer, mit Gold um die Iris, sie sahen jetzt nur schärfer aus.

Sein Kopf war groß wie alles andere an ihm, und seine majestätische Haltung erinnerte Emily an die des Mannes. So wie er stets den Anschein erweckt hatte, mehr zu sein als nur ein Mann, schien er jetzt auch mehr zu sein als nur ein Tier. Es war menschliche Intelligenz, die in seinen Wolfsaugen glühte, und er beobachtete sie sehr eindringlich, als wartete er auf irgendetwas.

Zuerst konnte Emily sich nicht vorstellen, worauf, doch dann kam ihr der Gedanke, dass er vielleicht auf ein Zeichen von ihr wartete, dass sie ihn nicht fürchtete. Oder auf eine Aufforderung, sie zu berühren? Das musste es sein, beschloss sie und kniete sich vor ihn hin und streckte ihm einladend die Hand hin.

Langsam kam er näher, wieder mit diesem merkwürdigen

Brummen, das sie vergangene Nacht schon gehört hatte, in seiner Brust. Nur wenige Zentimeter vor ihr blieb er stehen. Sie legte den Kopf zurück, und er hob seinen, damit sie sich in die Augen sehen konnten.

Die seinen übermittelten geheime Botschaften an ihr Herz, die sie als Liebe bezeichnete, und ein erstes Anzeichen von Freude verdrängte ein bisschen von dem Schmerz aus ihrem Herzen. Dann leckte er fast zärtlich ihre Wange, und erst da bemerkte sie, dass sie einer einzelnen Träne erlaubt hatte zu entkommen.

Das gleiche Gefühl der Verbundenheit wie in der Nacht zuvor entstand wieder zwischen ihnen, und auch das nannte Emily Liebe, als es noch mehr Schmerz aus ihrem Herz verdrängte.

Dann stieß das schöne Tier ganz sanft mit dem Kopf gegen ihre Schulter, als wollte es etwas von ihr. Sie nickte und strich ihm mit der Hand über seine Schnauze und den Kopf. Der Wolf stand ganz still da und ließ sich von ihr streicheln, bis sie mit einem kleinen Lächeln die Hand an seinen Nacken legte.

»Du magst es, angefasst zu werden, nicht wahr?«

Er nickte mit seinem großen Kopf und ließ sich dann in einer einzigen anmutigen Bewegung auf seinen Hinterbeinen nieder.

»Ich mag das auch«, gestand sie ihm. »Vorausgesetzt, dass du es bist, der mich berührt.«

Konnten Wölfe lächeln? Sie hatte das Gefühl, dass er lächelte, denn als er seine Zähne bleckte, fühlte sie sich nicht von ihm bedroht. Dann erlaubte er sich, was er schon vergangene Nacht hatte tun wollen, vergrub seine Schnauze in ihrem langen Haar und schnupperte daran. Das zufriedene Brummen in seiner Brust wurde lauter. Emily schob ihre Finger in sein Fell und ließ ihre Hand seinen Rücken hinunterwandern. Er gab ein kurzes, erfreutes Bellen von sich, das Emily zum Lächeln brachte.

Eine ganze Weile blieben sie so voreinander hocken, er mit der Schnauze in ihrem Haar und an ihrem Nacken, und sie streichelnd, kraulend und voller Bewunderung für seinen fabelhaften Körper. Sie sagte ihm, wie schön und wunderbar sie ihn fand, und das Brummen in seinem Brustkorb wurde lauter, bis es sogar durch *ihren* Körper vibrierte, als teilte er seine Wonne und Zufriedenheit mit ihr.

Sie war kein Wolf, doch sie fühlte sich, als wäre sie in ihm und er in ihr.

Ganz unvermittelt wechselte er wieder die Gestalt und kniete, die Arme um sie geschlungen, vor ihr und beschrieb mit seinen Lippen einen Pfad aus heißen Küssen von ihrer Schläfe zu ihrem Mund hinunter.

Als er ihn erreichte, küsste er sie mit einer solchen Zärtlichkeit, dass ihr die Tränen kamen. »Danke, dass du den Wolf in mir nicht ablehnst, Emily.«

»Wie könnte ich das?«, fragte sie in aufrichtiger Verwunderung. »Er ist etwas ganz Besonderes und ein wundervoller Teil von dir.«

Er küsste sie wieder, diesmal jedoch mit solch sinnlichen, berauschenden Küssen, dass Emily sich an ihn klammerte, weil ihr ganz anders wurde und sie weiche Knie bekam. Dann beendete er den Kuss, doch sie konnte noch immer seinen warmen Atem an ihren Lippen spüren. »Du bist die Wundervolle von uns beiden, meine Schöne.«

»Aber nicht wundervoll genug, um deine Kinder zu bekommen.«

Beide versteiften sich. Sie hatte das nicht sagen wollen, weil es eine Tatsache war, an der die zerbrechliche Fantasie, mit der sie sich umgeben hatte, zu zerbrechen drohte. Das konnte sie nicht zulassen. Sie wollte diese Kostprobe von Glück und Sinnenfreude nicht für eine Realität aufgeben, die sich nicht ändern ließ – und der sie sich schon viel zu lange und viel zu gut bewusst war.

»Bitte vergiss, dass ich das gesagt habe.«

»Es tut mir leid.«

Emily wusste, er meinte es ernst, aber ihr war auch klar, dass er es sich nicht anders überlegt hatte. »Schon gut. Küss mich wieder. Ich möchte deine Lippen auf meinen spüren.« Sie wollte die wahren Umstände ihrer Beziehung vergessen und wusste wie schon in der Nacht zuvor, dass er ihr dabei behilflich sein konnte.

»Mit Vergnügen«, erwiderte er galant und küsste sie so glutvoll, dass ihr der Atem stockte.

Auch wenn es keine Liebe war, was er für sie empfand, begehrte er sie doch ebenso sehr wie sie ihn, und in dem Spiel, das sie mit sich selbst spielte, fütterte sie ihr Herz mit diesem Wissen, bis für den Schmerz kein Platz mehr war.

Lachlan rang nach Atem, als er den Kuss beendete. »Ich will, dass du dich ausziehst«, sagte er rau.

Emily dachte nicht einmal daran zu widersprechen. In stillschweigender Übereinkunft standen beide auf und entfernten sich ein paar Schritte voneinander. Ohne Zögern streifte sie ihre Tunika und dann ihr Unterkleid ab und bot ihren nackten Körper seinen heißen Blicken dar.

Mit einer dieser blitzschnellen Bewegung überbrückte er die kurze Entfernung zwischen ihnen, hob sie auf und trug sie zu dem Bett hinüber. Nachdem er mit einer Hand das Plaid zurückgezogen hatte, ließ er sie auf die weichen Felle nieder, die sich so unglaublich angenehm an ihrer nackten Haut anfühlten, dass sie einen entzückten kleinen Seufzer ausstieß.

Lachlan lächelte und ergriff wieder Besitz von ihrem Mund, um sie sogar noch heißer, eindringlicher und fordernder zu küssen. Sein kraftvoller Körper rieb sich an ihrem und brachte ihr Blut zum Sieden.

Als sie wieder und wieder stöhnte und sich unruhig unter ihm hin und her warf, ließ er seinen Mund zu ihrem Nacken hinunterwandern und hielt an dem wild pochenden Puls dort inne, zog die Haut zwischen seine Lippen und begann, daran zu saugen.

Eine süße, träge Hitze breitete sich von der empfindsamen Stelle zwischen ihren Schenkeln aus. *»Lachlan …«*

»Ich markiere dich«, sagte er mit kehliger Stimme. »Wenn andere dieses Mal sehen, werden sie wissen, dass du mir gehörst.«

Emily hatte sich schon so in ihren Fantasievorstellungen verloren, dass sie nicht sicher war, ob er die Worte wirklich ausgesprochen oder sie sie sich nur ausgedacht hatte. Aber das spielte auch keine Rolle, denn er *hatte* sie markiert, und er rieb sich an ihr auf eine Art und Weise, die ihr zwar merkwürdig erschien, sie aber auch erregte.

Und nun bewegte er seinen Mund zu ihrer Brust hinunter und küsste sie an der Stelle, an der der Wolf sie in der Nacht zuvor geleckt hatte. Die Gefühle, die er damit in ihr hervorrief, waren jedoch nicht die gleichen. Diesmal empfand sie nichts als pures sinnliches Vergnügen und wimmerte buchstäblich vor Verlangen.

Mit geschickten Fingern streichelte er ihre Brüste, bis ihre zarten Knospen sich unter seinen sinnlichen Liebkosungen verhärteten. Dann umschloss er eine ihrer Brustspitzen mit den Lippen und ließ seine Zunge um die erregte Knospe kreisen. Stöhnend presste Emily sich an ihn. Als er sich der anderen Brust zuwandte und ihre harte Spitze mit quälender

Langsamkeit zwischen Daumen und Zeigefinger rieb, keuchte Emily vor Lust und war so bewegt, dass Tränen unter ihren fest geschlossenen Lidern hervordrangen.

In prickelnder Erwartung spreizte sie die Beine und bäumte sich auf, als suchte ihr Körper instinktiv Erleichterung von den drängenden Bedürfnissen, die befriedigt werden wollten. Sie wünschte sich, dass Lachlan sie *da unten* berührte, so wie er es in der Nacht zuvor getan hatte. Überwältigt von der hemmungslosen Leidenschaft, die sie durchströmte, hörte sie, wie sie ihm mit rauer Stimme eingestand, wonach sie sich sehnte.

Mit einem erstickten Lachen löste er seinen Mund von ihrer Brust und ließ eine Hand zwischen ihre Körper gleiten, bis seine Fingerspitze sie dort berührte, wo sie sie am meisten brauchte. »Ich berühre dich sehr gern *da*, meine Süße, aber nicht wie gestern Nacht«, sagte er und begann, mit seinen Lippen einen aufreizenden Pfad an ihrem Körper hinunter zu beschreiben, bis seine erotische Forschungsreise ihn zwischen ihre einladend gespreizten Beine führte. Emily, die weit darüber hinaus war, Verlegenheit zu verspüren, konnte nichts anderes mehr tun, als ihrem Verlangen mit heiseren kleinen Schreien Ausdruck zu verleihen.

Lachlan schloss für einen Moment verzückt die Augen und presste seine Lippen auf ihre sensibelste Stelle, bevor seine Liebkosungen intimer wurden und er wieder und wieder mit der Zunge über ihre wonnevolle Feuchtigkeit strich.

Emily verlor jegliches Gefühl dafür, wer sie war oder was er mit ihr tat. Noch nie hatte sie solch wundervolle, berauschende Empfindungen verspürt, noch nie war ihr Herz so voller Glück gewesen, als er sie mit seinem Mund und seiner Zunge liebte und jede seiner Liebkosungen neue heiße Schauer durch ihren ganzen Körper sandte. »Ich liebe dich!«, schrie sie, außerstande, sich zurückzuhalten, als sie sich ihm in wilder Lust entgegenbog und Erlösung suchte von dem Sturm der Leidenschaft, der in ihr tobte.

Und dann, von einer Sekunde auf die andere, schien sich alles in ihr zusammenzuziehen, und unbeschreibliche Lust durchflutete sie in immer stärker, immer intensiver werdenden Wellen, bis sie es nicht mehr zu ertragen glaubte.

Es war zu viel. Zu schön. Zu überwältigend und intensiv. Als die unbeschreibliche Lust sie auf einen Gipfel überwältigender Süße führte, verlor sie den letzten Faden, der sie mit dieser neuen Realität verband, die Geliebte eines Chrechte-Kriegers zu sein.

18. Kapitel

Als die Hitze der Leidenschaft in wohlige Ermattung überging und Emily sich ihrer Umgebung wieder bewusst wurde, blickte Lachlan ihr lächelnd ins Gesicht. Seine Augen schimmerten wie pures Gold, und er sah sehr zufrieden mit sich aus. »Gut?«

»Unglaublich«, erwiderte sie mit rauer Stimme.

»Schlaf ein bisschen, dann werde ich dir zeigen, wie du mich erfreuen kannst.«

»Ich will nicht schlafen, sondern dir die gleiche Lust bereiten wie du mir.« Um ihre Fantasie zu vollenden, musste sie sehen, dass sie ihn ganz wild vor Verlangen nach ihr machen konnte.

»Ich brauche Zeit, um die Beherrschung wiederzugewinnen.«

»Ich will nicht, dass du dich beherrschst.«

»Hoffst du, mich so wild auf dich zu machen, dass ich dich nehme, Emily?«, fragte er leise. »Das würde dir wahrscheinlich sogar gelingen. Es ist mir bisher noch bei keiner Frau so schwergefallen, die Kontrolle zu bewahren.«

Das Geständnis rührte sie, doch der Vorwurf, der in seiner Frage lag, tat weh und drohte den Schmerz wieder zurückzubringen. »Ich will dich zu gar nichts bringen, sondern dir nur Freude bereiten«, sagte sie gekränkt. »Das musst du mir glauben.«

Er seufzte. »Ich weiß.«

»Wenn du meinst, wir müssten warten, warten wir.«

Er schloss die Augen, und auf seinem Gesicht zeichnete sich eine Qual ab, die sie mittlerweile gut verstand. Es kostete ihn seine ganze Kraft, sein sinnliches Verlangen im Zaum zu halten. »Streichle mich«, bat er mit belegter Stimme.

»Bist du sicher?«

»Ja. Mich auf diese Weise zu befriedigen, wird genügen.« Er sagte es in einem Ton, als versuchte er nicht nur sie, sondern vor allem auch sich selbst zu überzeugen.

Emily war fest entschlossen, ihm Befriedigung zu schenken. Sie *würde* ihn befriedigen, weil nichts anderes *sie* zufrieden stellen würde. »Dann leg dich auf den Rücken.«

Lachlan riss die Augen auf. »Warum?«

Sie war sich selbst nicht sicher, aber irgendwie erschien es ihr richtiger. »Damit du mir genauso ausgeliefert bist, wie ich es dir war«, sagte sie.

»Wenn du mich nicht ans Bett fesselst, werde ich dir niemals ausgeliefert sein.«

»Das hebe ich mir für ein andermal auf.« Doch ob es »ein andermal« überhaupt noch geben würde, darüber wollte sie jetzt nicht nachdenken.

Lachlan lachte laut auf und legte sich auf den Rücken. Sein Glied war heiß und hart und pochte unter ihrer Hand, als sie ihre Finger darum legte. Ganz leicht nur anfangs, was ihn aber nicht zu stören schien, denn mit einem lustvollen kleinen Seufzer legte er auch ihre andere Hand um sein Glied, um ihr zu zeigen, wie er gestreichelt werden wollte.

Während sie ihn mit zarten und gleichzeitig leidenschaftlichen Liebkosungen erregte, kam ihr der Gedanke, ihn so zu küssen, wie er sie geküsst hatte. Sie beugte sich über ihn und kitzelte mit ihrem langen Haar die Innenseiten seiner Schenkel, was ihn so wild machte, dass er so schnell und hart gegen ihre Hände stieß, dass sie die Bewegung fast nicht sehen konnte.

»Hör auf«, befahl sie.

Aber er ignorierte sie.

Sie zog ihre Hände zurück und sagte noch einmal: »Hör auf, Lachlan!«

Er funkelte sie verärgert an, und sein ganzer Körper zitterte vor Anspannung.

Nun schloss sie wieder eine Hand um sein Glied und streichelte es in seiner ganzen Länge. »Ich möchte dich dort küssen.«

Sie hatte es geschafft, ihn zu schockieren. »Das musst du nicht«, erwiderte er mit erstickter Stimme.

»Ich will es aber. Gibt es irgendetwas Besonderes, was ich tun sollte?«

Er schüttelte den Kopf. »Was immer du willst.«

»Und wirst du es genauso mögen, wie ich es mochte, als du es bei mir getan hast?«

»Mehr.«

Das hörte sie gern und lächelte, als sie sich über ihn beugte und einen Kuss auf die winzige Öffnung in der Spitze seines Gliedes hauchte. Lachlan stöhnte, als sie dann mit der Zunge darüber strich, um seinen Geschmack zu kosten, der ein wenig salzig, aber gar nicht unangenehm war. Emily lächelte und wiederholte die Berührung. Ein Erschauern durchlief ihn, und zufrieden legte sie den Kopf zur Seite und nahm ihn in den Mund.

Wie groß und hart er war. Sie ließ ihre Zunge um die samtene Spitze kreisen, und seine Hüften zuckten, aber er tat, was sie verlangt hatte, und bewegte sich nicht mehr, und sie liebkoste und verwöhnte ihn mit ihrer Zunge und ihren Lippen so ausgiebig, wie er es bei ihr getan hatte.

Ein Zittern ging durch seinen Körper. »Tiefer, Emily, nimm mich tiefer in den Mund!«

Sie tat es, so gut sie es konnte bei seiner Größe, und legte beide Hände um die pulsierende Härte unter ihren Lippen. Seine Haut war so heiß, dass sie das Gefühl hatte, sich an ihr zu verbrennen.

Plötzlich griff er mit beiden Händen in ihr Haar und zog ihren Kopf von sich zurück. »Genug ...«

Aber Emily verstärkte den Druck ihrer Finger, und er fuhr mit einem erstickten Aufschrei hoch und gab jede Selbstbeherrschung auf. Emily wusste nicht, was sie tun sollte, um seine Ekstase zu verlängern, wie es ihm bei ihr gelungen war, und sie hielt ihn nur fest, als er sich aufbäumte und mit einem rauen Schrei den Höhepunkt der Lust erreichte.

Als er danach ermattet auf das Bett zurücksank, mit geschlossenen Augen und ausnahmsweise einmal ganz entspannter Miene, zwang sie sich, auf unsicheren Beinen aufzustehen.

»Wo willst du hin?«, fragte er, ohne die Augen zu öffnen.

»Meine Hände waschen.«

Er bemerkte nichts dazu, und sie setzte ihr Vorhaben in die Tat um, bevor sie in einer Truhe an der Wand nach einem Lappen suchte und zum Glück auch einen fand. Nachdem sie ihn angefeuchtet hatte, ging sie zum Bett zurück, und Lachlan ließ sich von ihr säubern, ohne auch nur den kleinsten Einwand zu erheben. Seine widerspruchslose Hinnahme rührte sie – vielleicht, weil ihre Zuwendungen ihr jetzt ebenso natürlich und vertraut erschienen wie alles andere, was sie gerade miteinander geteilt hatten.

Als Emily fertig war, ließ sie das Tuch auf den Boden fallen und zog das warme Plaid über sie beide, während sie sich an Lachlan kuschelte und den Kopf an seine Brust legte.

»Ich mochte das«, gestand sie ihm mit leiser Stimme.

»Ich auch, meine Süße«, murmelte er mit undeutlicher Stimme und fügte noch etwas anderes hinzu, das sie aber nicht verstehen konnte. Deshalb kam ihr der Gedanke, dass die Sprache vielleicht Chrechte war.

Als sie Lachlan danach fragte, bestätigte er ihr das, gab ihr aber keine Übersetzung des Gesagten. Er klang auch viel zu müde dazu, und Emily machte es nichts aus. Im Gegenteil. Sie war nicht nur sehr, sehr stolz darauf, ihn mit ihren Zärtlichkeiten bis an den Rand der Erschöpfung getrieben zu haben, sondern war auch ein bisschen müde, und so schloss sie die Augen.

Lachlan lächelte, als er spürte, wie Emilys Körper sich im Schlaf entspannte. Es fühlte sich erstaunlich gut an, neben ihr zu liegen, ihre kleine Hand auf seinem Herzen und ihren Kopf an seine Brust geschmiegt. Noch nie hatte er ein solches Gefühl des Friedens gekannt, wie er es in diesem Augenblick empfand.

Zärtlich strich er ihr die seidigen Haarsträhnen aus dem Gesicht. Sie war so hübsch, so perfekt für ihn – in jeder Hinsicht außer einer. Sie war keine Chrechte, doch sie war kühn wie eine Werwölfin und akzeptierte voll und ganz das Tier in ihm. Er hatte sich noch nie vor einer menschlichen Frau verwandelt, nicht einmal in Gegenwart seiner eigenen Mutter, aber er hatte keine Hemmungen gehabt, es vor Emily zu tun.

Sie hatte seinen Wolfskörper mit unübersehbarer Freude und Zuneigung berührt. Nicht einmal sein ungewöhnlich großes Geschlecht hatte sie angewidert, wie es, soweit er wusste, bei einigen menschlichen Frauen war, und ihre Leidenschaft war genauso natürlich und ungehemmt wie die einer Werwölfin.

Sie hatten so wunderbar zusammengepasst, dass er sie in der Hitze des Moments sogar seine Gefährtin genannt hatte. Sie schien es nicht bemerkt zu haben, oder vielleicht war ihr die Bedeutung einer solchen Geste auch nur nicht bewusst. Doch so, wie er es nicht hatte unterlassen können, ihren Körper mit seinem Duft und ihren Hals mit seinem Biss zu kennzeichnen, hatte er auch die verbale Inanspruchnahme nicht verhindern können.

Wäre sie eine Werwölfin, würde sie jetzt von ihm erwarten, dass er sie heiratete. Und das zu Recht, denn nachdem er sie für sich *beansprucht* hatte, müsste er ihr das auch anbieten.

Welche Verpflichtung war zwingender für ihn und seine Ehre? Die seinem Clan gegenüber, eine Chrechte zu heiraten, oder die seiner eigenen Integrität gegenüber, die verlangte, dass er das verbale Versprechen, das er gegeben hatte, einhielt? Sich zu sagen, dass er sich nicht daran halten musste, weil Emily nicht gewusst hatte, was es wirklich beinhaltete, verringerte sein Verantwortungsbewusstsein nicht. *Er* hatte gewusst, was es bedeutete, und es trotzdem ausgesprochen.

Sie hatte ihn nicht mit ihrem Körper in eine Falle gelockt – in die hatte er sich ganz allein hineingebracht, weil er außerstande gewesen war, seine sinnliche Begierde zu bezwingen.

War es bei seinem Vater auch so gewesen? Hatte er deswegen eine menschliche Frau geheiratet? Lachlan hatte ihn nur einmal danach gefragt, und der harte Krieger hatte erwidert: *»Wenn das Schicksal dich vor den Kopf schlägt, hörst du zu, oder du bezahlst den Preis für deine Arroganz.«* Damals hatte Lachlan die Antwort seines Vaters nicht verstanden, doch später hatte er sich zurechtgelegt, was er damit wohl hatte sagen wollen: dass er mit einer menschlichen Frau intim gewesen war und in ihr die wahre Seelenverwandte gefunden hatte. Lachlan war immer fest entschlossen gewesen, diesen Fehler nie zu begehen.

Aber jetzt fragte er sich, ob er nicht nur vor seinem Schicksal davongelaufen war.

Er war über das Alter hinaus, in dem er eine Frau hätte nehmen müssen, und Emily war die Erste, bei der er auch nur überlegt hatte, den Rest seines Lebens mit ihr zu verbringen. Er hatte immer wieder Ausreden für diese Tatsache gesucht, doch die Wahrheit war, dass er die Werwölfinnen seines Clans kannte und keine von ihnen ihn als zukünftige Lebensgefährtin interessierte, obwohl er viele mochte und bewunderte.

Er hatte an Susannah gedacht, doch eigentlich nur, weil sie die Schwester seines Oberkommandierenden war und Lachlan sie mochte. Ein solch glutvolles Begehren, wie Emily es in ihm entfachte, hatte er bei Susannah nie empfunden. Beim letzten Vollmond hatte er gewusst, dass Susannah läufig war, und angenommen, sie würden sich letzten Endes paaren, wenn sie mit dem Rudel lief. Er hatte gedacht, dass seine Wolfsnatur ihn zwingen würde, um sie zu kämpfen, und kein anderer Wolf auch nur hoffen konnte, ihn zu schlagen.

Aber einer der Gründe, weswegen Ulfs Rachepläne ihn so angewidert hatten, war, dass Lachlan *froh* gewesen war über die Entdeckung, dass Susannah sich mit einem anderen zusammengetan hatte. Er konnte ja wohl kaum einen Krieg anzetteln wegen einer Situation, von der er profitierte, auch wenn er so etwas weder sich selbst noch seinem Rudel eingestehen wollte.

Natürlich könnte er zu einem anderen Clan gehen und sich dort nach einer Frau umsehen. Das hatte er schon viele Male in Betracht gezogen, aber nie getan. Und heute konnte er sich auch nicht mehr vorstellen, eine perfektere Frau zu finden als die, die jetzt in seinen Armen schlief. Auch wenn sie kein Tier in sich trug wie er.

Und sie liebte ihn.

Vielleicht wurde es Zeit, dass er aufhörte, vor seinem Schicksal davonzulaufen, und akzeptierte, dass nur Gott über die Zukunft der Chrechten entscheiden konnte. Wenn er den Liebesakt mit Emily vollzog, würde er zwangsläufig erkennen, ob sie seine wahre Seelengefährtin war. Und wenn ja, wer war dann er, ein bloßer Sterblicher, der der Vorsehung dazwischenfunkte?

Emily erwachte mit dem Gefühl, dass die Sonne ihre nackte Haut liebkoste.

Langsam schlug sie die Augen auf.

Lachlan beobachtete sie mit seinen gold geränderten Wolfsaugen, und es waren seine Hände, nicht die Sonne, die ihre empfindsame Haut liebkosten. »Guten Tag, meine Schöne.«

Emily gähnte diskret und bog sich den streichelnden Händen entgegen, die solch köstliche Empfindungen in ihr weckten. »Ich bin eingeschlafen.«

»Ich auch.« Er hörte sich an, als überraschte ihn das.

Sie spürte seine heiße Härte an ihrem Schenkel. »Jetzt schläfst du aber nicht mehr.«

»Ganz und gar nicht.«

Sie lächelte, erfreut über sein offenkundiges Verlangen nach ihr und sehr guter Dinge nach den schönen Träumen, aus denen sie erwacht war.

Sie hatte geträumt, sie sei im Wasser, aber sie hatte keine Angst gehabt, denn Lachlan hatte ihr das Schwimmen beigebracht, und dann hatten sie sich geliebt. Teile ihres Traumes waren vage und verschwommen, als könnte sie sich nicht einmal im Schlaf vorstellen, dass so etwas im Wasser möglich war, doch ihr Körper pulsierte noch von den wundervollen Empfindungen, die er dabei in ihr entfacht hatte.

Es war nur allzu leicht, in die Fantasie zurückzufallen, dass seine Berührungen und Zärtlichkeit tieferen Gefühlen als bloßer Lust entsprangen. Emily bereute nicht, ihm solche Freiheiten gestattet oder sich ähnliche bei ihm herausgenommen zu haben. Wenn sie das wollüstig und wenig damenhaft erscheinen ließ, dann war das eben nicht zu ändern. So war sie wenigstens für diese kurze Zeit in ihrem Leben glücklich.

Sie strich über Lachlans nackten Oberschenkel und genoss das Gefühl der stählernen, unnachgiebigen Muskeln unter ihrer Hand. »Du bist so hart.«

»Aye.« Er zog sie an sich und ließ sie seine körperliche Erregung spüren. »Sehr hart.«

Emily kicherte und kniff ihn in den Po, der so fest war wie der Rest von ihm. »Ich meinte deinen Körper, du Halunke.«

»Ich auch, aber vielleicht meinten wir ja jeder einen anderen Teil meines Körpers.«

»Das weißt du sehr gut.« Sie legte ihre Hand um sein heißes Glied und streichelte es in seiner ganzen Länge. »Obwohl dies zweifellos der härteste von allen ist, und das heißt schon etwas.«

»Im Moment ja.«

Sie lachte, und er erstickte ihren Heiterkeitsausbruch mit einem Kuss.

Anders als vor ihrem Schläfchen, als alles überwältigende Leidenschaft und pure sexuelle Begierde gewesen war, nahmen sie sich sehr viel Zeit, einander zu streicheln und die Geheimnisse ihrer Körper zu erforschen, während die Spannung zwischen ihnen wuchs. Lachlan berührte sie überall und gab ihr so die Möglichkeit, es auch zu tun. Als Emilys Erregung auf dem Siedepunkt anlangte, bat sie ihn, sich auf den Bauch zu legen, damit sie seinen Rücken erkunden konnte.

Während sie ihm mit einer Hand das lange Haar von den

Schultern strich, streichelte sie mit den Fingerspitzen der anderen seinen Nacken.

»Magst du das?«, fragte sie mit rauer Stimme, als sie spürte, wie er unter ihr erschauerte.

»Sehr.«

Sie wiederholte die Liebkosung, aber sie wollte ihn nicht nur dort, sondern überall berühren. Als Erstes begann sie die ausgeprägten Muskeln seines Rückens zu massieren. Es war gut, dass sie es gewöhnt war, Teig zu kneten, und starke Finger hatte, weil er überall so hart war. Als sie zu seinem Gesäß gelangte, spreizte sie ein wenig seine Schenkel und strich mit der Fingerspitze zwischen seinen Pobacken hindurch zu der weichen Stelle hinter seinen Hoden.

Lachlan gab einen rauen Ton von sich, und dann hörte sie wieder dieses leise Knurren, das seine ganze Brust vibrieren ließ. Emily biss sich auf die Lippe und überlegte, wie sie dieses für ihn offenbar sehr lustvolle Gefühl verstärken könnte. Sie drückte leicht gegen die empfindsame Haut und griff mit der anderen Hand unter ihn, um seine Hoden zu umfassen.

»Ja!«, stöhnte er in die Felle auf dem Bett.

Als Emily sich über ihn beugte, um ihre streichelnden Finger durch ihre Lippen zu ersetzen, fuhr Lachlan auf, zog sie auf das Bett herab und unter seinen vor Anspannung ganz steifen Körper. Als er auf sie herabsah, waren seine Augen fast völlig golden und so ernst, dass ihr der Atem stockte.

Er schob eine Hand zwischen ihre Beine, berührte die feuchte Hitze, die ihn dort erwartete, und strich mit dem Daumen über ihre empfindsamste Stelle. »Du hast mir einmal angeboten, mir deine Jungfräulichkeit zu schenken, und jetzt bitte ich um Erlaubnis, das Geschenk annehmen zu dürfen.«

Sie stöhnte, und es dauerte ein paar Sekunden, bis seine

Worte den Nebel ihrer Leidenschaft durchdrangen. Und als ihre Bedeutung ihr bewusst wurde, zersplitterte die schöne Fantasie, die sie sich aufgebaut hatte. Er liebte sie nicht, und das Letzte, was er wollte, war, sie wirklich voll und ganz zu nehmen. Sie verstand nicht, warum er diesmal so die Beherrschung verloren hatte, obwohl ihre Berührungen doch so viel zärtlicher und behutsamer gewesen waren, aber er musste wirklich den Kopf verloren haben, um so etwas vorzuschlagen.

Sie hätte ihn nicht so berühren sollen, wie sie es getan hatte, doch wie hätte sie die Folgen voraussehen können?

Emily schüttelte vehement den Kopf.

Lachlan starrte mit zusammengezogenen Brauen auf sie herab. »Du weist mich ab?«

Ihre Kehle war so eng geworden, dass sie kaum noch sprechen konnte. »Ich weise dich ab, weil du mich gar nicht wirklich willst.«

Sie fuhr zusammen, als er mit einer Fingerspitze in ihre feuchte Wärme eindrang. »Und ob ich dich will, Emily! Ich wünsche mir nichts mehr, als mich in deinem schönen Körper zu verlieren.«

Es fühlte sich unglaublich gut an, was er tat, aber sie konnte sich nicht hinter körperlicher Lust verstecken, wenn er damit seine eigene Zukunft in Gefahr brachte. Mit der Kraft der Verzweiflung stieß sie ihn von sich, rollte sich vom Bett und landete mit einem schmerzhaften Aufprall auf dem harten Boden.

Schnell rappelte sie sich auf. »Ich werde dich nicht so in die Falle locken, Lachlan. Ganz bestimmt nicht! War es, in einem Bett zu schlafen, was dich so außer Kontrolle gebracht hat? Wir können das nicht wieder tun. Ich denke, es wäre das Beste, wenn ich jetzt ginge. Sollten wir noch einmal so zusammenkommen, werde ich mich hüten, dich so zu streicheln wie gerade eben.«

Tränen brannten in ihren Augen, als sie nach ihren Kleidern suchte. Ihr Unterkleid entdeckte sie auf dem Fußboden, und sie bückte sich schnell danach. Sie hatte jedoch gerade begonnen, es über den Kopf zu streifen, als es ihr aus den Händen gerissen wurde.

Mit einem harten Griff um ihre Schulter drehte Lachlan sie zu sich herum. »Was ist los mit dir?«

Außer sich vor Kummer über die kurze Illusion von Glück, die sie verloren hatte, konnte sie ein Schluchzen nicht mehr unterdrücken. »Ich hatte dir versprochen, dich nicht mit deiner eigenen Lust zu ködern. Bitte, es tut mir leid, aber ich muss jetzt gehen.«

Wenn sie es nicht tat, würde sie nachgeben, und wenn seine Lust gestillt war, würde er ihr nie verzeihen. Vor allem nicht, falls sich herausstellen sollte, dass sie wahre Seelenverwandte waren.

Doch er hielt sie ganz erstaunlich sanft mit beiden Händen an den Oberarmen fest und zog sie an sich. Seine Augen waren voller Wärme. »Deine Entschlossenheit, dich an dein Versprechen zu halten, ehrt dich, süße Emily, aber ich brauche dieses Versprechen nicht mehr. Es wäre mir viel lieber, wenn du *dein* Versprechen halten würdest, dich mir hinzugeben.«

»Das habe ich nicht versprochen!«

»Du wolltest mir deine Jungfräulichkeit schenken. Oder bestreitest du das etwa?«

»Nein«, stieß sie erstickt hervor, »doch das war, bevor mir klar wurde, wie sehr du gegen eine dauerhafte Verbindung zwischen uns bist.«

»Vielleicht habe ich es mir ja anders überlegt.« Er klang

ruhig und besonnen, aber ihm war noch immer deutlich anzumerken, wie stark erregt er war, und sein ganzer Körper bebte von einer Anspannung, die in krassem Gegensatz zu seinem ruhigen Tonfall stand.

»Das ist die Lust, die aus dir spricht.« Und sie hasste ihn schon fast dafür, dass er ihr nachgab. Wusste er denn nicht, wie schwer es für sie war, ihn abzuweisen? Sich selbst ihren größten Wunsch zu versagen? »Du willst keine menschliche Frau heiraten. Aber wenn wir den Liebesakt vollziehen und herausfinden, dass wir wahre Seelenverwandte sind, bleibt dir keine andere Wahl. Und irgendwann wirst du mich dafür hassen.«

»Wenn wir herausfinden, dass wir *geheiligte Gefährten* sind, beweist uns das, dass Gott uns füreinander geschaffen hat.«

»Das glaubst du doch nicht wirklich! Ich weiß, dass du es nicht tust. Ich muss gehen. Bitte, Lachlan, lass mich gehen!«, flehte sie ihn an.

Er schüttelte den Kopf. Sein Gesichtsausdruck war nicht mehr warm und zärtlich, sondern unerbittlich. »Ich will dich, Emily. Ich will keine andere Frau oder Werwölfin. Nur dich.«

»Das wird sich ändern, wenn ich nicht mehr da bin.«

»Ich würde Talorc eher umbringen, als zu dulden, dass er dich zurückholt.«

»Sag das nicht! Er ist Caits Bruder, vergiss das nicht.«

»Aber nicht dein Mann.«

»Nein. Ich habe dir ja schon erklärt, dass ich ihn nicht heiraten werde.«

»Das spielt keine Rolle. Ob mit oder ohne Heirat, du gehörst nicht zu den Sinclairs. Du gehörst jetzt für immer und alle Zeit zum Clan der Balmorals.« Er hob ihr englisches Kleid auf und zerriss es in Fetzen, was für Emily nur ein weiterer Beweis dafür war, wie völlig neben sich er stand. »Von jetzt an wirst du unser Plaid tragen.«

Sie starrte die Fetzen auf dem Boden an, die einmal ihr Kleid gewesen waren. »Das kann ich nicht.«

»Du hast keine andere Wahl.«

Es zerriss ihr fast das Herz, aber sie schüttelte den Kopf. »Du kannst nicht vorhaben, mich zu heiraten.«

Bevor er antworten konnte, klopfte jemand an die Tür zu seinem Zimmer. Und dann schrie Ulf etwas auf der anderen Seite, das Emily nicht verstehen konnte, doch die Eindringlichkeit seines Tons war nicht zu überhören. Lachlan runzelte die Stirn und ging, ohne sich vorher anzuziehen, zur Tür, um sie zu öffnen.

Emily warf sich auf das Bett und zog das Plaid über ihren nackten Körper, als Ulf im Türrahmen erschien.

»Was gibt es?«, fragte Lachlan scharf.

»Nicht vor ihr«, sagte Ulf mit einem giftigen Blick auf Emily.

Lachlan seufzte ungeduldig und trat, noch immer splitternackt, mit seinem Bruder auf den Gang hinaus, wo er die Tür hinter sich zuzog.

Kurz darauf kam er mit grimmigem Gesicht zurück. »Unsere Vereinigung wird warten müssen, aber merk dir eins, Engländerin: Du hast mir deinen Körper angeboten, und ich werde ihn nehmen – zusammen mit dem Rest von dir.«

Was für ein Rest? Meinte er ihr Herz? Nein, das war unmöglich. Und auch das mit ihrem Körper würde er sich auch wieder anders überlegen, sobald er zur Besinnung kam …

Er zog sich hastig an. »Ich lasse dir von Marta ein Frauen-Plaid bringen«, sagte er und ging, ohne ihr einen Kuss zu geben oder ihr wenigstens zu erklären, warum er so plötzlich wegmusste.

Aber Emily befürchtete, es schon zu wissen. Es musste etwas mit Talorc zu tun haben.

Nachdem sie sich mit einem anderen Tuch aus der Truhe gewaschen und ihr Unterkleid angelegt hatte, kam Marta mit dem Frauen-Plaid. Die Haushälterin blickte sehr besorgt drein.

»Weißt du, was geschehen ist, Marta?«, fragte Emily.

»Ein junger Soldat wurde tot in der Nähe des Sees aufgefunden. Der Arme sah so aus, als hätte ihn ein wildes Tier erwischt.«

Oder Talorc. Voller Sorge, was das für Cait bedeuten könnte, dankte Emily Marta, raffte ihre Röcke und eilte in den großen Saal hinab. Nur wenige Schritte vor einer Gruppe von Soldaten kam sie schlitternd zum Halten. Sie konnte Lachlans Stimme hören, ihn zwischen all den anderen Kriegern jedoch nicht sehen.

Er verlangte Einzelheiten von jemandem ... Von Ulf, der die Leiche offenbar gefunden hatte.

»Er war tot, als ich ihn fand, das sagte ich doch schon. Aber falls ihr denkt, es wären wilde Tiere gewesen, die das einem Balmoral'schen Soldaten angetan haben ...« Er brach ab und überließ es der Fantasie der Zuhörer, sich auszumalen, was er von dieser Überlegung hielt.

»Er hat nicht den Geruch eines Tieres an sich«, sagte Lachlan mit tödlich ruhiger Stimme.

»Er roch nach überhaupt nichts.« Das war Angus' Stimme, dachte Emily.

»Talorc.« Drustans Stimme war voller Zorn.

»Nein.« Das war Caits Stimme, und sie klang gequält.

Emily lief um die Soldaten herum und suchte ihre Freundin. Sie fand Cait bei ihrem Mann, aber sie standen nicht sehr nahe beisammen, und er blickte böse auf sie herab.

Caits braune Augen glänzten feucht. »Talorc würde ebenso wenig wie ich einen Jungen töten, der kaum den Kinderschuhen entwachsen ist.«

»Und hast du es etwa nicht getan?«

»Was soll das denn heißen?«, entgegnete Cait mit leiser Stimme.

»Wenn du mir die Wahrheit gesagt hättest, wäre der Junge jetzt nicht tot.«

»Das kommt davon, wenn man Feinde zu Angehörigen seines Clans macht«, bemerkte Ulf gehässig und mit einem vernichtenden Blick auf Lachlan. »Dein Vergeltungsschlag hat unserem Clan nichts als Kummer und Verluste eingebracht. Ist *sie*«, fragte er mit einem verächtlichen Blick auf Cait, »das Leben dieses Jungen wert?«

Emily konnte nicht glauben, dass alle versuchten, Cait die Schuld zu geben. Selbst wenn Talorc diese grässliche Tat begangen hatte, war seine Schwester nicht dafür verantwortlich. Die Balmorals über seine Anwesenheit auf der Insel zu unterrichten, hätte nichts geändert. Wenn der Laird der Sinclairs nicht gefunden werden wollte, würde ihn auch niemand finden.

Deswegen konnte sich Emily auch nicht vorstellen, dass Talorc für den Tod des jungen Manns verantwortlich war. Waren denn alle so voller Vorurteile, dass sie das nicht sehen konnten?

»Warte«, flüsterte Cait. »Du musst mir zuhören, Drustan.«

»Was immer Wichtiges du auch zu sagen hattest, hätte gestern schon gesagt werden müssen«, gab er scharf zurück.

»Du machst einen großen Fehler«, fuhr Cait unbeirrt fort, obwohl sie so aussah, als bräche ihr das Herz.

Wäre Emily an einen Eimer kaltes Wasser herangekommen, hätte sie ihn über Drustan und Ulf ausgeschüttet, um diese Hitzköpfe abzukühlen. Wie zornig sie auf sie war! Sie waren Idioten, und auch wenn sie bei Ulf bereits daran gewöhnt war, hatte sie von Drustan doch wirklich mehr erwartet.

»Der einzige Fehler, den ich gemacht habe, war, zu glauben, dass unsere Ehegelübde dir etwas bedeuteten.«

»Das tun sie!«, rief Cait. »Wirklich, Drustan. Wenn du doch nur zuhören würdest.«

»Weißt du, wo Talorc ist?«

»Nein, aber ...«

»Dann hast du zu diesem Gespräch nichts beizutragen. Geh und bleib in unseren Gemächern. Das hier ist eine Angelegenheit des Clans.«

»Ich bin ein Mitglied dieses Clans!«

»Bist du das?«

Caits Augen füllten sich mit Tränen.

Drustan sah völlig ungerührt aus. »Mein Clan kommt für mich an erster Stelle. Wärst du ein Mitglied dieses Clans, käme er auch für dich an erster Stelle. *Ich käme an erster Stelle* ... vor deinem teuren Bruder. Du und Emily habt gewusst, dass Talorc auf der Insel war und uns ausspionierte, und trotzdem habt ihr geschwiegen. Was Emily angeht, kann ich das verstehen ...«

»Ich nicht«, unterbrach ihn Lachlan kalt.

Emilys Blick glitt von Cait zu ihm.

Seine Augen, die eben noch so voller Leidenschaft gewesen waren, musterten sie jetzt mit eisiger Verachtung. »Du hast mich belogen.«

»Habe ich nicht!«

»Irreführende Auskünfte sind auch Lügen. Du wusstest, worauf meine Frage abzielte, und hast mir ganz bewusst die Wahrheit vorenthalten.«

»Ich will genauso wenig einen Krieg zwischen den Sinclairs und den Balmorals wie Cait.«

»Was sollte dich das kümmern?«

Emily würde Cait nicht als Ausrede benutzen. Der armen Frau wurde schon genug Schuld zugeschoben. »Ich will nicht, dass jemand getötet wird.«

»Wie dieser Junge heute?«, entgegnete er.

Emily senkte ihren Blick auf den Leichnam zu ihren Füßen, und Galle stieg in ihrer Kehle auf. Überall war Blut, und sein Gesicht war blass und leblos wie Granit.

»Ich bin nicht überzeugt, dass Talorc das getan hat.«

»Warum?«

»Weil er es nicht nötig hätte. Er ist ein zu guter Krieger, um sich von so einem unerfahrenen Soldaten erwischen zu lassen.« Der Junge konnte nicht älter sein als dreizehn Jahre.

»Vielleicht hat es ihm ja einfach Spaß gemacht.«

Cait stieß einen Protestlaut aus.

Empört, dass Lachlan so etwas auch nur denken konnte, sagte Emily: »Das ist eine furchtbare Beschuldigung. Talorc mag zwar die Manieren eines Schweins haben, aber er tötet nicht zum Spaß.«

»Woher willst du das wissen? Oder kanntest du ihn besser, als du mir erzählt hast?«

Aus dem Augenwinkel konnte Emily Ulfs schadenfrohes Grinsen sehen und hätte ihm am liebsten einen Tritt versetzt. Hatte der Kerl denn überhaupt keine guten Seiten?

»Wie meinst du das?«, wandte sie sich scharf an Lachlan.

»Hast du gehofft, du könntest mich dazu verführen, meine Pflichten zu vergessen, während dein Verlobter – oder ist er dein *Ehemann?* – unsere Leute ausspionierte und sich für die beste Angriffstaktik gegen uns entschied?«

Drustan fuhr zurück, als wäre er schockiert von Lachlans

Worten, und sein Gesichtsausdruck wechselte von wütend zu verstehend und von verstehend zu reuevoll.

»Nein, so war das nicht.« Emily konnte nicht glauben, dass Lachlan von ihrem Zusammensein sprach, als wäre es etwas Schmutziges. »Ich bin nicht Talorcs Frau. Ich bin nicht einmal mehr seine Verlobte! Ich habe dir doch gesagt, dass ich ihn nicht heiraten werde.«

»Und dein Wort ist noch weniger wert als dein Versprechen.«

»Mein Versprechen ist alles wert. Das müsstest du eigentlich wissen.«

»Du meinst, weil du es abgelehnt hast, dich mir hinzugeben? Vielleicht hätte ich dann ja herausgefunden, dass du keine Jungfrau mehr bist. Ich hielt deine Leidenschaft für Unbefangenheit, aber die Art und Weise, wie du deine Hände und deinen Mund benutzt hast, *meine Teure*, war ein bisschen zu erfahren, denke ich jetzt.«

Emily brachte keinen Ton über die Lippen. Ihr war, als wäre ihr ein Pfahl in die Brust getrieben worden.

Ulf lachte höhnisch.

Drustan sagte: »Lachlan ...«

»Warum plötzlich so schweigsam, Emily? Dir fehlen doch sonst nie die Worte. Wo bleibt dein Widerspruch? Dein sogenanntes Verlangen war nur als Unschuld getarnte Erfahrung, hab ich recht?« Er packte sie an den Schultern und schüttelte sie. »Antworte gefälligst, du verdammtes Frauenzimmer! Wo ist deine scharfe Zunge geblieben?«

Emily schüttelte nur den Kopf, weil der Schmerz in ihr zu groß für Worte war, und dann stieß sie ihn gegen die Brust. Es war nur ein schwacher Versuch, aber zu ihrer Erleichterung ließ er sie los. Sein Ausdruck war nicht zu deuten, sein Gesicht nahezu so blass wie das des toten Soldaten vor seinen Füßen.

Und dann war Cait da, die Hände in den Hüften, ihr Gesicht nur Zentimeter von Lachlans entfernt. »Sprich nicht so mit ihr, du Schuft!«

Drustan zog Cait zu sich herum. »Und sei du nicht so respektlos zu deinem Laird.« Die Worte waren hart, ihr Ton aber schon beinahe sanft. »Du wirst dich bei ihm entschuldigen, meine Liebe.«

Cait schüttelte seine Hand ab und trat zurück, weg von allen. »Ich bin nicht *deine Liebe*, und er ist nicht mein Laird. Unsere Ehegelübde hatten keine Bedeutung. Das hast du selbst gesagt.«

»Ich habe auch gesagt, du solltest dich zurückziehen, doch wie ich sehe, bist du noch hier. Nicht alle Worte, die im Zorn gesprochen werden, haben etwas zu bedeuten.«

Während Lachlan seinem Ärger Luft gemacht hatte, schien Drustans Zorn nachgelassen zu haben, aber offenbar bemerkte Cait das nicht. Oder wenn doch, schien es sie nicht zu interessieren.

Mit Tränen in den Augen funkelte sie ihren Ehemann wütend an. »Wie gedankenlos von mir zu bleiben, wo ich nicht erwünscht bin!«

Dann fuhr sie auf dem Absatz herum und rannte so schnell aus dem großen Saal, dass sie nur noch ein verschwommener Farbfleck war, bevor Drustan ihren Namen rufen konnte.

»Und wegen *der da* haben wir einen vielversprechenden Soldaten verloren«, sagte Ulf.

Drustan schlug ihm die Faust ins Gesicht, und Ulf flog in hohem Bogen zurück und landete ein paar Meter weiter. »Sprich nie wieder in diesem Ton von meiner Frau, oder ich bringe dich um.«

Benommen setzte Ulf sich auf und schüttelte den Kopf.

Und in dem Moment wurde Emily einiges klar – alles

schmerzliche Erkenntnisse, die beunruhigendste von allen jedoch war ein Verdacht, von dem sie sicher war, dass niemand ihn beachten würde, falls sie ihn in Worte fasste. Schließlich war *sie* in Lachlans Augen die Verräterin.

Als sie dann aber seinen Bruder ansah, der so voller Rachsucht, Bosheit und Blutgier war, konnte sie nicht umhin, sich zu fragen, ob Ulf nicht einen seiner eigenen Soldaten töten würde, um Lachlan zu etwas zu treiben, was zu tun er sich bisher immer geweigert hatte:

den Sinclairs den Krieg zu erklären.

19. Kapitel

Wohl wissend, dass es sinnlos wäre, ihren Verdacht zu äußern, blieb Emily nicht im Saal, um Lachlans Reaktion auf die Drohung seines Oberkommandierenden gegen seinen Bruder abzuwarten.

Stattdessen lief sie Cait nach und entfernte sich, so schnell sie konnte, von den Männern in der Halle. Sie konnte nicht glauben, was Lachlan ihr alles an den Kopf geworfen hatte. Eines Tages würde sie es ihm vielleicht verzeihen, aber *vergessen* würde sie nie, wie er sie vor seinen Soldaten gedemütigt hatte.

Und er hatte behauptet, sie für sich beanspruchen zu wollen. Ha!

Als sie die Tür zu Drustans Gemächern erreichte, war sie geschlossen, doch sie war sicher, dass Cait da war. Die Tür ließ sich jedoch nicht öffnen, als sie es versuchte, und so klopfte sie gegen die massive Tür.

»Ich bin's, Cait«, rief sie und hoffte, dass sie durch das dicke Holz zu hören war.

Die Tür wurde geöffnet, und Cait zog Emily ins Zimmer, knallte die Tür hinter ihr zu und legte den Riegel wieder vor. Ihre Augen waren gerötet, aber sie weinte nicht.

Sie sah zu wütend aus zum Weinen. »Wie kann er es wagen, so etwas zu mir zu sagen? Er hat mir praktisch vorgeworfen, diesen Jungen umgebracht zu haben! Hast du das gehört?«

»Ja, doch ich glaube nicht, dass er das ernst gemeint hat.«

»Aber er hat es gesagt.« Das Schuldbewusstsein in Caits gequältem Blick griff Emily ans Herz. »Und vielleicht hatte er ja recht.«

»Nein, das hatte er nicht! Selbst wenn Talorc den Soldaten getötet hat – und ich vermute stark, dass er es nicht war –, wärst du nicht dafür verantwortlich, bloß weil du Drustan nicht vor der Gefahr gewarnt hast. Jeder Narr wäre von selbst auf die Idee gekommen, dass dein Bruder entweder selbst herkommen oder Spione auf die Insel schicken würde. Und nachdem die Balmorals unbemerkt auf Sinclair'sches Gebiet gelangen konnten, hätte ihnen klar sein müssen, dass die Sinclairs hier die gleiche Möglichkeit besaßen.«

Cait verschränkte die Hände über ihrem gewölbten Leib. »Drustan ist kein Narr, und der Laird ebenfalls nicht.«

»Das dachte ich eigentlich auch«, erwiderte Emily giftig, als sie sich an die absurden Beschuldigungen erinnerte, die Lachlan gegen sie erhoben hatte.

»Ich weiß nicht, ob sie sich gedacht hatten, dass Talorc auf der Insel war, aber Lachlan wusste es jedenfalls seit gestern Abend. Eine Werwölfin hatte meinen Bruder entdeckt und es ihm berichtet. Der Laird hat Drustan heute Morgen darüber unterrichtet.«

»Warum sind sie dann so wütend, dass wir es ihnen gestern nicht gesagt haben? Es hätte für diesen Jungen nichts geändert, wenn wir es erzählt hätten – da sie es ohnehin schon wussten, als er getötet wurde.«

»Das ist eine logische Folgerung, Emily, aber ich weiß nicht, ob Männer immer so logisch denken.«

»Nein, das glaube ich eigentlich auch nicht.« Lachlans schmerzliche Beschuldigungen entsprachen jedenfalls keiner vernünftigen Denkweise. »Drustan hat Ulf übrigens für seine höhnischen Bemerkungen an dich mit der Faust ins Gesicht geschlagen. Er hat Ulf gedroht, ihn zu töten, falls er dich noch einmal beleidigt, und ich bin sicher, er hat das ernst gemeint, auch wenn seine eigenen Worte an dich noch schlimmer waren.«

Für einen Moment sah Cait erfreut aus über das Gehörte, aber dann runzelte sie wieder die Stirn. »Ja, was du im großen Saal gehört hast, war sogar noch schlimmer als das, was er vorher unter vier Augen zu mir gesagt hatte.«

»Nachdem Lachlan ihm berichtet hatte, dass Talorc entdeckt worden war?«

»Ja. Ich hatte ein Schläfchen gemacht, und er wartete, bis ich erwachte, um mich danach zu fragen. Man könnte direkt meinen, er sei höflich, nicht?«, bemerkte sie in einem Ton, der deutlich machte, was sie von dem Höflichkeitsgrad ihres Mannes hielt.

»Was hat er gesagt?«

»Er wollte wissen, ob ich meinen Bruder gesehen hatte, und da ich nicht rundheraus lügen konnte, habe ich es eingestanden. Ich wollte ihm so viel erzählen, Emily, besonders nachdem wir entdeckt hatten, dass wir wahre Seelenverwandte sind, doch ich hatte solche Angst, und er verstand das überhaupt nicht.«

»Er dachte, es hätte dir egal sein müssen, ob dein Bruder von den Balmorals getötet wurde?«

»Ich weiß es nicht. Er sagte nur immer wieder, ich hätte ihm vertrauen müssen, aber wie konnte ich das? Er mag Talorc nicht …«

Darauf musste Emily lächeln.

Ganz unversehens brach Cait in Tränen aus. »Vielleicht hätte ich Drustan vertrauen sollen. Er schien sehr verletzt zu sein über mein mangelndes Vertrauen. Und jetzt hasst er mich. Du hast ja selbst gehört, was er gesagt hat.«

Emily legte einen Arm um Cait. »Aber Männer sehen die Dinge meist ganz anders als wir Frauen. Ich erinnere mich, dass mein Vater einmal einen Jungen auspeitschen ließ, weil er Äpfel aus unserem Obstgarten gestohlen hatte. Er verstand nicht, warum die Mutter des Jungen, die in unserer Küche arbeitete, ihn danach immer so böse ansah, wenn sie ihm begegnete. Für ihn war Stehlen ein Unrecht, und er konnte nicht verstehen, dass sie wegen einer solchen Kleinigkeit seinen Zorn riskierte.«

»Aber er hatte ihren Sohn *auspeitschen* lassen«, entgegnete Cait und gab sich sichtlich Mühe, ihre Tränen zu verdrängen.

»Ja, Gefühle lassen sich nicht von den kleinlichen Regeln und Kriegen der Männer diktieren.«

Cait lachte schrill. »Gefühle lassen sich überhaupt nicht diktieren, nicht einmal von vernünftigen Überlegungen. Ich liebe Drustan, obwohl ich das nicht tun sollte. Und jetzt hasst er mich«, wiederholte sie.

»Das glaube ich nicht. Er hätte Ulf nicht geschlagen und bedroht, wenn er dich hassen würde.«

»Ulfs Beleidigungen gegen mich werden wohl seinen Stolz verletzt haben.«

»Ich glaube, du hattest recht, als du vorhin sagtest, dass dein mangelndes Vertrauen Drustan verletzt hat. Als dein Ehemann erwartet er, bei dir an erster Stelle zu stehen, doch wenn ihr wahre Seelenverwandte seid, wie du meinst, ist das wahrscheinlich mehr als eine Frage des Stolzes für ihn.«

»Wahre Seelenverwandtschaft hat nichts mit Liebe zu tun.«

»Nein, aber ich bin sicher, dass sie dazu führt.«

»Das hoffe ich, weil ich nicht allein und unglücklich sein will.«

Emily lachte. »Er ist sicher genauso unglücklich wie du. Wenn ich es genau bedenke, sah er sogar sehr bestürzt aus, als du aus dem Saal gerannt bist.«

»Wirklich? Bist du sicher?«

»Ja.«

»Er war bestimmt nur um das Kind besorgt.«

»Es ist nicht einmal seines; wenn er sich Sorgen um das Kind macht, tut er das, weil ihm an *dir* gelegen ist, Cait.«

»Meinst du wirklich?«

»Ich bin mir dessen völlig sicher.«

»Aber vorhin sagte er, ich könnte auch genauso gut das Plaid der Sinclairs tragen, und im Saal meinte er, unsere Ehegelübde hätten überhaupt nichts zu bedeuten.«

»Er hat gesagt, er glaube, dass sie für *dich* keine Bedeutung hätten. Das sind die Worte eines Mannes, der nicht nur ärgerlich ist, sondern der leidet.« Emily hoffte, dass sie recht hatte, denn auch wenn Männer ganz anders waren als Frauen, konnten sie nicht *so* unvernünftig sein, dass gar keine logischen Überlegungen auf sie anwendbar waren.

»Ich wünschte, ich hätte ihm vertraut, doch trotz allem bin ich mir nicht sicher, dass es richtig gewesen wäre, ihm von Talorcs Anwesenheit auf der Insel zu erzählen.«

»Das ist eine Angelegenheit, über die du noch einmal mit Drustan reden solltest, finde ich.«

»Wirst du denn auch mit Lachlan über die Beschuldigungen sprechen, die er gegen dich erhoben hat?«, fragte Cait.

»Das ist etwas anderes. Er ist nicht mein Ehemann.« Aber obwohl sie nicht damit rechnete, dass er ihren Worten Glauben schenken würde, würde sie ihm von ihrem Verdacht gegen Ulf erzählen müssen.

Cait schnupperte an Emily. »Er hat dich mit seinem Duft markiert.«

»Ich habe mich gewaschen«, murmelte Emily errötend.

»Der Duft eines Werwolfs lässt sich nicht so einfach abwaschen. Lachlan hat dich für sich beansprucht.«

»Nein, so war das nicht. Er hat mich nur gestreichelt und

berührt. Wir haben nicht …« Sie beendete den Satz nicht, weil sie wusste, dass Cait sie auch so verstehen würde.

»Aber ihr wart nahe dran.«

»Am Ende wollte er es. Ich glaube, dass er deswegen im großen Saal so wütend war. Er dachte, ich hätte ihn fast dazu gebracht, mit mir zu schlafen, doch das hätte ich nie getan. Ich weiß ja, dass er keine menschliche Frau heiraten will.«

»Er will dich aber, Emily.«

»Das ist Lust – mehr nicht«, widersprach Emily, deren Kehle ganz eng war von Tränen, die sie nicht vergießen wollte.

Cait seufzte. »Vielleicht hast du recht.« Sie löste sich aus Emilys Arm und begann, im Zimmer auf und ab zu gehen. »Aber wir können es uns jetzt nicht leisten, uns mit solchen Überlegungen zu befassen. Drustan und Lachlan sind beide zu beschäftigt damit, wütend auf uns zu sein, weil wir sie getäuscht haben, um den Dingen mit Logik auf den Grund zu gehen.«

»Was bedeutet, dass wir es für sie tun müssen.«

»Genau.«

»Lachlan sagte, es sei kein Tiergeruch an dem Soldaten wahrzunehmen. Ist es möglich, dass ein Tier ihn getötet hat, ohne seinen Geruch zu hinterlassen?«

Cait blieb stehen und runzelte die Stirn. »Nein, doch dann müsste der Geruch eines Menschen oder Werwolfs an dem Toten wahrzunehmen sein, und auch das ist nicht der Fall. Außer Ulfs natürlich, aber er hat den Mann ja auch gefunden und zur Burg zurückgetragen. Es gab überhaupt keine Geruchsspuren in der Umgebung der Stelle, wo der Junge verwundet wurde.«

»Du hast gesagt, dein Bruder könnte seinen Geruch verbergen.«

»Das war nicht Talorc, dessen bin ich mir völlig sicher.«

»Ich glaube dir, Cait, doch er ist bestimmt nicht der einzige Werwolf, der diese Fähigkeit besitzt.«

»Nein, das ist etwas, was uns gleich nach unserer ersten Verwandlung beigebracht wird – und worin ich selbst nie besonders gut war, wie ich gestehen muss. Aber das spielt in dem Fall keine Rolle. Ein Werwolf kann seinen eigenen Geruch verbergen, jedoch nicht den, den er an anderen hinterlässt.«

»Wie ist der Junge dann getötet worden?«

»Ohne berührt zu werden, vielleicht mit einem Messer, das in Sand und Schlamm vom Grund des Sees gereinigt worden war.«

»Um jeglichen Geruch vom Griff des Messers zu entfernen?«

»Ja.«

»Aber das würde doch bedeuten, dass der Mörder den jungen Soldaten überhaupt nicht angefasst hat – nicht einmal, um ihn zu überwältigen, nicht wahr?«

Cait sah aus, als würde ihr übel. »Ja. Der Soldat muss ihn gekannt haben. Schlimmer noch, der Junge war ein Chrechte. Er hatte wahrscheinlich noch nicht die Kontrolle über seine Verwandlungsfähigkeit, doch es hätte einen anderen Werwolf oder einen sehr starken menschlichen Krieger gebraucht, um ihn zu töten.«

»Und der hätte ein Balmoral und dazu auch noch ein sehr erfahrener Krieger sein müssen.« Emilys Verdacht gegen Ulf verstärkte sich. »Lachlan wird keinen seiner eigenen Leute einer solchen Gräueltat verdächtigen.«

»Das glaube ich auch nicht. Wir müssen mit Talorc reden. Er könnte etwas gesehen haben.«

»Aber wie? Sie werden uns nicht erlauben, die Burg noch einmal zu verlassen, von einem Ausflug an den See erst ganz zu schweigen. Lachlan war sehr aufgebracht darüber, dass wir ohne Begleitschutz hingegangen waren. Er sagte, er sei um unsere Sicherheit besorgt, doch wahrscheinlich traute er uns nicht«, bemerkte Emily verärgert.

Sie hatte beschlossen, Cait noch nichts von ihrem Verdacht zu erzählen, bis sie gehört hatten, was Talorc zu sagen hatte. Falls sie sich irrte, war es besser, wenn niemand wusste, was sie dachte. Sie hatte schon genug Probleme mit Lachlans Bruder, ohne ihn auch noch eines Verbrechens zu beschuldigen, von dem sie nicht vollkommen sicher war, dass er es begangen hatte.

»Er hätte so oder so die Wachen am Tor angewiesen, uns nicht hinauszulassen.«

»Was sollen wir dann tun?«

Cait antwortete nicht, sondern lief in ihr Schlafzimmer, und als sie kurz darauf zurückkam, hatte sie ihr Sinclair-Plaid dabei.

»Hast du vor, das Plaid zu wechseln?«, fragte Emily verwirrt. Sie wusste, dass ihre Freundin verärgert über ihren Mann war, aber sich seine Worte so zu Herzen zu nehmen, erschien ihr doch ein bisschen übertrieben.

»Nein. Mithilfe dieses Plaids werden wir unsere Freiheit wiedererlangen«, erwiderte sie grimmig und begann mit der Kraft des Werwolfs, der ihr innewohnte, das Plaid in lange, dünne Streifen zu zerreißen.

Als sie damit fertig war, verknotete sie die Streifen miteinander, bis ein dünnes, etwa hundert Fuß langes Seil daraus entstanden war.

Ohne eine Aufforderung abzuwarten, nahm Emily das eine Ende in die Hand und breitete ihre Arme aus, damit Cait das Seil darum aufwickeln konnte wie ein dickes Knäuel Wolle. »Was tun wir mit dem Seil?«

»Oben in diesem Turm gibt es ein Zimmer, das wie deins als

Gefängniszelle benutzt werden kann, aber ein Fenster in der Außenmauer hat, das groß genug ist, um hindurchzuklettern.«

»Warum sollte ein solcher Raum denn ein so großes Fenster haben?«

»Für den Fall einer Belagerung, glaube ich, um zu fliehen oder Nahrungsmittel zu beschaffen. Es ist zu hoch, um von außen von einem Belagerungsturm erreicht zu werden. Und da zwischen der Mauer und dem Kliff nur ein schmaler Streifen Land liegt, könnte kaum ein Belagerungsturm von dieser Seite her an die Burg herangebracht werden. Bogenschützen bietet sie ebenfalls kein gutes Ziel.«

»Verstehe ... aber wenn wir durch das Fenster entkommen, könnte ein Gefangener das dann nicht auch?«

»Aus einem Männerplaid ließe sich kein ausreichend langes Seil herstellen, und weibliche Gefangene sind hier selten. Außerdem würde der Raum nur benutzt werden, wenn dein Zimmer schon belegt wäre. Aber ist es wirklich nötig, das jetzt zu erörtern, Emily?«

»Tut mir leid. Meine Neugierde geht manchmal mit mir durch.«

Cait lächelte. »Das mag ich so an dir.«

Emily verzog das Gesicht. »Nur eben nicht in diesem Moment. Verstehe. Dann lass uns hoffen, dass die Wachen auf dem Wehrgang uns nicht sehen.«

»Das ist ein Risiko, das wir eingehen müssen. Doch wenn sich der Wachmann auf dem Turm nicht gerade weit über die Brüstung beugt, um zur Seite hinabzuschauen, wird er uns nicht sehen. Ich wüsste keinen anderen Weg, um aus dem Turm oder den Burgmauern herauszukommen.«

Emily biss sich auf die Lippe. »Ich auch nicht, aber wenn der Raum, von dem du sprichst, über diesem liegt, muss es sehr tief hinuntergehen bis zum Boden. Das ist zu gefährlich für eine Frau in deinem Zustand. Ich werde zum See gehen und Talorc suchen, ihm die Situation erklären und ihn fragen, ob er irgendwas gesehen hat.«

»Nein. Du würdest ihn nie vor den anderen finden, ich jedoch schon. Mach dir keine Sorgen, Emily. Ich bin eine Werwölfin und werde schon nicht in die Tiefe stürzen.« Cait legte sich das aufgerollte Seil über die Schulter. »Ich würde nichts riskieren, was mein Kind gefährden könnte, aber wir können auch keinen Krieg zwischen den Clans zulassen. Ganz zu schweigen davon, dass ich meinen Bruder nicht für die Verbrechen eines anderen Mannes büßen lassen werde.«

»Und falls sich ein Mörder unter den Balmorals befindet, muss er entlarvt und aufgehalten werden«, fügte Emily hinzu.

»Genau.«

Cait öffnete die Tür, streckte vorsichtig den Kopf hinaus und lauschte angestrengt. Dann drehte sie sich zu Emily um und bedeutete ihr voranzugehen. So leise wie nur möglich ging Emily zur Treppe. Eine Sekunde später war Cait bei ihr, und zusammen stiegen sie zum Turmzimmer hinauf.

Oben angekommen, schwiegen sie selbst dann noch, als sie schon die Tür geschlossen hatten. Cait stieg auf den Tisch, der das einzige Möbelstück im Raum war, und befestigte ein Ende des Seils an einem eisernen Ring in der Wand, der bewies, dass Caits Vermutung hinsichtlich des Fensters richtig war.

Dann zog sie ihre Kleider aus, band sie mithilfe ihres Gürtels zu einem festen Bündel zusammen und schien dann zu erwarten, dass Emily es ihr gleichtat. Schwimmen war offenbar nicht das Einzige, was in einem Kleid unmöglich war; auch eine Burgmauer konnte man bekleidet kaum hinabklettern. Emily war nicht wirklich sicher, ob das stimmte, wollte aber keine Zeit mit Widerspruch vergeuden.

Sie wusste nicht, wie viel Zeit ihnen noch blieb, bevor Lachlan die Suche nach Talorc aufnahm – falls er das nicht schon getan hatte. Emily glaubte nicht, sehr lange mit Cait gesprochen zu haben, aber mit Bestimmtheit konnte sie das nicht sagen.

Nach kurzem Zögern legte Emily schnell Plaid und Kleid ab, und Cait band beide Bündel an das freie Ende des Seils, bevor sie es durch das Fenster hinunterließ. Als das erledigt war, verschwand sie selbst durch die Fensteröffnung. Emily stieg auf den Tisch und beugte sich hinaus, um den gefährlichen Abstieg ihrer Freundin zu verfolgen.

Der Umstand, dass Cait nackt war, war nicht annähernd so beunruhigend wie der tiefe Sturz, der sie erwartete, falls das Seil ihr aus den Händen rutschte. Aber Cait erreichte den Boden schneller, als Emily es für möglich gehalten hätte, und dann war sie selbst an der Reihe.

Sie stieg aus dem Fenster, konzentrierte sich auf die vor ihr liegende Aufgabe und versuchte, nicht daran zu denken, wie weit es bis zum Boden war. Ohne ihr Kleid konnte sie das Seil um ein Bein schlingen, was ihr ein gewisses Gefühl der Sicherheit gab, auch wenn es ein trügerisches war. Sie war auch nicht so schwer ohne ihr Plaid und dachte, dass Cait das zweifelsohne auch bedacht hatte.

Sie benutzte die Knoten in dem Seil als Stützen, um hin und wieder haltzumachen, und brauchte erheblich länger als Cait, um den Boden zu erreichen. Ein kalter Wind peitschte ihren nackten Körper, doch der Abstieg war so anstrengend, dass sie nicht einmal ins Frieren kam. Als sie den Boden erreichte, zitterten ihre Arme und Beine, und sie war froh, dass ihre Freundin da war, um zu helfen. Sie zog sich schnell an, als sie sah, dass Cait bereits angekleidet war.

Das Seil ließen sie hängen. Obwohl Emily wusste, dass sie es nicht benutzen würden, um in die Burg zurückzugelangen, gab es keine Möglichkeit, es zu verstecken. Falls Drustan oder Lachlan es fanden, würden sie das Schlimmste annehmen und glauben, sie und Cait hätten es dort gelassen, um Talorc in die Burg hineinzuhelfen. Sie würden bestimmt nicht auf die Idee kommen, dass die Frauen es selbst benutzt hatten, um zu entkommen.

Der Himmel war grau von Wolken, die Regen verhießen, und Emily und Cait beeilten sich, als sie in einem weiten Bogen um den Weg und die Bauernkaten herum zu dem See hinunterliefen. Sie hielten sich auch weiterhin im Schutz der Bäume, als sie ihn erreichten und zu seiner anderen Seite hinübergingen.

Plötzlich war der große graue Wolf vom Tag zuvor da und tauchte praktisch direkt vor ihnen auf. Emily schnappte erschrocken nach Luft, aber Cait stürzte auf ihren Bruder zu und schlang ihm die Arme um den Nacken.

»Wir müssen mit dir reden«, sagte sie zu dem Wolf.

Er blickte von Cait zu Emily und dann wieder zu Cait. Sie seufzte und stand auf. »Ich glaube, er will, dass wir uns umdrehen, bevor er sich verwandelt. Das ist eine sehr private Angelegenheit bei uns.«

Emily wandte sich ab. Wahrscheinlich hatte Cait die Wahrheit ein bisschen beschönigt, überlegte sie. Talorc machte es bestimmt nichts aus, sich vor seiner Schwester umzuziehen, aber bei einer Engländerin, die er als mögliche Ehefrau schon abgelehnt hatte, war das sicher etwas anderes.

»Wieso ist sie bei dir?«, fragte er barsch, und beide Frauen drehten sich wieder zu ihm um.

Er war nackt. Emily hätte sich das eigentlich denken müssen, aber es brachte sie so in Verlegenheit, dass sie errötend ihren Blick abwandte. Die Chrechten waren viel unbefangener, was Nacktheit anging, als die Engländer.

»Um einen Krieg zwischen meinem neuen Clan und meinem alten zu verhindern«, antwortete Cait nicht ohne Schärfe.

»Sie hat sich mit dem Balmoral zusammengetan.«

»Nein, das habe ich nicht«, widersprach Emily. »Aber das spielt im Moment auch keine Rolle. Deine Schwester ist eine Balmoral, und sie will keinen Krieg. Und da sie meine Freundin ist, möchte ich ihr zuliebe auch diesen Krieg verhindern.«

»Ich werde dich jetzt ganz gewiss nicht mehr zur Frau nehmen.«

Emily verdrehte die Augen und richtete ihren Blick wieder auf Talorc. »Das ist nichts Neues. Das hatten wir schon vor der Entführung deiner Schwester und meiner Wenigkeit geklärt.«

Er grunzte zustimmend. »Das ist richtig.«

»Wir müssen wissen, ob du gesehen hast, wer den Balmoral'schen Soldaten getötet hat«, warf Cait ungeduldig ein.

Talorc runzelte die Stirn. »Ja, aber ich war zu weit entfernt, um es zu verhindern. Der Mörder hat mich danach sogar noch angesprochen.«

»Was? Er hat dich *angesprochen?* Warum?«, fragte Cait nicht weniger schockiert, als Emily es war.

»Er will, dass ich den Laird der Balmorals töte, weil er die Kontrolle über den Clan erlangen will.«

Cait errötete vor Zorn. »Das würde Drustan niemals tun!«

»Ich habe nicht gesagt, dass es dein neuer Ehemann war.«

»Aber wer sonst würde glauben, er könnte die Clan-Führung übernehmen?«

»Ulf«, riet Emily.

Cait starrte sie nur an, aber Talorc nickte.

»Wir Menschen halten uns nicht für so unfähig und nutzlos, wie es die Chrechten tun«, bemerkte Emily.

Cait machte ein beleidigtes Gesicht. »Ich habe nicht gesagt, dass du unfähig oder nutzlos bist.«

»Nein, aber du hättest nie gedacht, dass ein Mensch auf die Idee käme, er könnte einen Clan mit einem Werwolfrudel darin übernehmen. Doch war das nicht genau das, was MacAlpin dachte, als er die Chrechten verraten hat? Nur dass er gleich ganz Schottland übernommen hat.«

»Du bist klug – für eine Engländerin«, stellte Talorc fest und wandte sich an Cait. »Sie hat recht. Unsere Stiefmutter war ein weiteres vortreffliches Beispiel. Bedenk doch nur mal, was für einen Schaden sie angerichtet hat, und sie war nicht einmal chrechtischer Abstammung.«

»Aber Drustan würde Ulf umbringen.«

»Nicht, wenn er deinem Bruder die Schuld an Lachlans Tod gäbe«, sagte Emily.

Cait wurde blass, als sie Talorcs ernsten Blick erwiderte. »Er würde diesen verfluchten Mörder aus Loyalität sogar unterstützen und versuchen, Lachlans Tod zu rächen, indem er dich umbringt!«

»Ja. Ulf ist ein Mörder. Der junge Soldat hatte keine Chance«, berichtete Talorc sichtlich angewidert. »Er argwöhnte nichts, bevor ihn der erste Messerstich direkt ins Herz traf.«

»Und die anderen Wunden wurden ihm dann zugefügt, damit es so aussah, als hätte ihn ein Tier getötet. Du – als Wolf.«

»Ja, doch wenn das geklappt hat, frage ich mich, was für ein Narr dein neuer Laird sein muss. Warum warst *du* so sicher, dass ich es nicht gewesen war?«, fragte Talorc seine Schwester.

Cait starrte ihn an. »Du bist mein Bruder. Du würdest keinen unerfahrenen Soldaten töten.«

»Wenn ich von ihm überrascht worden wäre, hätte ich ihn in Notwehr getötet.«

»Aber er hätte dich nicht überraschen können.«

»Das ist richtig«, sagte Talorc hochmütig. »Doch ich glaube, es gibt noch einen anderen Grund, warum du so sicher warst, dass weder ich noch einer meiner Soldaten es gewesen war. Vielleicht war es dir anfangs nicht bewusst, aber falls du die Leiche gesehen hast, muss es dir aufgefallen sein.«

»Du hast noch mehr Sinclairs auf der Insel?«, entfuhr es Emily.

Talorc zuckte mit den Schultern. Donner grollte Unheil verkündend am Himmel über ihnen.

»Ich habe die Leiche gesehen.« Cait sah aus, als dämmerte ihr gerade erst etwas. »Hätte ein Werwolf es in Wolfsgestalt getan, hätte er dem Soldaten die Kehle herausgerissen und seinen Geruch an dem Toten hinterlassen.«

»Genau. Und ich frage mich, wieso das deinem neuen Laird noch nicht bewusst geworden ist?«

»Vielleicht, weil ich den Verdacht hatte, dass du den Mann ermordet hattest und es so aussehen lassen wolltest, als wäre es ein Mensch gewesen.« Mit diesen Worten trat Lachlan aus dem Gebüsch heraus und maß Talorc mit wütenden Blicken.

»Wie lange hast du da gestanden?«, fragte Emily und überlegte, ob er wohl den Namen des Mörders mitbekommen hatte.

Lachlan ignorierte sie, sein Blick wich nicht von Talorc.

»Und wie hätte ich nahe genug an ihn herankommen können, um ein Messer zu benutzen?«, entgegnete der. Bevor Lachlan antworteten konnte, fuhr Talorc fort: »Dein Soldat hätte mich nie so nahe an sich herangelassen. Ich hätte das Messer werfen können, doch selbst ein junger Werwolf hätte es durch die Luft zischen hören und sich geduckt. Dann hätte er geschrien oder wäre weggerannt ... aber was immer er auch getan hätte, ich wäre nie nahe genug an ihn herangekommen, um ihn zu töten, ohne einen Geruch zu hinterlassen. Nein, er wurde umgebracht, während ich zusah und es nicht verhindern konnte, weil ich mich auf der anderen Seescite befand.«

»Und ich soll dir glauben, dass du andernfalls eingegriffen hättest?«

»Der Junge war ein Balmoral, aber er war auch ein Chrechte. Ja, ich hätte seinen Tod verhindert, wenn ich es gekonnt hätte. Aus dem gleichen Grund, aus dem du meine Schwester entführt und sie mit Susannahs Bruder verheiratet hast, statt einen Krieg zwischen unseren Clans zu beginnen.«

»Es war eine angemessenere Form der Vergeltung.«

»Und eine sehr wirkungsvolle. Ich werde es vermissen, meine Schwester um mich zu haben und ihr Kind aufwachsen zu sehen.«

Ein erschrockener kleiner Laut entrang sich Cait. »Du wirst doch nicht die Vormundschaft für das Baby verlangen?«

Talorc schüttelte den Kopf. »Du müsstest mich eigentlich besser kennen, Cait. Du bist meine Schwester. Ich würde dir nicht wehtun, indem ich dir dein Kind wegnähme. Es wird bei den Balmorals genauso in unserer Tradition aufwachsen, wie es das in unserem eigenen Rudel täte.«

»Ja, das wird es«, versprach Cait mit spürbarer Erleichterung.

»Dein Vater wäre der vermeintlichen Beleidigung wegen in den Krieg gezogen«, sagte Talorc zu Lachlan.

»Ich bin nicht mein Vater.«

»Und ich nicht der meine. Ich erkenne Verrat, wenn ich ihn

sehe. Ich hätte den Tod des Jungen verhindert, wenn ich dazu in der Lage gewesen wäre.«

Lachlan erwiderte nichts.

Talorc seufzte. »Dein Bruder versprach mir die Rückgabe meiner Schwester oder die Übergabe ihres Kindes nach seiner Geburt, wenn ich dich dafür töten würde. Er sagte, er würde dich in eine Falle locken. Und falls du allein gekommen bist, hat er das schon geschafft.«

Lachlan verzog keine Miene, aber Emily wusste, dass er litt. Warum sie sich da so sicher war, hätte sie nicht sagen können, doch sie spürte seinen Schmerz, als wäre es ihr eigener.

»Ulf hat mir tatsächlich geraten, dich allein zu suchen und mein Recht auf die Führerschaft unter Beweis zu stellen, indem ich dich persönlich zum Kampf herausfordere«, gab Lachlan mit ausdrucksloser Stimme zu. »Ich vermute, dass du eine Eskorte bei dir hast und Ulf das wusste, aber er sagte, er hätte nur einen einzelnen Wolf gesehen ... auf der anderen Seeseite.«

»Darf ich annehmen, dass du den Vorschlag deines Bruders ignoriert hast?«

»Und wenn es so wäre?«

»Dann befindet sich ein ganzes Aufgebot an kampferprobten Chrechten in der Nähe, um dir notfalls beizustehen, und du hast dir ein gewisses Maß an Respekt von mir verdient.«

»Vielleicht sollte ich dich töten und mir deinen ganzen Respekt verdienen.«

»Oder ich könnte tun, was dein Bruder will, und *dich* umbringen.«

20. Kapitel

»Nein!«, schrie Emily.

»Halt dich da raus«, befahl Lachlan ihr.

»Das tue ich nicht! Seht ihr nicht, wie lächerlich das ist?« Sie waren wie zwei Hähne, die um die Vorherrschaft im Hühnerhof stritten, obwohl das gar nicht nötig war. Schließlich hatte jeder seinen eigenen Hühnerhof, Herrgott noch mal! »Es ist doch klar, dass Ulf alle manipuliert hat. Euch gegenseitig umzubringen, wird den Schaden nicht beheben, den er angerichtet hat.«

Lachlans Blick wich nicht von Talorc, aber ein Muskel zuckte an seinem Kinn. »Bring Emily zur Burg zurück, Cait. Wir werden später darüber reden, wie ihr herausgekommen seid.«

Emily verschränkte die Arme vor der Brust und maß beide Männer mit einem hochmütigen Blick. Was gar nicht so einfach war, da sie viel kleiner war als sie, doch sie hatte ein paar nützliche Tricks unter Sybils Vormundschaft gelernt. »Ich werde nirgendwohin gehen.«

Cait nahm prompt die gleiche Haltung ein wie sie. »Ich auch nicht.«

»Drustan«, sagte Lachlan.

Der Oberkommandierende kam auf leisen Sohlen aus dem kleinen Wald heraus. Es hätte Emily nicht überraschen dürfen, ihn zu sehen, aber das tat es. Doch sie hatte ja auch nicht geahnt, dass Lachlan dort gewesen war, bis er sich gezeigt hatte. Diese Highlander waren wirklich raffiniert wie Diebe.

»Begleite unsere Frauen zur Burg zurück.«

Drustan nickte und wollte Caits Arm ergreifen, aber sie wich ihm aus. »Ich werde zu den Sinclairs zurückkehren«, sagte sie mit schmerzerfüllter Stimme. »Ich gehöre nicht zu den Balmorals.«

Drustan fuhr zusammen, als hätte sie ihn geschlagen.

Emily öffnete den Mund, um ihrer Freundin zu widersprechen, doch dann schloss sie ihn schnell wieder. Schließlich wäre es Drustans Aufgabe, das zu tun, fand sie. Vielleicht protestierte er auch schon, überlegte sie dann. Er und Cait schauten sich nämlich so an, als tauschten sie sich ohne Worte aus.

Verständigten sie sich auf geistiger Ebene? Wie das wohl war? Hörte man tatsächlich eine Stimme, oder waren es nur Gedanken, die man wahrnahm, Bilder, wie in einem Traum? Cait hatte gesagt, es sei ungefähr so, wie im Kopf einer anderen Person zu reden. Wie eigenartig.

Talorc fluchte, und zu ihrem großen Erstaunen glaubte Emily, so etwas wie Belustigung in seinen auffallend blauen Augen wahrzunehmen. »Es ist kaum zu glauben, aber sie sind echte Seelengefährten, die beiden, was?«

»Ja«, antwortete Emily.

Cait weinte mittlerweile und schüttelte den Kopf. »Du liebst mich nicht«, sagte sie laut zu Drustan. »Du hast mich eine Mörderin genannt.«

»Ich hatte mich geirrt«, erwiderte er. »Bitte verlass mich nicht, Cait!«

Sie riss erstaunt die Augen auf. »Du *bittest* mich?«

»Ich würde alles tun, um dich zu behalten. Du bist meine geheiligte Gefährtin, meine Frau, du bist mein Ein und Alles, Cait.«

Emily lächelte mit feuchten Augen. Lachlan wie auch Talorc schienen eher peinlich berührt zu sein, doch Cait sah

Drustan an, als wäre er die Sonne, der Mond und die Sterne, alle vereint in einem einzigen wundervollen Mann.

Sie schenkte ihm ein strahlendes Lächeln, obwohl noch immer Tränen ihren Blick verschleierten. »Ich liebe dich, Drustan.«

»Ich liebe dich auch. Bezweifle das nie wieder«, sagte er ziemlich schroff, was Cait jedoch überhaupt nichts auszumachen schien.

Was immer sie im Geist darauf erwiderte, entlockte ihm ein Lächeln, und seine Antwort brachte einen ganz weichen, verträumten Ausdruck in ihren Blick. Emily seufzte zufrieden. Sie war so froh zu sehen, dass ihre Freundin glücklich und endlich alles zwischen den zwei Eheleuten geregelt war. Es war offensichtlich, dass diese beiden zusammengehörten, egal, wie das Schicksal ihre Ehe zustande gebracht hatte.

Drustan nickte, als stimmte er irgendeiner Bemerkung zu, die Cait gemacht hatte, obwohl sie gar nichts gesagt hatte. »Und jetzt gehen wir zur Burg zurück«, erklärte er.

»Noch nicht«, widersprach Talorc. »Es gibt noch Dinge, die besprochen werden müssen. Und als Ehemann meiner Schwester und Susannahs Bruder musst du sie auch hören.«

Drustan bat Lachlan mit einem Blick, bleiben zu dürfen, was ihm mit einem leichten Kopfnicken gewährt wurde.

Diese Geste schien irgendeine Art Signal zu sein zwischen den Männern, denn die Spannung zwischen ihnen ließ jetzt spürbar nach. Lachlan sah sogar gelangweilt aus, was Emily ihm allerdings nicht ganz abnehmen konnte. Sie hätte schwören können, dass es nur wieder irgendeine Finte von ihm war, aber sie war genauso sicher, dass die Gefahr eines Ausbruchs von Gewalttätigkeit zunächst einmal gebannt war.

Die Beine leicht gespreizt, stand Talorc da und verschränkte die Arme vor der Brust, was zwar keine versöhnliche, jedoch auch keine kämpferische Haltung war. »Um etwas über die Situation meiner Schwester herauszufinden, habe ich unerlaubt euer Land betreten, aber mein Schmied hat es nicht getan. Magnus hat Susannah nicht von Balmoral'schem Grund und Boden entführt.«

Die Tatsache, dass er nicht angezogen war, schmälerte kein bisschen seine gebieterische Erscheinung. Vielleicht, weil es den Mann nicht im Mindesten zu kümmern schien, dass er nackt war wie am Tag seiner Geburt. Trotz des Ernstes der Lage fand Emily ein solches Selbstbewusstsein einfach faszinierend.

»Magnus?«, fragte Lachlan, den die Nacktheit des anderen Lairds anscheinend genauso wenig störte wie Talorc selbst.

Emily wünschte, sie könnte auch so ungezwungen sein, aber sie hatte in ihrem ganzen Leben nur einen Mann nackt gesehen, und das war Lachlan. Und so biss sie sich auf die Lippe und versuchte, Talorc möglichst unauffällig anzusehen, weil sie zu neugierig war, um seine Nacktheit ganz zu ignorieren.

»Der Bruder des Lairds, Ulf, hatte Susannah erlaubt, während des Vollmonds auf dem Festland zu jagen«, berichtete Talorc gerade. »Aber er machte sich nicht die Mühe hinzuzufügen, dass dort die Jagdgründe eines anderen Rudels waren.«

»*Ulf* hat ihr das erlaubt?«, fragte Drustan und legte den Arm um Caits Schulter, als sie sich an ihn schmiegte. »Er hatte doch gar nicht die Autorität dazu.«

»Das war Susannah nicht bewusst. Sie dachte, er spräche für euren Laird.«

»Wann hat sie dir das erzählt?«, wollte Drustan wissen.

»Sie hat mir gar nichts erzählt. Es war Magnus, von dem ich erfuhr, wie es dazu gekommen war, dass sie auf unserem Land jagte. Es war in dem Gespräch, in dem er mich darüber informierte, dass er eine Gefährtin gefunden hatte. Susannah war läufig. Ulf musste wissen, dass sie sich letztendlich mit einem Sinclair paaren würde. Aber er hat euch verschwiegen, dass er es war, der sie auf unser Jagdgebiet geschickt hatte, nicht wahr?«

»Ja.«

»Ich glaube, er wollte damit euren Laird glauben machen, wir hätten die Balmorals beleidigt. Ulf wollte ihn dazu bringen, dann persönlich Rache zu nehmen. Ich habe Erfahrung mit den raffinierten Machenschaften machthungriger Menschen, und deshalb vermute ich, dass er vorhatte, den Balmoral an mich zu verraten, damit er ganz sicher umgebracht würde.«

»So wie er auch jetzt glaubt, unseren Laird verraten zu haben?«, warf Drustan ein.

»Ja. Er hat mich gebeten, hier zu warten, und meinte, er würde dafür sorgen, dass der Balmoral sich allein auf die Suche nach mir macht.«

»Emily!«, bellte Lachlan.

Sie fuhr zusammen und errötete, als sich alle Blicke auf sie richteten. Fragend sah sie Lachlan an. »Ja?«

Er lächelte nicht. »Komm her.«

Sein Ton erlaubte keinen Widerspruch, und ausnahmsweise versuchte sie es auch gar nicht. Als sie zu ihm ging, hob er mit einer Hand ihr Kinn an und sah ihr in die Augen. »Du gehörst mir.«

»Müssen wir das jetzt besprechen, Lachlan?«

Statt zu antworten, fragte er: »Willst du, dass ich Talorc zum Kampf herausfordere?«

Hatten sie das nicht gerade erst hinter sich gebracht? »*Nein.*«

»Dann schau nur mich an.«

O Gott! Er wusste, dass sie Talorc heimlich angesehen hatte.

Sie errötete bis unter die Haarwurzeln. »Ich war nur neugierig.«

»Ich werde deine Neugier ein andermal befriedigen.« Er schob sie hinter sich und wandte sich dann wieder Talorc zu. »Ich habe nur dein Wort, dass mein Bruder ein Verräter ist.«

»Und die Beweise, die dir deine eigene Logik liefern müsste. Wenn ich dich töten wollte, hätte ich es bereits getan, als ich dich mit der Engländerin im Wasser sah. Du hattest keine Wachen bei dir. Ich schon – und sie wäre leicht genug zu beseitigen gewesen.«

Die Kälte dieser Worte ließ Emily erschaudern. Sie trat näher an Lachlan heran, bis sie ihn fast berührte und die Wärme seines Körpers sich beruhigend um sie legte.

»Aber zuerst hättest du mich umbringen müssen.«

Aus ihr unerklärlichen Gründe wurde Emilys Kehle eng, und Tränen stiegen ihr in die Augen. Sie wusste, dass Lachlan meinte, was er sagte. Was auch immer er ihr vorhin vorgeworfen hatte, an jenem Tag am See hätte er niemals zugelassen, dass Talorc ihr etwas antat. Er hätte sein Leben dafür hingegeben, sie zu beschützen. Aber was bedeutete das schon? Vielleicht gehörte das ja auch nur zu seiner Kriegerehre.

»Der Punkt ist«, entgegnete Talorc gedehnt, »dass ich es nicht versucht habe.«

Lachlan zuckte die Schultern.

»Wie schon gesagt, ich kam auf eure Insel, um etwas über die Lage meiner Schwester herauszufinden.«

»Der Sinclair'sche Soldat, den wir zurückließen, als wir die Frauen entführt haben, wird dir doch berichtet haben, dass sie Drustan heiraten würde«, erwiderte Lachlan.

»Das hat er, und ich habe genug von dir gehört, um zu wissen, dass es auch so kommen würde, wenn das dein Plan war. Aber ich musste sichergehen, dass Cait nicht misshandelt wurde und keine Gefangene war.«

»Und sie ist zufrieden mit ihrer Ehe, das müsstest du nun wissen«, sagte Drustan.

»Ja«, bestätigte Talorc. »So zufrieden, wie deine Schwester es ist.«

Drustan nickte, und Cait sah lächelnd zu ihm auf.

»Aber Ulf hat mir gegenüber behauptet, sie wäre es nicht. Er sagte, Cait wäre gezwungen worden, Drustan gegen ihren Willen zu heiraten.« Talorcs Stimme bebte, so wütend war er. »Er sagte, sie wolle zu unserem Clan zurück, doch sie würde wie eine Gefangene hier festgehalten.«

»Das ist nicht wahr!«, rief Cait.

»Nein?«, fragte Talorc. »Bist du so freiwillig auf diese Insel gelangt, wie Susannah in unser Jagdgebiet kam?«

Drustan trat vor Cait. »Ich gebe zu, dass sie gegen ihren Willen hierher gebracht wurde, aber sie ist nicht misshandelt worden, und sie ist jetzt meine Frau und froh darüber, es zu sein.«

»Ich will nicht von hier weg«, fügte sie hinzu. »Ich gehöre jetzt zu den Balmorals.«

»Das sagtest du schon.« Talorcs Stimme ließ nicht erkennen, wie er darüber dachte. »Ich werde mich nicht dafür entschuldigen, uralte Rudelgesetze außer Acht gelassen zu haben. Susannah hat mit der Zustimmung deines Bruders gehandelt, Balmoral, und du hast Vergeltung geübt, ohne alle Fakten in der Hand zu haben. Du hättest erkennen müssen, dass dein Bruder eine Bedrohung für das Rudel darstellt, und deswegen bist du im Unrecht.«

Cait schnappte nach Luft und wurde kreidebleich. Drustan sah so aus, als wollte er Talorc an die Kehle gehen.

Lachlan aber seufzte nur. Es war ein so trauriger, müder Laut, dass Emily tröstend eine Hand auf seinen Rücken legte.

Er blickte sich über die Schulter nach ihr um, und seine dunklen Augen schienen etwas zu suchen, aber sie hatte keine Ahnung, was. Dann wandte er sich wieder Talorc und den anderen zu. »Ich hätte seine Unzufriedenheit, seine Machtgier sehen müssen. Er verstand sie gut zu verbergen, aber es gab Anhaltspunkte dafür, wenn ich bereit gewesen wäre, sie zu sehen.«

Emily war stolz auf Lachlans Bereitschaft zuzugeben, dass er im Unrecht war. Sie bewies eine Charakterstärke, die nur wenige Männer in seiner Position besaßen. Trotzdem war der Grund dafür, dass es so weit gekommen war, für sie nach wie vor ein Quell der Sorge. Denn falls Lachlan ihn nicht erkannte und seine Denkweise änderte, könnte sich die Bedrohung durch Ulf auf andere Weise wiederholen. Und beim nächsten Mal würde sie vielleicht unbemerkt bleiben, bis es zu spät war, um den Ausgang zu verändern, wie es bei MacAlpin gewesen war.

»Du hast die Bedrohung, die Ulf darstellte, zu leicht genommen, weil er nur ein Mensch ist«, sagte sie. »Du dachtest, er sei schwächer als ein Chrechte oder nicht fähig, dich zu hintergehen, aber das war ein Irrtum, Lachlan.«

»Danke, dass du mich darauf hinweist, Emily«, erwiderte Lachlan trocken.

»Indem du dich so sehr auf deine Überlegenheit verlassen hast, hast du dich selbst und deinen Clan gefährdet«, beharrte sie.

Talorc lachte. »Ganz schön scharfzüngig, die junge Dame, was?«

»Sie ist freimütig, doch sie hat recht.« Lachlan seufzte. »Wie so oft.«

Emily war dankbar, dass er sie in Schutz nahm und der Meinung war, sie habe häufig recht – was sie aber keineswegs dafür entschädigte, dass er sie der Leidenschaft wegen, die er so bewusst in ihr hervorgerufen hatte, der Unmoral beschuldigt hatte. Die beiden Lairds mochten einander ohne Entschuldigung verzeihen, *sie* jedoch hatte nicht die Absicht, das zu tun. Lachlan würde sich bei ihr entschuldigen müssen!

»Sie hat gesagt, sie wäre lieber mit einem Ziegenbock verheiratet als mit mir. Bist du der Ziegenbock?«, fragte Talorc mit unverkennbarer Belustigung.

»Der werde ich sein.«

»Nein!«

»Freut mich, das zu hören«, meinte Talorc zu Lachlan, ohne Emilys Einwand zu beachten. »Da sie nach Schottland geschickt wurde, um mich zu heiraten, bin ich für sie verantwortlich. Ich hatte nicht den Wunsch, sie zu heiraten, aber ich kann auch nicht dulden, dass sie kompromittiert wird, ohne angemessene Wiedergutmachung zu fordern.«

Es war kaum zu glauben, doch Lachlan nickte, als merkte er gar nicht, was für einen Unsinn Talorc redete.

»Ich will bei der Eheschließung dabei sein, bevor ich auf meinen Besitz zurückkehre.« Diesmal lag keine Spur von Humor mehr in Talorcs Stimme, und Emily lief es kalt über den Rücken.

Schnell trat sie hinter Lachlan vor, um Talorc ins Gesicht sehen zu können, als sie ihn anfuhr: »Ich werde ihn nicht heiraten, und damit basta!«

»Willst du lieber meine Frau werden?«

»Du weißt, dass ich das nicht will, und du verspürst ebenfalls nicht diesen Wunsch.«

»Wäre es dir lieber, wenn ich den Balmorals den Krieg erklärte?«

»Sei nicht albern! Ihr werdet euch nicht meinetwegen bekriegen. Ich bin Engländerin, schon vergessen?«

»Du stehst unter meinem Schutz, solange du in den Highlands bist. Und wenn ich meiner Ehre wegen Krieg führen muss, dann werde ich es tun.«

»Nein, Talorc«, wandte Cait verzweifelt ein. »Sie waren noch nicht zusammen, das schwöre ich dir!«

»Ich habe ihn nackt mit ihr im See gesehen.«

»Aber das hat doch überhaupt nichts zu bedeuten«, versicherte Emily ihm. »Du bist ja auch nackt, und ich habe nichts mit dir.«

Lachlan gab einen Laut von sich, der wie ein böses Knurren klang.

Talorc ignorierte ihn, so wie er Emilys Protest ignoriert hatte. »Ich glaube nicht, dass dein Vater auch so denken würde.«

»Du wirst es ihm doch nicht sagen?«, fragte Emily entsetzt.

»Entweder sehe ich dich heiraten, oder ich ziehe in den Krieg.«

Emily blickte sich verzweifelt um, aber niemand schien bereit zu sein, sich einzumischen und Talorc von seinem verrückten Einfall abzubringen. Caits besorgte Miene verriet, dass sie sich des Ernstes der Situation bewusst war und sich Sorgen machte, Lachlan könnte sich weigern. Emily dagegen hatte mehr Angst, dass er es nicht tun könnte.

»Du willst mich doch nicht heiraten«, wandte sie sich hilfesuchend an ihn.

»Wäre es dir lieber, unsere Clans in den Krieg ziehen zu sehen?«, fragte er interessiert.

»Natürlich nicht.«

»Dann wirst du meine Frau werden, Engländerin.«

»Nein!«

Eine Stunde später schon stand Emily vor einem Priester. Sie war noch ganz durcheinander von Lachlans Konfrontation mit Ulf nach ihrer Rückkehr, was in gewisser Weise auch ihre Entschuldigung dafür war, an einer Trauungszeremonie teilzunehmen, die ihrer Meinung nach nicht stattfinden dürfte.

Talorc und die vier Soldaten seiner Leibgarde waren zur Burg mitgekommen, weil er darauf bestanden hatte, Emily heiraten zu sehen, und aus ihr unverständlichen Gründen war Lachlan darauf eingegangen. Ihre wiederholten Einwände und Begründungen, warum die Heirat nicht stattfinden sollte, waren von den beiden einträchtig nebeneinander hergehenden Lairds ignoriert und völlig außer Acht gelassen worden.

Wäre sie eine Chrechte gewesen, hätte sie sich in einen Wolf verwandelt und jemanden gebissen. Sie konnten alle froh sein, dass sie damenhaft genug war, es nicht auch so zu tun.

Zum Glück hatte Talorc für sich und seine Soldaten Plaids auf der Insel versteckt, sodass nun alle anständig bekleidet waren. So, wie Emily die Highlander kennengelernt hatte, fragte sie sich allerdings, ob die Frauen auf der Burg über die Nacktheit der Männer auch nur annähernd so schockiert gewesen wären wie sie selbst.

Ulfs wütender Aufschrei von dem Gang hinter den Zinnen riss Emily aus ihren Gedanken und sandte einen kalten Schauder über ihren Rücken. Als sie aufschaute, konnte sie ihn jedoch nicht sehen. Fragend warf sie dem Mann an ihrer Seite einen Blick zu, aber Lachlan tat so, als hätte er den Kriegsruf nicht gehört.

Emily wusste jedoch, dass er ihn sehr wohl vernommen hatte, und ihr Herz klopfte vor Angst schneller, obwohl er ihr die Sorge kaum danken würde. Zu erfahren, dass sein Bruder ein Verräter und ein Mörder war, konnte nicht leicht für ihn gewesen sein, aber er hatte keinerlei Gefühlsregung bei Talorcs Enthüllungen erkennen lassen. Und auch jetzt zeigte er keine.

Ulf war nicht so besonnen. Sein Gesicht war wutverzerrt gewesen, als er sie nach ihrer Rückkehr mit mehreren anderen Soldaten auf dem unteren Burghof in Empfang genommen hatte. »Was zum Teufel hast du dir dabei gedacht, unseren Feind auf unsere Burg zu bringen?«, hatte er seinen Bruder angefahren.

Lachlan gab seinen Begleitern ein Zeichen anzuhalten und ging allein auf seinen Bruder zu. Nachdem er die anderen Soldaten einen nach dem anderen grimmig angesehen hatte, traten sie von Ulf zurück.

»Der einzige Feind der Balmorals steht vor mir«, sagte Lachlan, als er dicht vor seinem Bruder innehielt. »In deiner Machtgier hast du einen unserer Soldaten getötet, um mich in eine Falle zu locken. Du hast nicht einmal den Mut, deine Kämpfe selbst auszutragen!«

»Mut?«, fauchte Ulf. »Der fehlt mir ganz gewiss nicht, aber ich habe unserem Vater versprochen, deine Position als Laird nicht anzufechten. Er dachte, ich könnte den Clan nicht anführen, weil ich kein Tier in mir habe, das mir den Verstand vernebelt. Er hielt *dich* für seinen wahren Sohn, doch ich bin mehr wie er, als du es jemals sein wirst!«

»Du hast sein unbeherrschtes Naturell, jedoch nicht seine Stärke und seine Intelligenz.«

»Das ist eine Lüge! Ich bin alles, was er sich in einem Sohn nur hätte wünschen können, aber er hat mich nur danach beurteilt, wie mein Körper auf den Vollmond reagiert.«

»Geh in den großen Saal«, befahl ihm Lachlan. »Dort wirst du mir deinen Verrat erklären.«

Ulf schnaubte nur verächtlich.

So schnell, dass Emily die Bewegung fast nicht sah, versetzte Lachlan seinem Bruder einen gut gezielten Kinnhaken, der Ulf rücklings in den Schmutz beförderte, wo er bewusstlos liegen blieb.

»Bringt ihn in den großen Saal«, wies Lachlan zwei der Krieger an, die sich mit Drustan im Wald versteckt gehalten hatten, als Lachlan Talorc am See gegenübergetreten war.

Als die beiden Männer gehorchten, fragte er die anderen Soldaten, ob sie auf Ulfs oder seiner Seite standen. Die Männer fielen vor ihm auf die Knie, und einer ging sogar so weit zu erklären, sie seien angeblich nur von ihren Aufgaben abberufen worden, um Ulf zu helfen, ihren Laird zu schützen. Während ein schneidend kalter Wind heranfegte, der wie ein Vorbote dessen war, was kam, wurde die Geschichte des Soldaten von anderen bestätigt, und sie durften sich zurückziehen.

Lachlan ging in den großen Saal und sorgte dafür, dass sich außer seinen Chrechten und Emily und Ulf niemand anderer in der Burg aufhielt, bevor er Anweisung gab, die Tür zu schließen, und sie auf beiden Seiten von einem Chrechten bewachen ließ. Emily verstand jetzt, warum er darauf bestanden hatte, sich innerhalb der Burg mit seinem Bruder auseinanderzusetzen. Er beschützte die Geheimnisse des Rudels, wie alle chrechtischen Anführer der Clans es seit dem vorigen Jahrhundert taten.

Ulf, der inzwischen wieder bei Bewusstsein war, saß nun wutschäumend am Kamin, während Emily und Cait zwischen Drustan und Angus standen, die Sinclair'schen Chrechten direkt hinter ihnen. Je zwei Balmoral-Chrechten hatten sich rechts und links von Ulf postiert. Er warf ihr und Cait einen bösen Blick zu, bevor er sich an Lachlan wandte. »Was tun die Frauen hier?«

»Dein Verrat hat sich auch auf ihr Leben ausgewirkt. Sie haben ein Recht zu hören, was du zu deiner Verteidigung vorbringen wirst.«

»Ich muss mich nicht vor dir rechtfertigen.«

»Ob es dir passt oder nicht, ich bin dein Laird, und du wirst mir Rede und Antwort stehen.«

»Laird bist du nur deshalb, weil Vater dich beschützte, indem er mir dieses verdammte Versprechen abnahm.«

Lachlan schüttelte den Kopf. »Unser Vater wollte dich vor dem sicheren Tod bewahren, als er dir das Versprechen abnahm, meine Führerschaft nicht anzufechten. Aber das kümmerte dich ja nicht. Du hast trotzdem versucht, auf heimtückischem Wege die Kontrolle über den Clan zu übernehmen. Welche Ehre liegt darin, dem Willen deines Vaters zuwiderzuhandeln oder gar zu versuchen, den Sinclair dazu zu bringen, mich für dich zu töten?«

»Mehr Ehre, als dem erstgeborenen Bruder die ihm von Rechts wegen zustehende Position des Lairds zu nehmen!«

»Unser Vater verfügte, dass ich sein Nachfolger sein sollte. Das war sein gutes Recht.«

»Er hat die falsche Entscheidung getroffen. Es war *mein Recht*, den Clan zu führen!«

»Und zu welchem Zweck? Was hättest du für den Clan tun können, was ich nicht getan habe?«

Ulf funkelte ihn nur böse an.

»Du bist des Mordes schuldig.«

»Du schenkst deinem Feind mehr Glauben als deinem Bruder?«

»Du hast den Verrat nicht abgestritten.«

»Weil ich wusste, dass es sinnlos war, als ich euch vom Wehrgang aus zusammen sah. Mir war klar, dass ihr als Werwolfbrüder zusammenhalten würdet und nicht einmal die

Tatsache, dass ich dein *leiblicher* Bruder bin, etwas daran ändern könnte.«

Lachlans Gesicht verzerrte sich. »Willst du jetzt etwa bestreiten, vorgehabt zu haben, mich umbringen zu lassen? Oder leugnen, dass du diesen jungen Soldaten getötet hast?«

»Würdest du mir denn glauben, wenn ich es täte?«

»Nein.« Die Endgültigkeit, die in diesem Wort und in seiner Stimme lag, konnte niemandem im großen Saal entgehen. »Ich weiß zu viel, um dir dein Leugnen abzunehmen.«

»Warum sollte ich es dann versuchen?« Stolz, mit hoch erhobenem Kopf und mit einem Ausdruck der Verachtung im Gesicht, stand Ulf seinem Bruder gegenüber. »Du verdientest es zu sterben ... genau wie dieser Soldat. Wie Drustan, hätte auch er eines Tages eine leitende Position gehabt, aber was ist mit mir ... mit deinem eigenen Bruder?«

»Du hast den Posten des Oberkommandierenden abgelehnt.«

»Weil *du* mein Stellvertreter hättest sein müssen und nicht umgekehrt. Warum sollte ich mich dazu bereitfinden, dir zu dienen?«

»Du glaubst also, dass du – ein Mörder und ein Lügner – der Laird des Clans sein solltest?«

Ulf blieb ungerührt von den Anschuldigungen, als sähe er nichts Unrechtes an seinen Handlungen. »Ich bin ein Balmoral und genauso der Sohn unseres Vaters wie du.«

»Wenn *ich* dich zum Kampf herausfordern würde, wäre das unvereinbar mit dem Versprechen, das du unserem Vater gegeben hast?«

»Warum solltest du das tun?«, fragte Ulf spöttisch.

»Weil du einen meiner Soldaten ermordet hast.«

»Beweis das mal.«

»Das brauche ich nicht.«

»O doch, das musst du, wenn du willst, dass der Clan hinter dir steht.«

»Du bist ein Narr, wenn du das annimmst.«

»Bin ich das?«, fragte Ulf mit herausforderndem Blick. »Es geht auch um deine Ehre, der nicht Genüge getan wäre, wenn du nicht absolut sicher sein könntest, dass ich die Tat begangen habe.«

»Aber das bin ich.«

Ulf zuckte nur die Schultern.

»Da wären auch noch die vielen Beleidigungen, die du vor Zeugen gegen meine Gefährtin vorgebracht hast.«

»Sie ist nicht deine Gefährtin.«

»Bald wird sie es sein. Emily ist meine Verlobte.«

Ulf schwankte, als hätte Lachlan ihm einen weiteren Schlag versetzt. »Du wirst eine menschliche Frau heiraten?«

»Ja.«

»Ich dachte, du befürchtetest, menschliche Kinder zu bekommen wie dein Vater.«

»Wenn sie so mutig und loyal wie ihre Mutter sind, wird es keine Rolle spielen, ob sie Werwölfe sind.«

Eine angenehme Wärme durchflutete Emily trotz der angespannten Lage.

»Sie hat dich mit deiner eigenen Lüsternheit hereingelegt.«

»Ich bin nicht so leicht zu täuschen, das sagte ich dir ja schon. Du hättest auf mich hören sollen.«

»Bist du nicht? Aber die Geschichte mit Susannah hast du mir abgenommen.«

»Ich habe geglaubt, was ich mit eigenen Augen gesehen habe. Susannah war mit Magnus verheiratet, und ich wusste, dass ich ihr nicht gestattet hatte, die Insel zu verlassen. Deshalb dachte ich, sie wäre entführt und ohne die Zustimmung ihres Clans verheiratet worden.«

»Jetzt weißt du, dass ich es war, der sie auf Sinclair'sches Gebiet geschickt hatte.«

»Ja, aber warum, Ulf?«

»Weil ich wollte, dass du den Sinclairs den Krieg erklärst. Dann hätte ich dich in eine Falle locken können. Unser Vater wäre gegen sie in den Krieg gezogen, doch du bist ja nicht wie er. Du bist zu weich.«

»Du bist ein Narr, wenn du das glaubst. Der Schwache bist du, und diesen Makel hat Vater schon frühzeitig bei dir erkannt. Er wusste, dass du nach Macht giertest, aber nicht die nötige Charakterstärke hattest, um einen Clan zu führen. Er hätte dich verbannen oder unter einem anderen Laird dienen lassen sollen, doch *er* war zu weichherzig dir gegenüber. Er liebte dich zu sehr, um dich gehen zu lassen. Du bist mein Bruder, aber ich bin stark genug, um dafür zu sorgen, dass du die gerechte Strafe für deine Verbrechen erhältst. Es war dumm von dir anzunehmen, du könntest mich manipulieren.«

»War es nicht. Ich hatte alles unter Kontrolle. Wenn diese beiden Miststücke nicht aus der Burg herausgekommen wären, würdest du jetzt nicht den Verbündeten der Sinclairs spielen.«

Lachlan schlug Ulf mit dem Handrücken so hart ins Gesicht, dass er mit dem Rücken gegen die Wand neben dem Kamin prallte.

21. Kapitel

Sprich mit Respekt von meiner Zukünftigen oder stirb gleich auf der Stelle.«

Ulf wischte sich ein Rinnsal Blut von seinem Mund. »Sie tut mir leid, aber vor allem bedaure ich die Kinder, die ihr vielleicht haben werdet. Kinder, die so sein könnten wie ich.«

»Wenn es Gottes Wille ist, werden wir Kinder haben. Und sollten einige von ihnen – oder sogar alle – menschlich sein, werde ich sie deswegen nicht weniger lieben.«

»Unser Vater hat mich auch geliebt, bis er sah, dass ich nicht verwandlungsfähig war. Vorher war ich sein Lieblingssohn, und er bildete mich zu seinem Oberkommandierenden aus – aber all das war vorbei, als sich herausstellte, dass ich keinen Wolf in mir hatte. Dass ich ein Mensch war und kein blödes, dummes *Tier*.«

»Nicht die Tatsache, dass du kein Werwolf bist, macht dich ungeeignet, einen Clan zu führen, sondern der Mangel an Ehrgefühl und Gewissen. Ich glaube, unser Vater hat das gut erkannt.«

Ulf stürzte sich auf Lachlan, doch schon Sekunden später lag er wieder besinnungslos am Boden. »Sperrt ihn in den Westturm«, befahl Lachlan mit harter Stimme.

Cait nahm Drustan beiseite, um ihm leise etwas mitzuteilen. Der Krieger sah für einen Moment sehr wütend aus, bevor er einem anderen Soldaten Anweisungen erteilte. Emily konnte sich jedoch nicht allzu lange fragen, womit ihre Freundin ihren Mann so verärgert haben mochte, weil jetzt der Priester erschien, den Lachlan hatte rufen lassen.

Und so war es dazu gekommen, dass sie nun vor dem Pater

stand und schon die zweite Hochzeitsmesse hörte, seit sie in den Highlands war. Sie hatte die Resignation und Qual in Lachlans Augen gesehen. Er hatte in der letzten Stunde einen Bruder verloren und war so unglücklich, dass es ihr schier das Herz zerriss.

Sie wollte seine Qual nicht noch vergrößern, indem sie sich ihm weiter widersetzte, aber wie konnte Lachlan dieses Opfer bringen? Wie konnte *sie* es tun? Er wollte keine menschliche Frau heiraten, und sie wollte keinen Mann, der sie für geringer hielt, als sie war, nur weil sie nicht zur Hälfte ein Werwolf war.

Dennoch hatte er dieser Heirat zugestimmt und nicht einmal den kleinsten Einwand vorgebracht. Emily glaubte jedoch nicht eine Minute lang, dass das etwas mit Talorcs Kriegsdrohungen zu tun hatte. Lachlan war zu stolz, um sich so leicht einschüchtern zu lassen. Nein, er hatte seine eigenen Gründe, sie zu heiraten, nur konnte sie sich beim besten Willen nicht vorstellen, welche das sein könnten. Und obwohl sie wusste, dass ihre Gefühle nie erwidert werden konnten – oder jedenfalls nicht, solange er sie nicht als gleichwertig betrachtete –, liebte sie ihn über alle Maßen.

Nur in sehr intimen Situationen mit ihm hatte sie nie das Gefühl gehabt, als hielte er sie für nicht ebenbürtig. Aber auch seine Zärtlichkeiten hatten sich nicht nach bloßer sinnlicher Begierde für sie angefühlt, weshalb sie nicht glaubte, dass sie sich das nur eingebildet hatte. Denn was immer er auch zu ihr gesagt hatte, er hatte sie nie so behandelt, als wäre sie »*nur* ein Mensch« in seinen Augen.

Und Talorc gegenüber hatte Lachlan sogar so von ihr gesprochen, als bewunderte er sie. Sie könnte Schlimmeres tun, als einen Mann zu heiraten, der eine so hohe Meinung von ihr hatte, oder nicht?

Als jedoch der Moment kam, die Gelübde zu wiederholen, die der Priester ihr vorsprach, öffnete sie den Mund, aber kein Laut kam über ihre Lippen.

Lachlan senkte seinen Blick auf sie. »Ist das so schwer, meine Liebe?«

Emily nickte nur stumm. Zu viele Gedanken kämpften um die Oberhand in ihrem Kopf, um auch nur einen einzigen in Worte fassen zu können.

»Ich verstehe nicht, warum. Du hast gesagt, du liebst mich. Das werde ich dich später, wenn ich deine Neugierde befriedige, noch einmal wiederholen lassen«, versicherte er augenzwinkernd.

Emily fiel fast in Ohnmacht vor Verlegenheit und Schock. Es geschah ihm nur recht, diesem Satan, wenn sie ihn heiratete und ihm das Leben zur Hölle machte!

»Psst!«, zischte sie.

»Das ist nichts, wofür man sich schämen muss.«

»Sagst du«, bemerkte Talorc von Lachlans anderer Seite.

»Du willst mich doch gar nicht heiraten«, flüsterte Emily, als sie endlich wieder sprechen konnte.

»Wir würden nicht vor einem Priester stehen, wenn ich es nicht wollte.«

»Aber du hast gesagt, du wolltest eine Chrechte heiraten.«

»Ich will dich zur Frau und keine andere.«

»Ich könnte es nicht ertragen, wenn du meine Kinder ablehnen würdest, wie dein Vater Ulf ablehnte – vorausgesetzt, wir *können* Kinder haben.«

»Wie ich Ulf bereits erklärt habe, ist es Gottes Wille, ob wir Kinder haben werden oder nicht. Glaubst du das nicht auch?«

»Ja.«

»Und wenn wir Kinder haben, werde ich sie lieben, wie sie sind. Das verspreche ich dir.«

»Aber …«

»Vertraust du mir, Engländerin?«

Emilys Augen wurden feucht. »Ja«, sagte sie leise, weil er kein Mann war, der dazu neigte, seine Versprechen nicht einzuhalten.

»Dann sprich deine Gelübde.«

»Aber …«, begann sie erneut.

Sie würde Lachlan ihr ganzes Leben lieben. Sie war in die Highlands gekommen mit der Absicht zu tun, was nötig war, um ihrer Schwester ein trauriges Schicksal zu ersparen. Und nun wurde ihr eine weitaus hoffnungsvollere Ehe als die für sie vereinbarte geboten. Warum zögerte sie dann noch?

Mit Lachlan könnte sie ein gewisses Maß an Glück erlangen und zugleich auch ihre Schwester retten. Die Highlander sagten selbst, dass sie ihrem König nur gehorchten, wenn sie wollten. Solange sie nicht nach England zurückgeschickt wurde, müsste Abigail in Sicherheit sein. Ihr Vater hatte den von seinem König verlangten Preis gezahlt, und nach allem, was sie gehört hatte, war es ziemlich unwahrscheinlich, dass der schottische König überprüfen würde, ob Talorc ihm auch gehorcht hatte.

Doch selbst wenn er es nachprüfte, wäre er wahrscheinlich genauso froh darüber, den wilden Lachlan durch die Ehe mit einer Engländerin »gezähmt« zu haben wie Talorc.

Trotz allem jedoch fragte sie sich, ob sie das Richtige tat. Lachlan schien sich seiner Sache sehr sicher zu sein, als sie ihm einen Blick zuwarf, und plötzlich wusste sie, dass alles gut werden würde. Wenn er von seinem festen Vorsatz, eine Chrechte zu heiraten, abgelassen hatte, musste er sie lieben. Vielleicht war er sich dessen nicht einmal bewusst, und vielleicht würde er überhaupt niemals bereit sein, es sich einzugestehen, aber Emily war sicher, dass die Gefühle schon in ihm vorhanden waren.

Sonst hätte er nie im Leben eingewilligt, eine menschliche Frau zu heiraten, geschweige denn mit aller Macht versucht, sie trotz all ihrer Proteste zu dieser Heirat zu bewegen. Er hatte ihr schon vorher angekündigt, sie für sich beanspruchen zu wollen, aber sie hatte geglaubt, da spräche nur die Lust aus ihm. Nach allem, was geschehen war, konnte jedoch nicht einmal er noch unter einem solchen Einfluss stehen. Er musste diese Ehe wirklich wollen.

Und er hatte gesagt, er würde ihre Kinder lieben, egal, ob sie als Menschen oder Werwölfe geboren wurden. Vielleicht würde er sich eines Tages sogar zu seiner Liebe zu ihr bekennen.

Während sich langsam ihre Gedanken und ihr Herz beruhigten, stieß Talorc einen leidgeprüften Seufzer aus.

»Würdest du lieber mich heiraten?«, fragte er. »Da der Priester schon mal hier ist, ließe sich das arrangieren.«

Vor dem Hintergrund seines schallenden Gelächters schrie Emily ihre Gelübde buchstäblich heraus.

Als es geschehen war, küsste Lachlan sie mit einer solchen Leidenschaft, dass sie gar nicht anders konnte, als ihm die Arme um den Nacken zu schlingen und den Kuss zu erwidern. Er hob sie auf und drückte sie an seine Brust, und unter lautem Jubel und dem Hurra der Gäste trug er sie die Treppe zu seinen Privatgemächern hinauf.

Als sie Lachlans Schlafzimmer erreichten, ließ er Emily keine Chance nachzudenken.

Sie waren beide nackt und im Bett, bevor sie wieder klar

genug denken konnte, um ihn zu warnen: »Wenn die Ehe erst einmal vollzogen ist, gibt es kein Zurück mehr.«

Trotz ihrer Sicherheit, dass er sie liebte, musste sie ihm eine letzte Chance geben, alles noch einmal zu überdenken. Eine Ehe mit einer menschlichen Frau hatte er nicht für sich und sein Leben vorgesehen.

»Ein Zurück gab es schon von unserer ersten Begegnung an nicht mehr. Ich war nur zu stur, um das zu sehen«, erwiderte er.

»Ich meine es ernst, Lachlan. Solange ich noch Jungfrau bin, kannst du eine Annullierung der Ehe erwirken, doch wenn sie erst einmal vollzogen ist, werde ich mich nicht mehr aus deinem Leben verbannen lassen«, warnte sie.

»Ich würde dich niemals gehen lassen.« Es war ein Versprechen, das sie ihm auch abnahm, weil sie wusste, dass es von Herzen kam. Dann küsste er sie wieder.

Er berührte sie in einer Weise, wie er es noch nie zuvor getan hatte, und steigerte ihre Erregung zu einem wahrhaft fieberhaften Rausch. In lustvollem Entzücken bog sie sich ihm entgegen, um endlich eins mit ihm zu werden und das schmerzhafte Verlangen, das er tief in ihrem Innersten entfacht hatte, zu lindern.

Aber als sie seine heiße Härte schon am Eingang ihrer Weiblichkeit spürte, hielt er inne. »Ich biete dir meinen Körper an und alles, was ich bin, Emily von Balmoral. Akzeptierst du mich mit allem, was ich bin?«

Für sie gab es darauf nur eine Antwort. »Ja.«

»Wirst du mich in dir willkommen heißen?«

»Ja. Ich will, dass du ein Teil von mir wirst, Lachlan.«

»Das bin ich schon, meine Schöne, heute und für immer.« Und dann nahm er sie, und sie sog scharf den Atem ein, als er in sie stieß.

Sie biss sich auf die Lippen, um nicht aufzuschreien, und barg ihr Gesicht an seinem Hals.

Mit zitternder, aber unglaublich sanfter Hand strich er über ihre Wange. »Du musst dich entspannen, Liebste. Es genügt nicht, dass ich dich nehme, du musst deinen Körper auch dazu bringen, mich *freudig* aufzunehmen.«

»Ich weiß nicht, wie«, flüsterte sie, obwohl sie nichts lieber wollte und sich nichts Schöneres vorstellen konnte.

Lachlan schob eine Hand zwischen ihre Körper und berührte sie mit seinem Daumen an ihrer empfindsamsten Stelle. Die unendlich sanften, kreisenden Bewegungen durchfluteten sie mit solch jäher Lust, dass sie sich seiner Hand entgegenbog, in einer stummen Einladung, ihr Erlösung zu schenken. Aber Lachlan setzte seine aufreizenden Liebkosungen fort, bis sie glaubte, es keine Sekunde länger aushalten zu können.

»Ah ... das ist so schön«, murmelte sie.

»Ja. Denk nur daran, wie gut es sich anfühlt, Liebste.«

Emily versuchte es und merkte, dass sie sich auch wirklich nach und nach entspannte. In langsamen, rhythmischen Bewegungen ließ Lachlan seine Hüften kreisen und drang tiefer und tiefer in sie ein, bis er an eine Barriere traf, die Emily aufschreien und in jähem Schmerz zurückfahren ließ.

Doch er hielt sie mit seinem schweren Körper fest. »Es wird wehtun, Liebes. Und ich kenne keine Möglichkeit, das zu vermeiden.« Aber er wünschte, er wüsste, wie er ihr den Schmerz ersparen konnte, das konnte sie in seinen Augen sehen.

Und das beruhigte sie mehr, als Worte es vermocht hätten. »Ein kurzer, scharfer Schmerz ist besser als ein endlos langer«, flüsterte sie.

Lachlan nickte und durchbrach mit einem kraftvollen Stoß die Barriere.

Emily stieß einen kleinen Schrei aus, und ihre Augen füllten sich mit Tränen, aber sie wehrte sich nicht gegen seine Inbesitznahme. Nach dem Schmerz würde es irgendwann wieder schöner werden. Sie war überzeugt, dass es so sein musste, weil sonst vermutlich alle Frauen ins Kloster gehen würden …

Lachlan verhielt sich ganz still und küsste sie. »Es wird gleich besser, Emily.«

»Versprochen?«

»Versprochen.«

»Aber es tut so weh.«

»Das bedaure ich so sehr, Liebste.« Während er sie wieder küsste, verstärkte er den Druck seines Daumens und ließ ihn noch schneller kreisen – und tatsächlich ging der Schmerz in den lustvollen Gefühlen unter, die er mit seinen aufreizenden Liebkosungen bewirkte.

Ganz war er noch nicht verflogen, aber die angenehmen Gefühle nahmen zu, bis sie schließlich stärker waren als der Schmerz. Emily bewegte ein wenig ihre Hüften, und Lachlan glitt noch tiefer in sie hinein und begann, sich in einem aufreizenden Rhythmus zu bewegen, der erstaunlich lustvolle Empfindungen in ihr weckte.

Sie konnte gar nicht anders, als sich seinem sinnlichen Rhythmus anzupassen, und er ermutigte sie mit leidenschaftlichen Worten und rauen Bitten. Er war ihr ebenso sehr ausgeliefert wie sie ihm. Diese Erkenntnis erschütterte ihre Sinne und setzte eine Welle berauschender Gefühle frei, die sich zu einer schier unerträglichen Spannung steigerten, bis sie sich erschauernd aneinanderklammerten und er in chrechtischer Sprache etwas schrie, als er im selben Moment wie sie zum Höhepunkt gelangte.

»Ich liebe dich, Lachlan, ich liebe dich«, sagte sie, als er auf sie herabsank und sich mit ihr auf die Seite rollte, zärtlich die

Arme um sie schlang und sie an sich drückte, als könnte er es nicht ertragen, auch nur ein paar Zentimeter von ihr entfernt zu sein.

Emily wusste nicht, wie viel Zeit vergangen war, bevor er leise zu sprechen begann. »Mein Vater war ein kluger, wenn auch hitzköpfiger Mann. Er muss etwas in Ulf gesehen haben, das mir nicht aufgefallen war. Wir alle nahmen an, dass die veränderte Einstellung meines Vaters zu ihm etwas damit zu tun hatte, dass Ulf keine Wolfsnatur besaß, aber ich erinnere mich auch noch gut, wie mein Bruder darauf reagierte, nicht verwandlungsfähig zu sein. Er wurde immer mürrischer in jenem Jahr, zettelte Raufereien mit anderen Jungen an und nutzte seine Position als Sohn des Clan-Chefs aus, um andere zu manipulieren. Mein Vater sah diese Dinge, und er und meine Mutter gerieten darüber häufig aneinander, weil sie der Meinung war, Ulf zeigte damit nur seine Führungsanlagen.«

»Aber dein Bruder sagte, dein Vater hätte sich ihm gegenüber erst verändert, nachdem sich herausgestellt hatte, dass er keine Wolfsnatur besaß.«

»Vaters und Ulfs Beziehung war schon vorher nicht mehr dieselbe, doch bis ich mit den Augen eines Mannes zurückblickte, habe ich das nicht erkannt. Ich glaube schon, dass die Tatsache, dass er kein Werwolf war, die Gefühle meines Vaters für ihn beeinflusste. Meine Mutter hat das Tier in meinem Vater nie ganz akzeptiert, und er wiederum hatte sich niemals damit abgefunden, dass sein Sohn kein solches Tier besaß. Selbst als er starb, hatte er immer noch nicht die Hoffnung aufgegeben, dass Ulf die Verwandlung erst spät durchmachen würde.«

»Aber er hatte dich bereits zu seinem Nachfolger bestimmt.«

»Weil er Ulf für außerstande hielt, einen Clan zu führen. Es war mir ernst gemeint mit dem, was ich meinem Bruder gesagt habe, Emily. Wenn unsere Kinder so beherzt und loyal werden wie du, kümmert es mich nicht, ob sie meine Wolfsnatur besitzen. Du hattest recht, als du mir vorwarfst, blind zu sein.«

»So unumwunden habe ich das nicht gesagt.«

»Vielleicht nicht, aber es war das, was du gemeint hast. Ich *war* blind für die wahre Natur meines Bruders und die Gefahr, die er darstellte, doch ich werde ganz sicher nicht die Augen vor deinem Wert verschließen – oder dem unserer Kinder, wenn sie genauso menschlich sind wie du.«

»Falls wir Kinder bekommen …«, sagte Emily traurig.

Lachlan lächelte sie an. »Oh, ich bin mir sicher, dass wir welche haben werden.«

Erst da wurde ihr bewusst, dass sich sein Mund die ganze Zeit über nicht bewegt hatte.

»Du hast auf geistiger Ebene zu mir gesprochen!«

»Ja.«

»Ich würde das auch gern mal versuchen.«

»Dann tu es.«

Ich erwarte eine Entschuldigung von dir, übermittelte sie ihm im Geiste.

Lachlan verzog das Gesicht. »Ich sage nicht gern, es tut mir leid.«

»Das kann ich mir vorstellen. Du bist furchtbar arrogant, Lachlan.«

Er verdrehte die Augen. »*Es tut mir leid,* aufrichtig leid, dass ich dir heute solch hässliche Dinge an den Kopf geworfen habe … und dass ich nicht gleich von Anfang an erkannt habe, wie viel du mir bedeutest.«

Emilys Augen wurden feucht. »Na schön. Dieses eine Mal

verzeihe ich dir, aber solltest du dir je wieder so etwas erlauben, werde ich Brennnesseln auf deine Seite des Betts legen.«

»Dann schlafe ich eben in der Mitte oder auf deiner Seite. Aber ich zweifle nicht daran, dass du Mittel und Wege finden wirst, mich deinen Ärger spüren zu lassen.«

»Freut mich, dass du das weißt.«

»Und jetzt wirst du dich bei mir entschuldigen.«

»Für meine beleidigenden Worte, als du uns entführt hast?«

»Dafür, dass du Talorcs Penis so interessiert betrachtet hast.«

»Das war kein Interesse, sondern Neugierde. Das ist ja wohl ein Unterschied.«

»Von jetzt an wirst du dir diese Art von Neugierde für mich aufheben. Versprich mir das.«

»Versprochen.«

Lachlan wartete.

»Und es tut mir leid, aber ich bin nun mal sehr neugierig.«

»Ich weiß, Liebste, ich weiß.«

Liebste ... Wie gut es tat, wenn er sie so nannte! Vielleicht musste sie ja doch nicht warten, bis sie alt und grau waren, bevor er ihr seine Gefühle offenbarte. Aber geradlinig, wie sie war, fragte sie ihn einfach rundheraus: »Liebst du mich?«

Sein Lächeln war wärmer als die Sommersonne. »Weißt du das denn nicht? Ich habe es dir zweimal auf Chrechte gesagt.«

»Oh.« Aber diesem dummen Mann war offenbar nicht klar gewesen, dass die berühmten drei Worte in einer Sprache zu hören, die sie verstand, ihr die Entscheidung, ihn zu heiraten, sehr erleichtert hätte. »Sag es auf Gälisch«, verlangte sie.

Und das tat er. Nicht nur auf Gälisch, sondern auch noch auf Englisch und Latein.

Emily weinte, als er schließlich schwieg. Er küsste ihr die Tränen vom Gesicht, und mit einer Zärtlichkeit, die absolut keinen Zweifel mehr an seiner Aufrichtigkeit zuließ, bedeckte er dann ihren Mund mit seinen Lippen. Danach küsste er sie noch einmal auf die Schläfe. »Ich werde dich bis zu meinem letzten Atemzug lieben.«

»Und ich werde dich genauso lange lieben.«

»Das solltest du auch besser tun.«

»Arroganter Chrechte.«

»Teure Gefährtin.«

Sie lächelte und blinzelte, um noch mehr Tränen der Freude zu verdrängen. Er erwiderte ihr Lächeln und kuschelte sich an sie. Eng umschlungen schliefen schließlich beide ein.

Am nächsten Morgen erfuhren sie, dass Ulf den Fluchtweg entdeckt hatte, auf dem sie und Cait die Burg verlassen hatten. Die Mauern waren jedoch spiegelglatt gewesen vom Regen, und ein starker Wind hatte in der Nacht zuvor geweht. Wie Cait vorausgesagt hatte, war *sein* Plaid nicht das richtige für ein ausreichend langes Seil gewesen, und er war mit gebrochenem Genick am Fuß der Burgmauer aufgefunden worden.

Obwohl es eine furchtbare Tragödie war, war Emily um Lachlans willen erleichtert. Der Mörder hatte seine gerechte Strafe erhalten, aber der Mann, den sie liebte, war nicht gezwungen gewesen, sie über seinen eigenen Bruder zu verhängen.

Lachlan war schrecklich wütend über die Entdeckung. Nicht, weil Ulf tot war, sondern weil auch die Frauen ihr

Leben riskiert hatten, als sie aus dem Fenster gestiegen waren.

Emily versuchte, ihm zu erklären, dass es bei ihnen nicht geregnet hatte, dass ihr Seil viel länger gewesen war und sie und Cait zu keinem Zeitpunkt in Gefahr gewesen waren abzustürzen. Aber es nützte nichts. Lachlan schimpfte nur noch lauter, und Drustan schaute noch finsterer drein, bis beide Frauen schließlich schworen, nie wieder so etwas zu tun. (Cait *hatte* es Drustan anscheinend schon versprochen, als sie ihm am Abend zuvor von dem Seil erzählt hatte, aber Emily war ihrer bevorstehenden Heirat wegen zu durcheinander gewesen, um selbst daran zu denken.)

»Und habt ihr auch nur einen Gedanken an die Sicherheit der Burg verschwendet, als ihr das Seil aus dem Fenster hängen ließt?«, wollte Lachlan wissen. »Nur gut, dass Cait daran gedacht hat, Drustan alles zu erzählen und das Seil gemeinsam mit ihm hereinzuziehen und zu entfernen.«

Emily nahm keinen Anstoß an der Frage, weil sie erst kam, nachdem er sie zwanzig Minuten lang wegen ihrer eigenen Sicherheit getadelt hatte. Sie, Emily, war seine erste Sorge, aber jetzt fühlte er sich offenbar genötigt, in seine Rolle als Laird zurückzuschlüpfen. Trotzdem glaubte sie, mehr als ausreichende Gründe für ihre Vergesslichkeit gehabt zu haben.

»Hättest du nicht meine Aufmerksamkeit mit einer Hochzeit und allem, was dazugehörte, strapaziert, hätte ich bestimmt daran gedacht, dir von dem Seil zu erzählen, bevor es zu einer Gefahr werden konnte.«

»Willst du damit etwa sagen, dass unsere Heirat dir Unannehmlichkeiten bereitet hat, Engländerin?«

»Höchstens, dass ich ihretwegen an nichts anderes mehr denken konnte«, erwiderte Emily mit einem Lächeln.

Das freute ihn offenbar, denn jetzt lächelte auch er.

»Du kannst mich nun nicht mehr so nennen, Lachlan.«

»Wie?«

»Engländerin.«

»Und warum nicht?«

»Weil ich jetzt eine Balmoral bin und aus zuverlässiger Quelle weiß, dass wir ein Clan von Highlandern sind.«

»Wäre es dir lieber, wenn ich dich Liebling nennen würde?«

»Sehr viel lieber.«

Er lachte und zog sie an sich. »Du wirst mir noch ganz schön zu schaffen machen.«

»Ich möchte schließlich nicht, dass du dich mit mir langweilst, Laird.«

»Das könnte ich gar nicht, weil ich dich dazu zu sehr liebe, aber ich habe das Gefühl, als würde ich schon vor der Geburt unseres ersten Kindes graues Haar bekommen.«

»Wird dann auch dein Wolfsfell grau werden?«, wollte sie interessiert wissen.

Er verengte misstrauisch die Augen. »Nein.«

Doch sie bestürmte ihn mit Fragen, und die einzige Möglichkeit, ihnen ein Ende zu bereiten, war, mit ihr ins Bett zu gehen. Danach lehrte er sie, auf Chrechtisch »Ich liebe dich« zu sagen.

Am Tag darauf fragte sie ihn, ob sie ihre Schwester Abigail nicht holen lassen konnten, und er stimmte zu.

»Aber was ist mit deinem schottischen König? Ich will nicht, dass er meiner Schwester Schwierigkeiten macht.«

»Talorc hat sich schon bereit erklärt, mit ihm zu sprechen.«

»Er ist nicht so schlimm, wie ich dachte.«

»Unser König?«

»Talorc.«

»Doch ich bin nach wie vor der einzige Chrechte, den du liebst?«

»Du bist der einzige Mann, ob Chrechte oder menschlich, den ich jemals lieben könnte«, erklärte sie entschieden.

»So sollte es auch sein.«

Sie schlug ihn auf den Arm und verzog dann das Gesicht. Der Mann hatte Muskeln wie Felsbrocken. »Die richtige Antwort wäre gewesen: *Und du bist die einzige Frau, die ich jemals lieben könnte*.«

»Weißt du das denn nicht?«, erwiderte er ernst.

Emily versuchte nicht einmal, ihr frohes Lachen zu unterdrücken. »Ja, ich glaube, das weiß ich. Aber ich will es trotzdem von dir hören.«

Er hob sie auf und drückte sie an seine Brust, und seine Augen waren voller Zärtlichkeit und Liebe, die, wie sie erst jetzt erkannte, schon so lange dort gewesen war wie ihre eigene Liebe. »Es gibt kein anderes weibliches Geschöpf, ob Wolf noch Mensch, für das ich jemals so empfinden könnte wie für dich, mein Liebling.«

»Ich glaube, ich hätte gern noch eine Schwimmstunde.«

»Das ist eine gute Idee, aber diesmal werde ich tun, was ich schon beim ersten Mal tun wollte, als wir schwimmen waren.«

»Mich ertränken?«

Lachlan antwortete mit einem Lachen, das ein wundervolles warmes Kribbeln in ihr auslöste. »Dich lieben, meinte ich.«

»Wird dich das nicht zu lange von deinen wichtigen Pflichten abhalten?«, scherzte sie.

»Nichts ist wichtiger für mich als du.«

Und Emily wusste, dass das stimmte.

Sie war in die Highlands gekommen, um ihre Schwester vor

einem schlimmen Schicksal zu bewahren, aber letztendlich hatte sie hier selbst ihr Glück gefunden. Eine Wunde, die beim Tod ihrer Mutter geöffnet und von der Zurückweisung ihres Vaters noch weiter aufgerissen worden war, schloss sich endlich. Sie hatte das für nicht menschenmöglich gehalten, aber ihr Ehemann, die Liebe ihres Lebens, war mehr als menschlich, und sie würde ihn auch gar nicht anders haben wollen.

Zwei verlorene Seelen, ein mächtiger Feind – und die alles überwindende Kraft der Liebe

Christine Feehan
JÄGERIN DER DÄMMERUNG
Roman
Aus dem amerikanischen Englisch
512 Seiten
mit zahlreichen Abbildungen
ISBN 978-3-404-16092-1

Ivorys Herz ist versteinert. Vor langer Zeit wurde sie von ihrem Volk betrogen und von ihrer Familie verstoßen. Nun ist sie auf der Jagd. Ihre Opfer: Vampire. Eines Tages nimmt sie den Duft eines Mannes auf, der ihre Seele gefangen nimmt. Razvan. Er ist ihr Retter, ihr wahrer Seelengefährte. Ein Karpatianer. Seit Jahrhunderten schon führt er einen Kampf, den er nur verlieren kann – und er ist kurz davor aufzugeben. Als die beiden einen gemeinsamen Feind ausmachen, erwacht in ihnen der Wunsch zu leben – und zu kämpfen. Sie stellen sich ihrem größten Gegner. Doch sind sie auch in der Lage, ihren geheimsten Sehnsüchten zu folgen und die heilende Macht der Liebe zu erkennen?

Bastei Lübbe Taschenbuch